"俄罗斯文学译丛"系
"金色俄罗斯丛书"平装版

不知疲倦的铃鼓
——列米佐夫中短篇小说选

Неуёмный бубен

[俄] 列米佐夫 / 著

杨玉波 / 译

四川人民出版社

图书在版编目（CIP）数据

不知疲倦的铃鼓：列米佐夫中短篇小说选/
（俄罗斯）列米佐夫著；杨玉波译. —成都：四川人民
出版社，2021.8
（俄罗斯文学译丛）
ISBN 978－7－220－12355－9

Ⅰ．①不… Ⅱ．①列… ②杨… Ⅲ．①短篇小说－小
说集－俄罗斯－近代②中篇小说－小说集－俄罗斯－近代
Ⅳ．①I512.44

中国版本图书馆 CIP 数据核字（2021）第 104380 号

BUZHI PIJUAN DE LINGGU：LIEMIZUOFU ZHONGDUANPIAN XIAOSHUOXUAN

不知疲倦的铃鼓：列米佐夫中短篇小说选
（俄）列米佐夫 著 杨玉波 译

策划组稿	黄立新 张春晓
责任编辑	李京京
责任校对	任学敏
装帧设计	张迪茗
责任印制	祝 健
出版发行	四川人民出版社（成都槐树街 2 号）
网 址	http://www.scpph.com
E-mail	scrmcbs@sina.com
新浪微博	@四川人民出版社
微信公众号	四川人民出版社
发行部业务电话	(028) 86259624 86259453
防盗版举报电话	(028) 86259624
照 排	四川胜翔数码印务设计有限公司
印 刷	自贡市华华广告印务有限公司
成品尺寸	140mm×203mm
印 张	14.5
字 数	331 千
版 次	2021 年 8 月第 1 版
印 次	2021 年 8 月第 1 次印刷
书 号	ISBN 978－7－220－12355－9
定 价	89.80 元

金色俄罗斯
Золотая Россия

致敬"金色俄罗斯丛书"译介团队，感谢所有参与者为传播
俄罗斯文学、增进中俄两国人民文化交流而做的努力！

汪剑钊　丛书主编，北京外国语大学外国文学研究所教授，博士生导师。

张建华　北京外国语大学教授，博士生导师。

张　冰　北京师范大学俄语系教授，博士生导师。

赵晓彬　哈尔滨师范大学斯拉夫语学院副院长，教授，博士生导师。

杨玉波　哈尔滨师范大学斯拉夫语学院副教授，文学博士。

郑艳红　中国社会科学院文学博士，绥化学院外国语系教师。

张　猛　北京外国语大学外国文学研究所博士。

李　莉　北京师范大学文学博士，杭州师范大学教授。

顾宏哲　辽宁大学俄语系副教授，硕士生导师。

赵艳秋　复旦大学俄语系副主任，文学博士。

侯玮红　中国社会科学院外国文学研究所俄罗斯文学研究室主任，文学博士。

池济敏　四川大学外国语学院副院长，副教授，文学博士。

飞　白　云南大学外语系教授，浙江省比较文学与外国文学学会名誉会长。

黄　玫　北京外国语大学俄语学院教授，博士生导师。

杨晓笛　北京外国语大学博士，太原理工大学教师。

李玉萍　洛阳理工学院外国语学院教师，文学博士。

王立业　北京外国语大学俄语学院教授，博士生导师。

邱　鑫　黑龙江大学俄语学院文学博士。

郭靖媛　北京大学世界文学研究所博士。

薛冉冉　浙江大学外语学院副教授，博士。

温玉霞　西安外国语大学俄语学院教授，博士生导师。

潘月琴　北京外国语大学俄语学院副教授，博士。

余　翔　北京外国语大学外国文学研究所博士。

李春雨　厦门大学外文学院助理教授、博士。

董树丛　山东文艺出版社编辑，文学硕士。

冯昭玙　浙江大学外文系教授。

杜　健　北京师范大学俄语语言文学专业博士。

韩宇琪　北京师范大学俄语语言文学专业博士。

徐　琪　厦门大学外文学院教授，文学博士

徐曼琳　四川外国语大学俄语系教授，文学博士。

欢迎更多的译者加入"金色俄罗斯丛书"……

（按译作出版时间排序。）

四川人民出版社　　　文学出版中心

金色的"林中空地"（总序）

汪剑钊

2014 年 2 月 7 日至 23 日，第二十二届冬奥会在俄罗斯的索契落下帷幕，但其中一些场景却不断在我的脑海回旋。我不是一个体育迷，也无意对其中的各项赛事评头论足。不过，这次冬奥会的开幕式与闭幕式上出色的文艺表演给我留下了深刻的印象，迄今仍然为之感叹不已。它们印证了一个民族对自身文化由衷的热爱和自觉的传承。前后两场典仪上所蕴含的丰厚的人文精髓是不能不让所有观者为之瞩目的。它们再次证明，俄罗斯人之所以能在世界上赢得足够的尊重，并不是凭借自己的快马与军刀，也不是凭借强大的海军或空军，更不是凭借所谓的先进核武器和航母，而是凭借他们在文化和科技上的卓越贡献。正是这些劳动成果擦亮了世界人民的眼睛，引燃了人们眸子里的惊奇。我们知道，武力带给人们的只有恐惧，而文化却值得给予永远的珍爱与敬重。

众所周知，《战争与和平》是俄罗斯文学的巨擘托尔斯泰所著的一部史诗性小说。小说的开篇便是沙皇的宫廷女官安娜·帕夫洛夫娜家的舞会，这是介绍叙事艺术时经常被提到的一个经典性例子。借助这段描写，托尔斯泰以他的天才之笔将小说中的重要人物一一拈出，为以后的宏大叙事嵌入了一根强劲的楔子。2014年2月7日晚，该届冬奥会开幕式的表演以芭蕾舞的形式再现了这一场景，令我们重温了"战争"前夜的"和平"魅力（我觉得，就一定程度上说，体育竞技堪称是一种和平方式的模拟性战争）。有意思的是，在各国健儿经过十数天的激烈争夺以后，2月23日，闭幕式让体育与文化有了再一次的亲密拥抱。总导演康斯坦丁·恩斯特希望"挑选一些对于世界有影响力的俄罗斯文化，那也是世界文化遗产的一部分"。于是，他请出了在俄罗斯文学史上引以为傲的一部分重量级人物：伴随拉赫玛尼诺夫第二钢琴协奏曲的演奏，普希金、果戈理、屠格涅夫、托尔斯泰、陀思妥耶夫斯基、契诃夫、马雅可夫斯基、阿赫玛托娃、茨维塔耶娃、布尔加科夫、索尔仁尼琴、布罗茨基等经典作家和诗人在冰层上一一复活，与现代人进行了一场超越时空的精神对话。他们留下的文化遗产像雪片似的飘入了每个人的内心，滋润着后来者的灵魂。

美裔英国诗人T. S. 艾略特在《诗的作用和批评的作用》一文中说："一个不再关心其文学传承的民族就会变得野蛮；一个民族如果停止了生产文学，它的思想和感受力就会止步不前。一个民族的诗歌代表了它的意识的最高点，代表了它最强大的力量，也代表了它最为纤细敏锐的感受力。"在世界各民族中，俄罗斯堪称最为关心自己"文学传承"的一个民族，而它辽阔的地理特征则为自己的文学生态提供了一大片培植经典的金色的"林中空地"。迄今，在这片土地上生根发芽并长成参天大树的作家与作品已不计其数。除上述提及的文学巨匠以外，19 世纪的茹科夫斯基、巴拉廷斯基、莱蒙托夫、丘特切夫、别林斯基、赫尔岑、费特等，20 世纪的高尔基、勃洛克、安德列耶夫、什克洛夫斯基、普宁、索洛古勃、吉皮乌斯、苔菲、阿尔志跋绥夫、列米佐夫、什梅廖夫、波普拉夫斯基、哈尔姆斯等，均以自己的创造性劳动进入了经典的行列，向世界展示了俄罗斯奇异的美与力量。

中国与俄罗斯是两个巨人式的邻国，相似的文化传统、相似的历史沿革、相似的地理特征、相似的社会结构和民族特性，为它们的交往搭建了一个开阔的平台。早在 1932 年，鲁迅先生就为这种友谊写下一篇"贺词"——《祝中俄文字之交》，指出中国新文学所受的"启发"，将其看作自己的"导师"和"朋友"。20 世纪 50 年代，由于意识形态的接近，中国与俄国在文化交流上曾出现过一个"蜜月期"，在那个特定的时代，俄罗斯文学几乎就是外国文学的一个代名词。俄罗斯文学史上的一些名著，如《叶甫盖尼·奥涅金》《死魂灵》《贵族之家》《猎人笔记》《战争与和平》《复活》《罪与罚》《第六病室》《丽人吟》《日瓦戈医生》《安魂曲》《没有主人公的叙事诗》《静静的顿河》《带星星的火车票》《林中水滴》《金蔷薇》和《钢铁是怎样炼成的》等，都曾经是坊间耳熟能详的书名，有不少读者甚至能大段大段背诵其中精彩的章节。在一定程度上，我们可以说，翻译成中文的俄罗斯文学作品已构成了中国新文学的一个重要组成部分，成为现代汉语中的经典文本，就像已广为流传的歌曲《莫斯科郊外的晚上》《三套车》《喀秋莎》《山楂树》等一样，后者似乎已理所当然地成为中国的民歌。迄今，它们仍在闪烁金子般的光芒。

不过，作为一座富矿，俄罗斯文学在中文中所显露的仅是冰山一角，大量的宝藏仍在我们有限的视域之外。其中，赫尔岑的人性，丘特切夫的智慧，费特的唯美，洛赫维茨卡娅的激情，索洛古勃与阿尔志跋绥夫在绝望中的希望，苔菲与阿维尔琴科的幽默，什克洛夫斯基的精致，波普拉夫斯基的超现实，哈尔姆斯的怪诞，等等，大多还停留在文学史上的地图式导游。为此，作为某种传承，也是出自传播和介绍的责任，我们编选和翻译了这套"金色俄罗斯丛书"，其目的是进一步挖掘那些依然静卧在俄罗斯文化沃土中的金锭。可以说，被选入本丛书的均是经过了淘洗和淬炼的经典文本，它们都配得上"金色"的荣誉。

行文至此，我们有必要就"经典"的概念略做一点说明。在汉语中，"经典"一词最早出现于《汉书·孙宝传》："周公上圣，召公大贤。尚犹有不相说，著于经典，两不相损。"汉朝是华夏民族展示凝聚力的重要朝代，当时的统治者不仅实现了政治上的统一，而且也希望在文化上设立标杆与范型，亟盼对前代思想交流上的混乱与文化积累上的泥沙俱下状态进行一番清理与厘定。客观地说，它取得了一定的成效，虽说也因此带来了"罢黜百家"的重大弊端。就文学而言，此前通称的"诗三百"也恰恰在那时完成了经典化的过程，被确定为后世一直崇奉的《诗经》。关于"经典"的含义，唐代的刘知幾在《史通·叙事》中有过一个初步的解释："自圣贤述作，是曰经典。"这里，他将圣人与前贤的文字著述纳入经典的范畴，实际是一种互证的做法。因为，历史上那些圣人贤达恰恰是因为他们杰出的言说才获得自己的荣名的。

那么，从现代的角度来看，什么是经典呢？商务印书馆出版的《现代汉语词典》给出了这样的释义：1. 指传统的具有权威性的著作：博览经典。2. 泛指各宗教宣扬教义的根本性著作。不同于词典的抽象与枯涩，意大利著名作家卡尔维诺归纳出了十四条非常感性的定义，其中最为人称道的是其中两条：其一，一部经典作品是一本每次重读都像初读那样带来发现的书；一部经典作品是一本即使我们初读也好像是在重温的书。其二，经典作品是一些产生某种特殊影响的书，它们要么自己以遗忘的方式给我们的想象力打下印记，要么乔装成个人或集体的无意识隐藏在深层记忆中。参照上述定义，我们觉得，经典就是经受住了历史与时间的考验而得以流传的文化结晶，表现为文字或其他传媒方式，在某个领域或范围具有一定的权威性和典范性，可以成为某个民族、甚或整个人类的精神生产的象征与标识。换一个说法，每一部经典都是对时间之流逝的一次成功阻击。经典的诞生与存在可以让时间静止下来，打开又一扇大门，带你进入崭新的世界，为虚幻的人生提供另一种真实。

　　或许，我们所面临的时代确实如卡尔维诺所说："读经典作品似乎与我们的生活步调不一致，我们的生活步调无法忍受把大段大段的时间或空间让给人本主义者的悠闲；也与我们文化中的精英主义不一致，这种精英主义永远也制定不出一份经典作品的目录来配合我们的时代。"那么，正如沙漠对水的渴望一样，在漠视经典的时代，我们还是要高举经典的大纛，并且以卡尔维诺的另一段话镌刻其上："现在可以做的，就是让我们每个人都发明我们理想的经典藏书室；而我想说，其中一半应该包括我们读过并对我们有所裨益的书，另一些应该是我们打算读并假设对我们有所裨益的书。我们还应该把一部分空间让给意外之书和偶然发现之书。"

愿"金色俄罗斯"能走进你的藏书室，走进你的精神生活，走进你的内心！

译　序

在 20 世纪的俄罗斯文学史上，作家阿列克谢·米哈伊洛维奇·列米佐夫（Алексей Михайлович Ремизов，1877—1957）是公认的"复杂的作家""卓越的文体家"，他的人生经历和创作历程丰富而又坎坷。

一

阿列克谢·米哈伊洛维奇·列米佐夫于 1877 年 6 月 24 日出生在莫斯科的一个商人之家，父亲米哈伊尔·阿列克谢耶维奇·列米佐夫是图拉省韦尼奥夫县一个农民的儿子，童年时来到莫斯科，后来在莫斯科和诺夫哥罗德经营日用品商店，成为典型的莫斯科中等商人，1883 年去世。母亲玛利亚·亚历山德罗夫娜出身于莫斯科显赫的商人之家，因与丈夫感情不和，带着四个儿子投奔了自己的几个兄弟，然而几个兄弟对待他们却较为苛刻，在金钱和财物上颇多限制。玛利亚·亚历山德罗夫娜因人生的不幸和波折而终日郁郁寡欢，总是把自己关在房间里读书或者喝酒，疏于照顾孩子，1919 年去世。列米佐夫早期创作中的悲剧女性形象，原型便是自己的母亲。

列米佐夫幼时顽皮而又敏感，富有同情心，酷爱音乐、绘画和戏剧，并终生保持着对这些艺术的热爱。1884 年列米佐夫进入莫斯科古典中学学习，1891 年转入亚历山德罗夫商业学校，1895 年毕业后成为莫斯科大学数学系自然科学部的旁听生（因商业学校未开设希腊语和拉丁语，列米佐夫不能成为莫斯科大学的正式学生）。列米佐夫的兴趣爱好十分广泛，经常去旁听历史哲学系和法律系的课程，对历史、哲学、法律、宗教神学都表现出浓厚的兴趣。在此期间，列米佐夫接触了大学生当中的民粹派革命小组。1896 年夏，列米佐夫到瑞士、德国和奥地利旅行，带回一些社会民主党的秘密印刷品。1896 年 11 月 18 日列米佐夫在纪念"霍登惨剧"而举行的大学生游行示威中被捕入狱，短期监禁后被流放到奔萨（1896—1897），在这里列米佐夫结识了未来的导演梅耶霍尔德（В. Э. Мейерхольд，1874—1940），1898 年转到乌斯季瑟索利斯克（1898—1900），最后被流放到沃洛格达（1901—1903）并受警察公开监视。从被捕到重获自由，列米佐夫在监狱和流放中度过了六年的时光。

沃洛格达流放时期可谓列米佐夫人生的转折点。

一方面，沃洛格达当时是流放者集中之地，许多著名人士都曾经被流放到此，例如别尔嘉耶夫、波格丹诺夫（马尔林斯基）、卢那察尔斯基、萨文科夫等人，形成了良好的文化和创作氛围，因此有"北雅典"之称。此外，列米佐夫还结识了文艺学家晓戈列夫（П. Е. Щёголев，1877—1931），后者的思想对作家产生了很大的影响。在这里，他还遇到了后来成为他妻子和朋友的谢拉菲玛·帕夫洛夫娜·多夫格洛（С. П. Довгелло，1876—1953，古文字学家）。在这样的氛围当中，列米佐夫大量阅读本国和西方的文学和哲学著作，尤其是波兰、法国、俄罗斯象征派的作品以及尼采的哲学著作，他涉猎广泛，思想观念发生很大的转变。

另一方面，列米佐夫开始了最初的文学创作尝试，并决心献身于文学事业。1902 年他以笔名 "H. 莫尔达瓦诺夫" 在《信使报》上发表根据俄罗斯少数民族齐良人的民间口头创作——婚礼送别歌改编的作品《姑娘出嫁前的哭诉》。可见，从踏上文坛之初民间创作就成为列米佐夫创作的主要源泉之一。此外，作家还与梅耶霍尔德合作翻译了德国语言学家欧文·罗德（Erwin Rohde，1845—1898）的著作《豪普特曼与尼采》（1902），为梅耶霍尔德在赫尔松的剧院演出与未来的妻子（二人 1903 年结婚）合作翻译了波兰作家普日贝谢夫斯基的戏剧《雪》（1903），创作了短篇小说《火灾》（1903），从而开启了文学创作生涯。也正是在沃洛格达，列米佐夫开始创作他的第一部长篇小说《池塘》。

1903 年列米佐夫流放期满并离开沃洛格达，作家夫妇因当局不允许二人居住在莫斯科和圣彼得堡而前往赫尔松。列米佐夫在梅耶霍尔德创立的 "新剧社" 担任剧目部主任，负责挑选西方代表性的 "新剧"，因此作家一方面修改现有的戏剧译本，另一方面也翻译剧本，如梅特林克、普日贝谢夫斯基、霍夫曼斯塔里伯爵、斯特林堡等人的作品。其中，波兰现代主义大师普日贝谢夫斯基对列米佐夫的创作影响极大。在此期间，列米佐夫随巡回演出的剧社在尼古拉耶夫、基洛沃格勒、敖德萨等地短暂居住。

1904 年在剧社前往第比利斯巡回演出时，因种种原因，作家未随同前往而留在基辅，从此离开剧社，同年他们的女儿出生。在基辅时期，列米佐夫没有收入和稿酬，靠妻子偶尔做辅导老师维持生活。在这种艰难的情况下，列米佐夫开始创作中篇小说《时钟》（1908 年发表）。1902 年至 1905 年初，除了上述作品以外，列米佐夫还写了一些散文诗、《在囚禁中》《押送途中》两个抒情系列、短篇小说《宫廷首饰匠》，以及一些民间文学风格的模拟小型作品。

1905 年初列米佐夫携妻女回到圣彼得堡定居，直到 1921 年离开俄罗斯。回到圣彼得堡以后，列米佐夫很快进入文学界，主持《生活问题》杂志的事务。列米佐夫经常出入圣彼得堡一些著名的文学沙龙，与很多作家、画家、哲学家，其中包括维·伊万诺夫、别雷、波洛克、布宁、安德烈耶夫、库普林、阿赫玛托娃、库兹明、勃留索夫、魏列萨耶夫、索洛古勃、罗赞诺夫等人建立了友好关系，与象征派诗人和作家们的关系尤为密切，对传说、童话、壮士歌等俄罗斯民间创作产生浓厚的兴趣，开始在《北方之花》丛刊、《生活问题》和《天平》杂志上发表作品，并出版了一些作品的单行本和文集。列米佐夫的创作体裁丰富多样，包括小说、戏剧、童话故事、根据民间故事改编的作品等，其中较为重要的作品有长篇小说《池塘》（1905），短篇小说《火炬》（1906）、《小魔鬼》（1907）、《钥匙》（1908）、《圣诞节的晚上》（1908）、《押送途中》，中篇小说《时钟》（1908）、《不知疲倦的铃鼓》（1909）、《教妹》（1910）、《第五个祸患》（1912），故事集《循着太阳的方向》（1907）、《柠檬苗圃》（1907）、《俄罗斯的女人们》（1919），戏剧《嘲弄某个丈夫的鬼戏》（1907）、《犹大的悲剧》（1908），等等。1912 年，蔷薇出版社出版了列米佐夫的八卷本文集，西林出版社修订和补充这套文集并再版。随着这些作品和文集的发表和出版，列米佐夫获得了文学界和读者的广泛认可，作家也积极参加圣彼得堡的社会文学活动，继续进行创作。

1917 年俄罗斯发生的两次革命对列米佐夫及其创作产生了很大的影响。列米佐夫不接受二月革命和十月革命，在 1917 年至 1921 年之间，他创作了一些讽刺性历史故事和寓言故事，反映和影射二月革命和十月革命。曾经一度在《人民意志》《普通报》等亲社会革命党的刊物上发表作品。1919 年 2 月，列米佐夫因左派社会革命党案件遭到短期拘留，由高尔基和卢那察尔斯基保释。战时共产主义时期，列米佐夫曾居住在高尔基组织的"艺术之家"中，与居住在那里的很多作家交往较多，尤其是对当时的年轻作家，诸如列昂诺夫、费定、左琴科、皮里尼亚克以及其他"谢拉皮翁兄弟"成员有一定的影响。

自1920年起，列米佐夫开始为出国事宜奔走，并最终于1921年8月离开俄罗斯前往柏林，1923年11月定居巴黎，直至逝世。

在国外侨居期间，列米佐夫仍笔耕不辍，创作了大量作品，例如具有自传性的长篇小说《动荡的罗斯》（1927）、《穿过悲痛之火》（1940—1943）、《圣彼得堡的雪坑》（1949）、《用矫正过的眼睛看》（1951），反映巴黎的俄罗斯侨民生活的长篇小说《音乐教师》（1949），三部曲《在勃洛克去世以后》（1922）、《奥莉娅》（1927）、《在蔷薇的光彩中》（1952），以及《索罗莫尼亚》（1929）、《布隆兹维克》（1949—1950）、《穆罗姆的彼得和费夫罗尼亚的故事》（1951）、《鲍瓦王子》（1952）等根据文学名著和古代文献改编或加工的作品。

二

如前所述，列米佐夫的作品包括长篇小说、中短篇小说、戏剧以及童话故事等，体裁样式和内容相当丰富。中篇小说《时钟》《不知疲倦的铃鼓》《第五个祸患》以及名为《鬼谷》《永久的光辉》《不落的光辉》的三组系列短篇小说，是作家早期创作的一些作品，也是作家创作历程中的重要作品，能够在很多方面体现作家的创作旨趣和艺术观念。

中篇小说《时钟》创作于1903—1904年，发表于1908年。小说的故事情节并不复杂。科斯佳在哥哥谢尔盖·安德烈耶维奇的钟表店当学徒和伙计，每天在固定时间为城里大教堂钟楼上的时钟上弦。钟表店负债累累，无以偿付，店主谢尔盖为逃避债务悄然离家出走，家里留下了年迈多病的老父亲、妻子克里斯蒂娜·费奥多罗夫娜和他们的女儿叶莲诺奇卡、弟弟科斯佳、妹妹拉娅和卡佳。在谢尔盖走后，克里斯蒂娜·费奥多罗夫娜既要照顾家人，又要打理钟表店的事务，生活的窘境让她难以承受、身心俱疲，一度把希望寄托在谢尔盖的好友涅利多夫身上，并对他产生了感情，但是涅利多夫却不辞而别、卧轨自杀。对于欠下的债务，谢尔盖的父亲和妻子都无计可施，钟表店最终被查抄，店员们只能各奔东西、各寻出路。面对哥哥谢尔盖的出走、钟表店的查封、亲人朋友的离开，平日里受尽欺辱的科斯佳越发痛苦，认为时钟是造成这一切的罪魁祸首，于是爬上钟楼破坏了时钟。

《时钟》的基调阴郁压抑，所有的主人公都经历着不幸和痛苦，无一例外。科斯佳身材矮小，外表丑陋，弯腰驼背，鼻子歪斜，常常遭到周围人的嘲笑和欺辱。哥哥谢尔盖的不告而别以及钟表店的查封，对科斯佳而言，无异于在伤口上又撒了一大把盐，自杀的想法萦绕在脑中。父亲已经年老体衰，一身病痛折磨得他疲惫不堪，甚至觉得自己的脑袋里有很多蟑螂和蟑螂卵在成群结队地游动。卡佳患病已久，为了治疗前往温暖的南方，在她要离开的时候，家里弥漫着只在死者离开以后才会有的气氛，她也预感到自己可能再也回不来了。钟表店的经营惨状带来的是难以扭转的困境和无尽的哀伤，店主谢尔盖走投无路，有家不敢回；克里斯蒂娜·费奥多罗夫娜求助无门，苦不堪言；店员们远走他乡，未来不可预知……列米佐夫通过描写小说人物注定的不幸和难以摆脱的窘迫，展现了一个毫无出路、毫无希望、充满罪恶的世界。作家通过贯穿在故事叙述中反复出现的梦境和内心独白，揭示出主人公在一些重要时刻的思想和情感，利用词汇、语句或段落的重复将小说的六个章节结合为统一的整体。

在中篇小说《不知疲倦的铃鼓》（1909）中，主人公伊万·谢苗诺维奇·斯特拉季拉托夫是法院刑事科的抄写员，他性格古怪，年过六十，自入职已抄写文件四十余年。斯特拉季拉托夫租住着助祭的一个小房子，他曾经结过婚，妻子是个性格平和温顺的人，最初二人生活平静而幸福。不久之后，法院来了一个年轻的侦查员，与斯特拉季拉托夫同姓，他因怀疑妻子与这个侦查员关系暧昧，便将她赶回娘家并雇用年老的女仆阿加佩夫娜料理家务。斯特拉季拉托夫每天都是第一个来到办公室，一上午都在忙着抄写文件，等到他惧怕的秘书雷科夫拿着文件离开，他便滔滔不绝地讲各种各样的奇闻逸事、笑话，此时他口齿清晰、语言热烈豪放，说话就像敲打铃鼓一样，因而被戏称为"不知疲倦的铃鼓"。斯特拉季拉托夫爱好收集古物，秘书的助手因善于鉴别古物而赢得了他的尊敬和友谊。他朋友不多，曾经与来自圣彼得堡的画家沙巴尔达耶夫和教堂合唱指挥亚戈多夫差点儿成了朋友，后来因他们身份可疑，便与之断绝了交往。在助祭阿尔捷米庆祝命名日的酒宴上，斯特拉季拉托夫结识并喜欢上了助祭十六岁的侄女娜杰日达，经阿加佩夫娜与中间人的斡旋，娜杰日达住进了斯特拉季拉托夫的家，而阿加佩夫娜被斯特拉季拉托夫赶了出去。为迎合娜杰日达的心意，斯特拉季拉托夫租住了邻居塔拉克捷耶夫家比较大的石头房子。不久之后，斯特拉季拉托夫发现娜杰日达与村警叶梅利扬·普罗库金有染并欲卷走贵重财物私奔，在撕扯时他被普罗库金重伤，几天以后不治而亡。

斯特拉季拉托夫是普通的小公务员，很多时候活在他人意志之下，没有自己的个性尊严，很像普希金小说《驿站长》中的萨姆松·维林和果戈理《外套》中的阿卡季·阿卡季耶维奇·巴什马奇金。不过，与后两者相比较而言，斯特拉季拉托夫的形象更丰满、更立体、更多面，他既是备受欺辱的小职员、精明的商人、色情读物和画作的收藏者，也是一个规规矩矩的基督教徒、家人面前的暴君。在上司与主管面前，斯特拉季拉托夫唯唯诺诺、卑躬屈膝，对待抄写工作尽职尽责，唯恐惹上司不满，忍受着他们的侮辱和贬斥；在年轻的同事和朋友面前，斯特拉季拉托夫十分健谈，他讲的各种趣事和笑谈常常引人大笑不止；在家人与仆人阿加佩夫娜面前，他独断专横，甚至赶走精心照料他的妻子和女仆。斯特拉季拉托夫每天都要去旧物市场淘宝，与卖家讨价还价，买低卖高，经过多年的努力，攒下来一笔钱。他喜欢读《爱——金色之书》等色情作品，收藏的画作和明信片上都是裸体、性感诱人的美人儿，然而在斯特拉季拉托夫生活的外省小城居民看来，他是个正派的基督教徒，他们夸赞他相貌英俊、行为模范、生活简朴而有节制。上述这些不同面孔和行为，从不同的角度揭示了主人公的性格和形象特征。

《第五个祸患》开始创作于 1909 年，发表于 1912 年。小说中的故事发生在外省小城斯图杰涅茨，主人公侦查员博布罗夫已经工作了二十多年，他恪守准则，秉公办事，严格执法，凡是落到他手中的人都无法逃脱牢狱之灾，因而被认为是人类的祸害和毁灭者、世界上的"第五个祸患"，人们都惧怕他、厌烦他、憎恨他。就成长环境和家庭生活而言，博布罗夫是不幸的。他在极其压抑的家庭环境下长大，性格怪异孤僻，不喝酒，不吸烟，不参加任何娱乐活动，很少结交朋友，过着几乎与世隔绝的生活。婚后因妻子行为放荡，博布罗夫备受嘲笑，他越发把自己封闭起来，全部的心思和精力都放在了案件侦查上，成为一部执法机器。在一次审理火灾的案件中，博布罗夫因受骗而错判了案件，这让他痛苦万分，审理案件越发勤奋，试图消弭自己的过错。此后，在审理外号"长老"的沙帕耶夫奸污自治管理局主席别洛泽罗夫的妻子瓦西里萨一案时，博布罗夫虽然把沙帕耶夫送进了监狱，但是沙帕耶夫的理论却让他开始怀疑自己一贯秉承的处事原则和司法公正，他备感失败，内心痛苦不堪，不久后郁郁而终。

在《第五个祸患》中，列米佐夫以主人公博布罗夫的命运为主线，穿插发生在小城斯图杰涅茨的一些离奇故事，这里的居民过着粗鄙荒诞的生活，他们酗酒、言语粗俗、行贿受贿、打架斗殴、造谣生事……作家描绘出一幅 20 世纪初俄罗斯外省小城的风俗画。

《鬼谷》中的七个短篇小说发表于 1902 年—1907 年，《永久的光辉》中的十个短篇小说发表于 1912 年—1913 年，《不落的光辉》中的七个短篇小说（本书翻译了其中的前五篇）发表于 1913 年。总体看来，《时钟》《不知疲倦的铃鼓》《第五个祸患》三部中篇小说中的现实世界光怪陆离，很难捕捉和感受到人世间温暖和爱的微光。与此不同，《鬼谷》《永久的光辉》《不落的光辉》三组系列短篇小说除了个别的小说以外，主要呈现的是人性中的闪光之处。在作家看来，这些闪光之处是人类生活和生命中"永久的光辉""不落的光辉"，它们驱散阴霾和迷雾，时时刻刻温暖着人们，给人爱和希望。

列米佐夫无疑是真正的语言魔法师（库普林语），他运用变化多样的艺术手法和高超的艺术技巧构建出一个个充满魅力的、魔幻的世界，就让我们跟随作家的奇思妙想，走进奇妙的艺术世界吧。

译者
二〇一八年春

目 录
Contents

时 钟

час
Выбирайте рассказ лемизова

当洪水以前的日子，

人照常吃喝嫁娶，

直到挪亚进方舟的那日，

不知不觉洪水来了，

把他们全都冲去。

人子降临也要这样。

马太福音，第 24 章 38—39 节

第一章

一

"科斯佳，为什么你的鼻子是歪的？"好像是风送过来的声音，传进了学徒科斯佳的耳朵里。

"歪的？……你说谎！"科斯佳愤怒地牢牢咬住难看的长嘴唇。他烦恼至极。

他的样子是那么奇异又古怪，不管怎样蜷缩起来，不管怎样躲藏，他都会落入大家的眼睛里——围巾帽不起作用，风把围巾帽撕扯下来，大家都知道，大家都能感觉到……他们能知道什么，能感觉到什么？——他们从不错过机会戏弄和嘲笑长相难看的人。

每天晚上，科斯佳都会在规定时间从自己当学徒的钟表店走出来，他穿过人头攒动的拥挤的街道，来到大教堂的钟楼上给时钟上弦。

科斯佳的衣兜里，给时钟上弦的钥匙哗啦作响。用这些可怕的钥匙，他可以打破任何一个挑衅自己的路人最坚硬的头骨，然而这可恶的烙印——歪向一边的鼻子，让他不得安宁。科斯佳觉得自己的鼻子就像伤口一样——伤口在心里的某个地方不断扩大，就像一个重物，日复一日越来越沉重，成为一种负担，让他直不起腰，压弯了他的脊梁。

无数次在家里的镜子前，科斯佳把这个歪斜的鼻子夹在手指之间，紧紧地挤压它，直到鼻子似乎挺直为止。

"我希望我的鼻子端端正正，就像图画上那样！"

"你比最难看的丑八怪还要可怕，马大哈！"人们在镜子前抓住他，捶打他，他勃然大怒，向前猛扑过去，咬伤欺辱他的人。

"要是明天早上，我睁开眼睛，像这样走到镜子前，万一我不是这个样子呢，那么他们就会说：'科斯佳，'"科斯佳高兴得咂着舌头说，"'你的鼻子……是歪的。'"

"说谎，你说谎！"科斯佳喊道，抵御着这惹人厌烦、摆脱不掉的话语，这话语在风的呼啸声中折磨着他。

要是他能高声喊叫而压倒这可恶至极、一直纠缠不休的机械重复，那该有多好，但是他连气都喘不过来，冷得浑身起鸡皮疙瘩。

诸多的欺辱、嘲笑和各种绰号，接连不断地落在他的头上，在他整个短暂而古怪的人生当中，他听到的只有这样的话，他给自己想出来的也只有这样的话。

各种欺辱在慢慢爬动，扯住围巾帽，爬进衬衫的领子，在那里咬住了胸膛。

在那里咬破了胸膛，汇聚成一条令人厌恶的水蛭。

这条水蛭开始吮吸他的心脏，而且说道：

"喂，咬掉了吗？睁开你的眼睛，那又如何？你的眼睛什么样？一只是斜的，另一只是鼓出来的。斜的——鼓的。两只眼睛。永远不会有人给你修复鼻子和眼睛，永远不会！你生下来什么样，一直到死都会是什么样，傻瓜！"

"为什么我是傻瓜？"科斯佳说。这话刺痛了他。

"那就是白痴，差别不大。"

水蛭非常愉快，不断膨胀，不断说话。无耻放荡的水蛭不断胀大，折磨着他，吸吮着他。

一阵燥热蔓延到科斯佳伸入衣兜深处的双手，令手指刺痒难受。

这样的爬虫要来纠缠了，小心！——它是毫不留情的。

"我知道，我知道。"科斯佳哭了，他眼含热泪，觉得自己就是一个十足的傻瓜，大家都这么称呼他——十足的傻瓜。他走路和其他人不一样，总是侧着身子走，他笑的时候也和其他人不一样，总是笑得非常生硬，所有的一切都不正常，不像正常人该有的样子。应该怎么样呢，该怎么样？教教我！

"你为什么不自己了结呢？"水蛭高兴得一时喘不过气来。

科斯佳呼哧喘了一声，他烦恼至极——这件事他是决定不了的。

"你还是一个没用的废物，干吗哭哭啼啼，干吗死乞白赖地央求，你为什么活着？一整天都在商店里，然后到钟楼上去，给时钟上弦。你为什么给时钟上弦？为了让时钟走吗？时钟没有停止过吗？它走得平稳而无聊，一小时接着一小时。可是，你精神上受着刺激。你的鼻子是歪的。这也不算是问题。问题是你为什么活着？"

科斯佳愣在了原地。

他颤抖的双唇挂着泪水，唱着儿歌，这首歌是他听到他哥哥的妻子——钟表店老板娘俯在女儿身上唱过的。

他觉得，他在歌词和曲调当中和某人交谈，还有人给他照亮了他那黑暗的畸形的生活。他觉得，他把自己所有的痛苦都融入了这首勉强听得见的歌曲中——痛苦在歌曲中吟唱。

心脏在跳动，没有人会听到，你会听到吗？身体生了病，没有人会看望，你会看望吗？内心悲伤，永远不会祖露出来，你会揭穿它吗？你不会让想活着的人死去吧？科斯佳想要活下去。

科斯佳没有挪动脚步，他挺直了身子，像蜡烛一样浑身滚烫。

但是就在此时，一个雪球从他身边飞过，像强壮的翅膀一样用力猛击过来，灵巧地一闪，像小鸟似的啄了一下他的头顶。

周围的一切都消失了。科斯佳的鼻子撞到了风吹雨打的冰冷的路面上，就这样脸朝下躺在那里，一动也不敢动，个子小小的，让所有的人都感到十分陌生。

他觉得自己身上压着一块石头，眼前纹丝不动地立着一块石头，周围一片空荡和黑暗。仿佛一切都已死去，世界上到处一个生命都没有了。他死了，科斯佳死了。

想象着突然之间到来的死亡，他感到无望的忧伤和极度的恐惧，因为他想活下去。

然而打击一个接一个，越来越有力，声音越来越低沉，比针还要尖利，比巨大的秤砣还要沉重，砰然撞击着后背，用力敲打着脊背。

科斯佳由于难以承受的痛苦而尖叫起来，迅速跳起来，向前冲去。

他跑着，就像一条腿被刺伤的狗，他也像狗一样尖叫着。

"你竟然往人身上撞！"

"你可真该死！"

"闪开，恶鬼！"

响起的辱骂的话语，刺得他两只耳朵阵阵疼痛，捶打着他的驼背，啄咬着他的脑袋，推揉着他的肚子。

他的全身颤抖不止。

深夜用黑幕笼罩着城市上空，将建筑物和烟囱与城郊的那片田野和那片森林连在一起，分不清界限。它把红色的灯火点亮，让月亮升上了天空，压抑着腹部疼痛引起的尖叫声，用匆忙的奔走、行人急促嘈杂的脚步声和街灯盖过了怜悯的哭泣。

一直对科斯佳纠缠不休的水蛭大概吃饱了。它浑身鼓胀，在心脏下面翻了个身，用懒洋洋的嘴唇夹住心脏干瘪的表皮，把污秽的血液吐了回去，接着这个没有眼睛的家伙又如同可恶的蠕虫似的蜷作一团。

科斯佳把卡断并黏合在一起的巨大手指——不是他自己的手指，贴在鼻子上：血液从鼻子里流出来，流个不停。

血液沾满了他的嘴唇，汇聚在喉咙里。

"嘿，你这狗娘养的，我打死你！"科斯佳突然挥起手，把拳头狠狠砸在路灯的铁杆上。

他清楚地意识到，他从来没有这样清楚地意识到：他是独立的一个人，而周围的一切是另外一种东西，他可以把这另外一种东西——整个世界翻个底朝天，他可以把它翻过来，他完全知道怎么做。

"我知道，我知道。"科斯佳步伐坚定，骄傲地仰起脸，动了动歪斜的鼻子：他没有感觉到疼痛，没有人踹他，也没有人打他耳光。

只是心脏就像一小块冰，在火热的胸膛里扑通扑通地跳动。

但是很快这块冰就在胸膛里融化了。

钥匙在衣兜里哗啦啦地响。

科斯佳紧紧抓住钥匙，他对自己深信不疑，觉得自己也变成了一把钥匙，于是就像钥匙似的半睡半醒而又信心满满地拖着步子往前走。

有人迈动着修长的女性般的双腿 科斯佳这样觉得——这个人身材也很修长，就这样出现在人行道上，两脚迈着小碎步快走起来，赶上科斯佳以后就消失了，接着又出现了，长着大鼻子的笑脸突然直勾勾地看着他的眼睛。

"科斯佳，"这个长着大鼻子的人颤抖着说，"为什么你的鼻子是歪的？"

科斯佳走过一条街又一条街，走过一个小巷又一个小巷，他爬上雪堆，在迷迷糊糊中信心满满地从冰上滑下来。

石砌的钟楼带着金色的圆顶，迎面闪烁着，一步一步地靠近，逐渐变得高大，在星光下泛着白光。

那个人慢腾腾地做着自己的事情，他笑得浑身颤抖：

"科斯佳啊，科斯佳，你能移山倒海还是不能，啊？你的鼻子是歪的……"

二

科斯佳往钟楼上爬去，他要去给时钟上弦，整个城市生活都按照这座时钟的报时而有条不紊地进行着。科斯佳没有数走过的台阶，它们似乎比平常要多，而且一级比一级陡。

他高高地抬起脚，敏捷地向上移动。

在每级台阶上他都会遭遇大风。风摇晃着科斯佳，震得他发聋。它长长的冰冷的手指，像是冻僵了的藤蔓抽打着眼睛。

那个长着大鼻子的人好像一直尾随着他，灰色的大钟不时地低声嚎叫着。

科斯佳朝着大钟的方向看了一眼，往更高的地方爬去。

当最终到达顶层时，他几乎要喘不上气来。

但是没有什么可磨蹭的。他立即开始干活儿：看了一眼自己手表上的时间，踮起脚尖，咬紧毫无生气的嘴唇，用冻僵的双手抓住一个巨大的杠杆。

他把整个胸膛压了上去，开始旋转。

被唤醒的时钟呻吟着，嘶嘶作响，它不情愿地嘶嘶地响着，像是老人家伤了风的喉咙似的声音嘶哑。

接着又沉寂下来。

不，它嘀嘀嗒嗒地响着——走得很艰难，缓缓地左右摆动，服从上帝的意志，因为它看不到终点。

它没有终点，它没有勇气一劳永逸地停止命定的转动。

科斯佳浑身发冷，已经冻僵，可是此时他身上却突然暖和起来。

他咧开露着门牙的嘴巴，猛然抓起铁条。他那么轻松，就像拿起一根小羽毛似的，把它向上高高地抛起，就这样冲到窗口，麻利地爬上窗台，弓起身子，艰难地伸出一只手，用颤抖的铁条触到分针，钩住了分针，向前拉去。

分针疯狂地转动起来，它停不下来，也不能歌唱，它绕着表盘向前跑着，从一刻钟到半小时，从半小时到不足一刻钟、到十分钟，从十分钟再到五分钟，从五分钟再到四分钟……

科斯佳把铁条从分针上拿开，他已经擅自让它向前走了几乎将近一个小时，此刻他站在危险的高处，迎着吹得猛烈的寒风，等待着时钟敲响。

他像大鹅一样弯下长长的脖子，把瘦骨嶙峋的手掌支在石头窗台上，低头看着下面被他欺骗了的忙碌起来的城市。

他无法克制权力带来的欣喜若狂的感觉；这种感觉像血液一样在胸膛里、在两鬓里流淌，在整个身体里面流淌，他无法闭上他那歪歪斜斜、哈哈大笑着的嘴唇。

他笑得流出了眼泪，笑得眼泪飞溅。

分针还在走着，就要走到自己的原点。

接着，大钟用铁舌敲响了爱好歌唱的心脏，大钟敲响了自己那首亘古不变的歌曲——自己的时刻。

无法停止命定的敲击声。

这敲击声一下接着一下，敲击声不是九下，而是十下。

于是响起哈哈大笑声、叮叮当当的响声，响起惊恐的喊叫声、哭泣声，在这颗心里，在那颗心里，在第十颗心里，响起不耐烦的尖叫声。

哈哈大笑而又不停哭泣。

月亮像一个健康的女人，被沉醉的寒冷的云雾熏得黑乎乎的，赤裸裸地在天空中滑行。

停息的钟声变得低沉而洪亮，钻了进来，弥漫起雾霭，遮住了自己沉醉的红色身体。

突然间又变得异常安静。

只有一个狂野的声音打破了寂静。科斯佳唱起了歌。

他唱完自己那首高傲的歌曲，朝着下面忙碌的城市吐了一口。

科斯佳不慌不忙，开始缓慢地往下走，他锁上了钟楼，朝家里走去。

他的心里没有恐惧，没有痛苦，他只是无拘无束地扑哧扑哧地笑着：

"我拨快到十点啦，敲了十点钟，哈哈哈，哈哈哈！我想拨快到午夜十二点，我天不怕，地不怕，哈哈哈，哈哈哈！我回到家，我要喝茶喝个够，我最喜欢喝茶啦。"

科斯佳陷入混沌之中，脑海中一片空白，一个声音都发不出来。骄傲之情充溢着骚动不安的内心。

他朝着河边钟表店的方向步履蹒跚地走去。

在瞭望台上，消防员裹着羊皮大衣，戴着糟糕透顶的消防帽，他突然惊醒过来，面无表情地盯着这个城市，寻找着火灾。他没有看到火情，开始习以为常地在鼓胀起来的黑色气球和嗡嗡作响的电线附近走来走去。

一些正在驶离车站的火车急匆匆地加快着车速，尖声地鸣着笛，笛声越来越尖利，越来越频繁。

马车夫想要把马赶快些，用鞭子使劲儿抽打着自己那几匹饥饿的额头有白斑点的马，而他们自己则承受着害怕晚点、急着赶时间的乘客们的拳头。

报务员身体弯成了弧形，他用一只磨出老茧的手指麻利地在令人难以忍受的仪器的键子上舞动起来；他搞错了话语，一个接一个地编造出无稽之谈和虚妄之事。

在"新世界"欢乐的大楼里，没有睡足的年轻女子们抹着香粉，抹在有些麻点的发青的脸颊上，抹在被揉皱、被摸脏的胸前那些去除不掉的伤疤上。

公证人对这一时刻非常满意，把一堆要准备拒付证书的逾期未付的期票放进皮包里。

墓地的看守把铁锹藏在前衣襟下面，正要去盗墓。看守养的那只猪正在哼哼着——它嗅到了自己的猎物。

卖啤酒的人打开了最后几瓶酒。公家店铺的门已经上锁。

不幸和悲伤越过边防哨所，在城市中四散开来，进入了千家万户。

标着记号的人焦急不安起来。

他等待着死刑。

主啊，用你那太阳、月亮和星星的光芒来照亮我们吧！

三

一个身材矮小、驼背、戴着围巾帽的人，像野兔一般平静地过了河，在省长家门口稍做停留，朝门里看了一眼，耽搁了片刻，继续自顾自地往前走去。

科斯佳在想什么，他想要什么？有一些想法不经意地叫住了他，拦住了他，又放开了他。他往前走，因为他应该往前走；他转了个弯，因为有人要让他转弯；他站住了，因为有人用手阻止了他。

看守院子的人锁上了大门。院子里放进来几只狗。一些灰色的人影急匆匆走着，在围墙附近、在通道上停了下来，冷得浑身颤抖、哆嗦。

"应该去找我心爱的人！"科斯佳咧嘴一笑，加快了脚步。

现在他怀着一个坚定的想法走着：应该去找自己心爱的人。

走到日用小百货店的时候，科斯佳敲了敲窗户，高兴得扑哧一笑，猛然冲进门里，就像是这里的常客。

"您好，您过得怎么样？"科斯佳伸出手去抓一只小手，但是这只小手嘲弄地躲闪着。

老板的女儿莉多奇卡动了动如雕似琢的小鼻子，一句话也没有回答。

"怎么，科斯佳，你热吗？"突然出现了一个店员，是一个浅色头发的小伙子，几绺稀疏的鬈发垂到额头上。

科斯佳高傲地看着他，没有放下伸向莉多奇卡的那只手：

"去你的吧，你才热呢……"

"可是我在想，"店员喋喋不休地说，"为什么，科斯佳，你的小鼻子被烤焦了呢？"

"可是您的头发都掉啦，聪明的脑袋！"

被刺到痛处的店员厌恶地嘿嘿一笑：

"你最好快点儿走吧，不然大家会非常想你的，丑八怪！"

科斯佳靠在柜台上，嘀咕着什么，不想离开。

"聪明的脑袋"——皱着眉头的店员折着纸盒，莉多奇卡数着现金。

"祝您健康！"科斯佳把门弄得砰的一响，猛然解开大衣扣子；他摇摇晃晃，像喝醉了一样，朝自己家里走去。

但是天色已晚。钟表店已经上了锁。

透过安装在窗户上的栅栏，可以看见一盏没有灯罩的洋铁灯——一个不眠的守望者。它就放在庞大的留声机张开的金属嘴巴旁边。留声机在打哈欠的时候僵住了。

在四周的各面墙上，钟表睡眼惺忪地走着，它们是那么怪异而神奇：因一阵阵痉挛而哆嗦着，笑容忧伤，委委屈屈，样子痛苦，一副嘲弄的表情。

在半睡半醒之中，各种各样的金器、珍贵的小摆设都变得十分暗淡，现在的样子都很难看，这让人想到那个命定的结局，会适时降临到万事万物身上，不会过问任何人的意见。

外面一片忙乱的景象。

人们在把百叶窗挂到门上，把门闩锁上，钥匙哗啦啦直响。

所有的人全都到齐了：有师傅谢苗·米特罗凡诺维奇，他浑身浮肿，一双小眼睛平淡无奇，整个人萎靡不振、肌肉松弛，因披着毛皮大衣而显得过于肥胖；有莫佳，他是有点儿耳聋的店员，是老板娘的弟弟，长着有点儿滑稽的小胡子；有拉娅，她是科斯佳的姐姐，面色不光润而又苍白，是一个活泼好动的姑娘；有学徒伊万·特罗菲梅奇，他的小脸儿表情严肃，根本不像个孩子，还完全没有发育的迹象，戴着一顶磨破了的羊羔皮帽子；有老板娘克里斯蒂娜·费奥多罗夫娜本人，她是城里第一美女；还有一条耷拉耳朵的小狗库蓬。

"我可以问问您，"师傅拦住老板娘说，"明天谢尔盖·安德烈耶维奇会回来吗？"

克里斯蒂娜·费奥多罗夫娜瞥了他一眼，打量了一下，突然转身走开了。

科斯佳一直打扰着大家，被大家赶来赶去，此时他哈哈大笑起来，抓住师傅空荡荡的袖子，开始讲起他和莉多奇卡的会面，讲他是如何捉弄了"聪明的脑袋"，还讲了莉多奇卡如何和他眉目传情，他不停地咽着口水，总是打断自己的话。

"谢尔盖·安德烈耶维奇是你的哥哥，你一定知道！"师傅打断科斯佳的话说道。

"莉多奇卡的眼睛可真好看！"

"现在人都是这样，不想付工钱，简直不是人，真是坏透了。"

"您知道，谢苗·米特罗凡诺维奇，我有一个有趣的特点：我进门的时候，我会打招呼，可是我离开的时候，我却不伸出手。"

"你就是跑了，兄弟，也一定会逮住你的，你会被单独监禁的。"师傅继续说着自己要说的话。

"怎么会单独监禁呢？"

"这是真的，非常简单，现在这样破产就能把你兄弟送进监狱，就在那里舔老鼠尾巴、数着蟑螂皮过日子吧。"

"蟑螂皮？"科斯佳再次问道，他的心里惊恐不安，便放开师傅的袖子，急忙扑向克里斯蒂娜·费奥多罗夫娜。

他慌里慌张扑过去，可是她还离得很远：她缓步往前走着，没有停下来。

科斯佳撞到了什么东西上，撞得很疼，他站起来，拼命往前跑去。

"克里斯蒂娜·费奥多罗夫娜！克里斯蒂娜·费奥多罗夫娜！"科斯佳扯开嗓门大喊起来。

克里斯蒂娜·费奥多罗夫娜回头看来一眼，勃然大怒，眼睛紧紧盯着他，接着怒气瞬间就平息下来。

"谢廖扎在哪儿？"科斯佳喊道，他的声音已经不像人的声音了。

可是克里斯蒂娜·费奥多罗夫娜却没有回答。

"谢廖扎在哪儿?"科斯佳勃然大怒。

"这不关你的事,闭嘴!"克里斯蒂娜·费奥多罗夫娜生硬地打断了他的话头。

科斯佳大发脾气,哼了一声。他在后面恶狠狠地用鼻子大声抽气。他抓着惊惶不安的女人,就好像吊在一根细绳上似的。

这根绳子缠绕着他的心,一步一步地结儿越打越紧。心逐渐破碎,然而却没有力量解救自己。

"我过得糟透了,"科斯佳喃喃地说道,"躺下睡觉,我睡不着,肚子一阵阵地疼。"

"你最好不要敞着怀到处闲逛,读书对你来说没有好处,你知道吗?"

"我总是自己跟自己说话,就这么一直醒着,怎么说更准确:醒着还是醒来。"

"你就会胡闹,所以你才这么瘦!"克里斯蒂娜·费奥多罗夫娜心里只有一个想法:什么时候这个白痴可以不再纠缠了呢?科斯佳让她心里十分不快。

"您猜猜,我今天见到了谁?"科斯佳贸然说道。

她烦躁地耸了耸肩。

"是涅利多夫先生!我到药店买一种很贵的药膏,我走出药店的时候,他就站在那儿。"

克里斯蒂娜·费奥多罗夫娜想现在马上见到这个人,想立刻见到他:他一定能做到,他会解救他们的。

"他说,发生了非常不幸的事情。"

"什么?"

"他说，发生了非常不幸的事情……克里斯蒂娜·费奥多罗夫娜，谢廖扎在哪儿呢？"

但是她猛然挣脱出去……她没有转过身来，而是快步走开，走得非常非常快。

"嘀！"科斯佳在后面追赶着她。

科斯佳昂首挺胸地往前走，他对自己，对自己的力量感到惊讶。他希望所有的人都怕他，都会追随他，请求他怜悯他们，然而他会把所有的人都单独监禁起来，让他们都去数蟑螂皮。

他一只手里拿着钥匙，就像是拿着帝王权杖似的，不断在向人们点头致意，一直面带微笑。

他就这样走到房子跟前，越过栅栏，爬进房前的小花园，悄悄地走到窗前。

在窗边的桌子旁坐着他的妹妹卡佳；她是一个中学生，正在手按太阳穴死背功课。

科斯佳想捉弄捉弄她，他敲了一下窗户，然后躲了起来。

卡佳的视线从书上离开，变得不安起来。

他又一次走到窗前，把脸紧贴在窗户上，做起了鬼脸。

卡佳跳了起来，挥了挥手。

"嘀！"科斯佳哼了一声，趾高气扬地走进了房子里。

四

"别胡闹了，你这个长着大鼻子的白痴，你真是叫人不得安生！"奥莉加躲避着科斯佳，她是一个又高又大的厨娘，被科斯佳拉到跟前，她像拉娅一样挽着蓬松的发髻。

但是，科斯佳根本没有想要放手。他使劲儿咬着颤抖的嘴唇，试图把奥莉加牢牢抓在身边，他紧紧盯着她的胸口。

奥莉加挥动着两只胳膊，揪着这个令人厌恶的水蛭，想方设法最终灵巧地躲过了他的纠缠，朝他牙齿上狠狠一击，只见他猛然啪的一声摔倒在地上。

科斯佳站起身，对他来说这不是第一遭了！他把外套拉平整，呼哧呼哧喘着粗气，朝楼上餐厅走去。

"坏蛋，瞎了眼的傻瓜！"他边走嘴里边嘟囔着。

餐厅里亮着一盏灯。

热茶炊熄灭了：有东西在里面闪动着，就像夜里不休不眠的火车上一样。

克里斯蒂娜·费奥多罗夫娜默不作声地端上一杯茶，拿来一块面包。

科斯佳喝了一口茶，把面包瓤塞进嘴里，鼓起腮帮子，开始使劲儿嚼起来。

克里斯蒂娜·费奥多罗夫娜被一圈人围得紧紧的，她无法从里面走出来，当她觉得可以脱身的时候，看了一眼科斯佳，心中充满了恐惧和厌恶，她深深陷入这种情绪之中。

她的丈夫谢尔盖，也就是科斯佳的哥哥，离家出走了，他不可能不离开家——无处躲藏：生意风雨飘摇，没有钱可以还债。

从她置身于这种不可避免的命运之中、所有出路都被堵死的那一刻起，她这一整天每走一步都在思量。

只剩下一个应急的手段，摆脱困境的唯一办法——信念：相信将会发生一些事情，让一切都恢复到原来的样子，一定会发生奇迹。但是，就连这个唯一出路的大门，在那个时候，在火车站，也砰的一声关上了——奇迹并没有出现。

她的思绪追随着谢尔盖。她也一直在回忆。他们告了别。第三遍铃声响起。火车开动了——已经没有了摆脱困境的出路。而且,她最初一直在想象,她不由得回想起,有一次她偶然参加了一个祷告仪式:送士兵们上战场;就在神父高声宣读有关旅行者、受苦受难者、俘虏的祈祷文的时候,一个后备队士兵从队列中跳了出来,从妻子手中夺过孩子勒死了他……回想起这次祷告仪式,她摇着头,眯起了眼睛。她的思绪在驰骋。此时她追赶上了火车。她就坐在那个车厢里,就在丈夫旁边,和丈夫在一起。但是他看不到——他其实看到了,只是不敢抬起眼睛。这是不可避免的。

她的思绪突然转到了早上。他们并排坐着,坐在一起。所有的一切都毫无希望了,剩下的只有一个信念——会发生奇迹。她那时候没有想到:这个涅利多夫,他能解救他们的,他会找到补救的办法。他能解救他们的。然而现在已经晚了。但是,要知道不是常常会发生这样的惊喜吗? 不,只是不会发生在他们身上。

她似乎清楚地看到:一辆沉寂的火车车厢,谢尔盖躲到了角落里。他突然感到全身疼痛,心里一阵阵发紧:应该回家! 他欠起身子,看着窗外,火车在疾驰——这与他无关,周围全都是平原——与平原也毫无关系。他整个人蜷缩起来,不知道该怎么办。哪怕有一点儿摆脱困境的办法,即便希望渺茫,也会立刻离开这里! 他心里一直这样想。然而什么办法都没有。车厢里一片沉寂,火车在疾驰,平原在沉睡。过去的日子拧成一把把鞭子,挥舞着落下来,不断地抽打着,抽打在身上。

"阿嚏!"科斯佳呛了一下,朝杯子里打了个喷嚏。

克里斯蒂娜·费奥多罗夫娜呆愣着不动。

她的脑海中突然产生了一个令她不快的想法:他们是兄弟,谢尔盖和科斯佳,她还想起,在路上她产生了错觉,把科斯佳当成了谢尔盖,她无法原谅自己会有这种错觉，心里面暗自冷静地思量：他们可是连耳朵都长得一样，还有别的地方也是……

她厌恶地皱起了眉头，那些理不清的思绪萦绕在脑际。

她真想跳起来，对着整个房子、整个城市、整个世界高声呼喊，在喊声中消除苦闷、恐惧和愤恨，消除所有的一切、一切。她自己也不知道，在她激动的内心里面翻来覆去地想的到底是什么。

呼噜呼噜的响声突然弥漫了整个房间，声音越来越大，时而被咝咝声打断，然后发出呼哧呼哧的声音，接着呼噜声又此起彼伏地响起。

这情形，就好像有人在耳边故意用一把钝刀刮着玻璃似的。耳朵是堵不住的，也无处可逃。

科斯佳的父亲驼着背，样子憔悴不堪，他掩着油迹斑斑的长衫的前襟，鞋蹭着地，慢慢地走了过来。他默不作声地用一只颤抖的手移过来一把椅子。

老人刚刚坐下，显然也刚刚平静下来，可是疼痛又突然袭来。他浑身抽搐着敞开长衫，忙不迭地用瘦骨嶙峋的双手按着他那汗毛很多、脏兮兮的胸口，开始呼哧呼哧地喘起来。

呼噜呼噜的声音还是一直不停地响着。你是制止不住它的，你阻止是阻止不了的。

"谢廖扎走了?"老人喘了一口气，问道。

"您是知道的。"克里斯蒂娜·费奥多罗夫娜冷漠地回答，她心里诅咒着这个令她不快的老头子，诅咒着这个装腔作势、贪淫好色的人。

是的，他说谎，他装模作样，他希望不要想到他，不要打扰他，不要去求他，然而他是有钱的——她知道，但是他不想，他不想帮助儿子摆脱困境。

因此，她诅咒他，心里不由自主地暗想着人们在仇恨他人的时候，常常会想到的所有那些贬斥之词、所有那些责备的话语。

她仿佛看到他脱了上半身衣服的样子，那样肮脏不堪，骨瘦如柴……他已经没了牙齿，嘴巴流着口水，浑浊的眼睛瞪得大大的，这双手令人讨厌……每当奥莉加刚一卷起自己的袖子给他的胸口擦药，他就用双手抚摸她裸露着的手臂，那样子有气无力，鼻子发出呼哧呼哧的声音。擦的永远都是这种芥末膏药，这膏药会让你喘不上气来。

"哼！你折磨自己的妻子，你这个可恶的人，折磨所有的孩子，还养了这么个笨蛋……就像占着干草堆的一条狗，真是个占着茅坑不拉屎的人！"她心里暗生恨意。

老人想必暗中听到了她心里隐秘的想法，愧疚地眨着眼睛，看到完全没有给他面包的希望，便自己伸出手去，但是一块面包也够不到。

科斯佳猜到了，便把手伸过桌子去拿面包，他一拉桌布，袖子碰到了一个装得满满的水杯。

水杯打翻了，滚动起来，然后啪的一声掉在地上。

克里斯蒂娜·费奥多罗夫娜跳起来，举起双手，怪异地眨眨眼睛，扔掉了钥匙，走出了房间。

"又偷拿东西，"科斯佳嘟嘟囔囔地说道，他把自己身上的水擦干，"算了，去他的！"

当她的脚步声消失了以后，老人闭上眼睛，又稍等了一会儿，然后从椅子上欠起身来，小心翼翼地环顾四周，把五根手指都伸进一个装巧克力的盒子里，抓出几颗放在手掌上，开始吞咽起来，连一口气都不喘，贪婪得就像一只饥饿的小鸟。老人很长时间以来就认定，似乎他是一个胃口极大的人，可以吃很多糖果，放进嘴里多少就能吃进去多少。而且也应该补一补。他吃够了之后，在还没觉得恶心的时候，又弯下身来，孤单单地呷着清淡无味的茶水，痛苦地思索着自己老年的猪狗不如的生活。

他把商店交到儿子手里，给了儿子一些钱购置必不可少的家当，到头来却是一场空。可是付出了多少辛劳，经历了多少磨难啊！他一点一点地攒钱，夜里睡不上囫囵觉，当牛做马，节衣缩食，到头来却是一场空。可是对待你，就像对待一只狗似的，是的，就像对待一只狗那样！就是现在，也还是想要他出钱。哪里还有什么钱？他没有钱，一文钱都没有。即便是他有钱，他也不会出钱的，为什么要把钱拿去打水漂呢？不，不行！

诚然，他也能弄到一些钱，但是他不想这么做，他不想这样做，是因为大家对待他就像对待一只狗似的，都想把他送进棺材，想到自己还有一些权力，他那衰老、被一身老毛病折磨得疲惫不堪的身体得到了些许安慰。

"科斯佳，"老人亲切地说，"你看今天的报纸了吗？"

"我不看报纸，我不是那种人。"科斯佳摆弄着早晨刚刚绽放的花朵，把花瓣抠起来，好让花朵变得更加茂盛。

"哎，瞧你说的！"老人眨了眨眼。

"关于动物，"科斯佳继续说道，"都是律师们的言论，关于野蛮民族，这倒是值得深思的，这是我的兴趣之所在，因为大自然确实就是一切……那些游记，千百万人的诞生，他们从何而来，为什么而来，他们的职责是什么，使命是什么。我就是不吃饭，也会去看的。关于战争的，我不喜欢看，那是小孩子的爱好。"

"你呀，科斯佳，真是个笨蛋，总是胡说八道，苍蝇蚊子都会把你吃掉的！"老人把沙丁鱼挪到跟前，用几根手指一个接一个往外拿，开始狼吞虎咽地吃起来。

"我想问您，爸爸，"科斯佳沉思道，"有没有这样一本书，里面一切都写得清清楚楚，所有的生活都写得明明白白？写着该如何生活？"

"有过一本，可是现在已经没有了，"老人摇摇头，吧嗒着嘴，弄得脏兮兮的，"这本书叫作《鸽书》……"

"《鸽书》……"科斯佳拉着长声说。

"荒唐之至！"老人嘴里发出咯咯声，肚子吃得鼓鼓的，黄油顺着胡子流到了长衫上。

"既然我会死，为什么还要活着，我一定会死的，而且任何生活的乐趣都没有，真是白活一场。"科斯佳把花扔掉，走到桌旁，目不转睛地望着老人说，"我想学吹小号，爸爸，卡佳的老师说我太虚弱了，我不能这样下去，对我来说那是一个办法；我想偷偷地学，爸爸，我不想让任何人知道。"

老人突然浑身抽搐了一下，他觉得，似乎有几条牛腿从他的茶杯里伸了出来。

"科斯佳，你什么都没看到吗？"他嘴巴歪斜着问道。

科斯佳瞪大眼睛问道：

"在哪里？"

"你靠近一点儿，你这个笨蛋！"

但是咳嗽使老人病痛的胸口越发憋闷，他赶走了最近几天仿佛到处都能看到的那些牛腿，老人站起身来，抽搐地掩上长衫的前襟，朝沙发走去。

他躺在了沙发上。

"我过得糟透了，"科斯佳小声嘟哝道，"再见，该睡觉了。"

"既然我会死，为什么还要活着！"老人心里哀叹着，老人没有抬眼去看，怕看见那些牛腿，他想起了自己的青春、健康、死去的妻子，想起了那遥远、去而不返的一切，他很难相信，那些不是在做梦，而是真的曾经有过。

他欠起身来，张开嘴巴。

他就这样坐着，心里只因那遥远的一切而充溢着挥之不去的痛苦，他什么都看不见，什么都听不到，心里只因那一去而不返的一切而充溢着绵绵不去的痛苦。

科斯佳在窗前站了一会儿，望了望寒冷的远方和月亮，巡视了各个角落，然后像月亮那样停了一会儿，接着便走下楼去。

拉娅和莫佳来了，她们说的话让人莫名其妙，吞吞吐吐的，只有她们两个懂，她们很快喝了茶，然后就离开了。

卡佳来了，她若有所思，疲惫不堪，掰下来一点儿面包，便走到镜子跟前，照了一下镜子，那样子就好像有人在看着她似的，她忧郁愁闷起来。她在房间里走了走，打开钢琴盖，但是看到父亲以后，又悄悄地把钢琴盖放下，匆忙走了出去。

奥莉加来了，有力气的双手迅速把餐具洗干净，放进餐具柜，往自己的口袋里放了一把糖，抓起茶炊，拿到厨房去了。

小狗库蓬跑来了，它嗅了一下老人，看了看窗外的月亮，蜷缩在沙发旁边睡着了。

老人坐着，一动也不动。

他真的觉得，他的脑袋里有很多蟑螂，因此脑袋里满是蟑螂卵，它们甚至在成群结队地游动。他感觉到蟑螂的触角从他的眼睛里伸了出来，感觉到了蟑螂卵的气味，他却没有动弹。

他就像那种可怖的东西——它守着所有的住所，它就站在门旁边，偷听到幸福的话语以后，便用血液将其除掉，而为潜藏着的不幸打开一条显而易见的缝隙。

布谷鸟从时钟上跳了起来，急急忙忙地叫了一声，就躲藏进它的小房子里。

时间在流逝，一刻接一刻地将一个个钟头推入永恒的深渊，一去不复返，或许是为了亿万次地重复同样的事情，这只有天晓得。

五

克里斯蒂娜·费奥多罗夫娜点燃了蜡烛。

不,她睡不着。

丈夫那还没整理的床铺映入眼帘。

她想起了从第一天开始的一切,想起了每一个一起度过的日子。

她心里满是这些折磨着她的思绪,萦绕在脑际挥之不去。

于是她翻来覆去,挣脱开掐在她脖子上的双手,那双手越掐越使劲,越掐越紧,掐得那么紧,她已经无法呼吸。

她憋得要死,忽然跳了起来,开始在房间里走来走去。

她眼前浮现出一些红色小圆圈,而小圆圈里面有一些橡胶小人在蹦蹦跳跳。

她突然奔到一张小床跟前。

在小床上,一个小女孩伸展着四肢安静地沉睡,小嘴噘着。

"我的女儿,我亲爱的,你睡着了,你不知道。接下来会发生什么,等着我们的会是什么呢?"她停下来,挺直身子,"不,我想活下去,你也会活下去;我们会在一起,就像现在这样!"她握紧双手,"我会克服困难的,我会摆脱这可恶的困境,要是折磨我,我有足够的勇气,要是羞辱我,我也不会放弃自己。我还年轻,我会获得力量。我不会被踩死的,我不想! ……"她苦笑了一下,心里想道:一天都还没有过完,明天又是一天,接着是第二天,然后是第三天、第十天、一个月、一年、两年……

她呆愣着,就好像有人用刀砍了她似的。

瞪大的眼睛里满是恐惧。

在隔壁,就像刚才那样,响起了呼噜呼噜的声音,这呼噜声此起彼伏，伴随着呼哧声和呼啸声。老人一直气喘吁吁。

那情形，就好像有人故意在耳边用指甲刮着纸似的，还把手指弄得咯吱咯吱响。耳朵是堵不住的，无处可以躲藏。

她用手按着发热的两鬓，冷漠的眼睛变得通红，就好像是血液从眼睛里滴落下来，不断地滴落，在白衬衫上凝聚成圆点。她紧紧抓住心口。挥之不去的思绪钻刺着大脑，不断地钻刺着，一直钻刺到那根隐秘的神经；要找到这根神经，马上把它切断。

她跪倒在那里，脸色苍白。

"主啊，原谅我吧，原谅我，原谅我！"

她执着地祈祷着，心怀一个被遗弃的女人那全部的忠诚的信仰，为他祈祷，为自己祈祷，为老人祈祷，她自己也不知道，她想要什么，她在祈求什么。

她站了起来，走路摇摇晃晃的。她软弱无力，便停了下来。漫无目的地挪动着桌子上的东西，神情专注地而又毫无意义地整理着书本和小摆设。她侧耳倾听，看着洒满月光的窗户。

窗外苍白的积雪闪闪发光。

飘向四面八方的浓烟闪烁着火花。

思绪中闪现出希望的微光。

"发生了非常不幸的事情。"

"这是谁说的？"

"是科斯佳吗？"

"不是，到底是谁呢？"

她回想起来了。她因这些蜂拥而至的想法激动得脸都红了。

她激动的双唇低声絮语着。低声絮语着，请求着。一边请求，一边祝福。她笑了，心里却很忧愁。她陷入忧愁之中，脸上一片绯红。

"叶莲诺奇卡，我的孩子，小宝贝！"她依偎在小床边，亲吻着孩子。她的胸膛因悲咽而起伏不定，就好像正经历着巨大的无比的喜悦。

蜡烛在融化。

燃起了火苗。

火苗非常明亮。

如同明亮的霓虹一般闪耀着，就像是一支镀金的蜡烛。

一只古老的时钟的金色小钟摆一直在摆动着，它抖动着，就像一个好动的人，充满活力地抖动着。

六

在楼下的儿童房里，拉娅睡着了，她本能地害怕着什么，笨重地翻着身，四仰八叉地躺着，莫名其妙的重物压得她喘不过气来。重物突然不断地撞击着，带来一阵阵令人愉悦舒服的战栗，让她身体麻木，然后又让她放松下来。

拉娅梦见了一栋偏僻的房子。拉娅走在错综复杂的走廊里。她走过所有的走廊，回到了门口，回到门口以后，她躲进一个黑暗的贮藏室，在那里，她陷入了一个姑娘过的那种生活，人们都了解这种生活，过这种生活的女人都把脸半遮半掩起来。

卡佳辗转反侧，她无法闭上自己忧愁的双眼。

她在自言自语——无论什么都无法挽留住他。

她清楚地知道，哥哥不会回来了，她也清楚地知道，霉运守伺着他们的房子，而幸福……幸福打开大门，往里面一看，他不在，他已经了无踪迹。但是她不知道，这样的情形是否随时随处可见，或者只有他们家才这样。然而周围是那么多的欢声笑语，那么多的嬉戏娱乐，甚至有的时候都想要笑得前仰后合。

要是有可能重新开始生活，要是有可能变得像叶莲诺奇卡那么小，并且还可以梦想着再过短短的几年，她就可以考上中学，她会有一条带黑色护裙的深绿色连衣裙，而再过很多很多年，到那时就会走遍全世界，会无所不知……要是那样的话，现在她就完全不会这样开始生活。

她的双唇张开，请求着……请求重返当年的岁月，可以梦想会有一条带黑色护裙的深绿色连衣裙，可以在心里想着，起风的时候，会有很多只小猫出生，会因为不能给小公鸡挤奶而哭泣，会希望所有的玩具无一例外地再回到身边来……有小狐狸，有兔子，还有小熊……

从人行道结冰的小木桥上传来干巴巴的破裂声；有人在窗下把雪踩得咯吱咯吱响，有人把脸在冰冷的窗户上压扁了吓唬她。

不太美观的时钟上落满了尘土，指针在笨重的玻璃套子里坚定不移地走着。

在床边的小柜上，一只黑色小钟正在嘀嗒嘀嗒地走着。

"要是你们能告诉我……"

卡佳倾听着小钟的嘀嗒声，她一直觉得，借助这些能分辨清楚的声音，借助这些勉强听到的声音，她可以进入一个极深之处，在那里能看见所有的一切。

它们会接受她的。

它们会带上她的。

它们会引领她的。

谢尔盖离家远走了，昨天这件事谁都没有想到，谁都不知道。然而当妈妈临终时的哭喊声响彻整栋房子的时候，大家就都知道：死亡已经进了家门。谢尔盖离家远走了。

"你们知道吗?"

接着卡佳回想起去年夏天——这时间并不久远,她和哥哥一起住在疗养区,那里还住着一个大学生,她便爱上了他,她也相信,她会爱他一直到死。

大学生是否明白,认识他的人是谁? 哥哥看到了,哥哥也知道,却从来没有欺负她,不像拉娅——讨厌的拉娅这个小滑头欺负她那样,也不像科斯佳——讨厌的科斯佳这个傻孩子那样戏弄她。

要是谢廖扎问她,她就会对他敞开心扉。而她特别想要敞开自己的心扉。

但是现在他不会问了。

他不会回来了。

"不,这不是真的,这不可能!"

她心中充满了少女初恋的喜悦,出乎意料的爱情带着充满了希望的她走向光明、光明。

她恋爱了,她相信,她会爱他一直到死。

月光下的云朵在窗外飘荡,她接下来的人生岁月在继续、在绵延。

他会回来的,会回来的!

人行道结冰的小木桥上又响起一阵干巴巴的破裂声,低沉地划破冰冷的空气;有人悄悄地偷着走近窗口,把雪踩得咯吱响。

微微泛绿的光线洒满房间,渗入到所有的东西里面。

黑色的小钟闪闪发光。

它嘀嗒嘀嗒地响,悄声细语,哼唱着,安慰着女孩子这颗萌动的心。

七

醉酒的一群人吵吵嚷嚷而又摇摇晃晃地从"新世界"欢乐的大楼里

涌了出来。"新世界"里面熄了灯，人们准备度过酒醉之夜。乐师收起庸俗乏味的乐谱，演奏者弹奏完了最后的音符。

你这样折磨人，你的到来不择时间，让人伤心，让人害怕，让人上当受骗，这是为什么呢？你为什么不露出你的面孔，不说出你的故土，你——永远的栖居之所、恒久的心爱之地——是我的生命、地狱和我的天堂。

师傅谢苗·米特罗凡诺维奇挽着无精打采的莫佳离开大门，烂醉如泥的两个人忙不迭地沿街向下走去。

微微泛绿的灯光闪烁着，街道上很明亮，一切都能看得清清楚楚。

树木上装点着华丽的珍珠。

结实的枝条被白色珠宝压得吱吱作响。

潮湿的住房、破烂的黑色窗户、烟熏的屋顶都一片银白，仿佛是在童话里。

师傅向莫佳倾吐着自己沮丧的内心：

"就是这个太太爱上了我。她说，如果你想要钱，谢尼亚，我的钱都给你，她说，你就用吧，你想怎么花都行。很好。圣灵降临节的时候，我添置了一套不错的金褐色西服，就到公园去玩儿。还一起拍了照。可是我的脑子里却一直在想：你会忘了我的，坏蛋。她没有忘记我，给我的信一封接一封，她非常爱我。来吧，她说，或者我自己去找你。我是会去的。我不是坏透顶的人，是什么愿意受人摆布的人，我不会让自己被愚弄，她也是个家庭主妇，是个荡妇！你想要，她说，给你一千，嘿嘿！可是她的女朋友普柳加夫卡搞起了麻烦事，蛮横地来干涉，真的是这样：谢尼亚，她说，你要是在这些地方、在故乡待得不耐烦了，厌倦了，或者就是想要这样……"师傅停下脚步，开始在各个衣服口袋里翻找，扔掉了一些没有用处的揉成一团的碎纸片，却没有找到普柳加夫卡的来信，"鬼东西，混账，巫婆！"他在气头上威胁说，不再翻找，挥了一下手，"谢尼亚，就是这个太太说，你就当我死了吧……"

"我有过生活经历，"莫佳非常同情地说道，脚下绊了一下，"我来到圣彼得堡，那天晚上我就得了病……"

"嘿嘿！"

"第二天我去看医生。医生说……"

"真是个傻瓜。"

"医生说……"

"他到底说什么，该死！我很早，兄弟，就得了你这样的淋病，我根本就不在意，笨蛋！"

"医生说：年轻人，我有过生活经历……"

"有过经历！你就是个聋了的笨蛋，一个废物，一只阉过的公猪！"

莫佳很生气。他试图摆脱师傅的拥抱，把手抽了出去，于是扑通一声跌倒了。

"狗崽子，狗崽子……"他咬牙切齿地说道，但是却实在没有力气站起来。

他开始在地上爬。

师傅心情愉悦起来。小心翼翼地把莫佳扶起来，挽起他的手，拖着他往前走去。一直把他拖到篱笆跟前，才放开了手，走在他后面，轻轻地抓着他的衣领，比他走得慢一点儿，还有好几次非常高兴地用鼻子把没有自卫能力的莫佳戳向挂了霜的栅栏。

"笨蛋，秃头，大鼻子！"

莫佳没有反抗。

"狗崽子……"他咬牙切齿地说。

两人默默地往前走去。

他们的影子在月光下摇摇晃晃，像狗一样到处乱窜，像船一样漂游。最后隐没不见了。

师傅态度和缓了一些，他说起话来，就像竹筒里倒豆子似的：

"我嘛，我的兄弟，认识一个邮政局官员沃尔科夫，性子倒是温和，不过是一个好色之徒，他得的病，就是这个沃尔科夫，要不是你这种荒谬可笑的淋病，而是更糟糕的病，杏仁恐怕也无济于事。我和他有那么一点儿相似之处。他为了治好病就结婚了，人们都说，这会有帮助。他过了一年快活日子，妻子突然回了她父母那里，可是他呢，我跟你说，耍的是什么把戏呀，这是真的。你要是去了他那儿，这是常有的事儿，你就会说，沃尔科夫，你那个内当家的小狗过得怎么样？他就会大笑。或者问他，你不会厌烦吗？不会，他说，我就是这样的作风。可是最后他还是开枪了。枪杀了妻子和狗。够了，他说，已经享受够了。"

"我有过生活经历……"莫佳想要打断他的话。

他们碰到了一个警察。

"我们安安静静地走路，又没有胡闹，是啊，你要干什么？"师傅挑衅地说道。

警察半睡半醒地一把抓住了军刀，扬了起来，但是又改变了主意，走开了。

"不，你干吗把脸扭开，肋骨上又没长尾巴，哼！狗娘养的！"

"谢尼亚，我可是用纯正的俄语和你说话，你等等，亲爱的，我们走吧。"莫佳吧唧吧唧地走起路来。

"我不想让你跟我一起走，你走吧！你说说看，能有什么事儿？我不会让他们牵连到我的，坏蛋！"

师傅好长时间还无法平静下来，他们早就从警察身边走过去了，警察早就睡着了，可是师傅还在一直发脾气，他一会儿挖苦莫佳，一会儿指责路灯，一会儿冲着没人的地方发泄。

突然他声音弱了下来：

新鲜的溏心儿鸡蛋，你想要吗，他说，谢尼亚，你要一千个鸡蛋吗？

"我……我想要。"莫佳在与师傅力所不及的撕扯中哼了一声，若有所思地皱起了眉头，仿佛是在看是否数错了鸡蛋似的。

眼睛不由自主地闭上了。已经想尽了一切办法。真想马上就这样躺下睡觉，睡着了该有多好，一直睡到海枯石烂。

好在离家并不远。

谢天谢地，总算勉强走到了。于是，很想要放轻脚步，不碰倒任何东西，然而却像故意似的，碰撞出很响的声音，东西也全都打翻了。

已经筋疲力尽了。

被叫醒的学徒伊万·特罗菲梅奇给师傅脱下鞋子。

"伊万，"师傅耍着脾气，"你要画十字，要亲吻我的脚后跟！"

小男孩笨拙地围着那双半高靿的男皮鞋转来转去，完全不明白该怎么办。

"伊万，你要画十字，要亲吻我的脚后跟！"师傅重复说道。

但是这也没起作用。只有毛茸茸的拳头落在伊万瘦小、看不见脖子的身体上时，他才顺从地弯下身，不停地画起十字来，紧紧地吻着师傅那长满老茧的霉湿的脚后跟。

莫佳打着呼噜，师傅打着呼噜。

鼻子呼吸着，那响声就像你的汽车发出来的。

伊万·特罗菲梅奇踮着脚走出来，蜷缩着身子躺在伙计房和厨房之间的后门旁边黑暗的走廊里的一个大箱子上，又开始睡觉，不由自主地就睡着了，睡得很不香甜，仿佛好不容易挨到了吃饭的时间，却只能喝前天做的汤。

只因为非得这样不可，否则你就活不下去。大人和老人都这样做，你也应该这样做。

你还要听话，要忍耐。你不是狗，你什么都能吃下去。

你要是不吃，就会打你后脑勺，把你撵出去。

要是被撵出去，你能到哪里去？你能在哪里安身？

然而破烂不堪的衣服下那颗备受压抑的心灵却梦想着：

"等我发迹了，我要买一座巨大的时钟，一百普特①重，带的链子是银的……那时候再好好收拾你们！"

八

在月亮的光环下，科斯佳样子可怕地仰面躺着，像是一个水里的怪物，也像是石头做的，双腿像青蛙那样蹬动着。

科斯佳梦见，似乎他拔掉了自己所有的牙齿，于是他嘴里面没有了牙齿，只有一个火柴盒，还有一个骨头做的发霉的牙刷手柄，他的两条腿似乎也不是腿，而是烟头。

他现在就是靠着这些烟头爬向一个从未有过的巨大的留声机的大嘴。他觉得很难，管子很光滑，而且金属刺眼的光芒刺痛着眼睛。可是却不能不爬上去。划伤的双手往下滑落，于是他整个人就往回滚，但是却顽强地抓住了。往上爬一点点，就会滑下来，再往上爬一点点，他一直爬，一直爬。他已经筋疲力尽，而且留声机在不断收缩：挤压着他，刺痛着他，扯下他的头发。接着科斯佳突然看到，面前有一个窟窿。他

---

① 普特，俄国重量单位，1普特约等于16.38公斤。

往里面看了一眼，那里就是深洞。不要错过了它。真是太恐怖了，就好像有人用雪在后背上搓来搓去似的。他拱起腰，坐了起来，挥了一下手，抓住横梁，但是有什么东西把他绊住了，他的两腿滑了下去，他的一只手支撑不住，他失败了。师傅谢苗·米特罗凡诺维奇似乎双手叉腰，大笑得前仰后合：

"单独监禁，兄弟，单独监禁……"

钟楼上打过了三点。

三声犹疑不定的钟鸣，三声悠长的钟鸣，三声既定的古老的曲调。

大地上一片死寂。

停息的钟声凝聚起来，它们飘啊飘，却无法找到自己的家园。

清朗的月亮勉强支撑着，它已疲惫不堪，在由于滥用而变得稀薄的沸腾的血液中，充满了挥之不去的痛苦和嫌恶，在它苍白的圆盘周围，是一片无尽的宽阔平坦而又空荡的河床和绿植，还有呓语和寂寥。

在房屋上空，在教堂钟楼的最顶层的窗口，有一个人把瘦骨嶙峋的手掌支在石头窗台上，像大鹅一样弯下长长的脖子，哈哈大笑，眯起盈满泪水的灰眼睛，在洒满月光的深夜放声大笑。

"你干吗淘气，科斯佳!"教堂看守老人在梦里大声喊道，他把陌生人当成了科斯佳，可是向上抬起头以后，他大吃一惊。

老人走在自己看守的区域内，裹着皮袄，在寒冷、威严傲慢的白色钟楼周围走来走去……

请不要让我们受到诱惑，

但是要让我们摆脱恶魔!

第二章

一

可爱的太阳——

晴朗的天气，

你快出来吧！

涅利多夫反复唱着这首儿歌，就像从前一样，微笑着从椅子上站了起来，沉醉地朝着透过窗户照进来的冬日夕阳那金红色的光线伸出手去。

是的，就像从前一样，像在把他与世界隔绝的那一切发生之前，那一切把他抛到这个寒冷的城市，砰然关闭了他的心房。

心儿欢喜得雀跃不已，透过欢喜看得见一个孩童的身体，此时他整个人正完全沐浴在这种闪烁着光芒的温暖和这种温暖的光线之中。

涅利多夫在短暂的时刻里感受到了自己与他的亲密接触！这正是那种……他整个一生都处于尘世的喧嚣和不断争斗的吵闹中——这争斗没有止境、没有理由，是为了自己和他人所追求的梦想。

如果你们不转变，也不像孩子们那样，世界就不会改变。总会存在争斗和死亡、厌倦和苦闷。

这澄澈的眼睛，这因响亮的笑声而颤动的嘴唇，这小巧可爱的双手——阳光与身体融合在一起，而你的身体与太阳的身体是分不开的。

此时他不是一个残酷的人，要来惩罚在疮痍满目的大地上备受折磨的人；也不是一个硬心肠的人，要把儿子与母亲、母亲与儿子隔离开来；更不是一个傲慢的人，高踞在云巅的宝座上，任何申诉、任何泪水、任何愿望都无法到达那里……此时他的眼睛明亮，目光独特而深远：

到我这里来吧！

这句话在心中放射着光芒，这颗心盈满了因十字架上的磨难而流出的鲜血，这颗心受尽不可避免的痛苦和忧愁的折磨，这颗心被欺骗，被诋毁，被人类生活中的一切不幸所破坏，这句话就是——

到我这里来吧！

于是整个大地——这个时刻一定会到来，大地上的所有生活在流血、思念、迫害、死刑、忧愁之中的一切——这个时刻一定会到来，已经被无法忍受的痛苦和绝望所压倒、准备要永远消灭最后的生命的一切，一定会挺身而起，一缕宁静的光芒就会从炽热的心中喷薄而出：

到我这里来吧！

涅利多夫站着，像是没有了知觉，他站在闪闪发光的弥漫着金色尘埃的光线里，站在黑乎乎的墙内，离黑乎乎的墙壁远远的。

他的双手慢慢放下来。

即便有暖洋洋的光线，所有聚积的痛苦也都开始倾吐出来。

他做了什么？他能做什么？

"你只不过是千万个类似而名称不同的姓氏之一，你只不过是某位涅利多夫先生，是成千上万个前人、今人和后人之一。深陷于一些琐事以及毫无意义的生存之争斗的旋涡，只是为了活着，只是为了活着和不断打群架，挨打时就跳开并且使劲打别人。仅此而已。"

但是有某种东西在心里时隐时现，还不想放弃，不能停止。

"世界不能不变成另外一个样子，要是不改变，人们也就不能继续活下去了，哪怕是在最后的时刻，哪怕是在告别的叹息中改变……"

一天过去了。太阳正在西落。

蓝莹莹的天空布满金色光线编织起来的傍晚的余晖；仿佛有人用手在远方将厚实的锦缎撕成了碎片；从四面八方聚集来很多无声无息、死气沉沉的黑影，人们熄了灯火，把鲜红的云朵变成了血红色的滴着血的伤口。

悲痛得说不出话来。

周围的一切都碎裂开来。黑影变成了庞然大物，在大地上游走，它们用身体挡住了所有的光线。

参天大树的枝条随着夜风渐起而不停舞动，看起来就像是骷髅的手臂。

悲痛得说不出话来。

探出头来的星星在晴朗的天空中开始蠕动，就好像要挣脱开飞走，不理睬这个筋疲力尽的俘虏、这个在空间里漂泊流浪的大地。

在涅利多夫眼前，他的朝圣之旅一闪而过。

当他还能够像不久前那样微笑的时候，他度过了一段欢乐的时期，极度的欢乐把他引上了一条抱有强烈期望的不归之路。他满怀热情地相信：可以创造新的生活，可以让幻想变为现实，可以找回失落的天堂。

他走在自己的神殿旁边，他打开了宝库，他的一只手已经碰到了无价的宝藏。

他出乎意料地撞到了带有十字形支架的路障上。它竖立在路上。

一些人尖叫着猛然抓起珠宝，他不知道他们的名字。他们用许多称谓诽谤中伤，他们像满足的时刻一样柔弱而轻盈。他们用粗糙的双手毁坏着。他们像渐渐熄灭的篝火的阴影一样温柔，脸上却闪过冷漠的微笑。

在那里，底层有许多小爬虫开始蠕动。

神殿就像一幢纸片搭的房子，轰然倒塌。

他被骗了。他欺骗了。他欺骗了自己。

于是，在人面前，在自己面前，恐惧越来越强烈，遮蔽、掩住了在风暴中飞舞闪烁的微光。

他诽谤，他诋毁清白无辜的一切，排斥信任的目光，如同排斥奸诈的行为。他在痛苦之中听到的是虚情假意，看到的只有卑鄙的行径，只有污蔑，只有生活的陷阱。

只剩下一种东西，它似乎特别强大——这就是人心。

事实并非如此，人心中并没有浓烈的爱，可以去阻止死神之手。当他的朋友被处以死刑时，他做了什么？

他做了什么？他能做什么？

他自己内心的话语无力冲破空间让死亡转过身去。话语在他的唇边颤动，就像秋天树枝上的一片枯叶。

"血债血偿，去复仇吧！"

"血债血偿……难道复仇能让被剥夺的生命复生吗，难道死亡能消灭死亡吗，难道仇恨会充满内心……充满我的内心吗？"

"那就自己去死吧。"

他没有死去。

那么最好把面孔藏起来，最好浪迹海角天涯，只要没有人看见，只要看不到任何人。

他能呼唤谁，能央求谁？然而，在绝望中他依旧呼唤和央求。

它们，这些日子，按部就班地到来，把它们那不信任和怀疑的痛苦压在心头，他的炽热聚拢着苦涩——用炽热的光环。

所有的门都大敞四开，门内却一片虚空，一无所有。

他的眼皮变得极为沉重，难以睁开眼睛；喉咙哽咽得说不出话，一个字都说不出来。

千年塔楼已经离开原来的基座——这是人类的全部智慧。它们当中没有一座接近天堂。

人类隐瞒不了自己实施的死刑——仇恨会腐蚀任何制度。

但是，如果你能够活下去，请你建造你自己的人类的神殿并过上快乐的生活！

突然之间，他的脑海中闪过一幅画面，他好久都无法摆脱它。

这幅画面出现在战场上传来一些消息以后。街道上挤满了人，有上千人，游行队伍在国歌声中胜利前进。

正在穿过马路的电车刹住了。从车轮下面爬出来一只残废了的小狗。

小狗尖叫着，露出来的血淋淋的舌头，挂在破碎的颌骨上左右晃动。小狗来回挥动着一条压断了的腿，就像在摇动尾巴似的，朝着陶醉自信的人群迎面奔过去。

人群唱着歌走过来。

这只狗的尖叫声扑向扬扬得意的人们那些因胜利而变得狂野的面孔，扑向圣像、战旗、画像，刺穿了喊声、音乐声、国歌和赞叹声。

可是，当所有人都各自回家以后——庆祝活动结束了，小狗却在某个地方的围墙下死了，它的尖叫声却并没有停止。

这声音穿透墙壁，钻进房间，咬穿织物，飞进耳朵，在身体内的某个地方无情地剜挖着；用它那尖锐的刺不断剜挖着，钻进了大脑，顺着灼热的血管进入心脏，在那里吃掉了一切有生命的东西。在把生命的根基化为乌有之后，这声音用令人毛骨悚然的幻觉逼得人走投无路。

涅利多夫还回想起一个奇怪的梦。

似乎是深夜，他不知不觉来到一个教堂的长廊里。他觉得下面所有的人都一模一样，他们都长着同一张面孔。他站在教堂的长廊上，倚着栏杆，觉得他们摇晃着，拉着他随他们一起下坠。但是他却无法脱身，也不会从下面向高处仰望，而那高处被没有光泽的锦缎覆盖着。

锦缎向上升起——锦缎也在动，好像它下面是活人的胸膛。

晚祷早已结束，但是人们并没有散去，大家赶到这个可怕的神圣之地，都在期待着什么。

一片难堪的寂静，听不见叹息声，也听不见摩擦声。圣像前枝形烛台的红色火焰奇异地燃烧着，非常痛苦的样子。焚尽的神香冒起轻烟，惆怅地笼罩着穹顶。

突然他敲起了钟，敲得迅疾而又猛烈。洪亮的钟声响起。

人群如同一个人似的咕咚倒下，一动不动的躯体发出死前的呻吟，此起彼伏……

千百个声音，千百个生命，从自己心底喊出世世代代隐藏的悲伤。

锦缎微微晃动起来。开始缓缓上升——而他弯身倒立，双手颤抖，锦缎缓缓上升。刹那间，教堂被宁静的光芒笼罩起来，但是栏杆无法承受重压，轰然倒塌了。于是，他开始从高处头朝下坠落……

他又回想起另外一个夜晚。

涅利多夫跳了起来，开始在房间里走来走去。

蓝色的夜晚。

你要是触碰它，它就会溅满鲜血；你要是询问它，它就会用歌声把你淹没。

"不!"惊恐的心儿一边防卫着,一边开始说话,"你比我强大,无论你要去哪里,无论你敲哪里的门,所有的门都会为你敞开,你比我强大,蓝色的夜晚。"

但是它一旦发起怒来,就无法躺下,非常激动。

蓝色的夜晚。它喝光了他全部的血液。他已经分不清形状和轮廓:所有的一切都是相同的,都淹没在爱情之中,他整个人,他整个身心都充满了爱。于是,他在激情之中变成了蓝色,他请求它,请求这个夜晚公开秘密——秘密从它蓝色的眼睛里吐露出来。

涅利多夫坐到椅子上眯起了眼睛,他连同椅子一起狂奔而去,风驰电掣一般。

他所爱的那个人……她不在那里。

那时也是这样,似乎他不是一个人,而是和全体人们一起要挤到断头台跟前,要到刑场上去。他们不知所措,相互依偎着,只有一个期望,等待着一件事儿——死亡。

她就要站上断头台了。

一个驼着背的身材矮小的老妇人,像小孩子似的,一双纤细瘦削的小手抓挠着,拐杖不时地敲打几下,干巴巴的绷紧的手指摩挲着干裂的黑乎乎的嘴巴。

他什么也没说,只是咀嚼和微笑……

"不要,不要!"恐惧的心颤抖着,不想经历痛苦,它曾经被这种痛苦折磨得要死。

眼泪——寂寞的雨滴敲打着,没有回应地敲打着。

时钟不停地走着——涅利多夫听到它的嘀嗒声,时钟不停地走着。

蓝色的夜晚。

于是他诅咒自己孕育的那个时刻——为什么他创造了他？他没有向他提出任何请求，也没有寻找任何东西。他沉醉于自己的苦难。

他把手弄得咯咯直响，内心的痛苦让他扶摇而上，直到九霄，在那里他于自己死亡的时刻发出顿悟者的呼喊：

"现在我来了——我是乞丐中的乞丐。"

涅利多夫在房间里走来走去。要是死亡来到他面前，他就会给它跪下。

二

外面漆黑一片。

树木就像一个个木乃伊，覆盖着一层银色的锦缎，瘦削乌黑的面孔不时地向窗内张望。睡梦中的白色花园死气沉沉。

涅利多夫清醒过来，点亮了灯，坐到灯前。

有人捎来一些信件。一天的生活开始了。

他手里转动着脏兮兮的纸张，上面写满了令人厌烦的草书。

就像有意为之似的，映入眼帘的是过分文雅礼貌和热情的话语，从中浮现出令人憎恶和嘲弄的面孔。似乎所有一切都聚集起来，努力尽可能地把内心藏得更深，继续说着谎言。

"也许，就算是在自己身上，你也察觉不到真相，无法把真相与对真相的随意戏弄区分开来？也许，你的内心就是一个谎言，如果你不把它隐藏起来，你就做对了。"

有谁做的全都是错的呢！

他张大嘴巴打了个哈欠。

突然他停了下来。

重读了几行字：

"……请代我问候，请您说，我会从 H 城写信，说还没有机会，说我做不到……我做不到，我不知道什么阻止了我、我在做什么。在短暂的时间内，我无法知道我能做到什么。我变得对自己知之甚少，或者，我从来都不了解自己……"

于是，涅利多夫想象着自己的这位朋友谢尔盖，他在一个安全的城市里安顿下来，在那里没有任何一个债主能找到他，但是在那里他会逐渐失去自我，最终他会发疯的，就像一只被追赶的狗，在条件恶劣的宾馆中一个糟糕透顶的房间里的某个地方，会用啤酒瓶的碎片割断喉咙。

然而自杀不会成功：要么手会颤抖，要么会被及时制止。那样一来就会更糟糕。那样一来，他整个人变得多疑，品尝着自己的羞辱，折磨自己，折磨他人：在人前将永远诉苦，他的整个样子像个残疾人，他会请求怜悯，又害怕这种怜悯。无论怜悯还是不怜悯，他都会将之看作蔑视和侮辱。

他整个人不坚强。涅利多夫认为，对这样的人你是依靠不上的，他不会支持你，哪能会支持你呢！他连自己都支持不了。

表面上看没什么，一切都很好，只是在关键时刻他就会惊慌失措。读大学时是这样，此时对这个商店的事情还是这样。那么她……她能应付得了吗？她是另外一类人，只是她有很强的怜悯之心，然而这没有什么好结果。她也是出于怜悯嫁给了他。在这个狭小阴暗的房子里辛辛苦苦地操劳，还会继续辛苦地操劳，逐渐老去。

涅利多夫想起克里斯蒂娜·费奥多罗夫娜感觉非常亲切，他站起来要去找她，但是门开了，戴着围巾帽的科斯佳探进身来。

"喂，科斯佳，过得怎么样？"涅利多夫一边问候，一边打量着自己奇怪的客人。

"还凑合。"科斯佳没脱外衣就坐了下来，皱起了眉头。

"怎么了，科斯佳，你钟楼上的时钟有毛病了吗?"

"没有。"

"怎么会没有? 它不是走得飞快，就是太慢，你没照管好。"

"为什么要照管?"

"为了要知道: 时钟一切正常。"

"制度没要求这样，谁吩咐了?"

"你呀，科斯佳，会因为这个进监狱的。"

"会单独监禁吗?"科斯佳笑了起来。

"单独监禁还是不单独监禁，到时候就会拿定主意的，不会因为这个耽误事儿的……哎，科斯佳，要是根本没有时钟该有多好!"

科斯佳撇了撇嘴，目不转睛地看着他，突然问道:

"您没发现什么吗?"

涅利多夫环顾四周。

"什么都没发现。"

"什么都没发现?"科斯佳忧愁起来，"谢廖扎在哪儿?"

"谢廖扎走了，他处理完自己的事情，那时候就会回来的。"

"他会回来! 我不相信，所有人都在说谎，您也说谎，不过连我也一样，您知道，很快这个商店也要完蛋了。事实上，为什么我要整天整天地待着呢? 我悄悄地告诉您，您可不要告诉任何人，我加入了……青蛙教!"

"为什么要加入青蛙教?"涅利多夫停下脚步，坐到科斯佳身边。

"您知道吗，我听说，可以把一个人吸引到自己身边，让他就像影子一样跟着你，就这样跟着你走，要是离开你，他就什么都做不了……"

涅利多夫沉思起来。

"他呀，科斯佳，需要真诚祈愿，要全心全意、真心诚意，然后或许就会有一个人追随你。"

"我知道!"科斯佳宽容地笑了，"我祈愿过了，但是什么结果都没有。"

"如果什么结果都没有，那么整个问题的实质就都只在你自己身上……"

"不在我身上！办法是有的。很可靠。需要一只青蛙。需要抓住一只青蛙，折下青蛙的左后爪。把爪子晒干，要神不知鬼不觉，不要让人看到，钩住你想要的人。那就万事俱备啦。"

"到底怎么回事儿?"

"就是这么回事儿，我弄不到一只青蛙的爪子……我有一只野兔的……"

"那你就试试野兔的。"

"野兔爪子——这有另外的用途，"科斯佳痛苦地皱起眉头，"这要是有点儿什么不好的事情……不想出丑，就可以把它驱走……"

涅利多夫开始可怜科斯佳。

"春天马上会来的，"他说，"你会抓到一些青蛙，到处都有很多青蛙，你数都数不清，而你要行动起来。"

"我现在需要！现在!"科斯佳急得颤抖起来。

他就这么痛苦地坐了很久，生着闷气，鼓着眼睛，像青蛙一样气鼓鼓的。

涅利多夫不止一次挑起话头，可是科斯佳却沉默不语；他的脸色发青，就像青蛙一样。

突然他站起身来，全身蜷缩着，一句话也没有说，从房间里走了出去。

涅利多夫也走了出来，追赶上科斯佳。

于是他们并肩走着，一个那么高大挺拔，另一个那么矮小佝偻。

心里非常平静，每一步都应和着时间的节奏。

平日里的许多想法如同一根笔直的柱子横在旁边，而另一些想法则不受干扰地在内心深处仔细思量。

世界上似乎根本没有这种事情——每个人一切都能做到，一切都可以做到……不过，谁知道呢？谁敢说是或否，谁会举手，谁会明白？如果我们接受，如果我们也评判——我们可以不接受吗，我们可以不评判吗？我们推翻一个上帝，为另一个上帝建造一片天空，践踏一种权力，崇拜另一种权力。反正都没有区别。我们的命运对我们来说是未知的。也许，一只青蛙用我们的手钩住了世界以后，就能征服世界？……

隐蔽的内心敞开了，从里面出来的是他那不平静的，永远追问、永远嘲讽的生命。

"哎，科斯佳，要是根本没有时钟该有多好！"涅利多夫说，深深地呼吸着寒冷的空气。

严寒降临了。

星星密集、繁茂，散布在天空里，如同皇家宫殿上的金子。在那里，似乎坐着国王和王后。国王计算着他的财富，用金碗喝酒，王后把星星当珠子穿成了串。

第三章

一

"发生了非常不幸的事情……"

克里斯蒂娜·费奥多罗夫娜两只手按着额头，想要和传来的这些喋喋不休的喊叫声和刺耳的声音隔绝。整面墙壁因这些声音而颤抖着，晃动着。

但是时钟无法让自己停止说话，也不能平静下来。时钟不停地走着，声音含混不清，嘀嘀嗒嗒，不时地轻轻敲打几下，像人一样烦扰她：

"你快开始工作吧。""你总是给人带来好运。""你要把袖子挽起来。""你要去迎接，你要接待贵客。""你要坐到圣像角那儿去。""夸夸痛苦吧，好让它不会哭泣。你再也不能躺在床上而不去想任何事情，你不能不加思考地享乐，脑海中不能没有时间概念。"

"它总是和你在一起。"

"它在走。"

"它不会等待。"

"你无处躲避它。"

"你再也不能长时间地梳头发、站在镜子前，不能这样自然随意地站着。""不，天还没亮，你就要起床。""你马马虎虎地穿好衣服，你不要打扮自己，反正都一样，只要体面就好。""穿得体面就说得过去。""你也别发牢骚，别抱怨衣服破旧不合时尚，而裙子下摆已经磨破。要是撕坏了花边，你也别在意，这说得过去。""你知道吗，当一个人落到我们齿轮的轮齿上时——齿轮铁面无情，它不会放开他，它就会在耳边嘀嘀嗒嗒地响，会在人的心里筑一个能唱歌的小巢，它会唱歌的。"

"到处尾随着你。"

"总是和你在一起。"

"你无处躲避它。"

"你明白吗，它根本不在乎你穿什么、看起来怎么样。""它也不会哄你开心。""可是有很多衣服适合你，你还记得吗?""你发现，就在这几周里你变得邋遢了。""你的指甲没有了光泽。""你还会越来越邋遢的。""会越来越没有时间，也无关紧要。""它会控制你、拉住你。""是的。""是的。""你放弃早上的那些想法吧。"

"他们不会来的。"

"他们不会回来的。"

"你别等他们了。"

"你匆匆喝上几口茶，要赶紧去商店，一路上你要思考，心里只有一个强烈的想法：千万不要耽误什么，千万不要忘记什么，千万不要做出别人不会做的事情。""这些人有他们的金科玉律。""如果你违背了，你就会惨遭失败。""但是你不必这样做。""你应该顺从。""你有孩子和家。""你不想吗?""你放弃早上的那些想法吧。"

"他们不会来的。"

"他们不会回来的。"

"你别等他们了。"

"如果有人来帮忙，你不要感到惊讶。""你会相信吗?""不要相信他们。""你长得很美。""不过，你的美丽……""这不能摆脱困境。""人们逃离火灾的时候，是不会在意这个的。""只是挤压和踩伤。""难道生活不是火灾吗，的确，火苗早就没有了，洪水把火浇灭了，但是这种焦味儿，这种呛人的烟雾。""烟雾弥漫。""它是浇不灭的。""它也不会隐藏起来，它会愚蠢地公然入侵。""哎，昨天没有及时派人去银行。""前天有一封信。""前几天有一张期票。""那时候时间过得飞快，没有注意到，错过了期限。""没有关系。""沉浸在生意之中，你会忙得一头雾水，会非常顺利的。""会来一些朋友。""你们有很多朋友。""你不要相信他们。""天知道你顽固地坚持的是什么，你会把单纯的客套假作是友谊，然后你会非常苦恼，你会白白地痛苦难堪。""可是为什么!""抱怨啊抱怨。""不会有夜晚。""不会有白昼。""现在是黄昏。""真是胆战心惊。""嘴唇咬伤了。""眼皮肿了。""双手像藤蔓。""脑子里有个死角。""你要到哪里去呢?""你的美貌，它一文不值。""这只不过好像是这样。""以前是这样的，它稍稍一动，就能让他们屈服，而现在……""朋友是亲密无间的……""现在你自己心里有些动摇了。""当然，不用去想一些琐事，正如师傅所说的那样，你还是有些价值的。""是的。""是的。"

克里斯蒂娜·费奥多罗夫娜捂住耳朵。她不想再听下去。她想把这些想法赶走。

时钟在走，整面墙壁也在走、在嘟哝:

"什么? 警告过你，告诉过你。""你要勇敢，要诚实，要正视现实。""不准干预!""你不要眉头紧锁。""还会更糟的。""会更痛苦。""你的熟人开始躲避你，勉强稍稍提起帽子，勉强点点头，就过街到对面去，不会注意到你，谈到你的时候，会感到尴尬。""他们不再认识你了。""为什么要隐藏罪过，谁都不会露面的。""为什么谁都不会露面呢？""没有时间。""没有时间？""从前有时间吗？""为什么所有这些人都这么残忍，谁都没有好心肠，有的只是空话。""都是不可靠的话。""而有谁你会愿意呢？抱怨，抱怨！""你想要折磨自己吗？""是吗？""但是你要勇敢，这是你说过的：我想活下去，不会放弃自己！""你说过这样的话吗？""也要这样坚守到最后。""你把家忘了吧，不要想起来，这会让你变得软弱无力，你瞧，你瘦得多么厉害，眼睛下面有了黑眼圈儿、皱纹。""这件事你逃避不了。""她会如愿以偿的，你了解她！""老人呢，他是真的生了病。""他不想出钱？""他不想帮忙？""是啊，确实，他没有钱。""没有。""老人能度过一生，可是你却不能。""你知道你是谁吗？""要告诉你吗？"

克里斯蒂娜·费奥多罗夫娜哆嗦了一下。她摇了摇头。

外面门口站着一个人，往里面看了一会儿，犹豫不决的样子，似乎一直想要进来。但是他显然改变了主意，走开了。

刮起了白色的暴风雪，旋卷不停。

"他这是为什么往窗里面偷看？是在找可看的景致吗？""瞧瞧，你是多么悲痛欲绝，而这让人感觉很有趣。""他这是很想要看看悲伤是什么样子，这很吸引人，然后就只会有一个想法：谢天谢地，我可不想这样！""也真奇怪，你可不要去剧院。""人悲伤的时候就是一个十足的怪人。""扯头发，牙齿咬得吱吱响，做这样的一些怪脸，就像你现在这样……""在葬礼上也是，只管做这些奇怪的事情！难道是邻居染上了这个恶习吗？于是他就停止了贷款。""难道不是吗？你以为用现金更好吗？好吧，那你就用现金，只不过你从哪里能弄到钱呢？或者有很多钱？难道就没有出路了吗？真的就没有一个人帮忙吗？真的全都是这样的人吗？"

"谁能呢？""涅利多夫吗？""他不是单纯的客套吗？起初有时候是这样的，后来就坦白地说，这样的事情他会很快安排妥当。""办不到吗？""可是你就要辛苦了。""必须要让一切都妥妥当当，井然有序。""可是你自己在什么样的顺序上呢？""你不知道吗？""可是有非常狡猾的人，他们会知道的。""你问问科斯佳。""科斯佳什么都知道。""他是信青蛙教的。""他可以用青蛙的爪子把任何人吸引到自己跟前。""排排序吧，这会分散注意力，减轻痛苦。""时间是个奇异的东西，当它一旦开始，你记得吗，在那天晚上，它就这样不断地流逝。""明天要还债。""最重要的是不要过期，你不要忘记。""谢廖扎忘了。""谢廖扎暗中给你搞破坏。""你救救他吧，救他！""你会做得很好的。"

"可是你有了皱纹，上衣松弛下垂，你救救他吧，救救他！""你也别忘了给他寄钱。""不然的话，说不定还会发生别的事情。""他会拿起一把这样的左轮手枪，张大嘴巴，对准：砰的一声就完结了。""谁会保护他？谁能爱抚他？谁会拥抱他？谁能安慰他？""他很可怜，可怜的人。""有什么办法呢，运气不好。""换了别人，就会若无其事，可是他却不行。""他失败了，所以……""一直都是记到自己账上的这个习惯。""总是慷慨大方。""他们只管吃饱喝足，却要谢尔盖付钱。""房子住得满满的，早上开始就铃声不断。""这就是友谊！""不用去求他，他自己就什么都能领会。""可要是换了另外一个人，就算是同意帮忙，也不会领会你的心思，要等到你求他才行。"

"现在你知道了，什么是求人。""也总是有这样的朋友……""明天偿还欠款，你明白吗？""你去求扎切索夫吧。""求过了？""谢尔盖总是被骗，他总被骗。""你知道吗，在邮局里甚至把旧邮票当新邮票卖给他。""但是他没有骗你……""他完全不知所措了：他说，我要自杀，我害了你们。""还要关心卡佳的事儿,她蜷缩成一团地躺着已经大约三天了!""也别忘了老人,他总是觉得杯子里有牛腿。""科斯佳的肚子一阵阵地疼。""救救他吧!救救他吧!""忘掉你自己吧,反正都一样。"

克里斯蒂娜·费奥多罗夫娜目不转睛地看着一个地方,毫无表情地想着同一件事儿,手和脚都一动不动:反正都一样。

走进来的顾客让她回过神来。他挑东西挑了好久。询问价格,讨价还价。然后说所有的东西都没有用处,只买了一个小物件就走了。

收银台多了一个二十戈比的硬币。

克里斯蒂娜·费奥多罗夫娜清点有多少钱,她想留起来用于明天偿还欠款。钱还不够。她陷入了沉思。

她要是能非常容易地在大街上找到一个钱包,里面装满金子,那该有多好,那样她就会立即还清欠款,谢廖扎就会回来。真是奇怪。有时候人需要的非常少:她需要一些钱,科斯佳需要画上那样的鼻子,涅利多夫需要消磨时间,于是喜剧就结束了。

"结束?"好像针刺痛了手指一样。

克里斯蒂娜·费奥多罗夫娜跳了起来。一位先生走进来,温和地微笑着,没完没了地行礼。

东拉西扯了一阵儿,这就是扎切索夫。她想悄悄地和他谈谈。他会帮忙的!

他们一起走进柜台后面的房间里。

她的一双大眼睛看着他。心在猛烈跳动,怀抱着希望。

扎切索夫在钱包里翻寻了一会儿,找到一张期票,一言不发地放在克里斯蒂娜·费奥多罗夫娜面前的桌子上。

她摇了摇头。她无钱偿还。

"只有流氓才这样做!"一个尖锐的男声大喊了起来。不知什么地方的一个挂钟发出噼啪的破裂声，钟摆掉落下来。

扎切索夫把期票藏进钱包里，把她整个人大骂一番，然后连再见也没说，就走了出去。

一场失败的战斗，在战斗中，一些夸大其词的言语像是沸水一样泼溅在她的脸上。

她的胸膛起伏不定。

没有了思想。

没有了言语。

"点上灯！"克里斯蒂娜·费奥多罗夫娜声音不自然地喊道，她想要喊出自己所有的委屈和软弱，想要止住流淌的热泪，她用戒指敲了敲桌子，从小房间走到商店的柜台里。

信差送来一封银行的公函。

她打开，是通知书。又是需要偿还欠款！

那么，她应该怎么办呢？

她满腔怒火，心里一片慌乱。

如果谢尔盖爱她，如果他对她哪怕有一点儿感情，哪怕就只有这点儿爱，哪怕就只有这么一点点，他就不会这么做了，他就不能这么做了。那么，这算什么？她是谁？是谁？如果他爱她，如果他爱她……

"……但是你要理解我，我不知道拿自己怎么办，我活不下去……"谢尔盖信中的话语浮现出来。

"可是我就能吗？可是所有这些侮辱，我受到怎样的侮辱啊？……这你不能，不能不知道。你爱我！难道人人都是这样爱着的吗？"

"本来就是你自己坚持要让他离开的。本来就是你想拯救他。"

"什么，你想要什么？"

店里的一个男孩在她面前站了好长时间，不知所措地抱怨说，他们那里给他的主人送来了账单，可是这个账单很久以前就已经付清了。

"莫佳，把账本拿来！"克里斯蒂娜·费奥多罗夫娜大声喊道。

莫佳没有听到。

她又喊了一遍，声嘶力竭地喊，怒不可遏。

莫佳终于听到了，拿来了账本。他们在账目中翻找。找到了。确实，这个账单没有划掉。

"谢尔盖·安德烈耶维奇忘了划掉。"

"他忘了？"她撕下一张纸。

"克里斯蒂娜·费奥多罗夫娜，"拉娅抱怨说，"科斯佳又把玻璃打碎了。"

"科斯佳在哪里？"她声音沙哑地说着坐到椅子上。

"有电话找您！"克里斯蒂娜·费奥多罗夫娜一而再，再而三地被打扰。

灯点亮了。

于是一堵堵墙壁变得热闹起来；它们睁大眼睛把一切看得清清楚楚，慢慢地详细打听，唱着自己无止无休的歌曲。

暴风雪冲撞到窗户上，用白色的拳头捶打着叮当作响的窗框，在玻璃上贴塑出一片片白色的叶子、白色的花朵。

她曾经满身是雪、脸冻得通红地来过这里，在这呼啸着掩盖了一切的白色暴风雪的舞蹈之下，她打算对每一个人微笑，和每一个人跳舞旋转。

克里斯蒂娜·费奥多罗夫娜变得木然。她不去回想往事。她拖延着，害怕离开。

暴风雪会跳起来，会猛扑过来，会扼杀她，它就守伺着这样的人，它会砍伤整个面庞，冻坏双眼，让热泪钻进心脏；热泪没入心脏，心脏就会破裂。

克里斯蒂娜·费奥多罗夫娜悄悄地从橱窗里拿走一些贵重的东西，就像拿别人的东西似的；她把它们装进口袋里要去典当；她不假思索地走了。所有的一切都会拿到当铺的。

成千上万瘦骨嶙峋的白色怪物冲进敞开的大门，抓住了她，呼啸着，敏捷地把她撞倒在地。

在我们的王国里。

我们是白人，晚上是黑人。

我们要唱歌和飞舞，我们不会沉默。

满身华丽的银色花纹，缀满透明的钻石——我们自由、纯洁、顽强。

我们会追赶上——迎上去先鞭抽殴打，再撕碎。

我们还不到四十岁。注定不幸的人们身上咒语的烙印是不会消失的。

心脏会跳动——

走投无路——

惨淡凄凉——

毫无希望——

在我们的王国里。

我们是白人，晚上是黑人。

我们知道自己的交替变换。我们不会感受到温暖。

用牙齿咬住——

用爪子揪住——

抽打又抽打——

时间已经临近，无边的寂静就要降临到大地之上，宴会结束后将会更加悲伤和痛苦。

时间已经临近，无边的寂静就要降临到大地之上，会悄然出现一座坟墓，上面是血淋淋的十字架。

我们将用白色的蓬松的翅膀遮盖住鲜血——

暴风雪怒吼着，高声唱着歌。不管你哭泣还是不哭泣，你都帮不上忙。

二

"你们知道我做了什么吗?"科斯佳哈哈大笑着，把围巾帽解开，然后扯了下来。

融化的雪水流下来，在他身边形成一个小水洼。

莫佳没有看他，仍然嗓音嘶哑地低声读着书:

"……这个年轻人感觉到对一个漂亮的年轻女性的爱慕之情，想要立即就征服年轻的心……"

"哈哈哈，"科斯佳大声笑着说，"我用青蛙的爪子钩住了奥莉加，她就全身发抖，变成了蓝色，就像蓝色染料一样……"

就在这时，拉娅悄悄走过来，从身后用手捂住了莫佳的眼睛。

莫佳束手无策地摇晃着脑袋，可是却突然挣脱开来，在后面紧追拉娅。

柜台后面的小房间里，立即有东西咕咚掉在了地板上，猛然啪的一声碎裂了。

两人跑来跑去，手脚忙乱，帽子乱飞。

响起嘶哑的说话声、尖叫声:

"你敢把灯碰掉!"

"莫季卡!"

"放手！放手！"

"活该！"

师傅谢苗·米特罗凡诺维奇醉酒后非常不舒服，正在收银台旁边打瞌睡，他没有站起身，而是使劲儿弯下腰，捡起丢掉在地上的书，吹落上面的尘土，一反常态地区分开了音节，把小写字母看作是大写字母，用让人感动的声音读起标题来："开启女人心灵的钥匙，或在社会中如何做人。"

科斯佳正在擦时钟上的玻璃，他擦拭着，用细软的皮革使劲儿把它们擦亮。

"莉多奇卡出落得非常漂亮，像是一枝花儿，"他拖长声调说，"她呀，您知道，谢苗·米特罗凡诺维奇，越来越漂亮，越来越好看……"

师傅做出吓人的表情，好像要哭似的，可怕地大声打起了喷嚏。

听见喷嚏声，伊万·特罗菲梅奇从楼上作坊飞快地跑下来，小狗库蓬跟在他身后。

"叫我了吗?"学徒闷闷不乐地环顾着四周。

"叫你?！废物！"科斯佳往地板上扔了一片玻璃，鼓起两腮，用舌头舔着牙龈，朝着作坊走去，他要去喝茶。但是，走了几步之后，他停了下来说："谢苗·米特罗凡诺维奇！"

师傅不满地抬起头来。

"这是怎么一回事，是什么日日夜夜让人不能平静?"

"如果磨磨蹭蹭，"师傅伸出舌头，滑稽地模仿着科斯佳说道，"牛奶也卖不上好价儿，如果不磨蹭……"

"小萝卜也能卖好价儿！"科斯佳高兴地打断他说。

惊醒的闹钟丁零零响了起来。

墙壁唱完自己最后的几首歌，唱得疲惫不堪。

它颤抖着，响起咚咚的撞击声。

灯火在橱窗旁边闪动，暴风雪在肆虐、呼号：

"我们是白人，晚上是黑人……"

神经紧张的莫佳缓过神来，他笔直地站在柜台旁边，不时地揪着小胡子。

拉娅仍然站在小房间旁边带镜子的门前，忙着梳理自己的发型。她用牙齿夹住发夹，用鼻子沉重地呼吸。

"难应付的顾客现在就要来了，总是连休息的时间都没有。"师傅打了个哈欠，啪的一声合上书，走到留声机跟前，找到一支波斯进行曲，把唱片放了上去。

于是响起了歌声。歌声沉闷压抑，仿佛蒙上了一层厚厚的灰尘，各个音符相互纠缠着，踏着拍子唱着，不停地唱着。

于是各种想法也相继而来。

师傅想到，现在终于弄清楚了，主人逃走了，是不会还债的，他是不是应该趁着还没出事，趁着他还安然无恙，也赶紧溜之大吉呢？要是被卷进不愉快的事情之中，可收拾不了这个烂摊子。他见过一些这样善于玩把戏的人，他们以揩别人的油为生，谁要是不愿意，那这个人就是敌人？有一点，可别怪错了人……

楼上有东西发出碰撞的声音，接着叮当的响声顺着台阶一阵阵地传到了楼下，随后楼梯上传来噔噔作响的沉重紧张的脚步声。

"请喝茶！"科斯佳气喘吁吁地端来一个装满水杯的托盘。

师傅换了一张唱片，趁着还没出事赶紧溜之大吉的想法，让他平静下来。

开始喝茶。

用勺子搅拌，一小块一小块地咬着糖块吃，呼哧呼哧地喘气。

"有人哭，好像是莉多奇卡！"科斯佳说道。

莫佳愉快地笑了起来。

"我从来没有见过省长夫人，听说，她是个老太婆，但是很讨人喜欢……"

"我要是知道他在哪儿，我就抡起胳膊揍他。"师傅愤然喊道，把他心里的想法大声地说了出来，他又难过起来，是因为他想到：万一错怪了人。

闯进来一个顾客，像孵蛋的母鸡一样坐下。

喊声响起，大家马上说起话来，讨价还价。

"哈哈哈，"科斯佳大声笑起来，"真是个聋子，还挺开朗乐观，自己有好几匹马，却很愚蠢。"

"你唠叨够了吧！"师傅使了个眼色，整理着商品。

笔尖不情愿而又懊恼地吱吱作响：钱要用去还贷款。

又响起低沉的声音：它不想放手，它抓住毛皮大衣。

门砰然响了一声。

师傅换了一张唱片。

科斯佳随着动人的曲调忧郁地说道：

"我啊，谢苗·米特罗凡诺维奇，虽然我不应该说，但是我把您看作一个平常人，而不是长辈说这话的：当你看着她的时候，你会感到快乐，你的目光已经习惯了看到她，看到莉多奇卡。你看不到她，总是做不成事儿，一切都开始不顺利，生活开始受影响。"

拉娅看着科斯佳，做着鬼脸，嘻嘻地笑。

"别说了，你说不应该说，这很好，"师傅张开一只手，弯起大拇指，逼近莫佳，接着说道，"但是，你又是什么角色：你是谁，你穿什么衣服？你是伙计、代理人、淘厕所的还是野人？难道你能离开这里？

地方倒是挺多！可你就陷在这里了，都齐脖子了。他怎么，狗崽子，把你买下了，你对他有什么义务？"

"也有其他一些姑娘，但是都没能吸引我，"科斯佳解释说，"我不能和她说话：说话的能力都丧失了，她那么美，这整个世界上不可能有比她更美的人了。你去散步，如果你又看到了她，你就会鞠躬问候，然后跑开……"

拉娅咯咯地笑着，在科斯佳的耳边絮叨着什么。

"我正在学唱歌，谢尼亚，我已经学会了一些，我的嗓子是低音，就像夏里亚宾①的嗓子，我会成为一个歌手——夏里亚宾的同事……"莫佳在师傅面前为自己辩解道。

突然，一个粗暴的大耳光啪的一声打在了脸上。

"你敢！你敢！"满脸通红的拉娅痛得尖叫起来。

打中拉娅的科斯佳失去了平衡，仰面朝天向后倒去，鼻子戳到了留声机的唱盘上。

"歪鼻子，歪鼻子！"拉娅在镶着镜子的门旁边动个不停，时刻准备从科斯佳身边一下子钻进房间里去。

但是他已经醒悟过来，把嘴唇咬出了血，一把抓起唱片。

唱片向下滑去，门被猛然击中，哎呀！门从上到下颤动起来。

稀里哗啦响的玻璃纷纷落下，稀里哗啦响个不停，就像碎银子一样，门被打坏了，镶着镜子的地方被打出了窟窿。

莫佳抓住科斯佳的一条腿，把他扔到一边，自己则冲进了拉娅的房间。

拉娅号啕大哭：

————————————

① 夏里亚宾（1873—1938），俄罗斯男低音歌唱家，人民艺术家。

"莫季卡，亲爱的，莫季卡在这儿，他会打死人的，讨厌鬼，笨蛋……"

师傅手撑着腰，高兴得纵声大笑。

"快，你别在意，去给她的牙齿搔搔痒！"他气着科斯佳，笑得前仰后合。

传来抽抽搭搭的哭声。

铜币叮当作响。

"真是昏了头！"师傅最后说道，绕过去把小办公室锁好。

是的，时间已到，是闭店的时候了。大家都开始穿衣服。

伊万·特罗菲梅奇从楼上拿来一盏铁皮做的小灯——它是不眠不休的看守人，把它放在留声机张大的金属嘴巴下面——留声机在打哈欠的时候僵住了。

熄灭了灯。

在黑暗中时钟仍然在不停地走啊走，不会打盹儿。

它们不能入睡，它们不能入睡。

商店锁上以后，大家就都各自回家了，透过窗户上的栅栏，透过鹅毛大雪，在闪烁的灯光下，一张可怕的非人的面孔从房间里向外眺望，弯弯的双唇由于令人窒息的痛苦而哆嗦着，就像是由于无拘无束的笑声而哆嗦似的。

在我们的王国里。

我们是另外一类人，是永生不死的人。

午夜来临。可恶的心被炙烤着，它在挣脱，在呻吟。

我们辗转难安，我们抛洒悲伤，我们哀号，我们痛苦，我们找不到出路。

那些生活不幸福的人们非常悲伤，他们深陷痛苦，呼唤着我们，请尽情地悲伤，请把悲伤颂扬。

痛苦是不会哭泣的。

在我们的王国里。

心在感受，在呻吟，在难过。

我们要驱散痛苦，要看得清清楚楚，要在霞光中用三种嘹亮的声音歌唱，要在田野中、森林里丢掉我们的忧伤。

太阳，星辰，月亮，请把蛇锁在潮湿的大地上！

我们会减轻内心的痛苦。

暴风雪在肆虐，在呼号，没有任何权力掌控它。

三

"死了才好！"

卡佳闭上了眼睛。

在人声嘈杂的黑暗中，飘浮着一些带刺的钟表的齿轮，它们闪闪发亮，彼此紧紧相扣。

有人悄悄打开了门，看了一眼儿童房，然后踮着脚走开了。

立刻隔壁就有人开始说话——突然传来埋怨声，爆发出笑声，说话声先是很小，然后变得很大，接着安静下来，然后又传来阵阵声音——又是笑声，又是埋怨声。

想必人们以为卡佳睡着了。

而她根本没有想要睡觉。一把很钝的老虎钳用沉甸甸的铁钳口夹持住她的喉咙，越夹越紧。

卡佳支撑着，她想转动肿胀的脖子。但是老虎钳实在太重。她已经没有力气了。

隔壁有人在笑，笑得无忧无虑。

这无忧无虑的笑声也让她感到痛苦。她也喜欢这样笑，只不过那是很久以前的事了。此刻她才回想起来。

眼泪用小爪子刺激着她那极为苦闷的睫毛。

她呼吸困难。

空气不足。

空气变得难以获得，令人非常期盼。想要活下去。心里悲伤起来：

"死了才好！"

又有人走了过来，俯下了身，灼痛了她的脸。

病人试图睁开她哭够了的眼睛，看看是谁总走到她身边来，俯身看她。

她不能。

她不想。

而且也没必要。

她的妈妈突然站到了她面前，像曾经有一次那样，脑袋上缠着绷带，斜眼看着她，摇着缠满绷带的脑袋……

"妈妈！"卡佳惊恐地喊叫起来，接着她闭上眼睛，陷入无梦的沉睡之中。

科斯佳往门缝里窥视了一眼，然后急忙从门旁走开。

"上帝啊，真是毫无头绪！"他垂下双手，穿着黑色长袜摇摇晃晃地穿过房间沿着楼梯往楼上的厨房走去。

楼上亮着灯。

在打开的绿呢面牌桌旁边，老人穿着短小的礼服坐在那里，他的对面和两侧都是空椅子。

桌子上点着两根蜡烛。在绿色的桌面上，一行行白色的数字就像小路一样朝着不同的方向延伸着。

"我再也睡不着了！"科斯佳还没迈过门槛，就闷声闷气地说道。

老人没有理他，继续发牌、计算，然后扔下扑克，踱着步，眨着眼睛。

他弯下腰，不满地喘着粗气，在自己对面记录下结果。他从口袋里掏出一个钱包，拿出一枚金币，攥在手里，卑贱地微笑着，把金币不知给谁递了过去……

"我再也睡不着了！"科斯佳又说了一遍，他全身直挺挺地站着，双腿又瘦又黑。

金币发出叮当一声响，在地板上滚动起来，像老鼠一样，一下子钻到沙发下面。

老人动作急促，发着牌，一直在摇头，躲避着什么人似的，指着扑克牌，等待着什么，低声说着话，把手握成拳头，将拇指从食指与中指中间伸出来，颤抖地做着嘲弄的手势，接着继续发牌、计算，然后扔下扑克，踱着步，眨着眼睛。

钟摆在布谷鸟的小房子里眨着眼睛，摆动着。

突然间，钢琴对面的窗户上白色窗帘向上升起，然后又掉落下来。

在老地方，在冷却的茶炊旁边，克里斯蒂娜·费奥多罗夫娜胳膊肘支在桌子上，一动不动，就像盐柱一样，那双迷离的双眼一转不转地看着漆黑的窗户。

窗户投下一道道暗影。她在那一道道暗影上踱着步，碰到一个黑点就折返回来，然后又接着踱步。

她不想放弃。

各种思绪混乱地纠缠成一团。乌鸦抬起贪婪的嘴巴，使劲儿张开带刺的翅膀，啄食着红色的谷粒。

啄食着人心。

伤痕累累的心颤抖着——它没有存在的余地，它没有出路。

但是突然出现一双动作迅速的手，恶狠狠地扭伤了乌鸦的脖子。

啄击声马上停了下来。

一片空荡。

被掏空的心颤抖着——它无法逃脱，它没有出路。

而在老人那里，一个想象中的玩伴大概是在搞鬼，偷偷地换了一张纸牌。

老人脸色大变，额头上冒出了汗滴，他从椅子上跳起来，打量了一眼打牌作弊的人，浑身颤抖起来，猛然抓起烛台，高高举起，就要打过去……

"我再也睡不着了！"科斯佳第三次说道，他迈过了门槛。

于是这三个人的目光相遇了。于是把这三个人隔离开的空间变得满满的。

于是每个人的眼睛都闭上了。老人、女人和男孩的心里充满了热情。他们一动不动，纹丝未动。他们纹丝未动，他们不敢动……

他们并不孤单。

在我们的王国里。

我们是钢铁之躯，不会颤抖，不屈不挠。

我们不怕痛苦，不怕考验，我们自己考验自己。

我们不会遇到恶劣的天气，我们不会被关注。

我们会迎着痛苦而上，让它在世界上减少，抛开它，再把它招来，放逐在大地上。

人类——软弱无能。

在我们的王国里。

我们是钢铁之躯，在烈火中变得坚强。

在辽阔的大地之上的舞蹈中变得坚强。

死亡伴随着我们，用歪斜的胳臂向我们招手。

它敲门再敲门，专横之徒，走开！——我们有自己的意愿寻欢作乐！

然而谁必遭厄运——

然而谁必遭厄运——谁就会毁灭。

四

"哎，科斯佳，"伊万·特罗菲梅奇闷闷不乐地说，他深深地叹了口气，"上帝不让我长高。"

他们并肩躺在伙计房和厨房之间的后门旁边黑暗的走廊里的一个大箱子上。

厨房里，只有一个重锤的便宜时钟胡乱愚蠢地唠叨着。

风吹扫着房门，呼啸着，用掸子吹扫着炉子，在烟筒里东冲西撞，猛烈地抽搐着，像狗一样悲伤地尖叫哀号。

"不，当一个矮子很简单，"科斯佳哆嗦了一下，"可是你要是去读书，你就会完全学坏的。我自己本来个子会更高，体格更匀称，我整个人都像母亲，母亲个子很高……直到十岁我也没走路，就这样坐着，像一只臭虫，或者躺着不起来……我有过一个玩具——是一只小猪，用黏土做的，一只可爱的小猪，我跟它说话，而它躺着听我说，一只可爱的小猪……"

"矮子是不能结婚的，会让人嘲笑的。"

"没有人敢嘲笑，嘲笑是禁止的。"

"就算禁止又能怎么样，在我们村子里才不会管这些，总是让人不得安生，总是说人的缺点。"

"那你就咬人。"

"我又不是咬人的狗。"

"这就是为什么上帝不让你长高，所以你就还当一个未成年人吧。"

"可是在我们村，科斯佳，在叶拉瓦罗夫大公举办的舞会上，各种各样的灯全都点亮了，简直像是阳光普照。大公本人也有做错的时候，有一次他消失得无影无踪，找了七天。找啊，找啊，最后他出现在一个板棚子里：像一只大青蛙，光着身子坐在狗窝里，坐在那儿，拴在一条链子上……他自己把自己拴起来了。"

"你的大公真是该死。要是我，会把这些全都给他切断的！"

厨房里忙乱起来。

有人光着脚，啪嗒啪嗒地走进了小过道。

"师傅，"一动不动的伊万·特罗菲梅奇小声地说道，"从厨娘那儿来，他还会狠揍我们一顿吧，安静点儿！"

"我谁也不怕！"科斯佳也小声地说。

但是师傅走了过去，没有碰他们。

再次安静下来的时候，伊万·特罗菲梅奇朝科斯佳转过身来，紧紧贴着他，直接向他的脸上呼着气。

"科斯佳，为什么你的鼻子是歪的？"

于是同样的话就像回声一样，马上在隔壁响起，接着冲到了外面，从一个大门传到另一个大门，传扬开来，跑累了，就深深印在人们的脑海中。

科斯佳没有动。

"你呀，科斯佳，最好向上帝祈祷。"

"我从不祈祷，"科斯佳顶撞地说道，"我也不会祈祷。"

"可是你知道吗，科斯佳，在一个叫贝西尼亚的国家生活的人们，他们是库里纳斯人，这些库里纳斯人生活在沙滩上，他们热情，长得好看，他们都拿着非常大的蛋，是鹅蛋……他们就吃这些蛋，是鹅蛋……"

科斯佳整个人跳了起来。

"鹅蛋和鸭蛋……"伊万·特罗菲梅奇用昏昏欲睡的嘴唇懒洋洋地说着，接着打起了呼噜。

整个过道都跟着他一起打起了呼噜。

科斯佳睁大眼睛躺着，侧耳聆听。

忧伤折磨着他的心。

于是现在有一个想法——自杀占据了他的整个身心。

瞧瞧他，有权力控制时钟，禁止人们嘲笑，用孤独的监禁来威胁全世界，用青蛙的爪子把人招到自己身边来，可是他已经不再相信自己这种强大的权力了：时钟仍像以前一样走着，人们还像以前一样在嘲笑他，而她，他那么想要得到的人，离他是那么遥远，也还是像以前一样。

他最好把灵魂出卖给魔鬼，最好诅咒世界上的一切，但是显然魔鬼不理他……

他为什么要活下去？为什么要活着？

科斯佳小心翼翼地放下赤裸的双腿——现在没有人能听到，他在自己身边摸索了一阵子。

但是，他没有找到任何东西可以用来自杀。

什么都没有。

他全身发抖，从大箱子上站起身来，浑身冰冷，沿着墙壁慢慢走去，就这样慢慢走着，两只手摸索着。

但是，他没有找到任何东西可以用来自杀。

什么都没有。

于是一个奇怪的念头像针一样穿过大脑：可见，他是不会死的，他是不会死亡的，他击败了死亡。

他心里充满了前所未有的感觉，那是狂喜的感觉。

"永生不死！永生不死！永生不死！"

这种感觉变成了翅膀，生出了翅膀，托起了永生不死的科斯佳。

科斯佳慢慢向上升起——双腿离开了地面，而绿色的光线洒满他的全身。

"永生不死！永生不死！永生不死！"

"而且无所不能！"这光越来越明亮，越来越耀眼，转瞬间就变成了一只爬虫，它把爪子刺入科斯佳的身体，啃咬着他的翅膀，用滚烫的血红大嘴将其压在身下——科斯佳咕咚一声栽倒在地上。

卡佳听到响声跳了起来，抓起一盏小灯，从儿童房出来，撞到了几把椅子，照亮了睡觉的人们，溜过他们的床边来到过道里。

"科斯佳！科斯佳！"她声音嘶哑地喊着退回到门口，声音嘶哑地喊着退回到儿童房门口。

散乱的棉絮像撕碎的羊毛一样，一绺绺地挂在她的脖子上。

而科斯佳——他鼓出的双眼直勾勾地盯着一个地方——因疾病发作而身体抽搐起来。

似乎过了很长时间，过了好久，时间长得好像没有尽头。

小灯颤抖着熄灭了。

而爬虫的嘴巴把科斯佳压在身下，恶狠狠地张大，把他吞了下去，而他在冰冷湿滑的内脏里转动起来，就像上了发条的机器转个不停，转得越来越快，无法醒过来……

"该死的！该死的！该死的！"风吹扫着房门，呼啸着，用掸子吹扫着炉子，在烟筒里东冲西撞，猛烈地抽搐着，像狗一样悲伤地尖叫哀号。

因用力过猛而受伤以后，它突然间跳出了烟筒，自由自在地疾驰而去。

"在我们的王国里！"

尖叫着，怒吼着。

伸开双手，使劲儿鼓掌，哈哈大笑，接着变成一个好动的小球，玩耍着、滚动着。

球不是小球，球不是手榴弹。

引爆手榴弹。

成千上万的飞蛇，成千上万飞来的信息和声音——虚假的喊声——混乱的呼叫。

"在我们的王国里！"

铁皮屋顶被钢爪撕破，大门被压得咔嚓开裂，火车在田野里孤单寂寞地轰鸣，电线嗡嗡作响——摇曳不定，有人戴着镣铐尖叫着奔跑，奔跑中撞上铁轨，推倒柱子，拍打着，拖着往前走。

雪不停地下着、下着。

"在我们的王国里！"

在狂怒的田野里，一棵小山杨树下躺着一只野兔，身上盖满了干树枝，它不知道该怎么办，把白色的爪子缩了起来。

田野怒吼着。

从傍晚直到公鸡啼鸣，从公鸡第一声啼鸣到天亮，它没有平静下来，也不会平静下来，灌进了许多雪，它没有心思跳舞，没有疲乏得要命——它拥有一百年的时间。

在田野之上，在房子上方，大钟被野蛮地敲打着。

又长又尖的手指来回转动，随心所欲，就像老旧的指针一样。

时钟在报时，时钟报时却没有报出应报的时间。

它停不下来。

在混乱中报时。

它不知道时间。

我们也不知道明天会发生什么，昨天发生了什么，我们会在哪里，我们曾经在哪里，谁引领过我们，谁安排、谁指定了这种神秘的生活——如此艰难。

第四章

一

"要是您知道所有的事情就好了,"克里斯蒂娜·费奥多罗夫娜停顿下来,无可奈何地摇了摇头,她知道,她无法用语言表达自己正在经历和苦恼的一切;难道所有这一切都能用那些简单的、草率地说出的事情传达出来吗,"但是您必须向我解释!"她陷入了沉思,可是双眼却睁得大大的,它们请求着,想要得到答案。

涅利多夫默不作声。

他站起身,在房间里走了一会儿,又坐了下来。

他所能说的一切,都不是那件事,也都是不需要的。都是不需要的——只是他弄混了,勾起了往事。

而她正视自己的内心,她的声音低沉地响起——这些话从来都没有人知道,只是现在才第一次说出来。

"您没在的时候,我不知道过的是什么样的生活,"她说,"我活着,茫然地做着所有的一切。我等着您,也不是等您,而是等您的话语。我需要您的话语、您的声音。我见不到您,只能听说一些您的事情,而我能见到的是另外一个人。听不到您的消息,我就无所适从……我担心自己。你知道什么是担心自己吗?"

他点了点头。

她想继续说下去。但是他打断了她:

"您等一等,是这样,这就好像你偶然来到一片田野⋯⋯有一天我做过这样的梦,四周都是成熟的谷物,谷穗低垂,而谷物中间有几辆马车,马车之间有一些农民,他们弯着腰,跪在那里,衬衫撩起。就在车轮旁边有一小撮人,正在用靴子践踏着谷穗,而一些穿着灯芯绒长裤的农民也很显眼,他们蹲着,好像在跳舞似的,使出浑身力气用胶皮带狠狠地抽打那些赤裸的后背。往前走又看到几辆马车,在马车中间仍然是一些穿着雪青色上衣的农民,他们躺着,举起双腿,等着轮到自己。这一切的上面都是阴沉昏暗的低垂的天空。而你在马车之间徘徊⋯⋯"

她听着,努力理解这些话,她抚摸着自己交叉的双臂,担心地控制着它们。

而他虽然说着话,却不知道自己在说什么。

听得见她的呼吸声。

奇怪的阴影掠过他们的面庞,这些阴影各不相同。

他们的灵魂哀号着飘来荡去,在这黑暗中寻觅着某个人。

隔壁突然响起拍打声,伴随着呻吟声持续了很长时间以后,又传来不断的干咳声和咳痰声。

她站起身走过来,一直走到他的眼前。

她的声音钻进了耳朵。

"我整颗心痛苦极了,老人呼哧呼哧地喘个不停,那边是生病的卡佳,这边是这个科斯佳四处游荡,我看不到希望,"她把两手交叉在一起,"您做点儿什么,让这些都消失吧,哪怕就几天,哪怕一分钟也行⋯⋯"

于是，她紧紧地依偎着他，痛哭起来。

"我这是看到谁了！"科斯佳激动地出现在他们面前。

他们不再说话。

他们是说过一些话的。他们却不知道自己说的是什么。科斯佳看到了，他也明白。

奥莉加把加热的茶炊拿了进来。克里斯蒂娜·费奥多罗夫娜坐在自己平常坐的位置上。

科斯佳坐到涅利多夫跟前，兴奋得在椅子上坐不安稳。

"您猜猜看，我刚刚去哪儿了？"

涅利多夫笑了。

"去占星家那儿了。"科斯佳的眼睛闪着光芒。

"给，拿着！"克里斯蒂娜·费奥多罗夫娜耸了耸肩，递过来一杯茶。

科斯佳没有理她。

茶水泼溅出去了。

"占星家说了什么？"涅利多夫问道。

"按占星书上说……"科斯佳鼓起两腮，"占星家什么都知道，有一个厨娘在铁路上干活儿，是铁路上的厨娘，她问他，他打开占星书告诉她说，她好像就要被头儿包养了，哈哈哈，可是她不想那样，她回到家，就突然上吊了。"

"科斯佳！"克里斯蒂娜·费奥多罗夫娜用戒指敲了一下桌子。

"您知道，他非常普通，他说：我的手掌上有一个十字架，您看，"科斯佳伸开他的一只手，"谢尔盖也有，在谢尔盖的手上，您知道，在离开的前一夜，火柴突然燃烧起来，整整一盒。把您的手给我。"

"科斯佳，你喝完茶就去睡觉吧！"克里斯蒂娜·费奥多罗夫娜严厉打断他。

"您把手给我，把手给我！"科斯佳脸色苍白得发青，他推开杯子，"我才不会喝您这糟糕透顶的茶水！"

他整个人颤抖着，心高气傲地站起来，走出了房间。

其他人都变得小心翼翼起来。

全都匆匆忙忙趿拉着鞋，悄悄地去了厨房。

涅利多夫站了起来。

他们二人交换了一下眼神。她的目光久久地、久久地望着他，无声地传达着她的整个内心。

"明天见！"

他们在前厅碰到了老人。

老人谦卑地鞠了躬，埋怨涅利多夫这么早就要走了：或许他们可以玩上一局，不然太无聊了，没有人可以一起消磨夜晚。

涅利多夫消失在门外以后，老人勉勉强强走到椅子跟前。

一阵难堪的沉默。

他们对彼此而言都是那种不需要的东西，是那种你根本不知道应该如何摆脱的阻碍，是沉重的枷锁、十字架，这是上帝为了惩罚罪恶给予的，大概要背负一生。

老人想要伸手去拿面包，但是他什么都没能拿到。

他无滋无味地喝了一杯清茶。

"您知道，"克里斯蒂娜·费奥多罗夫娜突然说道，"卡佳没有治愈的希望了，她会死的，当然，如果不马上送她到南方去的话，您也知道，为了治她的病……"

老人无神的双眼目不转睛地看着她，嘴里时而咀嚼着。

"商店会被查抄的，没有钱可以偿还欠款，可这件事上还是应该做点儿什么，"她朝着科斯佳的空椅子点点头，"他会疯的，您明白吗？因为，天知道他会做出什么事情来。我没有能力再做什么了，我有自己的生活，我有自己的孩子。"

于是，她想起了叶莲诺奇卡——最近和她在一起的时间是那么少，她离开老人，朝自己的房间走去。

她顺带着往镜子里瞥了一眼，与自己的目光相遇，突然脸红了——她低下了头。

卧室里很不舒适，杂乱无章。

她心里发紧。

她俯在白嫩嫩的小娃娃身上，回想起以前她们一起为爸爸、为妈妈、为吱吱叫的小鸟祷告。

她笑了。

"快长高——快长大，我的小鸟儿，亲爱的！"

她开始小心翼翼地脱衣服。

她沉沉地睡去。

她梦见她正在火车站。她在等火车。火车站到处都是人。有人说：这是为一些年轻人送行。突然一扇门打开了，一群穿着白色连衣裙的小女孩彼此手挽着手，站成圆圈把她围在中间。

这时铃声响了：第一遍，第二遍，第三遍。于是一种预感——她赶不上车了，火车就要开走了——让她清醒过来。她冲出活泼的女孩们围成的圆圈，把她们推开，但是，她来到站台上以后，并没有看到火车，她看到：在从未见过的一些反光镜的光线中，就像幻象一样，出现一个队列——还是那些穿着白色连衣裙的女孩，她们中间是一个新娘，只是她的脸无法看清，脸上蒙着面纱。又响起了铃声：第一遍，第二遍，第三遍。有人明确而清晰地喊着她的名字。

克里斯蒂娜·费奥多罗夫娜哆嗦了一下，仿佛被猛烈地碰撞了似的，她睁开眼睛，立刻清楚地感觉到：此时黑暗中坐着一个人，他已经没有勇气克制自己，极其悲伤地哭泣着——他悄悄地走来，也悄悄地哭泣，他哭泣着，就像一个单恋的人永远得不到爱的回应似的。

她已经无法闭上自己的眼睛，也无法捂住自己的耳朵，她躺着，就像是睡醒了似的，浑身发热，而她的心在黑暗中知道……

但是你能知道什么呢，我的心？心啊，你总是上当受骗，心啊，你总是欺骗他人。

二

雪尘飘飘扬扬，闪闪发光。一阵旋风尖细地呼叫着飞驰而来，接着飞走了，然后又飞过来。

风在狂热地吟唱着，不抱怨，也不悲伤：

"爱吧！爱吧！"

有人突然喊叫起来，迷了路，接着又响起一个声音。

马匹在疾驰——正追赶上去。

它们聒噪的响鼻声划破空气。星光在墙上、石头上和他的眼中颤动。

而那些话——它们早就已经准备好了，时刻都可以脱口而出，并且用自己的声响让人震惊——它们来到嘴边，折磨着人。

风在狂热地吟唱着，不抱怨，也不悲伤：

"爱吧！爱吧！"

于是角力开始了，各种力量进行搏斗：它们都行动起来，互相阻止着，在高空中引诱着，再推入大坑中，置于宝座之上，再推翻并加以侮辱，用预感来警告并欺骗这种感觉，拥有知识并践踏所有的知识，而一个人在它们的笛声伴奏下颤抖着，撕扯着自己的头发。

星光浮动，悄无声息，爬上双眼，打开一层又一层幕布，清理着烟幕，开辟着通向深处静谧隐蔽之所的道路。

"她漂亮吗？漂亮吗？"心里一个探寻的声音说起话来，"这就是你曾经寻觅的，梦见过的，整个一生都在努力想要得到的，现在找到了。你难以想象，她会敞开隐秘的内心，这是你连想都不敢想的。她是无比深奥的女人。在享乐的时刻一定会激动得喘不上气来，只会有一个渴望：永远不要醒来，把这一刻延长为永恒。而亲吻，一定会亲吻的；满足以后，肯定会承诺得更多，那时，所有存在着的、奋斗着的和创造着的一切，都将成为你的，都将臣服于你。你会成为世界、国王和上帝。"

"世界、国王和上帝……"涅利多夫重复说道。

"谢尔盖不懂得欣赏她，可是你却看得清清楚楚，刹那间你就了解了她所有的宝贵之处。难道他爱她吗，难道爱着一个人的时候，还会去寻找别人吗？你要记得！要知道，当一个人爱着的时候，他会说：我想要。当他不爱的时候，他就会说：我想要她希望的那样。你的朋友就是这样的……科斯佳的哥哥，但是科斯佳戴着一个十字架，你也戴着一个十字架。"

"她有十字架吗？"

"她什么都不知道，她不会想到他背叛了她。但是她不爱他，只是让自己相信她爱他。女人不这样做就活不下去，她也总是需要去爱。于是她爱了。而你呢，你爱她吗？"

"你爱她吗？！"

"爱吧！爱吧！"风坚持己见。

"我爱她，离开她我就活不下去。"

"可是如果找到哪个更漂亮的，更年轻的，也更纯真的，你作为一个聪明人，你会向她敞开你的世界吗？"

他停下脚步，心潮澎湃。

"这就是说，你不爱她。"

"我吗？"

"是你。"

涅利多夫加快了脚步——他的周围一片沸腾，窃窃私语……

"蓝色的夜晚……你可还记得，你烦闷得不断责骂着大地，什么也看不见，什么也听不到，大地从你的脚下漂走，于是你走在深渊之上，浑身伤痕累累，却感觉不到伤口。而当你和她在一起时，你可记得，你想过……你爱过。她周身都是光环……你真想走到她身边——因为对你来说，她身上没有一处是你不想要的，你真想走到她身边，是的，你想要她整个人，希望她整个人都在你心里，因为爱一个人而不想拥有她是不可能的。然而，拥有与摧毁是等同的。这种绝望，这些痛苦，是因为她一直都是独立的，她仍然可以保持独立，可以把事情看清楚，可以被目光所包围，可以思考……你可还记得那些晴朗的日子，那些日子热极了，却因你的悲伤、你的哭泣而变得阴暗，一想到她是独立的，这哭泣便灼痛了你的整颗心。可是当她离开的时候，你的热血又在哪里？你可记得，你冷得颤抖不已——忧伤，是忧伤喝光了你所有的血液。那时世界是否还存在，人们是否为你而活着？"

"人们吗？"

"七月炎热的正午。一个狭小拥挤的空间，弯曲的街道。在街道上有好多送葬的人。送葬的人们坐车回家，他们从墓地回来。他们在空荡荡的灵车上颤抖不已。他们的面容消瘦疲惫，黑色上衣的领子被解开，所有的衣服、头发和皮肤都沾满了气味。他们饿了。一个人在灵台上狼吞虎咽地吃着小白面包……而你心里想道：爱情也会死亡。"

涅利多夫嘴唇颤抖着，他真想消除这可恶的声音。

"但是爱情永远都不会消亡。它一旦产生，就会永远存在。你可以随心所欲地欺骗自己，你可以暂时压制它，但是想要根除它、扼杀它——是不可能的。而一朝失去的那个人，你永远也无法把她挽回来了。可是你却一直慌乱不安，一直在寻觅她。"

"爱吧！爱吧！"风坚持己见。

"你在追求她，因为有人对你说：无法挽回了。你见过她，失去了她，你仍在寻找她，但也有这样的人：他们从来没有见过面，也不应该见面，还有另外一些人，他们见过面，但是却无法得到……"

"她很不幸。"涅利多夫说。

"你认为她不幸是因为她没有钱，还有这个家和这些债务？"

"我也没有钱，我无法帮助她。"

"帮助?！难道问题就只在于钱吗？这个家和这些债务让她操碎了心，她想要卸下所有的压力——她的心已经清醒过来，看到了……"

"爱吧！爱吧！"风坚持己见。

"她不爱他。"

"她也永远都不会原谅自己每天为他所做的牺牲和受到的羞辱。"

"她不爱他。"涅利多夫说。

"那爱你吗？"

"她谁都不爱。"

"不，你不是这么说的，你对自己说的是：她只爱我。"

"和他在一起，她心里憋得慌，他不会欣赏她，不管是她还是别的女人，对他来说反正都一样。她也只是怜悯他弱小善良。她那时候讨厌我……"

"当然，你比他高大，可以讨厌你，因为你是涅利多夫先生！可是谢尔盖确实不爱她。"

"爱吧！爱吧！"

"我爱她。"

又是这种响亮的鼾声。似乎马匹在疾驰——正追赶上去。而星光在墙上、石头上和他的眼中颤动。

她出现在他的面前。他听到了她的心声。她的心接近他的心，在猛烈跳动，怦怦直跳，它想要冲出去，想要燃烧和沉没。

这些没有被发现的宝贵之处，这些独有的举止，这些令人头晕目眩的呼吸，它们超越了界限，超越了天空，超越了星星……

"你想要什么?"

激动得喘不上气来。

无数星星和风。

"爱吧！爱吧！"

星空像皇冠一样静静地闪耀着。

在那里圣母缝制了一件丝绸衣服——那是上帝的法衣。

在中间点缀着零星的亮片，边缘则是一排排亮片。

三个天使，三个都是银色的，他们用翅膀上的孔雀羽毛遮蔽住了圣母。

星空像皇冠一样静静地闪耀着。

第五章

一

可怜的心爱的卡佳。

这个不幸的姑娘，没有说出自己那些隐秘的热烈的话语，没有倾吐内心，她的内心有许多喷泉——它们沸腾着，想要喷薄而出，去照亮黑夜。

而现在，在一扇暖和的小窗里闪烁着微微发亮的白色灯光，可是当它散尽的时候……

为什么？

你的父亲爱你的母亲，他不想让你死，而这一切都是如此偶然……难道他知道吗？难道他想到过吗？……你当时还没有来到这个世界……

可怜的心爱的卡佳。

很快就要到春天了，但是今年的春天你看不到了。你要原谅他，原谅他，如果你可以……但是今年的春天你看不到了。你会被送到南方，送到暖和的地方；也许，你会回来……

为什么？

卡佳坐在宽大的椅子上打着瞌睡。

在她瘦削的手指上挂着几个没有用处的尖头的圆环，它们不时地脱落下来。她的一双大眼睛那么深邃，里面没有一点儿血丝，松弛的皮肤上眉毛乌黑，就像两个黑色的箭头，她整个人变得让人觉得陌生，不是以前的样子了。

她的一双大眼睛似乎在深深地思考着什么，但是思绪平静，这些思绪越过了生的界限，一小时一小时地接近着什么，失去了自己可以理解的平常的言语。

她听不到它们。

冷漠一动不动地覆盖在一切之上。

她什么都不需要，什么都不能吸引她，什么都不能束缚她，就像她恰好什么也都没有，恰好没有什么可以回忆、放弃、梦想。她不记得从前的日子。尽管窗外飘着这样的雪花，溜冰鞋还在那里挂在钉子上……就在不久前她还那么喜欢寒冷的白色的冬天，就在不久前她还那么喜欢——

为什么？

黑色的小钟走着，悄悄地低语，一小时又一小时地走得很准——它的道路已经测量好了，没有什么可以担忧的。

过节了。

从厨房里拿来馅饼和烤菜；油腻的味道就像可以食用似的，苦涩地弥漫在舌头和牙龈上。

家里空空荡荡的，老人睡着了，只有科斯佳坐立不安，在楼上无所事事地走来走去，低沉地踏着步子，仿佛是在用小锤子敲打似的，而奥莉加离开炉子，跑去查看什么了。

奥莉加朝地下室走去。楼上的脚步声停止了。

下着雪，窗户上落了一层雪，光线暗了下去。

下着雪——

这时门轻轻地打开了。一个戴着头巾的陌生女人环顾了一下四周，走进了儿童房。

卡佳想打个招呼，但是她的舌头没有动，只有嘴唇弯着，笑了一下。

"大概，这就是那个护理员，我和她一起要被送到暖和的地方去。"卡佳心里想到，于是就安下心来。

女人不急不慌地坐在了对面。

"该走了，小姐，"她说，"该上路了，那里很暖和，很漂亮，漂亮得难以想象。这里没有那样的美景，这里连呼吸的空气都没有。"

卡佳端详着陌生人，觉得好像曾经见过她，只是想不起来是什么时候了。

"那里是春天，那里永远是春天，上帝保佑，你回来的时候，你会是另外一个样子，你会非常幸福的，"护理员的声音停了下来，"那里没有这个！"她把手伸到床头柜上，准确地一把抓起小钟，握在拳头里，她站起身来，个子高高的，一副傲慢的样子，她抡起手来，把小钟扔到了地上……

"没有这个！"

卡佳从座位上微微站起，像一片叶子似的颤抖着。

护理员歪在一边的头巾下面，勒紧的绷带发白，就像死去的妈妈那样，她个子高高的，一副傲慢的样子，用鞋后跟砰地踩了上去，把小钟踩扁了。

"卡佳，卡捷奇卡，你怎么啦?"克里斯蒂娜·费奥多罗夫娜跪下来，抓住她的一只手。

清醒过来的卡佳安静温顺地哭泣着。

"我们很快就会去的，那里很漂亮，很暖和，你想让我也和你一起去吗?"

"不想!"她浑身颤抖起来。

"好的，放心吧，今天是你生日……"

卡佳安静温顺地哭泣着。

她听到了他们说的话，她明白——思绪越过了生命最后的界限，现在向她开启了另外一个声音，只有她可以理解这声音。

小钟停了。

二

从中午开始，剩下的所有时间都在聚会和准备晚餐中倏忽而过。

家里此刻的气氛，就好像又迎来了无比的幸福，大家都非常愉快，虽然表现自己的喜悦很难为情，但是你隐藏是隐藏不住的。

叶莲诺奇卡大声咕咕地叫起来，就像一只小鸡，莫佳唱着歌，声调越来越高，一直唱到令人难以置信的高音，拉娅帮着忙，用非常尖细的声音带着他唱，两人唱到特别高的音符没有合上拍，便哈哈大笑起来。

克里斯蒂娜·费奥多罗夫娜很高兴，打扮得特别漂亮，柔软蓬松的上衣让她看起来那么美，真想把她抱在怀里，在房间里走上一圈。

科斯佳阴郁而不安，现在他胡闹得厉害，对他简直毫无办法。他的神情有些狂妄，全身颤动，肮脏不堪、头发凌乱——他咯咯大笑着不停地说话，没完没了，不可遏止，毫不掩饰。他不时从口袋里掏出一个神秘的盒子，把它稍微打开一点，悄悄地从里面放出跳蚤来，这是他几个月来为了自己那些任何人都难以理解的目的而积攒起来的。

奥莉加面红耳赤，浑身被摸得脏兮兮的，她立刻呜呜叫着去打科斯佳的后脑勺。

老人也是头发蓬乱，几缕头发竖着，仿佛粘在了一起，他穿着敞开衣襟的长袍，浑身都是芥末膏药，手里挥舞报纸，在这拥挤、闷热、嗤鼻声、科斯佳的奇袭和不断的俏皮话中，搞着恶作剧。

人们没完没了地敲打着倒霉的钢琴，使得烛台上的承泪盘像疯子似的抖动不已。

伤心的小狗库蓬悲号着、尖叫着。

人们坐到了桌旁，喧闹声没有停止。桌子上摆放着很多酒瓶子，这是从谢尔盖离开那一天起家里就没见过的。

这一切都是为了庆祝卡佳的出生和远行。

大家都是这么想的。

大家都在等涅利多夫，他是唯一的常客，当铃声响起的时候，大家都跳了起来。

原来，这个人不是涅利多夫，而是师傅谢苗·米特罗凡诺维奇。

于是大家又高声吵吵嚷嚷起来，震得墙壁不停地颤抖。

确实，师傅的样子很可怕，从他的一个疏忽中可以看出某件不可能的事情：从瘦小讲究的短上衣里面，没有塞进裤子里的衬衫像肥羊尾巴似的，在他身后面垂下来。

谢苗·米特罗凡诺维奇来到这里，是最终决定要说出自己即将离开的，但是，不同寻常的招待让他慌了神，大喝起伏特加来，便推迟了他的决定。

餐宴按部就班地进行着。

科斯佳在兴奋之中把装着面条的一个盘子扣翻在自己头上，于是，他身上挂满了面条，硬要把别人蹭脏。

拉娅与莫佳靠得非常近，就坐在他的膝头，满脸红晕，尖声地哈哈大笑。

喝醉的师傅像是一个微醉的女人，动情地开始讲起故事来，他讲得混乱而令人难以相信：开始的时候用第三人称讲，不时地换成第一人称，又渐渐地变成了不定人称，一件接一件地讲吓人的事情，瞪着眼睛说瞎话，而不再讲故事以后，他拿着一把钥匙去纠缠克里斯蒂娜·费奥多罗夫娜，同时还在口袋里翻寻着，狡猾地笑着。

老人在喧哗声中狼吞虎咽地吃着东西，一个人顶七个人，他不停地吧嗒着嘴，抹着脸。

库蓬也得到了一点儿吃的，科斯佳让库蓬舔自己的双手。

从儿童房里被抱到楼上的卡佳，坐在自己宽大的椅子里想得出了神，听着喋喋不休的闲谈声和喧闹声，她一直在猜想一个月以后会发生什么，夏天会发生什么，明年……

只有当布谷鸟跳出它的房子时——它突然咕咕叫着报时，大家才全都站起来赶往火车站，卡佳哭了起来。

她哭得安静、温顺。

她知道。

当她拥抱克里斯蒂娜·费奥多罗夫娜并祝她幸福时，她知道，当她亲吻叶莲诺奇卡、父亲、姐姐、科斯佳时，她知道。

她知道得更多，她知道那些他们自己还不知道的事情。

她哭得安静、温顺。

三

这就要出发了，这就要走了。

在房子里出现了一片寂静和一种气氛，这种气氛通常只在死者离开以后才会有。

多么空荡……

奥莉加拿来了茶炊，转过身去抽泣着：她可怜小姐。

"干吗要可怜她，"她立即责备自己说，"我知道她去了就不会死，上帝保佑，她会好起来的，不过人们嘴里谈论的这个人世间……并不好。"

老人吩咐着：这样的时刻真是难得一见。

"你啊，科斯佳，最好唱点儿什么，不然你也就这样白白地闲待着。"老人把一块黑鱼子放在面包皮上。

"我呀，爸爸，这样的歌是不会唱的，我只唱强盗的歌……为什么，爸爸，我的肚子总是一阵阵地疼，为什么我睡不着觉，为什么我厌恶所有的一切?"

"有肠虫。"

"什么样的肠虫?"

"嗯，是蠕虫，你以后要仔细看看。"

"蠕虫……"科斯佳沉思起来，"鬼呢，爸爸，鬼是什么，它是什么样子?"

老人站了起来，给自己倒了一小杯甜酒，美美地喝了下去，喝完以后，满意地发出咯咯声，眨了眨眼：

"魔鬼是黑色的。"

"哈!"科斯佳不满地说，"黑色? 可是我在梦里，爸爸，我看见的，您知道，爸爸，它根本不是这样的，但是您马上就会发现，它什么都不怕，很安静，甚至可以看透它全身。"

"你最好睡觉吧，那样你就什么都不会看到了，或者贴一个芥末膏，贴贴很舒服。"

"您呢，爸爸，会梦见什么？"

"梦见什么？梦见苹果、腐烂的鲈鱼，梦见你、卡佳，梦见的可不少！"

"是真的吗，爸爸，听说，如果你梦见，要是你身上发生这样的事情，这就是与钱有关？"

"与钱有关，怎么会！"老人吮吸着冰糖，"就在我应该赢钱那天的前夜，梦见似乎我坐在那里，一把把地吃的就是这个，而你死去的母亲，似乎是在污水池上。"

"可是明天我们要把小猫淹死在污水池里，马鲁西卡下崽了！"科斯佳高兴得一时喘不过气来。

老人感到伤心：

"哎，你这个兔崽子，笨蛋，你最好把它们放在暖和的水里淹死，不然它们还小，还没睁眼睛——会冷的……"他说了半截话就停住了，猛然抓住了心口。

从生病的地方因为肿胀而传出经久不息的呼噜噜的响声、呼啸声、鼾声和咳嗽声。

科斯佳走过来走过去，想要打开钢琴，可是用手指敲了一下，挥了挥手，就下楼去了。

但是没过·会儿，他又回来了。

"我害怕，爸爸。"他大声地说。

疲惫不堪的老人躺在沙发上，平静下来。

"我害怕，"科斯佳重复说道，"儿童房那里坐着一个人……"

"让他坐着吧，"老人虚弱地说，他沉重地呼吸着，"他坐一会儿就会走的。"

从小房子里跳出一只布谷鸟，咕咕地叫着。

四

离开车站，克里斯蒂娜·费奥多罗夫娜没有回家，而是转到另一条街道上，朝着熟悉的大门走去——去找涅利多夫。

涅利多夫看起来并不像往常那样：凹陷的双眼目光冷淡，在他的眼底，挥之不去的想法折磨着大脑。

从卡佳开始谈起，然而这只是顺便谈到的，就像谈及关于生意、债务和商店的一切那样。

这些外在的磨难现在是一种转移，是一个可以长时间躲避的角落，是一些很容易发泄情绪的事情。

日复一日，一次又一次见面，一次又一次对视，心在渐渐变暖。

"老人什么都不想听到：他总是那老一套，说他没有钱，还是老样子，就在这一两天之内，商店就会被查抄的。"

"那谢尔盖呢?"

"谢尔盖!"她低下头，"他在别的地方，可是我在这里。商店要是被查抄了，他也就回来了……可是您告诉我，为什么会是这样，为什么一旦遭遇了不幸，那么所有的一切，就像商量好了似的，都躲着你……总是这样吗?"

"总是这样。"

"那爱情呢?"她满眼爱意地看着他。

"爱情有自己的真相。如果你爱上了一个人，可他却不爱你，你就会毁灭。如何毁灭——这并不重要，但是你会毁灭的。马上一切就会聚集起来，各种各样的不幸会降临，在平坦的地方你也会滑倒。比如说，现在一个人因谋杀而受到审判。他杀了人，是因为他遭受了侮辱。

然而事实并非如此，如果他没有因为单恋而窒息，他就不会遭受侮辱，也不会杀人。如果你爱上了一个人，可人家却不爱你，你就会毁灭。"

她站在他面前，已被判决，她的全部血液都涌回心脏，隐藏起来，为的是一旦燃烧起来，可以浸满整个大地。

"真相是可怕的，"涅利多夫继续说道，"世界上没有比它更可怕的了……爱情就意味着，想要毫无保留地完全得到另外一个人，而另外一个人却仍然是独立的，他观察、倾听和思考。你爱我，你在看着我——他在想什么？你问自己。你会立即回答。答案会自然而然地出现：我的过去或者我们以前的观点、愿望以及一些非常微不足道的细节是否不一致。于是就开始了地狱般的生活。接下来无处可去。你不需要任何东西，只要看到我一个人，看到与自己分离的我，而且你很清楚，与我不能融为一体。爱一个人而不想拥有他是不可能的。可是拥有与摧毁是等同的。"

"您今天可真奇怪，您的眼睛是这样的……"

"眼睛活在未来，它们看得更远，眼睛里常常可以看到未来好几年……今天我整个人却恰恰相反，完全不是这样，我还从来没有感受过如此巨大的幸福，它已经到来并且在敲门。"

说完这话之后，他再一次、再一次地感觉到，他爱她，离开她就活不下去。

她的心也在那一瞬间燃烧起来，只照亮了他，对她而言，全世界只剩下了他一个人，就像是唯一的孩子，比唯一的孩子更加宝贵。

她捕捉住最先想到的话语，却不能把它们说出来，不能说出她的心、这颗一旦爱上便爱到永远的心已经说出的话语。

于是，他们被旋风包围、浸透，他们一起飞奔，就像不可分割的一体，就像不可能的事情突然成为一个独立的世界。

五

醉酒的一群人吵吵嚷嚷而又摇摇晃晃地从"新世界"欢乐的大楼里涌了出来。"新世界"里面熄了灯,人们准备度过酒醉之夜。乐师收起庸俗乏味的乐谱,演奏者弹奏完了最后的音符。

你这样折磨人,你的到来不择时间,让人伤心,让人害怕,让人上当受骗,这是为什么呢?你为什么不露出你的面孔,不说出你的故土,你——永远的栖居之所、恒久的心爱之地——是我的生命、地狱和我的天堂。

谢苗·米特罗凡诺维奇师傅无论如何也无法安静下来,他挣脱了莫佳的拥抱,也不知道自己拥抱的是谁,便忙不迭地沿街向下走去。

"桶匠妻子和桶匠在游逛,哎呀呀,不是在家中,也不是在炉子上,打坏靴子,摔断鞋后跟!哎哟哟……"他没有了力气,于是又抓起莫佳,"我啊,兄弟,我都懂,第一件事,是让她跳跃,而会跳跃的人,是干事的能手,比她干净的人没有,可你在干什么,给我火柴,"他点上了烟,吐了口唾沫,"你的拉伊卡是个傻瓜,你也是个傻瓜。"

"我明白。"莫佳哼了一声。

"你什么都不明白,可是我,兄弟,不需要眼镜,我现在就会证明一切。你赚了很多钱吗?你一点儿钱都得不到,实际上会付给你多少钱呢?"

"我会和姐姐谈谈。"

"有什么可谈的,笨蛋!"

"我会谈钱的事儿。"

"这一点我知道,下流胚!"师傅戳了莫佳一下。

莫佳猛地踢了一下。

"你自己才是下流胚，坏流氓。"

但是师傅全身热血沸腾，就这样摇晃着双手，就好像他拿着鸡蛋似的：

"我要打破你的脸！你告诉我，大莫卧儿①是个什么样的国王！你希望他好，可他却责骂你，真该死！你想让我教你变聪明吗，你想吗?"

"我想。"

"你就这样溜走吧，就是这样，我可不会留下来，你就指望她吧！马尼卡说：来吧，谢尼亚，他说，一定要来，一切都准备好了，还有你的那个同事也来吧⋯⋯"

"她对我来说不是外人，她一个人会去哪儿?"

"一个人?"师傅放声大笑，"一个人? 她是在和这个浑蛋姘居⋯⋯没什么可说的，比我们干净!"

"她对我来说就像姐姐。"

"姐姐，这样就是姐姐，滚你的吧!"师傅坚定地迈步走开，可是又突然转身回来，抓住莫佳的喉咙，使出浑身力气，把他扯得很难受，"真应该揍你，你这个酒鬼，揍你揍得少了，你这个杀人犯，你这个狗崽子，你要去哪儿，聋子，谁会带上你这样笨手笨脚的人? 谁需要你，笨蛋⋯⋯夏里亚宾同志? 演员? 很好! 就因为这个怎么能赌呢。而我想要安排你工作，你明白吗?"

"我明白。"

"好吧，"师傅放开了莫佳，挽住他的胳膊，好像什么都没发生过一样，心平气和地往前走去，接着怂恿说，"吹牛这种事，兄弟，可不是

---

① 大莫卧儿，穆斯林苏丹的称号。

割草，我会宣布的，而你带上你的拉伊卡一起溜走吧，你要是错过了时机——你就完蛋了。姐姐！我们了解这些姐姐……根本不是这样！"他突然心软起来，"我和你说实话，她受过头等的教育，就是说，是的，当然，我们没有，男人们，我们不能……头等……"

于是他陷入了忧郁之中，喃喃自语，抱怨辱骂。他把莫佳拖到路灯跟前，对无辜的路灯铁杆发泄着，把同伴拉到街道中间，说有些大老鼠到处繁殖，还不住嘴地责骂，但是慢慢地这些大老鼠就会被人用扫帚驱散，到那时就用不着男人们了，而只留下一个头等的，好能享受和沉浸在幸福之中……他用两只脚翻掘着积雪，像是一匹野马，而从野马又突然变成了淘厕所的人们的一匹劣马，胆怯懦弱，喃喃自语，抱怨辱骂。

在莫佳越来越沉重的脑袋里，像钟摆一样，徘徊着一个想法。他并没有抗议这个想法，而是极力坚守着——他知道，一旦开始反抗，他的腿就会抬起来，他就会掉进雪堆里，再也站不起来了：因此，要溜走，一定要……

"你要抓住时机——你要抓住时机——"

他们就这样好歹回到了家，而当睡眼惺忪的伊万·特罗菲梅奇开始干自己的活儿时，心情忧郁的师傅突然整个人容光焕发起来，用手指指点着一个脏兮兮的角落，不慌不忙地说道：

"伊万，给我这个！"

小男孩顺从地弯下身——于是想要的东西立即出现了。

"倒进茶杯里。"师傅吩咐道，他的嘴巴张得大大的。

小男孩把一些肮脏的东西倒进自己的茶杯里，猜测着会发生什么，等待着。

一分钟折磨人的等待过去了。

"舔着喝吧！"

六

房子里鼾声四起，此起彼伏。

伸手不见五指的黑暗穿梭在冰冷的过道里。

伊万·特罗菲梅奇在令人厌恶的大箱子上缩成一团，盘起腿来，把自己卷成一个圆圈，接着突然扔掉破烂的衣服，猛地欠身起来。

他一会儿发热，一会儿发冷，讨厌的发咸的唾液卡住了喉咙，让他喘不上气来。

"浑蛋……浑蛋！我的好妈妈，亲爱的……"

科斯佳连同脑袋都裹在毯子里，紧贴着墙壁，躲避着可怕的眼睛，它们紧追不放地注视着他，浇了他一身冷汗，于是在沉重的睡梦中，他蜷缩成了僵硬的黑色一团。

他梦见，好像是卡佳说让他去小铺给她买一口棺材。于是他在各个小铺里逛了很久，却无论如何也选不好棺材。可是当他回到家的时候，棺材已经在家里了，卡佳就站在棺材旁边。卡佳对他说：为什么，科斯佳，你给我买这么小的棺材？接着，他们似乎并排躺在一张倾斜的床上：科斯佳躺在最下面，两只手完全触到了地面，所以他很不舒服，又闷又冷，而卡佳躺在最上面，她感觉美好、柔软而又舒适。为什么她感觉美好、柔软而又舒适？

在儿童房里卡佳的小桌旁边，在打开的书旁边，似乎坐着一个女孩，她朝着小桌低着头，她悲伤，她难过，整个漆黑的夜晚一直坐着，一直坐到黎明，她也不想离开，不想告别白日的光明。

为什么？

第六章

一

在战斗中变得通红的宝剑的叮当声和哗啦声。

萧疏的血迹斑斑的落满尘土的田野的哀怨声。

饥饿的人们在烧毁的森林中的呼喊声。

狂怒的火焰在一阵阵浓密漆黑、喷溅着金星的烟雾中的爆破声。

声嘶力竭的哀号、呐喊、呼唤、诅咒的喧嚣声和抽搭声;令人压抑悲伤的歌曲的婉转悠扬的声音,豪放的国歌刺耳的声音。

房屋——疾病、贫穷、被压抑的愿望的庇护之所的火灾。

长满了野生树木的珍贵的坟墓,一大片被毁坏的建筑物,沉寂的柱子,被践踏的祭坛。

红铜色的光线从狂怒的太阳的烈焰中喧闹着飞驰而来,喧闹得就像秋天红叶的舞蹈,它们洒下一片金光,加剧了干渴和炎热。

睡眼惺忪地从深渊中露出的灰白的暮色替代了白昼,它踏着雾霭漫步,渐渐变成黑色;月亮悲伤的闪烁胆怯地停了下来。夜晚降临。

不知在什么地方,在可怕的梦境和沉重的呓语之中,一个孩子哭泣着,夜晚静静地爱抚着绝望的母亲那双睡意蒙眬的眼睛。

就这样年复一年，岁月在流逝。

灰烬熄灭了，感伤的倾盆大雨令人目眩地扑面而来，吞没了火焰，用钝了的铁器低沉地敲打着，声音嘶哑地响着。

没有点亮安静的灯火，也没有冒出蓝色的烟雾。

降临的是痛苦的报复。

于是有一天深夜，在天空中亮起一颗意想不到的星星，而在一座山岗上——在一堆堆灰烬和骨头上出现了一个女人。

在她的手中，鲜花变成了黑色，她的胸膛痛苦地起伏着，嘴唇干渴地张开。

那些被睡梦为了实施新的犯罪而哄睡了的人，那些正在警卫的人，那些正在痛苦中蜷缩成一团的婴儿、儿童、妇女，野兽、青草、花卉和树木——都被镰刀砍得僵死过去。

蓝色的火焰在游荡。从黑暗中升起火光之剑。波浪哗啦哗啦作响。

而女人独自站在山岗上，目光环视着大地上的死亡。

于是尸体开始微微摆动，骨骼变成粉红色，接着有人唱起了歌……

她是永生不死的，她从尘土中唤醒了失落的世界，对所有人提出了一个不可违背的诫命：

"爱吧！

可爱的太阳——

晴朗的天气，

你快出来吧！"

涅利多夫有时觉得，他找回了永远失去了的那个女人，找到了他曾经爱过的那个女人。

夜晚在燃烧，时间在消逝，时钟没有报时——永恒静止在事物和思想上。

但是当雾气腾腾的晨光——黎明前的晨光透过窗户眺望时，他却不敢朝窗外望去，真想刺破自己的耳朵，只要听不到分分秒秒流逝的声音。

一个怪物从歪歪扭扭的枕头下面爬出来，身上残留着夜里爱抚的余温，它用光滑的肚子压着他，压着他的心脏。

"你为什么这样做？"怪物拷问道，"你为什么折磨她？你为什么欺骗自己？你知道，你不爱她，你为什么假装爱她，为什么不把这件事告诉她和你自己？你忘了吗？"

"我忘了。"涅利多夫替自己辩解。

"你一直在说谎，你从来都没有忘记，难道这件事可以忘记吗？"怪物拖着长声说。

"我已经说过，我会告诉她所有事实真相，我永远不会……"

"永远不会！你呀，涅利多夫先生，你总是说，似乎你一旦爱上一个人就会爱她到永远，总是说……各种胡言乱语，你是什么人啊……哼！你看，她看着你，笑得像个孩子，她相信你，她爱你，就像你，你可记得，你一旦爱上一个人就爱她到永远。然而她会痛苦，会察觉到。于是就会这样被欺骗着生活，完全上当受骗了，她将要走在这些狭窄的街道上——街道对她来说会变得越来越窄，她走着，会突然想起来——会让她心碎的，她的整个心会痛苦至极……可是你要是不告诉她真相，反正都一样，她凭直觉也会知道的，这也无法掩盖，无法隐瞒，那时她就会明白，你如何欺骗了她，那时她就会明白，你如何欺骗了自己。她有丈夫，她以为她爱他。可是她不爱他，他也不爱她。但是她爱你。她会被欺骗着生活，完全上当受骗了，她将要走在狭窄的街道上，环顾四周并且会突然想起……"

"我说过，我会告诉她。就结束了。"

"结束?"怪物表示怀疑。

"我知道。"涅利多夫推诿说。

"不，你不知道，你……"

"难道那天夜里我欺骗她了吗?"

"你所做的一切，都是为了欺骗自己。也欺骗她。你思念的也不是她，你思念的是另一个女人。这你想过，而且也知道。"

"这我知道? 不，我什么都不知道。"

"你没把持住? 也是啊，你是什么人啊! 然而，涅利多夫先生，你知道她的价值，那你知道自己的价值吗? 你是没有把持住而欺骗了自己的人……"

"是欺骗了自己的人……"

"你可记得，你以前是怎样嘲笑这些人的——哎! 连上帝都原谅他们! 他们不适合做大事，他们既不会作恶，也不会行善……是的。现在，也许，你也能给自己找到适合的一件小事了?"

这个怪物就这样拷问来拷问去。要到早晨才会放了他的。

涅利多夫打着瞌睡。他觉得，最好永远都不要起来，也不需要起来，讨厌看到阳光，这是一个永恒的梦该有多好!

可是不时地有什么推搡着他，把毯子从他身上拉下来，摇晃他的肩膀。

他跳起来仔细倾听。

"天哪，那里是发生了什么?"

在隔壁，有人在偷偷地钉着钉子，这样钉钉子，是为了挂上一个绳套以后，再钻进绳套里面……

涅利多夫的额头上冒着冷汗，牙齿直打战。

那个人大概安置好了，钻进绳套——好了，吊上了。

过去了一分钟，两分钟，三分钟，涅利多夫连动也不动，他等待着。

突然间喧闹起来，人们跑来跑去，看样子，是猛然发现人不在而寻找起来，但是太迟了，没有用了，已经太迟了，没有用了。

"迟了，"怪物说道，从皱皱巴巴的滚烫的枕头下面爬出来，它用光滑的肚子压着他，压着他的心，"你那天晚上为什么这样做，为什么你这样做？"怪物一次又一次拖着长声说着，毫不退缩。

白昼迟迟地姗姗而来，生意、谈话、追逐、混乱——平日里的生活。

然后夜晚到来。感谢上帝，一天从生命中去掉了，离死亡更近了。

时钟在奔跑……轻轻敲打着你的耳朵：

"你想想，你想想，今天你还活着，可是明天你就不在了，你有什么依据说你在欺骗自己？难道你想欺骗她吗？你不是真诚地对自己说你爱她吗？你要浇灭这胃里的灼热，把这个滑溜溜的水蛭赶走，从心里扯下去……你要杀死这个怪物，掐死它！"

但是正在紧张的时刻，在平静似乎到来的时刻，突然不知是谁的手推了他一下，拉着他往窗外看。

涅利多夫拉开窗帘，然后急忙躲开。他伤心得流下眼泪，然后又往外看。

他看到的是同样的情景，看到了她，就像一旦见过她，就会永远能见到她似的。

"嗯，什么？什么？你看到了吗？"怪物一连串地急忙问道。

于是继续进行这种要命的拷问，令人厌倦到了极点。

又是一天——平日里的生活。

然后夜晚到来。感谢上帝，一天从生命中去掉了，离死亡更近了。

涅利多夫急匆匆而又惊恐地四面张望，他常常会突然一动不动，全神贯注地倾听起来：一个隐匿数日的声音，像夜间的怪物一样爬了出来，撒下带刺的责难之网，把人折磨得疲惫不堪之后，从侮辱转而开始新的咒骂，穿过嘈杂声，淹没周围的声音，像国王和法官一样下命令似的在他头上说：

"你该死！"

于是整个世界如同一个人，竭尽所有的事物、所有的目光回应着喊道：

"你该死！"

然而死亡就在这里。死亡是难以驯服的，一旦从内心深处呼唤出来，它就不能不现身，就不能离开，它就站在门外，像母亲一样守护着他的生命之钟。

现在涅利多夫只有一个念头——自杀。

二

前一天夜里离开的是师傅谢苗·米特罗凡诺维奇。

这是第一个打击，随后，其他更深重的灾难，如同惩罚似的，接踵而至。

不想相信，不敢想，一切来得如此之快。

暂时的无忧无虑，准确地预言了痛苦的明日。

克里斯蒂娜·费奥多罗夫娜非常快乐，这还从未有过。

无法克制的睡意向科斯佳袭来，只有他一个人在睡梦中含含糊糊地说着可怕的事情，而醒来时，他闷闷不乐地踱着步，咬着嘴唇，似乎准备好了去做一件闻所未闻的伟大的事情，而这件事情他应该去做。

于是在一个营业日的午饭后，有人来查抄商店。

警察所长把商店上了锁，宣读了决议，让警察站到门口，然后开始查抄。

克里斯蒂娜·费奥多罗夫娜、莫佳、拉娅和伊万·特罗菲梅奇站在柜台后面，好像排着队似的；让人感到惊奇的是他们的表情和平常一样，好像没有发生什么特别的事情，一切都是这样理所当然，只是在每个人的眼中都隐藏着他们没有觉察的萦绕不去的同一个想法：他们明天该做什么？

科斯佳沉浸在吸引着他整个人的思绪里，站在远处，鼓着腮帮子，用舌头疯狂地舔着自己的牙龈。

窗户四周站着许多路人，他们观望着，伸出舌头，咬紧牙关，做着鬼脸——无法忍住自己的喜悦。

的确，他人的不幸往往会让我们心中产生极大的喜悦。当然，不应该把它塞到人家的眼皮子底下，说不定我们也会这样——天有不测风云，但是忍住是很难做到的。

因此，警察所长给各种贵重的东西盖上印章，忍着这种快乐的微笑。

时钟以前怎样走的，现在还继续走着。

一些人大声呐喊着没有意义的低俗的话语——整个空虚的生活，及其难以通行的循规蹈矩的沼泽，及其约束和虚伪，及其尺度、懦弱，缺少磨难和英雄主义。

另一些人则通过暗地里旷日持久的战斗敲响了人们所害怕的死亡的时刻——这是一些被自己生活中的琐事欺骗、缺少磨难和英雄主义的怪人。

留声机高唱着奔放的喀马林歌曲①那跳跃的音符，毫无分寸，不可遏止，地板因而在它下面剧烈颤动。

"桶匠妻子和桶匠在游逛!"一个警察忍不住打了一下响指，调子唱得实在太高了。

警察所长盖着印章，在所有的墙上、所有的橱窗上一个接一个地盖着印章。

印章不许所有的活物开口，商店空无人烟一般。

整个仪式结束以后，警察所长就离开了，一个奇迹般幸存下来没有盖章的钟表孤单地勉强嘀嗒作响，而这嘀嗒声让人如此难过，仿佛有无数颗小钉子穿过心脏，钩住了心脏并把它撕碎。

所有的人都从后门匆匆离开了这个被查封的、空荡荡的商店，商店已经不是他们的了。

拉娅和莫佳交换了一下眼神：他们所有的一切都协调好了，也都拿定主意了，只等着傍晚来临。傍晚他们将登上火车，前往圣彼得堡去找同事谢尼亚——在圣彼得堡工作的师傅谢苗·米特罗凡诺维奇，去那里开始新的生活。

"你要原谅我，再见! 勿念我们的旧恶!"莫佳低声哼唱着，不时捻捻胡子，撑大鼻孔，像夏里亚宾似的。

伊万·特罗菲梅奇啪地拍了一下羊羔皮帽子，忧郁而缓慢地往屋子的过道里走去，仿佛身上扛着五十年岁月似的。他现在应该去哪里，在哪里安身?

"应该去当消防员，"愁闷的心幻想着，"牺牲生命……那样的消防

---

① 喀马林歌曲，俄罗斯民间舞蹈伴唱歌曲。

帽，千真万确，铜做的，戴在头上你也偷不走！要不把自己看作是丘尔金①当强盗，恢复所有的人自由，而师傅砍了斧头……"

三

科斯佳最后一次沿着楼梯登上大教堂的钟楼给时钟上弦。

他垂头丧气，心情越来越差。

风飞扑过来，推着他的胸膛，好像想要把他扔下去似的。

"你敢！你敢！"似乎有一股黑风在通道里喊叫着。

钟在害怕，在颤抖，它们嗡嗡作响，发出亘古不变的嗡嗡声，嗡嗡响着，威胁要用铁舌打碎这个丑八怪的脑袋，是他想出了这件闻所未闻的事情。

但是科斯佳不觉得疲惫，不知道恐惧。对他而言，现在疲惫和恐惧算什么？他的心在唯一坚定而不可改变的愿望中变得冷淡了，他比任何人想的都要多。

既不是人，也不是生物——是时钟掌控着日夜更替，送来白昼和黑夜，一切——这种黑暗和地狱都始自于它，因此他要消灭时间——该死的！该死的！该死的！他要消灭时间，解救自己和整个世界。

他的双脚不会停留在那里的地面上，他没有完成既定的使命是不会走下去的，如果有必要，他会爬得更高，没有终点，踏上十字架，接着往上……爬上云端。

他发过誓，以所有悲伤的日子、以白天和夜晚发誓，以世界折磨他

---

① 丘尔金，这里指的是19世纪作家帕斯图霍夫创作的通俗小说《强盗丘尔金》中的主人公。

的白天发誓，以他折磨整个世界的夜晚发誓。

"科斯佳，要是根本没有时钟该有多好！"涅利多夫的话突然闪现，让科斯佳更加确信自己的想法。

于是，到达顶层以后，科斯佳异常轻松地做完了所有一切，而从前做起来总是相当吃力。

杠杆在他的手中旋转，轻得就像稻草一样。

科斯佳听到：时钟活跃着，它不停蠕动——成千上万流动的岁月，成千上万的毒虫存在于这个腐烂的铁器中。铁制的怪物决定了整个命运！不，如果不摆脱这个铁器的桎梏，他就不能活下去，他要用双手扼住这个铁器的喉咙。

科斯佳咧露着门牙的嘴巴，猛然抓起铁条。那么轻松，就像拿起一根小羽毛似的，把它向上高高地抛起，就这样冲到窗口，麻利地爬上窗台，弓起身子，艰难地伸出一只手，用颤抖的铁条触到分针，然后钩住分针，向前拉去——

于是他慢慢地拉到最后一分钟，从一刻钟到半小时，从半小时到不足一刻钟、到十分钟，从十分钟再到五分钟，从五分钟再到三分钟和一分钟……接着一动不动地停了片刻，然后竭尽全力用铁条猛然一拉分针。

毁坏的分针咔嚓一声折断，发出叮当一声响，闪过一抹蓝色的光芒——便永远消失了。

于是大钟用铁舌敲响了爱好歌唱的心脏，大钟敲响了自己那首亘古不变的歌曲——自己的时刻。

无法停止命定的敲击声。

这敲击声一下接着一下，不是九下敲击声，而是十下。

于是响起哈哈大笑声、叮叮当当的响声，响起惊恐的喊叫声、哭泣声，在这颗心里，在那颗心里，在第十颗心里，响起不耐烦的尖叫声。

哈哈大笑而又不停哭泣。

停息的钟声变得低沉而洪亮，飞扬而去，被透明的白色烟雾吹得飘摇不定，像白色的羽毛一样颤动……

星星，请接受我们！

天上蓝色的星星深思着自己高悬在空中的思想，被光芒所笼罩，闪闪发光。

由于突然的沉默头发竖了起来。

被抛到石头地板上以后，科斯佳清醒过来，他像小猫一样，又跳到窗台上。

一根孤独的时针动也不动地竖立着。

他等到了这一刻！

于是，科斯佳像大鹅一样弯下长长的脖子，把瘦骨嶙峋的手掌支在石头窗台上，他放开喉咙哈哈大笑，疯狂野蛮地哈哈大笑。

他等到了这一刻！

于是，他没有向下唾弃这座城市——现在是他的城市，而是唱起歌来。

科斯佳唱着——他是国王，他消灭了时间及其痛苦和不幸，他是王中之王。

再也没有一去不返。

再也没有等待。

再也没有时间。

在瞭望台上，消防员裹着羊皮大衣，戴着糟糕透顶的消防帽，他突然惊醒过来，面无表情地盯着这个城市，寻找着火灾。他没有看到火情，开始习以为常地在鼓胀起来的黑色气球和嗡嗡作响的电线附近走来走去。

一些正在驶离车站的火车急匆匆地加快着车速，尖声地鸣着笛，笛声越来越尖利，越来越频繁。

马车夫想要把马赶快些，用鞭子使劲儿抽打着自己那几匹饥饿的额头有白斑点的马，而他们自己则承受着害怕晚点、急着赶时间的乘客们的拳头。

报务员身体弯成了弧形，他用一只磨出老茧的手指麻利地在令人难以忍受的仪器的键子上舞动起来；他搞错了话语，一个接一个地编造出无稽之谈和虚妄之事。

在"新世界"欢乐的大楼里，没有睡足的年轻女子们抹着香粉，抹在有些麻点的发青的脸颊上，抹在被揉皱、被摸脏的胸前那些去除不掉的伤疤上。

公证人对这一时刻非常满意，把一堆要准备拒付证书的逾期未付的期票放进皮包里。

墓地的看守把铁锹藏在前衣襟下面，正要去盗墓。看守养的那只猪正在哼哼着——它嗅到了自己的猎物。

卖啤酒的人打开了最后几瓶酒。公家店铺的门已经上锁。

不幸和悲伤越过边防哨所，在城市中四散开来，进入了千家万户。

标着记号的人焦急不安起来。

他等待着死刑。

主啊，用你那太阳、月亮和星星的光芒来照亮我们吧！

四

一个身材矮小、驼背、戴着围巾帽的人，在自言自语中猛烈地挥动着双手，在省长家门口稍做停留，朝门里看了一眼，继续自顾自地往前走去。

"他会特别肥胖的，让他自己去看吧！"科斯佳对省长的事拿定了主意，他原本打算去找省长告知没有时间的新生活，此时却转过身朝着哨兵大声喊道："我从来没有见过省长夫人，听说，她是个老太太，但是很讨人喜欢……"

广场上点燃了篝火，一名警察和几个流浪者偎在火旁。其中一个人说：

"再也不会有时间了。"

科斯佳点头表达自己对他的好感：

"您是对的，再也没有时间了，这是我让你们成了自由人，从今以后干什么都可以。"

他就这样走着，称赞并鼓励自己的臣民，不用去在意时间。

看守院子的人锁上了大门。院子里放进来几只狗。一些灰色的人影急匆匆走着，在围墙附近、在通道上停了下来，冷得浑身颤抖、哆嗦。

在被穷人弄得脏兮兮的小客栈旁边的长椅上，两个讨饭的女人坐了下来，她们就好像什么都没有发生似的，闲聊着说长论短。

科斯佳制止了她们：

"你们为什么坐在这里，难道你们没听说一切都结束了吗？"于是，他从口袋里拿出一把钥匙，朝她们的脸上扔过去："你们把这块行星肉拿去分给饥饿的人们吧，我不希望有人抱怨——从今以后干什么都可以。"

这时，涅利多夫好像从地下冒出来似的，出现在眼前。

科斯佳从高高的帽子上马上认出了他。

"你要去哪里?"科斯佳拦住这位熟人。

涅利多夫哆嗦了一下，他拿出手表，看了看说道：

"还剩半个小时，而在那里……永别了!"

"你该死!"科斯佳狂怒地大喊，敢于提及时间的反抗行为让他感到气愤，他想起时间已经永远被他粉碎了，于是才兴高采烈地旋转起来。

他旋转着，像是旋转木马。

他觉得，他就是旋转木马，每个人都可以免费骑着游玩。

一些衣衫褴褛的男孩从简陋的住所和小客栈纷纷出来要在夜里小偷小摸，他们围住科斯佳，与他一起旋转。

他称赞他们，他答应让他们看一些滑稽剧，在所有的剧里，国王和贵族们都要讨好彼得鲁什卡①，而他，就是伟大的艺人彼得鲁什卡，他是第一个也是最后一个，他会撞倒太阳来取乐，因为从今以后干什么都可以。

"嘟——嘟——啦哒——嘟!"科斯佳喘不上气来，他旋转着旋转着。

在旋转的同时，他感觉到，身上的一些东西在缓慢却又执着地融化，还有一些东西像是一堵高墙，不易觉察而又准确地朝他俯下身来，他越来越强烈地意识到有某种前所未闻的力量、某种无限的威力在推动着他。

"我给你们自由，这样的自由，自从创造了世界、爱情和死亡以来，

---

① 彼得鲁什卡，俄罗斯民间木偶戏中主要丑角的名字。

没有任何一个民族拥有过，我制服了时间并且消灭了它——从今以后没有时间！我制服了罪恶并且消灭了它——从今以后没有罪恶！我制服了死亡并且消灭了它——从今以后没有死亡！从今以后干什么都可以！我给你们最好的一切，让你们享受和沉浸在幸福之中，你们就享受和沉浸其中吧，奴隶们，你们——我的意志——应该割下一切，用你们自己身上的肉块堵住你们贪吃的嘴巴。我是耶和华，你的神！"

一个衣衫破烂的人打掉科斯佳的帽子，嘲弄地朝他的脸上扔去：

"那我要干什么？"

"你要舔我的猪屁股。"科斯佳说，他转向人群高声喊道，"来找我吧！"他微笑着，"我是多么漂亮的乌鸦！……"

科斯佳走着，一路磕磕绊绊，用手指在鼻子前转着圆圈。

不要再偷懒了，他要在白天浴血奋战，夜晚组织青蛙比赛，要去渔猎：咬死小孩子……弱小的、瞎了眼睛的，全都淹死在温水里，不然会冷的……

"老人去了——没有走到，小孩去了——没有找到，鬼很高兴看到你们。"科斯佳得意地微笑着，把手放进口袋里，想象自己是一只青蛙爪子，用肩膀去推路灯。

路灯摇晃了一下，啪的一声倒在马路上！只有玻璃发出清脆的响声。

科斯佳奔跑起来。他像马一样奔跑。他是一匹带深色圆斑点的灰马，银色的马鞍，镀金的马笼头。他要奔往教堂，买下所有的蜡烛，坐到宝座上，用冰冷的露水洗脸，读完所有的书籍，像七普特重的蜡烛一样，在复活节柳树娃娃①面前、在主进堂节之前②、在莉多奇卡面前发光：丝绸腰带，海狸皮帽子，缎子大衣，而鼻子和图画上一样。他不再是科斯佳·克洛奇科夫，而是教师和侦探库里纳斯，他是第一个也是最后一个。于是他用蹄子敲打着大地，在沙地上驮着鹅蛋和鸭蛋。

"可哪里会——这样——这样！我们身上不是这样！"科斯佳放开喉咙呼喊，一直抛撒着不知从什么地方拿来的金黄色坚果，在一个日用小百货商店前停了下来。

有什么东西似乎"嚓"地划了一下火柴，耀眼地闪了一下绿幽幽的火花，在他的大脑中痛苦地旋转起来。

"哎，你们这些芦花鸡、花母鸡!"科斯佳猛然拉开日用小百货商店的门，敞开他那件用罂粟叶子做的大衣，端详起莉多奇卡来。

莉多奇卡吓得要死，她瞪大眼睛，一句话也不敢说，害怕地坐了下来。

他咬着嘴唇，全身颤抖着，走到柜台跟前，本想抬起腿，打算迈过去，但是改变了主意。

他弯下身，摸到了坐着的莉多奇卡，拉住她，把她拉到自己跟前，用双唇吻住她，吻她的嘴唇和面颊，久久地吻着，伴着喳喳声、咂嘴声、说话声，突然他张大嘴巴，紧紧咬住她像糖一样白皙的线条匀称的小鼻子……

莉多奇卡发出"啊"的一声惊呼，翻了个白眼，一下子愣住了。

她一下子愣住了，就像尸体似的失去了知觉，没有抗拒这种可怕的拥抱。

---

① 复活节柳树娃娃，是俄罗斯复活节的护符、避邪之物。
② 主进堂节，也叫作圣烛节，公历 2 月 15 日（俄旧历 2 月 2 日），纪念圣母马利亚行洁净礼的基督教节日。

听见喊叫声，浅色头发的店员"聪明的脑袋"跳了出来，甩着垂到额头上的几绺稀疏的鬈发，破口大骂，抓住正在发泄着的科斯佳，把他从莉多奇卡身边拉开，就像扔小猫一样把他扔到了门外。

科斯佳猛然栽倒在雪地里。

他听到伴着碎裂的声音门砰地关上了。

他颤抖的挂着泪水的双唇唱着儿歌。歌曲唱响着，诉说着，而某种极度的恐惧突然涌上心头，折磨着他。

科斯佳站起身走开了，他走得轻捷、飞快，走得那么快，他已经不是科斯佳了，而是被切下来的长着蟑螂腿的阴茎。

人们迎着他、跟着他匆匆忙忙地走着，你追我赶，但是他们没有触碰他，没有推搡他——被切下来的长着蟑螂腿的阴茎。

街道上吵吵嚷嚷，充斥着成百上千醉酒的声音，每个声音都飞进了耳朵。

路人们说：

"我们想问您，我们的业务如何发展……"

"需要在你的鼻子上放一块湿抹布……"

"请给点儿灯光吧……"

"哼！真是傻瓜……"

"我一分钱也没有，我能给你什么……"

"我跟你直说，我不知把火柴丢在哪儿了……"

"快点儿跑，要好好看看……"

"可是另外那个傻瓜一辈子都在工作……"

"怎么他很久都没来……"

"男——孩——子欺骗女——孩——子……"

"不回答我们，也不问候……"

"还唱歌呢，老太太！……"

"别胡闹，不然你会病倒的……"

"掐死你这个小丑……"

"桶匠妻子和桶匠在游逛……"

人们吵嚷着，吵嚷着。他们想要什么？——他把所有一切都给了他们……他，王中之王，想要什么？

在查封的商店里，透过安装在窗户上的栅栏，一个黑色的东西在张望，像是一只被打穿了的眼睛。

克里斯蒂娜·费奥多罗夫娜站在窗前。

科斯佳奔到克里斯蒂娜·费奥多罗夫娜跟前。

他们彼此看着对方，他此刻也不是科斯佳，而是一只蜂鹰，用自己疯狂的目光从头到脚把她整个人盯住。

"你怎么了，科斯佳?"克里斯蒂娜·费奥多罗夫娜问道。

有人威胁着喊道：

"嘿，科斯佳，为什么这样扔帽子，你等着瞧吧!"

科斯佳一声不吭，用自己疯狂的蜂鹰般的目光从头到脚把她整个人盯住。

"你病了，回家去吧!"克里斯蒂娜·费奥多罗夫娜说。

又有什么东西似乎"嚓"地划了一下火柴，耀眼地闪了一下绿幽幽的火花，在他的大脑中痛苦地旋转起来。

他向她伸出手，俯身在她的脸跟前，低声说道：

"如果有人问科斯佳说了什么，您就说：什么都没说!"他伸出舌头走开了。

科斯佳心中郁闷，充满了让人苦恼的忧虑。

"星星，请接受我!"

于是，好像回复这颗痛苦的心的呼唤，有人迈动着修长的女性般的双腿——科斯佳这样觉得——这个人身材也很修长，就这样出现在人行道上，两脚迈着小碎步快走起来：赶上科斯佳以后就消失了，接着又出现了，长着大鼻子的笑脸突然直勾勾地看着他的眼睛：

"科斯佳，"长着大鼻子的人在颤抖，"你是上帝，你是王中之王，你征服了时间，你恢复了自由，所有的土地、整个人间、整个世界都服从你，你也不是科斯佳·克洛奇科夫，你是科斯佳·萨瓦奥夫①，你要是愿意，就连星星也会从天空上落下来，你要是愿意，太阳会熄灭，你的鼻子是歪的。"

突然之间，长着大鼻子的人灵巧地转过身，挽起科斯佳的手臂，拉着他，铺砌着通往他的新宫殿、庙宇和天空的桥梁。

在布满星星的天空中，似乎竖立着三根黑色的柱子，在那三根黑色的柱子上坐着三个没有经验的牧师，翻开三本红色的书读着。

科斯佳步履蹒跚，他不是科斯佳·克洛奇科夫，而是科斯佳·萨瓦奥夫，他伸出舌头微笑着：施展自己的神的智慧，思考着他还应该创造什么，创造什么样的世界、什么样的土地……或者把天使变成魔鬼，或者把玻璃嵌入天空，以便通过它能够看见天空中发生的事情，或者把所有一切都混合在一起，就像第七天安息日，放出去的不是鸽子，而是乌鸦……

"我是多么漂亮的乌鸦!"

五

克里斯蒂娜·费奥多罗夫娜几乎站不住脚。

---

① 萨瓦奥夫，意思为"唯一真神"，是犹太教对雅赫维的称谓。雅赫维是《旧约全书》中以色列人对造物主、最高主宰、宇宙创造者的称呼。

她想要哪怕多少挽回点儿什么，她奔波于城市的各个角落。

然而一切都不顺利：人们不是在她眼前把门砰的一声关上，就是说太迟了，要么就是根本不见她。

显然，与任何人都没有关系。

她气馁了。

于是，当她整个人筋疲力尽地终于回到家的时候，突然发现莫佳不见了：无论是莫佳还是拉娅都不在，他们消失得无影无踪。

"他们和小姐都走了，抛弃了这个家。"一直默不作声的奥莉加说道，她的耳朵上戴着非常大的一对耳环——莫佳的礼物，她抽泣起来——他们是非常机敏的男伴，上帝会原谅他们的。

克里斯蒂娜·费奥多罗夫娜心里感觉到最不好的事情降临了，这种感觉越来越强烈，折磨着她，让她疲惫不堪、筋疲力尽，所有的出路全都堵死了。

她想哭，却没有眼泪：它们十分灼热地在心脏深处的某个地方流淌着，蒸发着，弥漫着悲伤。

不知是谁的双手把她从地上拉起来，没有把她拉走，只是抱着她。

话语卡在哽咽的喉咙里。

她扫了一眼刚刚收到的谢尔盖寄来的信。他说，他不能再这样生活下去了，只有在那里他才感觉到他是多么爱她，他明天会回来的。

"明天回来……怎么会这样？如果你爱上了一个人，可他却不爱你，你就会毁灭……可是如果他不爱我呢？为什么他此刻不在，昨天也不在，他为什么这样？"

她跑去找涅利多夫。

她要问他，她要告诉他自己所有的疑惑、自己所有的想法——她的想法很不好，她感觉非常不好，但是她没有错，她要乞求他告诉她真

115

相，最糟糕的真相——她不害怕，她什么都不怕，只是他要说实话……明天谢尔盖会回来，因为她有孩子，所有一切都被查抄了，她什么都没有了，她无以为生，为什么他不来，为什么？哪怕是一分钟？为什么昨天没有来？他为什么这样？如果他不爱……难道他不爱她吗？好吧，让他说，他应该说，他应该……

住处的门锁着。只好去办公室打听。

有人说他离开了。

"他永远离开了，回家乡了。"看守院子的人说。

思路乱了。

怎么会这样？没有事先告知？一句话都没说？回了哪里的家乡？……

她的心里笼上了一道阴影。

她感觉到了这个阴影，知道她永远也摆脱不掉它。

"如果你爱上了一个人，可他却不爱你，你就会毁灭……并不是那样的……爱一个人而不想拥有她是不可能的，可是拥有与摧毁是等同的。不，并不是那样的……"

但是没有力气思考：她做的一切，都是瞬间想到的。

克里斯蒂娜·费奥多罗夫娜坐上马车，前往火车站。

耳边响起一些话，那是他的话，她听到这些话，仿佛是在睡梦中。

可是现在他会对她说什么？他又能说什么？

"如果有人问科斯佳说了什么，您就说：什么都没说。"科斯佳最后的话语突然响起。

然而，也许这一切都是一场梦，什么都没有发生？

主啊，如果这只是一场梦该有多好。

"为什么没有分针？"走到教堂钟楼前面时，克里斯蒂娜·费奥多罗夫娜让马车停下来。

"我们什么都不知道，"老车夫回答说，"上帝想要这样。"

"上帝想要这样……"她心里重复道，她心里重复说过之后，就忘记了分针的事，忘记了她问过。

各种想法在脑子里盘旋。

什么样的上帝想要这样？难道她不是向他祈祷吗，难道她没有祈求过他吗？要知道，她虔诚地祈祷过，她虔诚地相信过……然而他是什么？他在哪里？……如果他存在，如果他真的存在，要知道她虔诚地向他祈祷过……可是为什么那时候要祈祷？那时候也可以不祈祷……

"主啊！主啊！我相信，我相信，你是万能的，你能听到，你什么都能看到，原谅我！呈现在你面前的，这就是我的整个人生，我谁都没有了，我要去找你，就像去找最终的那个人，因为我是一个人，你看到……"

她抛下马车夫，开始步行而去。她走得很快，好像滑冰一样，没有注意脚下的路。

在火车站大门口她才清醒过来。

火车站挤得满满的。

她在桌子之间蹿来蹿去，被挤来挤去，她寻觅着。她仿佛觉得，涅利多夫那顶高大的帽子在人们的头顶上闪过。

"就是说，他在这里，还没有离开。"她心里想。

然而并非如此，他不在这里。

她冲上了站台。

很多人都在等待火车抵达。据说火车晚点了，但是很快就会到来。

"就是说，火车还没有离开！"她高兴起来。

她观察每一个人的脸，来回走了十来次。

不，他也不在这里。

也许，他在别的什么地方，正等着她呢。于是她走到路基上，沿着路基走去。

她走过了信号灯，走过了扳道房，走过了一座桥，可是她还继续往前走。走过了空地、菜园，可是她还继续往前走。

在路基转弯处的一片小森林上空，闪烁着一颗星星，仿佛给她照着亮，引领着她。

突然间，克里斯蒂娜·费奥多罗夫娜听到远处的什么地方响起了铃声；第一遍，第二遍，第三遍……同时，耀眼的灯光照亮了路基，明亮地闪烁着，跳动着。

星星也闪烁着，跳动着。

于是整个火车像死神一样，直接朝着她飞奔过来。

"主啊！"克里斯蒂娜·费奥多罗夫娜急忙躲开火车闪到一旁，而她心里有什么东西猛然冲出来，大喊一声后，突然断裂了。

她看到一个情景：在飞驰而来的火车前，在反射灯的光线中，飞起来一个戴着熟悉的高帽的人，涅利多夫伸出双臂飞着，像一只巨大的黑鹰，飞了很长时间，直到靠不住的翅膀掉下来，他的脸撞到了油浸枕木上。

嘶嘶响的钢爪抓住了这个人的身体，呼出火苗，吹着口哨，把它撕成许多小块。人们哭叫着，飞跑着，匆匆掠过，身上沾满可恶的人血。

星星在跳动。

六

午夜已经过去很久了。

在冷却的茶炊旁边，克里斯蒂娜·费奥多罗夫娜坐在平常的位置上，好像从十字架上抱下来的一样，自从她几乎没命了一般从火车站被带回来以后，她就一直这样坐着。持续不断的令人苦恼的思绪，让她的额头皱起深深的皱纹，就像是老太婆一样。

在沙发上，老人瞪大眼睛半躺着，蟑螂卵坠得他脑袋沉重。

一些长着火红胡子的丑八怪围住了他：一个背部弯成圆环的矮小的人锉着他的一只脚，另一个长着翘鼻子的人用烧红的烙铁烤着他的脚掌。

"您没有同情心和怜悯心，求不动您。"疲惫不堪的老人因无能为力和痛苦而呻吟着。

一时间长着火红胡子的丑八怪消失了，但是很快又重新出现，他们抖动着火红的胡子，在地板上坐立不安，指责着老人：一个人锉着他的脚，另一个人烤着他的脚掌——该死的，老人无法离开他们，哪里都不能去。

即将燃尽的灯闪烁着。

深夜用丰满的嘴唇吹着将熄的火苗，灵活的暗影像老鼠崽儿追逐着，跳跃着，在老人麻木发青的脸上又硬又扎人的灰色眉毛周围纠缠不休，极其疲乏地顺着胡子爬进张开的嘴巴里。

它们阴险无情地爬来爬去，在地板上，在地毯上，在桌子上，在克里斯蒂娜·费奥多罗夫娜身上，在桌子上，在地毯上，在地板上，在各个角落里，在所有门上，在整栋房子里爬来爬去。

它们不眠不休，在小狗的梦里躺下睡觉。

蜷缩在老人脚边的小狗库蓬梦见，似乎它不是一只宠物狗，而是一只看家狗，它也有狗窝，但是它的尾巴被夹住了，狗窝被拆毁——于是小狗库蓬翻来覆去睡不着。

在门与门之间的贮藏室里，躲到贮藏室的科斯佳坐在一个垃圾桶上，他赤身裸体，穿着黑色长筒袜，他不是科斯佳·克洛奇科夫，而是科斯佳·萨瓦奥夫，不是科斯佳·克洛奇科夫，而是一只乌鸦，他坐着，拿着鹅蛋和鸭蛋，数着蟑螂皮，为的是从今以后任何人都不用数了。他挖着自己畸形的歪鼻子，挖得兴致勃勃，乐在其中。

然而时间在流逝，时间在流逝，一刻接一刻地将一个个钟头推入永恒的深渊，一去不复返，或者是为了亿万次地重复同样的事情。

钟楼上敲响了三点钟。

三声犹疑不定的钟鸣，三声悠长的钟鸣，三声既定的古老的曲调。

大地上一片死寂。

停息的钟声凝聚起来，飞扬而去，被透明的白色烟雾吹得飘摇不定，像白色的羽毛一样颤动……

"星星，请接受我们!"

蓝色的星星远远地唱着最后的空中的歌曲，天上的星星用人间的忧伤覆盖了寒冷的天空。

在房屋上空，在教堂钟楼的最顶层的窗口，有一个人把瘦骨嶙峋的手掌支在石头窗台上，像大鹅一样弯下长长的脖子，哈哈大笑，眯起盈满泪水的灰眼睛，在洒满月光的夜晚放声大笑。

"你干吗淘气，科斯佳!"教堂看守老人在梦里大声喊道，他把陌生人当成了科斯佳，可是向上抬起头以后，他大吃一惊。

老人走在自己看守的区域内，裹着皮袄，在寒冷、威严傲慢的白色钟楼周围走来走去……

请不要让我们受到诱惑，

但是要让我们摆脱恶魔!

(1908 年)

不知疲倦的铃鼓

ч а с
Выбирайте рассказ лемизова

第一章

在我们城市的名胜当中，有收藏着能显灵的费奥多尔·斯特拉季拉特圣像的古老的普罗科皮耶夫斯克修道院，有扎恰季耶夫斯基女子修道院重新粉刷的高大而古老的围墙，有独出心裁地只安装着一盏小煤油灯的昏暗的街心花园，而这盏灯也别出心裁地悬挂在餐厅和乐师演出的舞台之间的电线上，有以茴香风味的特制盐渍小黄瓜、结实饱满的白色卷心菜——人称"小白兔"而闻名的巴尔哈托夫小酒馆，有被一些人奉若神明、被另一些人拿来寻开心或者被一些人咒骂的傻修女马廖娜特，还有纪念碑，除此之外，可圈可点的就是伊万·谢苗诺维奇·斯特拉季拉托夫了。

每一个对此事稍有了解的人都会完全赞同、意见一致。他们的争论会围绕久远的历史已经被当地最有学问的档案委员会证明了的那些修道院展开，或者哪位来自扎沃尔日耶地区的聪明人会在街心花园里怀疑那个著名的纪念碑，但是对斯特拉季拉托夫却从来没有人怀疑过，这是不可想象的事情。

他二十岁开始履行自己的法官之职是在刑事科一个狭长、低矮、熏得发黑的办公室里，办公室在二楼，现在已经过去四十年了，从那时候到现在已经换了很多个秘书，候补秘书就更多了——全都是一些外人，不固定的人，可是他却只管一直坐在窗户旁边自己那张多处被刀割破的大桌子旁边。窗户面对着小酒馆的一堵墙，那堵墙旁边很久以来就一直堆放着木柴，而他就坐在桌旁抄写文件。

您说说看，哪个人他不认识，哪个省长他会不记得，就算他们早就已经被大家遗忘了，省长算什么！——就连第一次庭审的主席他都记得。

那个就是阿德里安·尼古拉耶维奇，确实，他有很多头发，就算是用主教的梳子也梳不开，可是却把两条腿喝出了毛病，不管秘书雷科夫想出多少办法，把这个因腿疾而不能行走的瘫痪的书记员锁在档案柜里来约束他，他还是因狂饮而毁掉了仅存的那点儿脑子。不，斯特拉季拉托夫可不能与阿德里安·尼古拉耶维奇相比，况且他们的桌子也不是彼此相邻，而是彼此相对，这也难怪他们之间放着一台打字机：伊万·谢苗诺维奇从来都不知道伏特加到底是什么，甚至连备用的带过滤嘴的香烟都从来没有对他产生过诱惑，他不抽烟。

"可我还是安然无恙，"斯特拉季拉托夫解释说，"我已经活了六十岁，我会活过一百岁的，我活过了一百岁，就能再活一百岁：在人类诞生之初的时代，虔诚的人都能活五百岁，所有人都这样。"

按照看门人卢基扬的说法，在四十年里斯特拉季拉托夫的生活毫无波折，没有任何变化，他安然无恙，就像完整无缺的浆果或者鸡蛋。其实未必如此，这么说并非完全正确——卢基扬是瞎了一只眼的人，他的左眼看不见，可是不管怎么说，伊万·谢苗诺维奇仍然精神矍铄，身体强壮，就像一个坚硬的洋姜，真是好样的。当然啦，他有一头黑色鬈发，对此斯特拉季拉托夫不止一次提到过，这些鬈发——根本就不存在姑娘们的那些操心事；他的脑袋干净、光滑——整个脑袋上的头发都掉光了，从眉毛到后脑勺，就是这样；然而这有什么要紧，秃头更方便：

橄榄油用得少了，而且落在秃头上的苍蝇也更容易打死，再说了，秃头似乎更适合他的脸型。检察官同志必须要剪平头，双手要又大又白，就像白手套一样，小拇指上戴有红宝石戒指，而伊万·谢苗诺维奇的双手也是普普通通的，一根根手指就像一把把小铲子。

"秃头是男人的装饰。"伊万·谢苗诺维奇本人说，而且颇有一些得意。

另一个看门人是戈尔布诺夫，伊万·谢苗诺维奇认为每个星期六用欺骗手段把拯救灵魂的画作卖给他是自己的职责。戈尔布诺夫也像卢基扬那样老态龙钟，然而他是两只眼睛都能看得见的，即便如此，他也没有看出斯特拉季拉托夫有丝毫变化，只是用手指着他的耳朵说，伊万·谢苗诺维奇的耳朵有点儿太宽大，长度也不适合任何身材，似乎还是在斯特拉季拉托夫母亲还活着、他在城里有第一猎人之称的那个时代，它们那时候似乎是在黑色鬈发后面的，不像现在这样撇着，不是这样向上突起。

千真万确：他的耳朵很大——他是个大耳朵的人，这毫无疑义。但是您瞧，当伊万·谢苗诺维奇睡着的时候，您要是悄然走进他的卧室，或者午饭后他平躺在压瘪的床垫上，头枕在像薄饼一样油腻的枕头上，他这样躺在自己那张瘸腿的铁床上的时候，两只耳朵完全没什么特别之处：它们像叶子一样在枕头上仲展开来，你不会一下子就看到它们的。全部的原因大概都是在伊万·谢苗诺维奇戴的那顶缝着一颗纽扣的灰色骑士帽上，这都是帽子导致的。

还有眼镜——离了它斯特拉季拉托夫一步都走不了，眼镜总是架在他的鼻子上——而且不是像阿德里安·尼古拉耶维奇那样是浅色的，而是烟灰色的——是墨镜，眼镜后面是勉强能看得见的眼睛，半闭着眼皮，眼珠浑浊，眼白略略发黄，满是红血丝。

事实就是这样，但是伊万·谢苗诺维奇本人坚定的看法却完全不同：戴眼镜反正就像穿胶皮套鞋一样，他戴眼镜很大程度上就是为了做做样子，而他的眼睛是蓝色的。什么事儿都是可能存在的，也许他的眼睛真的是蓝色的，只是在烟灰色眼镜下面看起来浑浊、眼白发黄——视觉错误而已。

斯特拉季拉托夫已经年满六十岁——人生已经进入了第七个十年，从他坐在法院里抄写文件至今已经四十年过去了，在这四十年当中，他从来没有耽误过一天，在所有的日子里从来没有偷过懒，而变化吗，可以看出——能有什么变化呢？在澡堂里洗蒸汽浴的时候，只要他收起肚腹，就完全可以被当成是自己的助手扎巴卢耶夫，而文书扎巴卢耶夫还是个毛头小子。

"已是垂暮之年！"阿德里安·尼古拉耶维奇总是笑嘻嘻地说，从眼镜后面朝着他的同事递了个眼色。这个有腿疾的人这么说，当然，主要是出于嘲笑的心理，是为了嘲笑或者只是出于嫉妒，因为他一直都是这样，按照伊万·谢苗诺维奇恰如其分的说法，他是鬼迷心窍了。

事实上，这种垂暮之年，与赫卡柏①、各各他、事故、目标、范围、招待会以及此类毫无相似之处，至少与斯特拉季拉托夫没有任何明显的关系的一些用语交织在一起，能有什么其他的不同含义：他就这样坐着，坐在这里，抄写着公文，要么撰写呈文，要么用伸开五指的整个手掌捋顺自己那乱蓬蓬的红胡子，瞪着醉意蒙眬的双眼，隔着桌子扔过去诸如此类的东西，而所有的公务员就都这样哈哈大笑，他们笑得要死。好吧，请你相信每一个无稽之谈，与有腿疾的人聊一聊——要有足够的耐心，那也还不够，据说：他鬼迷心窍了。

---

① 赫卡柏是特洛伊王后，希腊神话中特洛伊国王普里阿摩斯的第二任妻子，特洛伊主将赫克托尔和女预言家卡珊德拉的母亲。特洛伊城破后被杀，变成了一只狗。

斯特拉季拉托夫如同鸡蛋一样圆润丰满，脸色红润，是那样的红润——就像马林果似的，嘴唇是丁香的紫色，你是不会想到别的颜色的，嘴唇上面长满绒毛，或者就像是有人拿炭在嘴唇上划过似的，像是过谢肉节时留下的痕迹，鼻子离老远就能看得到——鼻子很长，整个人保养得很好，而且丰满、愉快。

"等我老了，我就留起胡子。"伊万·谢苗诺维奇心满意足地宣称，他的脸刮得发青，甚至有些地方由于刮得过多而划伤了，他靠自己那双结实的细腿雄赳赳地挺直身体，就连肚子都在不停地震颤，他身体结结实实，就这样站着，毫不遮掩地把秃头朝向太阳，坚定有力地蹬着他自己那双硕大而沉重的鞋子：瞧，他说，我可是个有头脑的人。

于是大家一致认为，斯特拉季拉托夫是个有头脑的人，这样的人很少，但是那个阿德里安·尼古拉耶维奇此时也不放过嘲弄他的机会。

"你有的不是头脑，"有腿疾的这个人讥笑说，"你有的是脑袋，兄弟！"

第二章

每天早上七点钟左右，家家户户都还在睡梦之中，这是最后的睡梦，但却是最甜美的，也是睡得最熟的，无论是劈木柴的声音，还是钟声——普罗科皮耶夫斯克修道院、扎恰季耶夫斯基修道院和各个教区的教堂都响起钟声，无论是什么力量，似乎都不能战胜它，也不能把它赶到门外的穿堂里去，此时只有拿着牛奶和篮子的女商贩一边往市场走一边叫卖，这些女商贩刚一开始叫卖，公务员们便急急忙忙赶往官邸。在这样忙碌的清晨，途经波佩列奇诺－科沙奇亚大街，就很容易与斯特拉季拉托夫碰上面。

冬天他总是穿着一件棉大衣，脖子上缠着一条红色粗毛线围巾，夏天则身穿一件灰色柳斯特林薄呢上衣，头戴缝着一颗纽扣的灰色骑士帽，一条杂色的手帕总是从口袋里伸出来，腋下有一个装着糖的蓝色小口袋，总是穿着一双胶皮套鞋。

要是用带有魔法的眼睛来看，那么一切都会变了样：就会忽略毛茸茸的小胡子、长长的鼻子、马林果般红润的面颊，斯特拉季拉托夫原本光滑并涂着橄榄油的秃头，就变得像另外一个完全不相宜的脑袋，像是警察局长的脑袋——像日甘诺夫斯基本人，可是日甘诺夫斯基的小胡子很像主席——那是个害着痨病的小老头，因常年患病而无法挽回地丧失了自己所有的本能反应，而斯特拉季拉托夫本人则会变成一头鲸鱼、一只猪、一只老鼠，或者变成一只白天鹅与一群天鹅飞到伏尔加河的上空，反正凭着一个蓝色小口袋和胶皮套鞋你就不会把他和任何东西混淆。

无论是在法院还是其他国家机构中，公务员们喝茶的钱通常都是均摊的，糖的花费是每个兄弟每月十七戈比。根据斯特拉季拉托夫的计算结果，自己带糖来更划算一些。这就是为什么那个蓝色的小口袋与伊万·谢苗诺维奇总也不分开，而此事大家也都知晓。至于胶皮套鞋，那么就其庞大而言，斯特拉季拉托夫的套鞋甚至毫不逊色于奥赫洛普科夫的橱窗里摆放的那些供人观赏的鞋子，在随便哪个人群当中，在数以千计的鞋子中马上就能脱颖而出，而且看一眼就能惹人关注，因此穿这双胶皮套鞋只是为了装门面：斯特拉季拉托夫的靴子是带皮沿条的靴子，是像士兵穿的那种，用厚而粗糙的皮子制作而成，无论雨水还是严寒都奈何不了它，这双靴子不用穿套鞋就已经很占地方了。

伊万·谢苗诺维奇在弗谢赫斯维亚茨基教堂祈祷前的钟声中起了床，他向上帝祈祷一番，诚心诚意地祈祷了很长时间。他把脸刮得干干净净，埋怨了阿加佩夫娜几句，她很久以前就一直在斯特拉季拉托夫这里当仆人了。他喝过早茶，沿着波佩列奇诺－科沙奇亚大街朝着旧货市场走去，他在那里要花费一个小时左右，挤在各种旧物和书摊旁边，仿佛双目失明了似的，戴着自己的墨镜，就好像是在用鼻子寻找被遗弃的东西。这些东西胡乱堆放着，与一些不值钱的旧物交错在一起。

对于斯特拉季拉托夫而言，旧货市场并不是一个懒散之人的闲暇娱乐，对于他来说，旧货市场就是生存、事业，就像流行病之于医生，抢劫之于律师，不幸事故之于新闻记者；并不是依靠三十卢布的职员工资，而是通过这个旧货市场，斯特拉季拉托夫在国有银行中已经有应急用的一万卢布了。

"聪明人总是能谋到事情做，傻子永远都不会！"斯特拉季拉托夫总是说。

还年轻的时候，伊万·谢苗诺维奇就开始搞副业——出售古董。他总是能以便宜的价格买入——不带钱包就不去旧物市场，在其他人闲看热闹的时候，毫不拖延地把看中的东西买到手，然后高价卖给首都的收购商。这样一来，通过收购和倒卖，斯特拉季拉托夫给自己积攒下了资本。

我们的城市以古董而闻名。

然而好处可不止这一个，对此事的热爱也驱使伊万·谢苗诺维奇到旧货市场去，他的热爱并不亚于邻居面粉商人、学究和钱币收藏家塔拉克捷耶夫，而且为了一幅画质可疑、根本不是出于伦勃朗之手的版画——他向来喜欢把自己所有的版画都无一例外地说成是伦勃朗之作，他不惜与朋友吵翻，就像不久前市里的医生利哈列夫和建筑师巴拉诺夫因为一些似乎是彼得大帝时期的圈椅而吵得没完没了一样，他也并不是把所有弄到手的珍贵物品全都卖掉，他会给自己留一些真正有价值的东西。也正因为如此，在法院的公务员中只有鲍里斯·谢尔盖耶维奇·济马列夫——秘书助理、斯特拉季拉托夫的顶头上司——因为能够精准无误地鉴定古物而赢得了他诚挚的敬意，甚至是友谊。

我们小城里的每个人都无所不通，但是却无用武之地。

九点钟时斯特拉季拉托夫已经在法院了。他总是第一个到，比所有人来得都早，也只有最近秘书雷科夫才没有落后于他，有时还会赶在他前面，然而雷科夫是个例外，总的看来他一点儿都不像以前的那些秘书。雷科夫不怕检察官，可是所有人都怕检察官，雷科夫不是喜欢嘟嘟囔囔的人，说话也不尖刻恶毒，你要是被他数落到——比落到魔鬼的手中还要舒服，他讥讽你，顶撞你，所有的话都当面说，直截了当，绝不吞吞吐吐，丝毫不拐弯抹角，不说谎、不奉承，大家开玩笑的时候——他却无动于衷，绝不暴露自己的内心，对法律条文他相当精通，就像是他自己制定的一样。

斯特拉季拉托夫来法院的时候并不是两手空空：除了装着糖的一个蓝色小口袋，他还会从旧货市场上带来一个古旧的东西——一幅画，一个圣像，一本书或者随便一个小物件。他做的第一件事就是把买来的东西放到椅子后面的玻璃柜里，那里存放着表格、纸张以及其他办公用品；接着他就大声擤鼻涕，震得整个玻璃柜叮当直响，另外一个玻璃打碎了的柜子，是阿德里安·尼古拉耶维奇那边的柜子，也与之呼应；此后他在两只胳膊肘下面各垫上一张干净的纸，以避免袖子上沾上污垢，便拿起笔吸上墨水，开始抄写。

十二点之前最好不要打扰斯特拉季拉托夫：十二点秘书会向他索要前一天已发出公文的底稿，不管你愿意不愿意，都得把公文递交上去，要是你不交，雷科夫绝不会姑息，他会让你目瞪口呆，让你根本认不出这是自己人。

让伊万·谢苗诺维奇害怕的倒不是要遭到一番申斥，而是会被指责不服从命令。他对上司是忠诚的，也怕上司。上司，或者如常言所说，哪怕随便一个能管到他的人物职位越高，他就越害怕，比如，他要是碰巧在前厅遇到自己整个一生中从来都没有与之说过一句话的主席，他就会两腿直打哆嗦，双膝发软，站都站不住，恐惧极了，甚至丧失掉全部的思考能力，完全忘记平常生活中必要的一些细节，例如姓名、父称和姓、年龄、性别和婚姻状况。不，最好不要打扰伊万·谢苗诺维奇。

但是秘书拿着报告刚一离开，只剩下斯特拉季拉托夫那一张堆满了卷宗的办公桌，此时便是与他交谈的最佳时机。他滔滔不绝地说起话来，相当健谈：从一个公务员到另一个公务员，他召集所有的公务员，高兴得口齿不清，开始讲各种各样沉重的故事——各种各样的故事，各种各样的奇遇，各种各样的奇谈，有历史上的，有当代的，甚至还有基督教伪经中的，从废止的宗教古籍中借用的，例如《挪亚方舟的故事》，就像是精心挑选过似的，所有的故事内容都非常含蓄，他都牢牢记在脑子里，讲得非常流畅，话语里夹杂许多趣事、笑话等，顺带着表达出的自己的那些意见，其含义也都是极其轻松的，然后他就会转而引用一些诗句，大多诗句都只是以手稿的形式为人所知，而不是出于已经出版的书籍，如著名的《第一夜》，他拉长声音朗诵一些长诗，中间有停顿——就像表演戏剧似的。

这引起了怎样的笑声啊！你会捧腹大笑，都要笑破肚皮啦，他那儿没有隔板，毫无阻碍——三名候补秘书坐在斯特拉季拉托夫的桌子对面，另外三个坐在阿德里安·尼古拉耶维奇的对面，还有斯特拉季拉托夫的助理文书扎巴卢耶夫、有腿疾的阿德里安·尼古拉耶维奇与他的助理文书科里亚夫卡，他们有的哈哈大笑，有的发出嘘嘘声，有的尖叫，有的像鸭子一样不停地叫，而伊万·谢苗诺维奇自己则放肆地哈哈大笑，灰尘升起，尘粒飞扬，就像是要把积满灰尘的存档文件抖落干净一样。

要是换一个人就会不堪忍受，换一个人就会气得发疯，然而恰恰这样的空气对斯特拉季拉托夫来说却是适宜的：不用给他吃面包，让他呼吸这样的空气就行了。

他的想象力得到了充分发挥，语言越来越热烈豪放，话说得可真够劲儿。而且口齿也不再含糊不清了，说话就像敲打铃鼓一样，他靠自己那双结实的细腿雄赳赳地挺直身体，就连肚子都在不停地震颤，他身体结结实实，就这样站着，毫不遮掩地把秃头朝向太阳，而秃头十分光滑，涂着橄榄油，油光闪闪的，就像双颊一样绯红，红得就像马林果。

"不知疲倦的铃鼓!"有腿疾的阿德里安·尼古拉耶维奇大声喊着，他笑得前仰后合。

当检察机关陆续接到没收的书籍，正如记录中所说，因其不堪入目而要销毁的时候，斯特拉季拉托夫就会采用一些手段，把那些令人难堪的书籍弄到手，仔细地逐行阅读，从中抽取最有趣、最吸引人的片段，讲给公务员们听，以供整个办公室里的公务员们的娱乐和消遣。他放肆地哈哈大笑，就像是在读一本《识字读本》或者《鳏居神父的回忆录》——人们特别喜欢阅读、特别畅销的书，而周围灰尘升起，尘粒飞扬，就像是要把积满灰尘的存档文件抖落干净一样。

"一个收集废物的人!"秘书对斯特拉季拉托夫正是如此评价，他指的是斯特拉季拉托夫对不常见的物品的喜好。

伊万·谢苗诺维奇特别惧怕雷科夫，但是他把对自己的这种评价当作耳旁风，没有打击到他，也没有伤害到他。谢天谢地，在四十多年无可指责的工作当中，他的鼻子还是嗅到了一些东西的，就算雷科夫是个严守法律的人，就算他像德国人那样认真，让所有的人都害怕，但不管怎样——此事伊万·谢苗诺维奇可以用生命担保——雷科夫是一个革命者。斯特拉季拉托夫从不把革命者当人看，认为他们都是废物，只有十二月党人例外。

"只有贵族才能起来造反，而这些人全都是废物!"这都是斯特拉季拉托夫的原话。

年轻的公务员们并不像雷科夫那样对斯特拉季拉托夫如此厌恶和苛刻，当他根本没有心思开玩笑，而且经常是在他处理急事想喝口茶的时候，他们戏弄他，折磨他，这种娱乐，以及他总是提供贷款，甚至让大家因此而有些喜欢他。

斯特拉季拉托夫的规则是众所周知的：向他借款，他是不会拒绝的，连收据都不需要，只是为了走个程序，在你偿还完债务以后，他才会要求你签个字，他会从衣兜里拿出一张写有契约的叠成八开的纸，指着你的名字说：

"请您登记一下钱收到了。"

一个明智的规则，所有人都大加赞赏。

这就是为什么三点钟的时候，当一群年轻公务员从法院一拥而出，并且毫无秩序，嘈杂混乱，便意味着斯特拉季拉托夫走出来了。

在回家的路上，他通常会给同伴讲完还在法院就开始讲的故事，故事的精微一如既往地要求高度的表现力，只有在教堂旁边，他才会中断自己那番辞藻华丽的讲话，而且不会对其有影响，因为他认为走到教堂前的时候必须祈祷是自己的义务，而伊万·谢苗诺维奇总是诚心诚意地祈祷很长时间。

就这样在欢快的人群中，在一天工作之后的愉快交谈中，斯特拉季拉托夫心平气和地走到了弗谢赫斯维亚茨基教堂。他走过弗谢赫斯维亚茨基教堂那环绕着十字墓碑、恰好就在他家客厅窗户的对面的圣堂，转弯走进自己的院子，威严地走在小路上，举止庄重得体，像一个官员应有的样子。他透过墨镜朝毗邻的警监家的窗户看了一眼，提前体会到了吃晚饭、喝热汤的快乐，热汤已经等了他很久，就在粉色窗帘后面的炉子上用文火熬着，老太婆阿加佩夫娜也已经等了他很久，她已经好几次用斯特拉季拉托夫的一只火红色靴子把不服帖的镀镍大肚子高脚茶炊的火吹旺。他走到保存古老的家具、大箱子和各种袋子的仓库跟前，又转了个弯，在看到狭窄的台阶和已经歪斜的房门时，他加快了脚步，那门上包着毡子和油布，已经被摸得脏兮兮的，一副破烂的样子。

第三章

斯特拉季拉托夫从什么地方来的，怎么来到这里的，并不十分清楚确切。他的父亲是个农奴——在我省一个很有名气、后来破产、姓奥别尔尼别索夫的地主的庄园里当管家，他的母亲是奥别尔尼别索夫家的农奴女子。与此同时，伊万·谢苗诺维奇本人也不无神秘地宣称，他身上并没有多少庄稼汉的气质特征！还说他是贵族的孩子，而且还援引似乎无可辩驳的证据，同样不无神秘而又相当满意地提到了这个地方，正如他本人喜欢说的那样——提到了他自己的长鼻子，这鼻子在老远的地方你就能看得到。

反驳倒是没有人反驳，谁都没有这样做，拥有自由思想的阿德里安·尼古拉耶维奇也似乎没有任何反对意见，甚至恰恰相反，他不知为什么对此特别感兴趣，认为他在必要时有责任表达自己对斯特拉季拉托夫神秘出身的猜测。

阿德里安·尼古拉耶维奇认为，这个地方——斯特拉季拉托夫的鼻子——根本什么都证明不了，即便能证明，那么也正好相反：因为就算是十足的笨蛋也非常清楚，他最合法的出身源自他合法的父亲——这是对一个普通人的继承，要是他身上有胎记或者还有其他什么饰物，那就是另外一回事了。而另外一个特别突出的地方就是斯特拉季拉托夫那两只如同牛蒡叶子一般大的耳朵了，它们向上尖尖竖起，这才是名门望族真正的不折不扣的东西——奥别尔尼别索夫家族的特征，因此如果要引证说明出身的话，那么恰恰应该提到的是耳朵，而不是鼻子。

是否是伊万·谢苗诺维奇错了，而阿德里安·尼古拉耶维奇是对的，或者相反，伊万·谢苗诺维奇是对的，而阿德里安·尼古拉耶维奇错了，要弄清楚如此令人费解的事情已经超过了人类的能力，最好像灵感所提示的那样，要信赖他们两个人，既相信这个，也相信另一个——既相信鼻子，也相信耳朵。

斯特拉季拉托夫的童年是在奥别尔尼别索夫的古老的庄园中度过的，而且接受了似乎与自己的神秘出身相符的教育。伊万·谢苗诺维奇对自己早年的记忆模模糊糊而又断断续续，那些日子似乎过得高尚而又不同寻常。

洗礼的过程就是极不寻常的。不是在圣水盘里，而是用帽子给他施洗的。这一切都是在极其特殊的情况下发生的。那一年村子里没有牧师——牧师死了，而伊万·谢苗诺维奇出生在冬天，身体很弱——把这样的孩子带到四十俄里以外最近的教区去是不可能的。于是就派奥别尔尼别索夫的木匠叶戈尔去那个村子请牧师。可是牧师却不能去——正值教堂命名节。该怎么办呢？就只好这样做：牧师施洗了帽子，把它给了叶戈尔，让他一回去立刻就把帽子给婴儿戴上，就无须再进行洗礼了。叶戈尔把帽子收好，就出发往回走，他走了大约二十俄里，在路上的坑洼处摔了一跤——就把孩子的名字忘了。他回头直接去找牧师，但是牧师却不想说出名字，他说："你给我二十戈比，我就说。"叶戈尔给了他半卢布——钱是管家的！——叶戈尔为了庆祝就去了小酒馆，他喝完了酒，身上暖和了，可是却把帽子弄丢了。帽子倒是个旧帽子，不值什么钱，可是空手回去却也过意不去。叶戈尔于是随便找了一顶帽子，就赶紧回了家。人们把帽子给婴儿戴上，就这样用帽子施洗了。事情的经过就是这样！

他聪明伶俐，早早就学会了读书写字——他很快就能记住，还会用手枪放枪，他很早就迷上了读书，读了许多各种各样的书，但是最多的是与宗教相关的书，还尝试过自己写作，写过诗歌。十七岁的时候父亲去世，他便和母亲一起搬到了城里，住进了弗谢赫斯维亚茨基教堂的助祭普罗科皮的房子里。从村里运过来许多各种各样的东西，也许正是这些东西奠定了伊万·谢苗诺维奇收集稀世珍宝的基础，开创了他的副业。

对于自己的合法父亲，斯特拉季拉托夫从来都没有提起过，对于此类的询问也不愿意回答，言语间无非是带着某种怨恨，甚至是轻蔑的态度，仅仅因为他的父亲是一个普通的农民。他崇拜自己的母亲，服侍她，精心照料她，对她的怜惜和爱护超过对自己，几乎就是宠爱着她——没有比他更好、更恭敬的儿子了，而母亲死后他保留着令人动容的回忆，她睡过的那张装饰着带翅膀的青铜小狮子和青铜花冠的红木床，盖着布罩放在房间里面，是绝不能动用的。

"我对母亲没有什么舍不得的，"伊万·谢苗诺维奇时常讲起，"我确实知道她快要死了，还是花了6卢布87戈比买药。我非常寂寞，坐卧不宁，连个倒茶的人都没有。"

母亲去世一年后，斯特拉季拉托夫为追悼母亲办了酬客宴，之后便结了婚。

据说，在结婚当天，婚礼结束客人都散了以后，他把自己关在客厅里，独自度过了夜晚，他一直在祷告，克制着自己。

"伊万，你要保持清醒！伊万，你要克制住自己！"伊万·谢苗诺维奇似乎就是这样责备和控制自己一直到早晨，太阳升起来了，他还是没有克制住自己，但是第二天却已经高兴地唱起歌来。

他娶了一个年轻漂亮的妻子。格拉菲拉·尼卡诺罗夫娜性格沉静、温顺，你很少能听到她说话，她只有一件要关心的事，那就是她的丈夫瓦涅契卡。她那么勤快，那么迷人，看她一眼都叫人心里舒服，她总是按老式的做法：双手捧着托盘，两脚迈着碎步走到他跟前，低着头，说话柔声细气——还有什么奢求呢，活得像天堂里的亚当一样，然而第二年斯特拉季拉托夫又变成孤单一人了。

应该说明的是，就在这个时候给我们的法院指派来一个新的侦查员——是个年轻人，一个乐天派，吊儿郎当的，虽然与斯特拉季拉托夫没有任何血缘关系，他们的姓却是相同的——都姓斯特拉季拉托夫。

常常就有这样不幸的巧合：一个人安静地生活，不触犯任何人，大家都认识你，你什么事儿都没有，瞧吧，在一个美好的日子里出现了某个与你同姓的人，一切就都完全变了样——你是那个人，也不是那个人，或者不完全是那个人，因为还有另外一个人存在，既然与他分享自己的名字，那就要分享所有的坏事儿。在你面前出现这个与你同姓的人，不是令人费解的虚构——不是错觉和愚蠢的想象力的产物，而是最生动而真实的，他拿着出生证，甚至有一定的社会地位，此时便会产生一个极其可恶的想法：该不会这个新出现的人是真人，而你却是个冒牌货吧？

伊万·谢苗诺维奇陷入了沉思，开始思考所有的事情，做各种猜测：这一切意味着什么，为什么会是这样，是不是有什么征兆，谁才是真人，他还是斯特拉季拉托夫，或者是那个侦查员斯特拉季拉托夫？可是他却没能得出任何确切的结论，便开始警觉起来。

一切进展顺利，没有发生任何误解，没有出现两个人混淆和替代的事情，伊万·谢苗诺维奇原本打算在新的一年到来之际忘掉自己所有的担忧并最终确信，他才是真正的斯特拉季拉托夫，而侦查员是冒牌货。于是，他鬼使神差地去了圣母帡幪教堂年老的助祭阿尔捷米那里参加庆祝命名日的酒宴。

和往常一样，阿尔捷米的命名日过得让人沉醉而又愉快。来了很多客人，主人忙得不可开交。来了很多姑娘，端上很多食物。斯特拉季拉托夫心情特别愉快，口袋里装满了带给自己的格拉菲拉·尼卡诺罗夫娜的美食，与扎恰季耶夫斯基·阿希托费尔——大司祭帕霍姆神父高谈阔论一番，炫耀了自己的博学，在言谈中使用了一些难以理解的话，诸如什么互异、即他、思维、丰裕等等令人费解的说法，也不管说得恰当还是不恰当。当大家开始玩方特①游戏的时候，他接二连三地说了很多俏皮话，而在进行骆驼跳——这是阿尔捷米的说法，即在跳舞的时候，他又讲了很多笑话、卡拉佩特·卡拉佩托维奇及其朋友的故事、新语言胜过旧语言的优点、见机行事、人穷得吃皮带以及其他同样有趣的事儿来引人发笑，因而就连摆上晚餐都没有注意到。可是就在吃晚餐时的各种笑话当中，当客人们互相吹捧、大肆吹嘘的时候，他听到在一个醉酒的角落里谈论起格拉菲拉·尼卡诺罗夫娜，便开始仔细倾听——正是如此，是在谈论她，言语隐晦而又动情，然后有人说道：

"哎，你这个瞎了眼睛的，你说什么都是白说，她狂热地爱上了斯特拉季拉托夫，他们正如胶似漆。"

伊万·谢苗诺维奇的叉子从手中掉了下来，就像被斧头击中了他的光头：他脑海中浮现出侦查员斯特拉季拉托夫的样子，回想起他所有的预感、所有的担忧，他眼前直冒金星，这让他如此伤感，甚至都要把自己的舌头咬断了。伊万·谢苗诺维奇以突然心绪不佳为借口，从桌旁站

---

① 方特，一种游戏，参加者抓阄并按其中所提出的题目做一件逗乐的事儿。

起来走掉了，他跑得飞快，没有戴帽子，急匆匆奔回了家。他怎么跑回来的，他不记得了，只是疯了一般冲进家门，直接把拳头打在格拉菲拉·尼卡诺罗夫娜身上。

"滚，从我家里滚出去！"

她从梦中醒来，不明白怎么回事。

"我要去哪儿？"她说。

可是他揪住她的两条辫子，是那么使劲儿，辫子全都扯掉在他的手里，他把她推搡到门口，又推搡到门外，用膝盖使劲儿把她踢下了台阶。

"去找斯特拉季拉托夫吧，就去那儿，去找你的坏蛋斯特拉季拉托夫，马上滚开。"

就这样，他无缘无故地把没了辫子的女人赶走了。

格拉菲拉·尼卡诺罗夫娜后来自己把这件事情的原委告诉大家了，讲了所有的细节，诉说自己不幸的、孤儿般的命运。伊万·谢苗诺维奇则保持沉默，你千万别和他提起这事——人们谈论起他的妻子时，他会堵住耳朵，不想听到她的名字。然而就在不久前，当阿德里安·尼古拉耶维奇的助理文书科里亚夫卡醉酒之后嘲笑人们失败婚姻的时候，虽然没有提到名字，但是所指过于明显，伊万·谢苗诺维奇抓起一个墨水瓶，朝着科里亚夫卡扔过去——没有打在科里亚夫卡身上，他没有打中；墨水瓶咕咚一声掉落在秘书的办公桌上，直到现在那里还有一个黑色的污点。如此看来，即便过去了三十年，他的心情仍然难以平复，十分痛苦——常常有这样的考验！

就在那一年，侦查员斯特拉季拉托夫从我们这里调离了；格拉菲拉·尼卡诺罗夫娜在自己母亲家里度过了余生，她依然沉静而又温顺。

家里只剩下一个人是不行的：既烦闷无聊，又不方便，而且家里也需要照管。斯特拉季拉托夫没有给自己建立安宁的家庭，他的家庭生活没有成功，至少在某种程度上是这样，然而有必要安排好生活。正是在这种情况下，阿加佩夫娜来到他这里工作，她年事已高，一无所长，当用人还是很合适的——她不是为了赚薪水，只不过是为了糊口，从此以后，唯命是从而又毫无怨言地服侍他。

第四章

伊万·谢苗诺维奇是个出色的人，弗谢赫斯维亚茨基教堂的助祭的房子是他度过平静而又孤独的日子的地方，这个房子也与众不同。

房子不大——两个低矮的房间和一个厨房，到处都有神灯：厨房里有一盏，卧室里有一盏，而客厅里则有两盏——放在正面的两个角落里。伊万·谢苗诺维奇喜欢自己点起神灯，他信不过阿加佩夫娜——她太老了，双手不停地颤抖，不管拿什么，全都从手里掉下去，也只有在斋戒日，也就是星期三和星期五，伊万·谢苗诺维奇学着阿加佩夫娜的样子，空腹服用圣油，才允许她爬上凳子，从神灯里取出一勺灯油。

你刚一走过穿堂，当然，假如你没有挂在一些大箱子上，也没有拧了脖子的话，那就到厨房了：左边有柜子，柜子的对面是俄式火炉，上面挂着粉色的窗帘，右边的窗户旁是一个可当长凳用的长板箱，中间是卧室的门。在各个地方，在各个角落里，在火炉旁边，在柜子后面，在长板箱旁边，到处堆放着又干又硬的面包皮。为什么阿加佩夫娜需要攒又干又硬的面包皮，天才晓得吧。

阿加佩夫娜可真是不幸！要知道老人家是多么努力，多么不遗余力，劳劳碌碌，仅仅是为了取悦自己的雄鹰——伊万·谢苗诺维奇：她照顾他就像照顾一个小孩子，为了让他不灰心丧气，甚至可以心甘情愿地给他讲童话故事，可是她记性不好——岁月让她失去了记忆力；也愿意给他唱歌，可是她的嗓子不行了；要是他愿意——可以给他跳舞，把他围在中间，机灵地围着他转来转去，突然转身，可是她已经一把老骨头了——腿脚不听使唤了。她一切都能忍受得住——即便是粗鲁的话，只要是从他甜甜的嘴巴里说出来的就好；即便是厌恶的目光，只要是他明亮的眼睛看过来的就好；她也可以接受无缘无故的死亡，只要是他白白的双手打的就好。要是斯特拉季拉托夫死了，那么她会亲吻他，亲吻死者，就像亲吻圣骨一样，她从他发臭的尸体上闻到的将不是腐烂的味道，而是香味，谁能想到，她将会因此而得到医治，而且还会为另外一个生病的人乞求到健康。可以对天发誓，要是伊万·谢苗诺维奇让阿加佩夫娜像狗一样叫唤或者像公鸡那样打鸣，她也绝不会违拗：她就会像小狗一样尖叫、狂吠，像公鸡一样鸣叫，但是这也并不容易。阿加佩夫娜可真是不幸！

以前老太婆还做馅饼，可是现在身体衰弱，什么都不能做了：这个没有顾及，那个出错了，还有的漏放了，最后就只能喂老鼠了。

好在伊万·谢苗诺维奇并不挑剔——他只有一个要求：全都多多放油就行，至于汤里是否漂浮着蟑螂或者月桂叶，他反正都无所谓；好在他是一个极其严格的守斋者，所有四个斋期他都严格斋戒：无论是大斋节、彼得节，还是圣母斋期和菲利普节，所有十二个神圣星期五[①]以及其他的星期五和星期三，甚至星期一，他都斋戒。

"瞧，老太婆，"伊万·谢苗诺维奇有时就会说，"你就做这么点儿

---

① 星期五是耶稣受难的日子，在一年当中有十二个星期五教徒需要斋戒，这十二个星期五一是大斋节第一周的星期五，二是报喜节之前的星期五，三是柳枝节的星期五，其他分别为耶稣升天节、三位一体节、施洗者圣约翰节、先知利亚节、圣母安息节、天使长米哈伊尔节、库兹马·杰米扬节、圣诞节、主显节之前的星期五。

事儿，可是面包却不少吃。"

"是的，老爷。"

"你吃了很多面包。"

"是的，老爷。"

"茶也喝了很多。"

"是的，老爷。"

"你最好把盆刷净。"

"好的，老爷。"

在炎热的日子里，在晚餐前，与其说是因为天气炎热，不如说是为了寻找快乐，斯特拉季拉托夫在菜畦旁边用井水冲身子。菜畦在厨房窗户对面，就在教堂的围墙里，那里还有一口水井。

伊万·谢苗诺维奇在厨房里脱光衣服，准备好盐渍黄瓜，然后爬到窗外，绕过菜畦，站到爆竹柳下面。阿加佩夫娜拿着水盆爬到凳子上，于是开始沐浴。水浇在他那热得出汗、涂满橄榄油而又红润的秃头的整个过程中，伊万·谢苗诺维奇一直吃着盐渍黄瓜，他相信，在它帮助下血液不会流到头顶，阳光也就没有什么可怕的了。

先见之明绝非没有必要：太阳恰好就是在这个时刻迟迟不落，抬起它那困倦无神而又热烈的眼睛，火热异常，就停在伊万·谢苗诺维奇的正上方，是否是对他观赏得入了神，而他的嘴里吃着盐渍黄瓜的确气势非凡、光彩夺目，或者是嫉妒他，然而斯特拉季拉托夫体验到了极大的快乐，甚至他那两只如同牛蒡叶子一般大、向上尖尖竖起的耳朵都在闪闪发光。

但是，快乐的事情往往会在中途出现一些岔子，当然这不是太阳惹的事儿——黄瓜抵御着太阳，原因是阿加佩夫娜：要么是水盆从她抖动的双手里滑落，要么是把水洒掉了，要么是洒到了她自己身上，要么是拿着盆跌落到地上。

"你呀，阿加佩夫娜，可要练习练习，"伊力·谢苗诺维奇总是懊恼地说，"你就是在白白浪费水，你还要发大洪水呢。"

就这样，不知是出自于忠诚而不敢违抗命令，还是出于对大洪水的恐惧，阿加佩夫娜练习了：她把一个装过白菜的空木桶拽到窗外，把它放在伊万·谢苗诺维奇常常站着的爆竹柳下，拿着盆爬上凳子往下浇水。但是却没有什么好结果：给木桶浇水很准确，然而不久前给伊万·谢苗诺维奇浇水时，差点儿用盆打破了他的脑袋。

"我跟你在一起简直就是受罪，老太婆!"伊万·谢苗诺维奇有时候会这样说。

"是的，老爷。"

"上帝把你派来是让我赎罪。"

"是的，老爷。"

"你真是我的苦难。"

"是的，老爷。"

"你最好给房间通通风，这里不是邮电局。"

"好的，老爷。"

伊万·谢苗诺维奇总是在客厅用餐。

厨房，卧室，客厅——房间就是这样排列的。客厅是最华丽的，可是似乎里面也没有空闲的角落，到处都摆满了东西，到处都挂着东西。四面墙壁上挂着带有老式大画框的油画和版画、水彩画、微型画、挂毯，所有的油画和版画上画的都是美人儿，所有的美人儿都一模一样，都是一副性感诱人的样子。有一个例外，那是一些沙皇的肖像。还有其他一些画作，但是它们都面对着墙壁放着，这些不是以女人为主的画作。这些画里也有许多各种各样的美人儿，你甚至不能一下子就分清哪

145

里是面孔、哪里是饰物，斯特拉季拉托夫本人知道她们的每一个小手指、每一个酒窝、每一个胎记，总是爱慕地讲解其中的任何一个，他的讲解如此好听而又愉快，他按自己的表达方式讲解，那么崇高，用的是手稿中的诗句。

按照伊万·谢苗诺维奇的说法，如果可能的话，他会把所有的美人儿都变成一把铅笔刀放在自己的口袋里，让她们与他的心不分开，或者把她们变成衣着漂亮的洋娃娃，和她们一起嬉戏，可以一直把她们抱在胸前。

你刚刚从欣赏画作的陶醉中清醒过来，你的面前马上就会出现其他一些东西。门口左面是一个大箱子，里面满满当当地装着许多书；箱子旁边的墙上是摆放着的硬币陈列柜——硬币一排排地摆放在绿色的台面上，都是极少见的硬币，保存完好，斯特拉季拉托夫所有磨得模糊不清的硬币也十分畅销，都卖给了爱好者，比如说那个邻居塔拉克捷耶夫；从陈列柜到屋角是一张放着许多皮包的桌子，皮包里面装着一些铜刻版画，斯特拉季拉托夫不收藏其他的版画，当然，所有这些版画也都是伦勃朗的作品；屋角是一幅救世主圣像——威严和肃穆的救世主圣像。门的右面是一个摆着萨克森瓷器的架子，架子旁边靠墙是一张桌子，桌子上放着一些古老的小匣子、微型画和便宜诱人的明信片，桌子下面是一只相当沉重的小箱子，合抱大小，里面装满了银器和装饰品，在桌子两侧有两把维也纳式椅子；靠近屋角有一个红木柜子。柜子与众不同，里面都是贵重物品：这里有白色的茶碗，白得像白糖一样，带着粉红色和绿色的小花；还有带赤金花字的水晶玻璃器皿；有皇冠形状的墨水瓶——中学生雅科夫列娃的礼物，伊万·谢苗诺维奇本人承认，他整整三年一直在引诱她，却一无所获；还有斯特拉季拉托夫的印章，呈某个手指的形状，四周是题词：一切由此开始；最后，还有一双小巧的金色便鞋和一个古老的茶碗，茶碗做成鸡蛋的造型，下面是鸡腿，还带有一只金色的翅膀当把手，斯特拉季拉托夫不会把这个茶碗送给任何人，他珍视它甚于眼睛，因为他的母亲用它喝过茶。在柜子上面有一本收支簿，里面伊万·谢苗诺维奇记录并每周都计算他用在施舍穷人上面的支出，在柜门上挂着带着流苏的奥别尔尼别索夫老式领带。屋角有一个圣母马利亚圣像——所有悲痛者的喜悦，在圣像和柜子之间是一个古老的武器。

令斯特拉季拉托夫感到自豪的是一面椭圆形镜子，带有椭圆形凹槽，它可以把东西放大十六倍。

"很多商人低声下气地求我，出价一百卢布，我都没卖!"伊万·谢苗诺维奇以这个不会出卖的珍品为荣。

镜子挂在窗户中间，窗户朝向弗谢赫斯维亚茨基教堂那环绕着十字墓碑的圣堂；镜子前面有一张桌子，两侧各有一把椅子，中间有一把带老鹰图案的圈椅。

在这里，斯特拉季拉托夫坐在这把阔绰的圈椅上，圈椅放在救世主圣像和圣母圣像前面的两盏长明的神灯之间，他坐在那神奇珍贵的镜子面前，一边把自己放大了十六倍，一边吃着饭。

吃完饭以后，伊万·谢苗诺维奇脱去外衣——他小心翼翼地脱下灰色柳斯特林夹克，脱下一双大靴子，把它们丢到角落里，然后去睡觉。斯特拉季拉托夫睡下，阿加佩夫娜也睡下。

卧室在客厅和厨房之间——可以穿行，靠近厨房的墙边有一个火炕，火炕旁边是一个瘸腿的铁床，上面放着压瘪的床垫和像薄饼一样油腻的枕头。火炕上睡的是阿加佩夫娜，床上睡的是伊万·谢苗诺维奇。

斯特拉季拉托夫安详而平静地睡着。甜甜的梦在沉睡中挥动着它轻盈的翅膀，似乎在睡梦中整个生命的流动都停止了，正如弗谢赫斯维亚茨基教堂的助祭普罗科皮所说的那样，到了自然界的一切都安眠的时候。

斯特拉季拉托夫很少做梦，要是做梦的话，那么肯定是非常糟糕的梦，哪怕根本没有躺下睡觉。有三个梦境尤其让伊万·谢苗诺维奇倍感折磨，痛苦不堪。

他梦见，好像他在乘坐伊丽莎白·彼得罗夫娜女皇的金色马车，他穿着灰色柳斯特林夹克，头戴皇冠，好像他坐在那里，手脚伸开，懒洋洋地靠着几个高高的软垫。窗口闪过一栋栋写着花字的房子，到处都是同一个名字，是他的名字——斯特拉季拉托夫，人们跟着马车奔跑，高喊着"万岁"，而他自顾自地坐着，手脚伸开，懒洋洋地靠在几个高高的软垫上，什么都不想，什么都不要——他心满意足，"万岁"，斯特拉季拉托夫！但是，马车刚一转上通往女子集市的大桥，有一只手突然把他从窗户拖出去，扔到了严寒之中。没有了马匹，而他，穿着灰色柳斯特林夹克，头戴皇冠，被套在极其沉重的马车辕杆上，任人驱赶。伊万·谢苗诺维奇竭尽全力，靠在沉重的马车辕杆上，身体侧面磨得脱了皮，他摔倒了，再站起来，精疲力竭，可是马车却原地不动。他忽然感到难以言表的恐怖，开始喊叫，声嘶力竭地大喊。

有时候他还会梦见，好像他坐在神奇的镜子前自己那张阔绰的圈椅上，在镜子里放大了十六倍，他欣赏着自己，可是突然发现鼻子歪向了一边，已经认不出来自己了；一个鼻孔很小，比针鼻儿还小，另一个鼻孔巨大，比帽子更大——通过鼻孔可以看到喉咙。他又一次惊恐地尖叫起来。

第三个梦是最可怕的，比马车和鼻子的梦更可怕。他梦见自己还是个小孩子，死去的母亲还在世。母亲似乎没有闲暇时间：要发面，做发面煎饼，不是普通的煎饼，而是发面煎饼，就像在葬后宴上的那种煎饼。于是，她就把他装在一个盒子里，盖紧盖子，搬到地窖跟前，在那里把他放到地窖里。"你在这里过夜吧，明天早上找米找你！"然后她就离开了。他躺在盒子里——挤得很，翻不了身，肋骨刺痛，由于潮湿，箱盖上有水滴落在脸上，要擦掉是不可能的——手举不起来。水滴冰冷而沉重，有一滴水落在鼻梁子上，顺着鼻子流到了嘴里，接着又是一滴。圣母，圣母马利亚，万福，伊万·谢苗诺维奇想要这样说，但是说出来的却不是圣母，而是从《加百列颂》中的诗句开始：她才刚刚十六岁、童真的温顺……他惊恐地喊叫，他喊叫着，可是他也知道，地窖很深——人们听不到他的声音，但是他的内心想要喊叫。

所有这些可怕的梦，他都是在十二个大节日里才梦得到，在平日里通常什么都梦不到。

斯特拉季拉托夫安详而平静地睡着。酣甜的梦在沉睡中挥动着它轻盈的翅膀，似乎在睡梦中整个生命的流动都停止了，正如弗谢赫斯维亚茨基教堂的助祭普罗科皮所说的那样，到了自然界的一切都安眠的时候。

但是那些物品在午饭后的这个时间却还顾不上睡觉，它们开始了自己傍晚的生活，直到灯光熄灭。

火炕左侧是放着杂志的书架——杂志成套捆绑着，按它们的重要性分开摆放：《历史导报》《俄罗斯古风》《俄罗斯档案》，最下面是《欧洲导报》《俄罗斯思想》。在书架上，在书的前面放着鼻烟盒，还有一些廉价的明信片，上面画着性感诱人的美人儿，与圣地风景的明信片交错放在一起。床的对面一直到门都是柜子，门的上方挂着两幅石印油画：一幅画的是坐在树上的自然女神，另一幅画的是谢拉菲姆·萨罗夫斯基①

---

① 谢拉菲姆·萨罗夫斯基（1760—1833），萨罗夫修道院的修士、苦修者，被东正教教会尊为圣者。在圣像上，他带着一只熊，传说这只熊被他驯服。

149

和一只熊。接下来还是放着许多版画的书柜和抽屉柜，版画是铜版画，当然，所有的版画都是伦勃朗之作，在这里还有各种各样拯救灵魂的画作，每个周六看门人卢基扬都会获赠这类画作。在柜子和抽屉柜中间的窗户前面是个支架，支架上放着石膏做的骑士像，手拿火枪，身穿甲胄。

明信片上的美人们调皮地望着他："伊万·谢苗诺维奇，"美人们使着眼色说道，"起来吧！"然后她们大笑，像魔鬼一样，全都是黑眼睛，美人们挑逗着他，"来吧，秃头，起来吧！"她们一个接一个地低下头来，就像杰尼西哈村的一个叫塔尼卡·梅林的女人那样。自然女神也从树上俯下身来，伸出一个小手指，"斯特拉季拉托夫，我来了！"神圣的祖先、先辈、苦难圣徒、圣人、伟大的显圣者，都从火红的画框和寂静的陋室里走出来祝福他。"我们会帮助你！"石膏做的骑士像手拿火枪，身穿甲胄，白色的眼睛目不转睛地看着他。

全是徒劳！伊万·谢苗诺维奇睡得很香，没有什么能推醒他，没有什么能让他起身。那本可怕的蓝色小书塞在柜子角落里，放在《修道院的忏悔录》和《爱——金色之书》之间，旁边是《商人之子伊万的奇遇》《漂亮的女厨师》以及涅列金斯基－梅列茨基、巴丘什科夫、波多林斯基、柯尔卓夫、涅克拉索夫的诗歌和其他一些他喜爱的书籍，还有他厌恶的托尔斯泰、他鄙视的果戈理、他无法理解的陀思妥耶夫斯基以及其他类似的作品，即便这本可怕的蓝色小书穿过这些书从柜子里爬出来，哪怕它已经打开——可怕的《加百列颂》，让他又爱又恨，既珍惜又诅咒，然而就算是它也不能让他从安详而平静的睡梦中醒来。

晚霞渐渐消退，所有的物品都晃动不定，就像是一些喝醉了的人，而风传来古老的钟楼和塔楼上的钟声。钟声在回响，在空中飞翔，与钟楼上的钟彼此呼应——似乎一个是声音响亮、欢乐、激昂的嗡鸣之钟，一个是伏尔加河对岸飘荡而来的带翅膀的、声音半稳的天鹅之钟。突然间，像是铁板遭到了敲击——开始发出刺耳的颤动的叮当声，就连两个鬓角都要炸裂了似的，已经不是钟在鸣响——这是上帝的声音，这是公牛大声吼叫着驱赶田野中的畜群，马在嘶鸣，松鸡高声叫唤，小鼓隆隆轰鸣，大铃铛叮叮当当，小铃铛丁丁零零，透过叮当的响声和吼叫声，一只鸟儿在耳边啼啭，它不停地鸣叫，可真是愚蠢！

斯特拉季拉托夫忘我地发出震耳欲聋的啸鸣声，他忽地跳起来，揉着睁不开的惺忪睡眼，在自己胸前画着十字祈祷：

"主啊，求求你！"他朝着阿加佩夫娜吐了一口唾沫，然后又躺倒在压瘪的温暖的床上："让我再睡一会儿！"

于是他安详而平静、香甜地睡了过去。

"瞧，鲍里斯·谢尔盖耶维奇，"伊万·谢苗诺维奇不止一次对他的朋友济马列夫抱怨过，"我的老太婆阿加佩夫娜的呼噜声实在太响了，就像一个粗鲁的军士长，我无法容忍：我的觉很轻，睡得不踏实，总之所有受过教育的人都不能容忍。"

但是有什么办法呢，在这方面，就算是济马列夫本人，别看他是秘书助理，能够鉴定任何古物，甚至连年代和日期都能说得出，但是他却无力对抗人的天性。人的天性是不能违背的！

"老太婆，面包你没少吃。"伊万·谢苗诺维奇往往会这样责怪她。

"是的，老爷。"

"这是吃面包导致的。"

"是的，老爷。"

"人们会以为是我呢，名声就会变坏：够了，人们就会说，瞧瞧他干的好事儿！"

"是的，老爷。"

"你太不应该了，这可是罪过！你最好能忍一忍。"

"好的，老爷。"

于是，不知是出于忠诚，还是不敢违背命令，或者是因为害怕犯下罪过，老太婆尝试过要忍一忍。然而一两分钟还能够勉强忍受这个罪过，但是此后一旦放松下来——鼾声如此之响，啸鸣声如此之大，即便邻居塔拉克捷耶夫家是石头房子，可是都能听得到！

阿加佩夫娜可真是不幸，真是让人哭笑不得。

"我决定辞退阿加佩夫娜，"斯特拉季拉托夫又向他的朋友济马列夫抱怨说，"这个老太婆可真想得出：竟然从火炕上跌落下来了，她不会走直道，往火炕上爬，摔了下来，差点儿把我撞伤了，从那么高的地方摔下来的！"

伊万·谢苗诺维奇虽然总是抱怨并发誓不再留用阿加佩夫娜，并不惜赌上自己的一生，可是他还是无法想象要与老太太分开。不，阿加佩夫娜已经住惯了这栋房子，所有的角落都了解阿加佩夫娜，阿加佩夫娜也了解她的老爷伊万·谢苗诺维奇的需要。与她分开是如此艰难的事情，似乎是不可能的，就像他难以离开助祭家低矮的小房间一样，在这里他安葬了母亲，结了婚，也是在这里，他像所有的人那样，想要逐渐把自己的灵魂交给上帝。而且，即使是在气头上、在愤怒之下，可能真的是受了很大的委屈，会把她赶走，但是不管怎样，第二天，或者第三天，发现她不在就会找她，会在黄昏时分走出到台阶上呼喊：

"阿加佩夫娜！"

"我在，老爷。"

第五章

街心花园是人们散步的场所。在街心花园里斯特拉季拉托夫是自己人。无论克服重重困难还是平静沉着，每一天，伊万·谢苗诺维奇饭后一直到七点钟睡足了以后，都会在七点钟准时去街心花园散步。

斯特拉季拉托夫在新鲜的空气中舒展舒展身体，在饭店和舞台之间随便找个长凳坐下来，他伸开四肢懒洋洋地坐着，就像在伊丽莎白·彼得罗夫娜女皇的金色马车上靠着那些阴险的高高的软垫坐着那样，他一动也不动，发着呆或吹口哨，不时地挥舞几下手杖，心里只想着：是不是该喝茶了？并且愉快地期待着。

从侧面林荫道走过的人们能够看到他那顶缝着一颗纽扣的灰色骑士帽，两只如同牛蒡叶子一般大的耳朵向上尖尖竖起，每次听到女人衣服的沙沙声都会紧张地颤抖。

否则就是星期天的时候，傍晚街心花园里演奏着音乐。音乐让斯特拉季拉托夫感动得流下泪水，他异常激动，似乎一分钟都不能平静地坐着，即便他坐下了，也会立即起身来回走动。他不管想要做什么，都十分执拗，来来回回走动。他心里想着喝茶的事情：是不是该喝茶了？与此同时，伴随着音乐，他躁动的心里产生了躁动的愿望，这种愿望只有在与朋友坦率谈心的动情时刻他才会说出来，而且你无论如何都打消不了他的这个愿望：在散步的人当中找到一个年轻节俭而又会无私地爱上他的女孩。于是他到处跑来跑去，像发疯了一样，好像没有眼睛似的，他戴着自己的墨镜，好像是在用鼻子到处嗅一般，在盛装的、司空见惯的人群中寻找一个会无私爱他的人，要大声召唤她，小声地与她交谈。

暮色渐浓，独出心裁地挂在饭店和舞台之间铁丝上的那盏有名的小灯已经点燃，此时街心花园便热闹起来。城里喜欢胡闹和寻欢作乐的人热热闹闹地聚集在一起，尾随吵闹的人群而至的是可疑和可耻之事，而街心花园则变成了周日夜晚的那种景象，预示着这一地段会发生打嘴巴的事件。赞成和不赞成都会大声说出来，是那么肆无忌惮，让人真想喊救命——这里有个绅士把点燃的一张纸扔到女伴的膝盖上，她便尖叫起来，就好像把她的喉咙割开了似的，而那里还有个绅士捏了一个不认识的女士，于是又响起哭喊声。到处是喊叫声、大笑声、轻笑声、玩笑声、恶作剧和胡闹声。

斯特拉季拉托夫混进最拥挤的人群中，被年轻人包围着：文书、职员以及各种各样的小孩子，就他最喜欢的话题开着玩笑，并在疯狂玩闹到极点的时候放肆地大笑。在他疯狂玩闹的时候，伴随着沙哑的乐器弹奏的令人绝望的饯行曲，在饭店传来的醉酒的喧嚣声中，在尖声刺耳的歌曲的片段中，在令人厌烦、不断重复、已经失传、类似于我们年复一年传唱的歌曲声中：

　　这次犯糊涂是在小酒馆，

　　这次犯糊涂是在小酒馆……

在所有这一切不可救药的一时糊涂中，在如同火花一样到处出现的不成体统的丑事中，斯特拉季拉托夫在黑乎乎的人群中仍然在散步的人中间寻找一个会无私地爱他的人，要大声召唤她，小声地与她交谈。

"我是一个绅士，"星期一在法院里大家开始嘲笑街心花园事件的时候，斯特拉季拉托夫评价自己说道，"我不允许自己做这样的事，我不是剃光了嘴脸的游手好闲的人，不是小男孩，那是扎巴卢耶夫的儿子干的，是扎巴卢耶夫。"

在街心花园玩够了以后，伊万·谢苗诺维奇十点钟回到家里喝茶。

斯特拉季拉托夫喜欢喝茶，他喝得很多，不慌不忙地喝，喝像墨水一样的浓茶，就着工厂制造的果酱喝，也常常加蜂蜜——加的是帕霍姆神父的蜂房产的椴树蜜。如果碰巧有客人来——他总是很高兴有客人来，就会给客人一只玻璃杯，请客人喝茶，讲解并且展示稀罕物件，规规矩矩地把客人送到门口。客人们不会在斯特拉季拉托夫那儿坐很久：他喝够了茶就自顾自走开了。

他喝得汗如雨下以后，在茶炊旁边就会响起音乐声：斯特拉季拉托夫是弹吉他的高手，唱歌也还行，虽然他的声音不怎么样，但也不是太坏，他一板一眼地唱，唱得充满了感情和激情。

　　我疯子般看着黑色的披肩，

　　悲伤折磨着冷酷的灵魂……

斯特拉季拉托夫唱着，吉他胡乱弹奏着。

阿加佩夫娜听得非常感动。

"怎么样，好听吗?"

"好听，老爷，太好听了，非常好听。"

"确实如此。"

他走在我身后，

　　到处把我寻找，

　　遇见我看着我

　　总会那么调皮吗？

　　斯特拉季拉托夫唱着，吉他胡乱弹奏着。

　　阿加佩夫娜听着，老人家闷闷不乐起来，泪水夺眶而出，她哭了。

　　"怎么样，好听吗？"

　　"太好听了，非常好听。"

　　"确实如此。"

　　在平日里，斯特拉季拉托夫花在唱歌上的时间很少——平日里有很多事情，再说也不是时间的事儿，星期天心里就非常愿意唱歌，无论是散步之前还是散步之后——整整一天，似乎一直都很开心，就会唱歌。

　　这或许是对星期六的补偿，而在星期六，他一直站到彻夜祈祷结束，却没有直接回家，而是先来到街心花园，再从街心花园回杰尼西哈村——杰尼西哈村的这些房子毫无秩序，在那里逗留一个小时，再逗留一个小时，然后直接回家躺到床上，或者还由于某个无人知晓的原因，只有星期天在普罗科皮耶夫斯克修道院做完晨祷，或者在扎恰季耶夫斯基修道院做完晚祷，他才会没完没了地唱歌。如果要是比较的话，恕我直言，伊万·谢苗诺维奇声音响亮，像是一只名副其实的夜莺，是库尔斯克的夜莺，弗谢赫斯维亚茨基教堂助祭普罗科皮的整栋楼房，就像森林逢春一样，里面充满了歌声。像前面所说的那样，歌声毫无障碍地传到了墙外的警监那里，像燕子一样在弗谢赫斯维亚茨基教堂的圣坛旁边，盘旋在十字架墓碑之上。

　　"怎么样，好听吗？"

"太好听了，非常好听。"

"确实如此。"

有一段时间，除了阿加佩夫娜以外，必定要听斯特拉季拉托夫唱歌的是一位来自圣彼得堡的画家，他会说五种语言，这是他自己如此夸赞自己的。

这个沙巴尔达耶夫的出现非常突然，鬼知道他真名实姓到底是什么，他直接就从码头来到斯特拉季拉托夫家里。他称赞斯特拉季拉托夫的珍稀物品，对他的知识和博学、品味和见解感到惊讶，就这样博得了他的好感。赞美连城池都可以夺下。除此之外，虽然这个画家颇有才能，个头儿也够高，但是在其他一切方面却似乎被上帝忽视了——长得完全不像有艺术才能的样子，有点儿秃头，可怜兮兮的，就算他确实穿着西装上衣，很考究，戴着高高的硬领，穿着深色丝绒背心，但是所有的穿着都有些破旧和磨损，他的腋下夹着一只装着许多图画的皮包。

俄罗斯人是富有同情心的，伊万·谢苗诺维奇因怜悯他而心软起来。而那个人如同狐狸一般狡猾。"我，"他说，"不会挤到您的：我自己会躺在板凳上，腿脚会放到板凳下面，皮包放在火炕底下。"于是斯特拉季拉托夫就留他过夜。他过了一夜，就赖在那里了，哪怕用扫帚赶，他也不走。就这样他住了下来。

过了一两个星期，他就已经处熟了，住得习惯了，恢复了常态——这是一个爱扯谎和吹牛的人，总是毫不犹豫地说谎骗人，把人人都当傻瓜，就是这样一个骗子——就这样喋喋不休地骗人，就是这样一个画家！

伊万·谢苗诺维奇去上班了，那个人则在城里闲逛，似乎是在画画，就算是他手里从来没有拿过画笔——他的皮包里全都是图画，都是从《田野》中剪下来的，然而大家还是把他视为画家。

我们的人民胆小而谨慎。

不过，斯特拉季拉托夫很快就把与自己同住的这个人了解清楚了，很高兴地揭露了他的真相，并且还顺便把他一通挖苦。比如说，画家夸口说他好像会说五种语言，然而靠夸口夺不了城池——夸口就像是鞭炮，噼里啪啦地放完就什么都不剩了，原来，除了瞎扯他可能什么都不懂。虽然也确实有常言说，这人世你要靠瞎扯才能顺利度过，然而伊万·谢苗诺维奇会给他提出某一个俄罗斯历史问题——他会问，哪一年土希诺之贼①接受了加冕礼，或者列举出罗斯时期所有身为阉割派教徒的都主教——那个人就会支支吾吾，不管他是靠着某位似乎把他视为自己人的孔克拉托娃公爵夫人也好，还是他与各种各样的圣彼得堡显贵、画家和作家的关系也好，他最终都会没话可说。此时最好把他连同他的皮包都彻底撵出去，但是伊万·谢苗诺维奇没有撵他，而是把他留在自己身边，在与他争吵的过程中，非常高兴地展现自己的优势。

大概过了一个月，斯特拉季拉托夫就对他以"你"相称了，然后给他剪了头发，并且做出各种不同的发式，有异教徒的发式——圣弗拉基米尔施洗过的异教徒，也有苦役犯人的发式，剪掉整个左边的头发，而不动右边，或者相反，左边不动，而右边全都剪得干干净净，还有根据照片剪的法国人的发式，仿照某位德·拉·哈尔特伯爵或者直接仿照拿破仑的样子，而且总是拖着他和自己一起去散步。

"带着他就是为了衬托一下，"伊万·谢苗诺维奇解释说，"女孩子们会观察，会比较谁更好。"

画家睡在客厅的大箱子上——皮包枕在脑袋下面，外套当被子，阿加佩夫娜弄到一些棉絮做的东西给他当床垫。每次要去睡觉的时候，伊

---

① 指 17 世纪的伪季米特里二世，他曾在莫斯科附近土希诺城设下营寨。

万·谢苗诺维奇都先给他画十字祈福，然后再说几句赠言，而且说的话总是相同：

"你瞧，你这个逗乐的丑角，那下面有很多书，而你却是个软弱无能的人，从你身上什么都捞不到！"

画家在斯特拉季拉托夫那里住了一年左右，陪同自己的恩人散步，听他唱歌。毕竟人走到了这种地步，而在圣彼得堡的某个地方，也许他真的欺骗过那些政要、作家和画家——这世界上傻瓜还少吗！甚至在这里，他也任意支配其他人，所有人都有点儿怕他，然而他在斯特拉季拉托夫面前却百依百顺。伊万·谢苗诺维奇不由得希望他一定要称呼自己为暴君——他要说，伊万·谢苗诺维奇是一个暴君——这一点他没有反对过。

"你要认清你的罪过和狂妄，骗子，"斯特拉季拉托夫常常说，"我要学会你能说的那五种语言。"

"您学会吧，伊万·谢苗诺维奇暴君，随您的便。"

"我要把你关进监狱，滑头，要把你关进地牢。"

"您关吧，伊万·谢苗诺维奇暴君，随您的便。"

"你去那里摇你的铃鼓吧，骗子。"

画家对一切都表示赞同。

这样的顺从很容易解释：不管怎样，都要感谢斯特拉季拉托夫，画家才有了免费的过夜之处和饭食——经济状况是非常重要的，人在贫困的时候由于这一个原因干什么都行。不然他身无分文能去哪儿呢，谁会让他带着他那糟糕的皮包到自己家里去呢？诚然，他是不会把床铺磨破的，然而现如今每个人都会惊慌不已：万一皮包里装的不是照片，而是炸弹或者什么爆胶，那可怎么办？

我们的人民胆小而谨慎。

这个沙巴尔达耶夫，鬼知道他真名实姓到底是什么，他出现得有多么突然，消失得就有多么突然。他被一个审判员看上了——有这样一个酒鬼，是我们法院的审判员普罗斯维尔尼克，看上他是因为他酒量很好，绝不为难自己，就这样一杯接一杯地喝，不吃下酒菜。有一次他们在巴尔哈托夫家里喝酒，这个审判员醉得东倒西歪的，砰的一声倒在地上，四肢着地趴着，无论如何也站不起来，简直就想睡在街头了。画家把他送回了家，得到了表示谢意的一百卢布借款，就这样溜走了。不管怎么找，无论是他的尸体还是骨头都没有找到。

斯特拉季拉托夫总是愉快地回忆起与自己同住的这个人，并不太在乎这个同住的人像后来根据一些资料弄清楚的那样根本不是画家，也不像他和警察局长介绍自己那样是一个侦探，而完全是一个可疑的人，而且还是一个土耳其公民。无所谓他是土耳其公民还是画家，是来自圣彼得堡还是里加，反正都一样，因为斯特拉季拉托夫身边已经没有什么人了，除了阿加佩夫娜，谁还会愿意这么认真地听着他唱歌，还能在谁的面前如此举止自如、无拘无束，完全放得开呢。

就在不久前，伊万·谢苗诺维奇差点儿和教堂合唱指挥亚戈多夫成为朋友，但是他大错特错了，他甚至都想可能活不成了，简直吓得魂不附体——真是上了大当，不知说什么才好。

也像那个画家一样，教堂合唱指挥亚戈多夫突如其来地出现在我们的城市，并且立即把所有的人都弄糊涂了。他发到人们手中的名片，给所有人都留下了非常深刻的印象。

"由圣主教公会认可的教会赞美诗作曲家，有奖章及其他，阿·克·亚戈多夫"——这是什么样的名片啊！

"这可非同小可，圣主教公会认可呢！"

"他有五枚金质奖章！"

"我们可是见到了一个人物!"

"他带来的笔记就有一百二十普特!"

不管什么时候大家都是逢人便讲,高兴得不时地搓手:在我们这里人们都喜爱教堂里的歌唱,重视教堂合唱指挥。

亚戈多夫走遍了城市里的名胜古迹,参观了普罗科皮耶夫斯克修道院和扎恰季耶夫斯基修道院,去过了街心花园和饭店,此后教堂合唱指挥亚戈多夫便去找斯特拉季拉托夫。他来的时候全身戴着奖章,出示了自己的名片,以此打动了伊万·谢苗诺维奇。吉他叮叮当当地响起来,开始唱歌:听人家说,这是让聪明人试试嗓音!——斯特拉季拉托夫心里这么想。他想的并没有错:教堂合唱指挥凝神细听,听了几首歌曲,然后大概是为了让他相信自己,再一次出示了自己的名片,赞许地拍了拍伊万·谢苗诺维奇的光头。

"您的声音不是很好,"教堂合唱指挥说,"因为您没有训练过声带,您可以唱第二个男高音。"

从那以后,他经常到斯特拉季拉托夫家里去,好像一直都在听他唱歌。听的时候不是非常情愿,甚至有好几次让他停下来,然而与此同时,以帮他训练声带为借口,要求给自己报酬。伊万·谢苗诺维奇虽然心里不是很愉快,但还是早就给了教堂合唱指挥二十一戈比,正好是不带酒瓶的半瓶酒钱,接着就开始回避和全然拒绝。然而这并不是教堂合唱指挥来访的全部麻烦。去他的吧,去他的报酬——有时候,大概一个月一次吧,伊万·谢苗诺维奇也许会给二十一戈比,不能太破费,可是问题并不在于此:教堂合唱指挥的每一次谈话都让他窘迫不堪,让他产生罪恶的念头。

在教堂合唱指挥最初来访的时候,有一次斯特拉季拉托夫在这位访客面前卖弄完自己全部的学识之后,谈起了普希金。教堂合唱指挥仅仅记得一首《小鸟》，但并不是普希金的诗歌，而是还在上中学的时候唱过的："哎呀，一只小鸟落网，站住！"就是这首诗歌他也只记得一半，对此他毫不迟疑地坦率承认了。而这一切发生得正是时候——斯特拉季拉托夫需要的正是这一点：为了显示自己的优势，他专注于谈论普希金，讲了很多诗歌，正如他自己所说，全都是情色诗歌。

"普希金，"伊万·谢苗诺维奇总结说，"是一个好人，但是他用《加百列颂》毁了自己的灵魂。"

确确实实——一言既出，驷马难追：伊万·谢苗诺维奇谈完了《加百列颂》，但是他却失算了。教堂合唱指挥莫名其妙地产生了兴趣，开始详细询问，在得知《加百列颂》的要旨以后，用双手死死抓住斯特拉季拉托夫——纠缠不休地要求说：让他抄写一份。斯特拉季拉托夫不想发生什么口角——他不仅极其害怕谈论《加百列颂》，连想一想都非常害怕——他从柜子里掏出可怕的蓝色笔记本递了过去，只是为了摆脱纠缠。给是给了，然而最终还是无法脱身，已经陷入圈套，跳不出来了。教堂合唱指挥不仅抄写了《加百列颂》，还把它全都背得烂熟，而且从那时起总是在伊万·谢苗诺维奇面前一个诗行接一个诗行地背诵来折磨他：晚上要是来喝茶，一拿起杯子，他说的话就离不开它了，哪怕有一次停下来也行，不，他总是逐字逐句，一字不漏。伊万·谢苗诺维奇不知道该怎么办，要采取什么措施，直接说会难以承受，这会让他上火，还会出一身冷汗，坐也坐不安稳，真是毫无办法：既然开始做了，就要负责到底。

"你呀，教堂合唱指挥，"伊万·谢苗诺维奇回避说，"你会被活活地在木炭上烧死的，就是这样，就像伊凡雷帝烧死沃罗滕斯基公爵那样，或者你心里没有上帝？"

可是那个人却自顾自地如同婆娘一般喋喋不休，真是该死！

用《加百列颂》折磨完人以后，教堂合唱指挥开始进行哲学推理，并再次引来害人的瘟神——情况令人相当难过。《加百列颂》一直萦绕脑际，而这些高谈阔论又让人头痛得要命。

有多少个夜晚，教堂合唱指挥折磨着伊万·谢苗诺维奇，问的都是难以解决的问题，诸如圣三位一体的第四人及增加人数的可能性——这怎么可能呢？或者问及目前埋葬在波尔塔瓦附近的古墓中的十二个沙皇的某次大会，这些沙皇想要寻求真理和律法，而在找到真理和律法以后就把靴子作为馈赠分发下去，而且所有人都发到一只鞋，所有人无一例外地都必须要穿上它，哪怕不合脚也要穿——这怎么可能？或者问到某一个神秘的词，如果你知道这个词的话，那你就无所不能了。最后还会问起那颗日益逼近的彗星，它的尾巴会触到地面，在半分钟之内所有人都会死掉，无论是人还是野兽都会死掉。

"那么最后的审判呢，你说谎，"伊万·谢苗诺维奇不肯让步，"这样做合适吗，这是不可预见的。"

"在半分钟之内不会有任何审判，"教堂合唱指挥坚持自己的看法，"因为有气体产生。"

"因为什么气体！"伊万·谢苗诺维奇惊恐地跳了起来。

"因为有气体产生，"教堂合唱指挥拉长声音自顾自说道，"你无处可躲，酒鬼不喝酒、疯子不发疯也都会窒息而死，人和动物一样都会死，到处就只剩下荨麻了。"

这怎么可能不受到惊扰——出现彗星可怎么行！这比高谈阔论更糟糕，哪怕谈谈那个妖精的尾巴也行：好像是说妖精用尾巴遮住了你，你就消失不见了，不管怎么找，都找不到你，而且你自己也找不到自己，或者是谈谈哪一个普遍存在的、必定会发生的，而且是人为的、类似于澳大利亚人那样的葬礼，可现在一切都似乎自相矛盾、颠三倒四、不清不楚、不可理解，简直就是反对信仰——这怎么可能不让人陷入罪恶？

只是一个偶然的事件把斯特拉季拉托夫从不幸中解救出来。在亚戈多夫指导的教堂唱诗班中有一些女中学生参加，在两三次排练以后，教堂监管部门收到了投诉，控诉教堂合唱指挥不是以作曲家应有的方式对待女学生。监管部门进行了调查，并在节日过后以玩忽职守之名解雇了亚戈多夫。利用这个机会，伊万·谢苗诺维奇马上与这位朋友断绝了来往——这个借口是最合适的：借口既有这次的玩忽职守，还有在教堂合唱指挥的名片上出现了另外一个题词："卑鄙的前教堂唱诗班合唱指挥阿·克·亚戈多夫。"

对伊万·谢苗诺维奇来说，这位教堂合唱指挥比任何彗星都更可怕——发誓绝不再与他做朋友，一次都没有怀念过这位朋友的好处。他让全部敌人好过，却让你一个人留在荨麻中，伊万·谢苗诺维奇因此感到绝望。

但是心脏不是一块石头，最近他又找到了一个朋友——鲍里斯·谢尔盖耶维奇·济马列夫，秘书的助理。这次新友谊产生的动机完全不同：至于在朋友面前展示自己的优势，这是根本不可能的，而且连唱歌也都只能置于一旁。斯特拉季拉托夫坚信，画家和教堂合唱指挥都远不如济马列夫。首先，济马列夫是他的顶头上司以及在秘书雷科夫面前维护他的人；其次，济马列夫是如此出色的文物鉴赏家，可以超过任何一个学者；最后，他不支持斯特拉季拉托夫的噱头，从不参与这样的谈话，就好像耳朵上挂满了金子一样，然而一切都做得合乎道理而又求实认真，甚至过分认真。

济马列夫干瘦干瘦的，个子很矮，脑袋上的头发全都没有了，走路的时候，左腿一跳一跳的，可是一旦坐在伊万·谢苗诺维奇旁边，两个人就埋头研究某一份古代的手稿或者鉴定一幅圣像画，他们的耳朵很相像——济马列夫的耳朵未必比斯特拉季拉托夫的耳朵小。

斯特拉季拉托夫怀着敬意对待自己的新朋友，既把他看作是上司，也看作是学者，还是一个极其安静谦逊的人，常常向他咨询，倾吐自己的悲痛，而且，虽然从年龄上看相当于孙子辈，但是却把他视为与自己一样上了年纪的人，因多年的经验而变得睿智——总之，斯特拉季拉托夫把他看作是自己的同龄人，他的确保养得不太好，竟然像是与自己年龄相仿。

济马列夫不像其他客人，很想让他坐上一会儿，喝茶之后再给他端上来面包，是美味的、真正筛过的面粉烤的面包，而不是像给其他人的那种无法下咽的面包——给他端来的是真正的砖形面包，还有各种8字形小甜面包和卷形长条面包，摆上来的果酱也不是发了霉的，因为斯特拉季拉托夫果酱的储备量很大：那些发了霉的，就去除发霉层，用于招待客人。

随着时间的推移，济马列夫就像画家和教堂合唱指挥一样，自然而然就成了常常听斯特拉季拉托夫赞美歌的听众。

"唱歌是伟大的事情，"伊万·谢苗诺维奇说道，仿佛是为自己在严厉、连老鼠的吱吱声都不发出来、沉默寡言的朋友面前表露激情而辩解，"一个人是不能唱歌的，一个人太忧伤，鲍里斯·谢尔盖耶维奇。"

通常晚上散步以后，斯特拉季拉托夫喝足了茶，也弹够了吉他，便坐下来读书，一直读到凌晨一点。读的是历史题材，在他孤独时诗歌更合他的心意，而不是他非常了解的短篇小说，其实他已经没什么可读的了。他喜欢的诗人是涅克拉索夫和柯尔卓夫，但是他最看重的诗人是接受了费特传下来的闪烁的火炬的诗人①，认为他是世界大诗人。

_____

① 指的是诗人克·尔，即康斯坦丁·康斯坦丁诺维奇大公（1858—1915）。费特在把自己的诗集送给诗人克·尔时写下献词，"闪烁的火炬"便出其中。

"要知道他的爵位也很高!"伊万·谢苗诺维奇总是这样解释,而且每次说这话时都会因过分尊重他而欠起身子。

在一点整的时候,书合上了,整齐地放在架子上或放回柜子里原来的地方,灯也熄灭了。在威严和肃穆的救世主圣像前,在圣母马利亚圣像——所有悲痛者的喜悦面前,斯特拉季拉托夫诚心诚意地做完睡前祈祷,埋怨几句阿加佩夫娜作为惩戒,用祈祷和怨言结束了自己在劳动中度过的、孤单的一天,然后他就躺下睡觉。

"毕竟我可不像其他人,"伊万·谢苗诺维奇喜欢在被子下面美美地伸伸懒腰并这样自言自语,他也喜欢白天在办公室里对自己的熟人说,"有的人宁愿去小酒馆,然而您看到,我读了多少书,收集了多少稀罕物件,而且工作上也无可指责,处处我都有所成就,就是妖精也无法用尾巴把我遮住——我不会失踪的,因为我是个好人。"

说这样的话,伊万·谢苗诺维奇并没有吹嘘,而且任何一个稍稍有点儿学识的人都会举双手赞成,确实妖精的尾巴不会遮住他,他的确是一个好人。在这方面,所有人也都表达过自己的意见,唯一的一个例外是学究商人塔拉克捷耶夫,他因涉足古钱学领域而与济马列夫交好,是个聪明人,很会赚钱,他对自己邻居的评价不是很高,为反驳济马列夫认为斯特拉季拉托夫也是一个正人君子的看法,他冷笑着说道:

"他真的是正人君子吗?"他又冷笑一声说:"而我以为——他可不怎么样。"

第六章

　　今年春天很是特别：斯特拉季拉托夫给自己建立安宁家庭的夙愿就要实现了。斯特拉季拉托夫觉得找到了那个年轻节俭的女孩，这个女孩是他在杰尼西哈村看见的，当时他正拉着油头粉面的塔尼卡·梅林的手，而她则听着他在吉他的伴奏下比夜莺更加婉转的歌唱。从所有的明信片、古老的肖像画和版画当中向外张望，这是他夜晚在街心花园、在散步和游手好闲的人们当中蹿来蹿去地寻找的女孩，终于找到了她，她高不可攀，难以接近，难以想象，她一定会无私地爱他。

　　不，您想干什么就干什么吧，这个老头儿可没有发疯，他只是感觉到他身上的一切都焕然一新、精神振作：不再是深红色的秃头，而是黑色的鬈发随风飘动，撩动着少女的心，两只眼睛呈淡蓝色，而且他几乎变得和村警叶梅利扬·普罗库金一个样了，也是这样体态匀称，魁梧高大，面色白皙，嘴唇红润，只是他没有马刺。

　　斯特拉季拉托夫清晨在通常上班的时间出了门，他不知为什么突然开心起来：也许是因为屋顶上开始有水流淌下来，乌鸦出现在屋顶上，弗谢赫斯维亚茨基教堂圣坛的墙壁变暗了，也许是因为助祭普罗科皮来教堂时穿得非常单薄，只穿了一件套在法衣里面的内长衣，只是习惯性地在脖子上裹着一条围巾，把他的皮帽子低低地拉到额头，他的老婆则只穿着一条裙子和羊皮靴子，拿着扁担和水桶跑到教堂的水井边，母鸡咕咕叫着走来走去：把鸡蛋带到哪儿去生下来呢？或者是因为那个村警叶梅利扬·普罗库金敲打着马刺去找警监？这一切都让他感到高兴，不由得也希望所有人都会高兴。在塔拉克捷耶夫那栋带有高大门廊的石头房子旁边，他本来要停下来喘口气儿，可是他突然特别想送给邻居一枚罕见的金币，也许是彼得时期的双面金币，只是要现在给他，就在此时此刻……

"主啊，我生命的主宰，让懒惰、沮丧、贪权和空谈的念头远离我!"伊万·谢苗诺维奇低声念着圣叶夫列姆·西林的祈祷词，沿着波佩列奇诺-科沙奇亚大街朝旧货市场走去。

斯特拉季拉托夫在通常上班的时间来到了法院，这一天他从旧货市场上带来很多各种各样的东西——今天收集古物非常成功。

他好不容易从抄写工作中抽出片刻的时间，便把手伸到椅子后面，从已经摆成一摞的买来的东西中拽出几个稀奇的小玩意儿，把它们放在济马列夫面前的桌子上，而从侧面的衣服口袋里拿出一个紫铜折叠小神像放在最上面。

"有一个非常好的姑娘，您不妨给个建议。"斯特拉季拉托夫俯身在邻座的耳边，用发干的双唇低声说道。

济马列夫瞟了一眼摆放在面前的东西，折叠小神像的紫铜刺痛了眼睛，他的眼镜突然暗淡起来。

"您，鲍里斯·谢尔盖耶维奇，是一个积极的人，也不怎么年轻了，请您给我出个主意：她叫娜杰日达，她住在圣母帡幪教堂年老的助祭阿尔捷米那儿，是他的侄女。"

然而后者坚定地摇着头，用自己纤细的手指在折叠小神像上抚摸着，把它翻转过来，拿到自己近前，离得那么近，就好像要把它闻个遍一样。

"助祭是个爱喝酒的人，"伊万·谢苗诺维奇继续说道，"在做礼拜的时候总是跌倒，可是她瘦瘦的，脸色苍白，是个孤儿，您会亲眼看到的。"

"是啊，是啊，就是它！"济马列夫高兴得呼吸都要停止了，他的心弦被触动了：折叠小神像确实罕见，这样的东西他早就想得到了，一直在到处寻找，"这是我们俄罗斯的尼古拉，没有戴帽子，手里拿着一座小教堂和一把剑，是莫扎伊斯克的尼古拉圣像。"

"她出身很好，是助祭的侄女，她无处可去，瘦瘦的，白白的……"斯特拉季拉托夫从椅子上站起来，激动得开始抚摸着自己的光头，一时间觉得，他就要做出一件最不体面的什么事情：要么他会中风，要么神志不清以后爬上桌子。

"殉难之地！"突然阿德里安·尼古拉耶维奇大喊了一声，用一根汗毛很重的手指指着他。

于是办公室里出现了每次秘书雷科夫因不明原因迟迟未到都会出现的情景：戏谑和嘲笑从四面八方纷纷落到斯特拉季拉托夫身上，人们开始做出一些无聊的举动，发出哼哼哈哈的嘲笑声。

"哎，你这个好出风头的人！"有人在打字机上方尖声说。

"尼古拉·杜普连斯基！①"走廊里有人回应道。

"灾难啊！"有腿疾的人添油加醋。

"你的上帝怎么样，他还健在吗？"文书扎巴卢耶夫插了一句话。

"很显然，他感冒了！"济马列夫的邻座、候选秘书嘿嘿地笑着说。

"他吃鹅肉却咽不下去！"科里亚夫卡说了一句俏皮话。

---

① 尼古拉·杜普连斯基指的是俄罗斯童话故事中的树精，是左腿残疾的男性形象，在小说当中表达对人物的蔑视和辱骂，相当于"鬼""妖怪"的意思。

"我在街心花园看到伊万·谢苗诺维奇和两个姑娘在一起!"另一个候选秘书从阿德里安·尼古拉耶维奇的桌子旁说道。

"不知疲倦的铃鼓!"扎巴卢耶夫也随声附和道。

"赫卡柏,"有腿疾的人用自己贪婪的鼻子嗅了嗅空气,"他在盘子里放的是伪造的半戈比铜币!"

还有很多各种各样的意外干扰、各种刻薄话挖苦着斯特拉季拉托夫,但是他却又埋头于抄写工作之中,只是顺便听一听而已,甚至一次都没有像通常这种情况下那样反唇相讥,也没有说平常总说的话:"请您去做事吧!"就连他的秃头都没有因为生气而涨得通红。

阿德里安·尼古拉耶维奇以撰写诉状的高超技能而闻名,他写的诉状从来都不会无果而终,大概是因为他生来就是要从事这门艺术的,他在完成某一份重要的文件以后,捋着成绺的红胡子,开始大声读起来。

事情本身是庄严的,诉状的结尾也同样庄严。

"代替不识字的最忠诚的克谢尼娅·费奥多罗娃·皮斯库诺夫,"患有腿疾的人津津有味地讲着,一字一字地说得清清楚楚,"忠诚地签名的是负责人阿德里安·尼古拉耶夫·赫列诺夫,而非常感动而又恭顺地请求犯人宽容对待我苦难家庭的恰恰是我本人。"

"我本人,"科里亚夫卡开始嘟嘟囔囔地说,他的舌头就像沾满了果子羹一样,整个人也黏糊糊的,头脑喝醉了一般极不清醒,"总是我本人!"他硬要拿着笔钻过去签名。

但是,阿德里安·尼古拉耶维奇狡狯地举起汗毛很重的手指,气愤若狂地大声喊叫起来:

"奋起吧,抗争吧,醉酒的堕落的罗斯,拥抱自己的敌人吧!……"他推开助手,把诉状紧紧地卷起来,象皮纸噼啪一声折断了,于是他突然变得极其温和,虽然后来还是非常不友好。

办公室里立刻全都安静下来，只有笔尖写字的轻微的沙沙声，仿佛不敢打破美好的、给人们带来愉悦的时刻。

患有腿疾的人用手托住自己灰色的脑袋，唱起了最喜欢的强盗之歌——万卡·卡因的最后一首歌，他放开喉咙歌唱，用强盗的方式唱着这首勇敢、豪放、热烈的歌：

> 不要抱怨，母亲，绿色的橡树林，
>
> 不要打扰我这个善良的好汉，我在思考！
>
> 早晨我这个好汉就要去接受审讯……

"和睦安宁的家庭……她瘦瘦的，白白的，是个孤儿，她无处可去。"伊万·谢苗诺维奇轻声对济马列夫说，他吸吮着钢笔，就像在吸吮盛着蜂蜜的勺子，他眼里没有任何人，只有她一个——瘦瘦的、皮肤白皙的孤儿，他觉得，他什么都愿意为她去做；心儿随着歌声兴奋起来：就让她来榨干他的心，来折磨他的身体吧。

秘书雷科夫来了以后，在看门人独眼的卢基扬和戈尔布诺夫的帮助下，唱个不停的阿德里安·尼古拉耶维奇被关进档案柜里。就是在那里，他也声嘶力竭地喊叫，喊声响彻整个柜子，然后就开始哭泣，像个孩子似的嘤嘤啜泣，悲伤地诉说他已经厌倦而且生活苦闷，伊万·谢苗诺维奇觉得，他开始同情这个患有腿疾的人了。

"鞭子打不断斧背，鲍里斯·谢尔盖耶维奇！"他突然大声说道，暗示雷科夫，他永远不会允许这样的事情发生在自己身上，这样倾诉衷肠的时刻一分钟都不要有。

在莫斯科附近的特罗伊察谢尔基村，

有一个黑暗的新监狱；

在那个黑暗的新监狱里，

有一个勇敢善良的好小伙儿……

患有腿疾的人拉长声音哭泣着。

这时候大家都突然忍不住了，最后的忍耐丧失殆尽，有个人扑哧一声笑了，于是大家都开始嘿嘿笑，相视而笑。只有雷科夫没有笑。

"你们都要抄写！"他一边说着，一边绕过桌子，给每个人又放上一叠文件；档案柜的钥匙挂在他的小手指上。

斯特拉季拉托夫虽然喜欢嘲笑患有腿疾的人，但是他也没有笑，并不是因为嘲笑的时间已经过去了，显然是有时间这样做的。

于是在喝茶的时候，他在这个值得纪念的日子里也特别表现了自己：他从蓝色袋子里拿出糖来款待公务员们，抑制不住地闲扯各种荒谬的无稽之谈，如同祈祷一般非常兴奋地说着自己喜欢的流行语，满怀感动之情，就像是在说上帝这个词一样，或者像是在说重要人物的显赫封号。他全部的本性表露无遗。

"主啊，我生命的主宰，让懒惰、沮丧、贪权和空谈的念头远离我！"伊万·谢苗诺维奇在讲到最有趣的地方时突然停了下来，低声念了几句圣叶夫列姆·西林的祈祷词，然后又开始更加荒谬地瞎扯起来。

他全部的本性表露无遗。

斯特拉季拉托夫第一次看见娜杰日达——自己钟爱的对象，是夏天在圣母帡幪教堂年老的助祭阿尔捷米庆祝命名日的酒宴上。他觉得她比蜂蜜和白糖还要甜美。

"那么年轻——只有十六岁，瘦瘦的，大家各自就座吃晚餐以后，她也随意坐下了——占了半个沙发，她的一个手指上戴着镶着绿松石的银戒指，是个健谈的小鸽子！"伊万·谢苗诺维奇后来这样表达自己的第一印象。

整个晚上，他的视线就没有离开过她，他靠近她坐下来，讲各种趣事引人发笑，而大家开始玩老鹰捉小鸡的游戏时，他只追逐并用手拍打她一个人，在玩方特游戏时，一旦得到三分，她自己就选择了他。

他们在街心花园里约会——娜杰日达在女裁缝叶莲娜·安东诺夫娜那里干活儿，星期天常常与女师傅们在街心花园里溜达，他和她一起散步。从夏天到秋天，再到整个冬天，他一直在追求她。

往后再往后，烈火碰到了干柴，他爱上了她，就像爱澡堂里的蒸汽一样，他苦恼不堪，完全变了个人似的；睡觉也睡得不踏实了，一直翻来覆去——恋爱的人总是心情烦闷！心里只想着她一个人，只记得她一个人，念念不忘的也只有她一个人：

"我的小鸽子，可真健谈！"

阿加佩夫娜暗地里养了一只猫。她让猫养成了在床底下过夜的习惯，为的是能睡得好一些。伊万·谢苗诺维奇一躺下睡觉，她就把瓦西卡从炉子下面赶出来，让它到床底下去。而瓦西卡非常爱发牢骚，它会唱起自己的歌：草叉草耙，垛干草——还要什么？该睡啦，却睡不着，一直翻来覆去——恋爱的人总是心情烦闷！心里只想着她一个人，只记得她一个人，念念不忘的也只有她一个人：

"我的小鸽子，可真健谈！"

更糟糕的是，当他知道猫的事情以后，掀起了一场风暴：

"我不想，"他说，"听着草叉草耙睡觉，我不是吃奶的婴儿，我在哪里看到猫，我就在哪里把它勒死，猫会把整个房子毁了的。"

的的确确，瓦西卡在短暂的时间里就已经留下了一些痕迹；所有《俄罗斯思想》和《欧洲导报》的书脊都已经毁了，而它总是在书上面

173

闲溜达，还碰倒了收支簿和某一位美人儿的画像。

阿加佩夫娜妥协了，她蒙住瓦西卡的眼睛，把它带到一个空院子里，就离开了那里。

情况变得更糟糕了，日子一天天过得令人厌恶——昨天的白菜汤、前天的粥更有益！每天夜里，伊万·谢苗诺维奇都会觉得，好像不是她一个人在他家里，而是有两个脑袋——一个脖子分成了两个纤细的脖子，每个脖子上面都有一个脑袋在晃动。爱情会让人丧失理智！夜里他则像熊一样不停地呻吟，真想去找神父来给他祈祷治病。

"你为什么这样呻吟，老爷?"阿加佩夫娜呼唤他。

"没什么，老太婆，我要到院子走走，一切就会好的。"

于是他就走到院子里，直接走到花楸树前——花楸树就在十字墓碑旁边，他爬到树梢上，开始头朝下往下爬。爱情会让人丧失理智！夜里他则像熊一样不停地呻吟，真想去找神父来给他祈祷治病。

他的心疼痛不已，悲伤充满了他的胸膛。他心里只想着她一个人，只记得她一个人，念念不忘的也只有她一个人：

"我的小鸽子，可真健谈！"

阿加佩夫娜非常害怕，偷偷地用神香来熏他，她一直担心，可千万别发生违背教规的事儿：妖精会暗中等待时机并用尾巴把他遮住——他会把双手放在自己身上。上帝保佑，所有一切突然间都变得顺利了。

就在谢肉节那天，叶莲娜·安东诺夫娜来过，似乎是来找阿加佩夫娜的，在喝茶的时候，她大大夸赞伊万·谢苗诺维奇相貌英俊、行为模范，夸赞他简朴和有节制的生活，嘲笑嗜酒的阿尔捷米和他那个没有地方可去的孤儿侄女。

"您没必要一个人过日子，伊万·谢苗诺维奇，"叶莲娜·安东诺夫娜在他耳边嘟哝着说，"您还年轻，可是阿加佩夫娜让您屋里的各个角落都长蘑菇了；您娶了娜杰日达吧，毕竟还是一个年轻的女人！"

叶莲娜·安东诺夫娜的建议很合斯特拉季拉托夫的心意，也扰乱了他内心的宁静，但是他无法马上就下定决心做这样的事情：心脏受不了，既高兴，又非常害怕——心里怀疑，不敢相信。

"那么年轻——只有十六岁，瘦瘦的，大家各自就座吃晚餐以后，她也随意坐下了——占了半个沙发，她的一个手指上戴着镶着绿松石的银戒指，是个健谈的小鸽子！"斯特拉季拉托夫暗自思索，不，不敢相信。

在大斋节第一周伊万·谢苗诺维奇斋戒了，星期六他领完圣餐，为了打探清楚，就派阿加佩夫娜去阿尔捷米家里看望他的侄女：事情不能再拖延下去了，他拿定主意，做出了决定。

阿加佩夫娜像一个侦查员似的去了一趟，并且带回了好消息。

"她长得很好看！走路像孔雀，说话像天鹅！"阿加佩夫娜对娜杰日达大加称赞，就像是在夸奖茨冈人的宝马，她一边往神灯里添灯油，一边最终使伊万·谢苗诺维奇坚信他的决定是正确的。

就差一件事了——娜杰日达本人：她会怎么看待斯特拉季拉托夫的求婚，她会同意搬到弗谢赫斯维亚茨基教堂的助祭普罗科皮的房子里来吗？最后这件并非无关紧要的事情，是由叶莲娜·安东诺夫娜安排好的。

叶莲娜·安东诺夫娜也没有办过这样的事。然而，大斋节的第四个礼拜刚刚开始，一切都非常圆满地安排妥当了，没有任何条件，就跟神话似的。

在礼拜三——在这个对大家来说值得纪念的日子里，伊万·谢苗诺维奇对济马列夫坦白了这件事，并在当时用少见的折叠式尼古拉·莫扎伊斯基小圣像作为礼物让自己的坦白有了保障，而在星期五，他在展示从旧货市场上淘来的一个物件的时候，像往常一样俯在济马列夫的耳边，以相当认真的口吻说：

"娜杰日达同意了，今天就会搬过来！"他毫不克制自己的感情，在大家面前炫耀自己，甚至让接收文件的雷科夫本人都笑了起来。

不，您想干什么就干什么吧，然而这个老头儿可没有发疯，他只是觉得，他不能一直坐在狭长、低矮、熏得发黑的办公室里，他不应该在这里坐在那张多处被刀割破的大桌子旁边，而是应该在那里——在外面，那里河水就要开始流动，河边的爆竹柳沙沙作响，沼泽中的草墩子变得青幽幽的，鸟儿在飞翔。于是，他在自己四十年无可指摘的工作当中，第一次以突然心绪不佳为借口，比规定时间提前二十三分钟离开了法院，而且，关于这不合法的二十三分钟，他非常激动地不仅和济马列夫说过，大概还和文书科里亚夫卡和扎巴卢耶夫、看门人独眼的卢基扬和戈尔布诺夫说过。

从法院出来，斯特拉季拉托夫没有右转弯朝波佩列奇诺-科沙奇亚大街方向走，而是左转弯，朝着圣母帡幪教堂方向走去——去储蓄所，在那里把六百卢布存在娜杰日达名下，然后心情轻松地往家里走去。他沉重硕大的胶皮套鞋一俄丈一俄丈地缩短着距离。他全速飞奔，不仅魔鬼抓不到他，连鸟儿都追不上他。他那双结实的细腿滚烫滚烫的，那条杂色的手帕像一只红耳朵从口袋里伸出来——伊万·谢苗诺维奇不时地把它掏出来擦去汗水。他敏捷地走上台阶，用拳头使劲儿捶门，连口气儿都没歇，又捶打了一遍，接着又捶打第三遍——院子里有一群麻雀，全都被他惊得飞走了。

"谁啊，老天爷，是谁啊?"阿加佩夫娜在门内含糊不清地问道。

"是我，老太婆，开门吧。"

伊万·谢苗诺维奇急不可待，一直匆匆忙忙的，他午饭吃得非常快，一直不停地看手表——叶莲娜·安东诺夫娜答应傍晚前把娜杰日达带来，而此时天已经黑了。可是他没有躺下睡觉。

在他家中生活，白天鹅不会受伤，不会浑身是血，他会多么敬重她、怜惜她！

"长——命——百岁，长——命——百岁！"斯特拉季拉托夫喃喃地嘟哝着。

况且，你大概也睡不着了。瘸腿的铁床已经没有了，阿加佩夫娜还是早上的时候就把它搬到棚子里去了。在它的位置上，放着一张装饰着带翅膀的青铜小狮子和青铜花冠的红木大床，床上不再是压瘪的床垫，而是弹簧垫，的确是用过的，但是完全像新的一样，床上还有毛茸茸的毯子和一大堆白色的枕头。

在他家中生活，白天鹅不会受伤，不会浑身是血，他会多么敬重她、怜惜她！

"长——命——百岁，长——命——百岁！"斯特拉季拉托夫喃喃地嘟哝着。

像过圣诞节和复活节一样，一切都收拾得整整齐齐、干干净净，画上的灰尘擦干净了，蜘蛛网除掉了，整栋房子里似乎连一只蜘蛛都没有留下。看样子，准备了不是一天，而是一个月。

在客厅里，在神奇的镜子里映照的所有东西都放大了十六倍，有铺着织花亚麻桌布的桌子，圆形铜托盘里盛着科西奇金和哈米诺夫店的甜点以及丘普拉科夫店的蜜糖饼，镀金的透花刺绣上放着两个质量上乘的茶碗，旁边并排放着斯特拉季拉托夫的茶碗，就是那个珍贵的茶碗——茶碗是鸡蛋的造型，下面是两条鸡腿，还带有一只金色翅膀当把手。

阿加佩夫娜在厨房忙活着，摆弄着镀镍的大肚子高脚茶炊，斯特拉季拉托夫的一只火红色靴子因用力过猛而不停地哎哟叫着。

伊万·谢苗诺维奇正了正神灯，把装银饰品的小箱子搬到装书的大箱子上面，把储蓄所的六百卢布存折放进小箱子，他有些喘不过气来；

接着打开了红色的柜子，把自己的印章——一切由此开始——放进衣服口袋里，小心翼翼地拿出一双小巧的金色便鞋，坐到桌子旁边的阔绰的圈椅上，开始静静地在自己的膝盖上摆弄着鞋子，就像在把金色便鞋穿到一只不听话的、直尥蹶子的小脚上一样。

只要你说想要什么，他全都会给你的，他会送给你的，会永远用身体、鲜血和生命守护你，只要你说想要什么，他会永远忠诚地为你服务，白天鹅不会受伤，不会浑身是血，永远是白天鹅！

"长——命——百岁，长——命——百岁!"斯特拉季拉托夫喃喃地嘟哝着。

在摆满东西的房间里，虽然到处擦洗得干干净净，连一丝蜘蛛网都没有，他却觉得越来越拥挤。坐在房间里，就像在蜘蛛窝里一样觉得憋得慌，焦急让他喘不上气来，这种焦急就像无法平息的愤怒，就像无法制服的宝剑，就像无法熄灭的火焰，而他的心海里浪潮翻滚，一颗心在热情和激动之中起伏不定，不断地呼喊和召唤……

在外面，夜色如同春天一般泛起青色，黑乎乎的十字架竖立在融化了的积雪上面，从弗谢赫斯维亚茨基教堂的圣堂那儿窥视着，一只虔诚的黑乌鸦蹲在十字架上。救世主圣像和圣母圣像前面的两盏神灯，如同暗红色的星星一般亮着，发出的两束光线交织在金色的便鞋上。

他全部的天性越发牢固和坚定，就像大风暴中的一棵大树，结实的树根顽强地扎入大地的深处，强壮的树干从里面长出来。

他不知是想起了什么，还是猛然醒悟了过来，抑或变得热血沸腾，他丢开便鞋站了起来，把两个大拇指伸进背心的口袋里，戴着墨镜就像瞎了眼睛似的，盯着镜子中放大了十六倍的自己笑了——他咧嘴大笑，笑得一颗硕大的白牙在嘴角闪闪发光，倦意比死亡更难以忍受……

> 她才刚刚十六岁、童真的温顺，
>
> 黑色的眉毛，两只处女的小埠
>
> 在她麻布衫下有弹性地颤动……

他一口气都不喘，一个诗行接一个诗行地轻声念着可怕的蓝色笔记本中的诗句，救世主圣像和圣母圣像前面的两盏神灯，如同暗红色的星星一般亮着，发出的两束光线交织在他的脑袋上。

外面青幽幽的夜色已经消逝，白雪变得暗淡，十字架黑魆魆的，一只虔诚的黑乌鸦从一个十字架跳到另一个十字架上，可是他一口气都不喘，一个诗行接一个诗行地轻声念着，而救世主圣像和圣母圣像前面的两盏神灯，如同暗红色的星星一般亮着，发出的两束光线交织在他的脑袋上。

突然间，仿佛有人使出浑身力气打了他一下：伊万·谢苗诺维奇闭上眼睛，垂下头，蹲了下来——放大了十六倍的阿加佩夫娜站在他的光头后面看着他。

老太太泪水夺眶而出，她听诗歌听得入了神，就像在听他唱歌一样，她哭着说道：

"真是太好了，老爷，真是太喜欢了！"

然而伊万·谢苗诺维奇好半天没有回应——他喘不过气来，好半天没有睁开眼睛；最终，他摇着头，一边防备着跌倒，一边万分恼恨地站起身来。

"老太婆，"他声音嘶哑地说起话来，就像是脖子套着绞索一样，"走开！依照法律限你二十四小时之内离开！"

阿加佩夫娜恭顺地深深鞠了一躬，她的眼泪已经干涸。

"再见，老爷！"她说完就离开了。

第七章

纸里是包不住火的。不管斯特拉季拉托夫多么努力掩盖自己生活中幸福的变化，不管他怎么耍滑头，很快人人都知道了此事。

"群鸟聚集时，院子欢喜；花朵开放时，田野欢喜；打谷时，打谷场欢喜；而人，是在他幸福的时候，观其行而知其人！"伊万·谢苗诺维奇有一次自己也承认。

终于等到了复活节后的一周，可以开斋了，在闲谈的时候人人都已经知道，娜杰日达——圣母帡幪教堂年老的助祭阿尔捷米的侄女，住在斯特拉季拉托夫那里，他们过着真正的婚姻生活，只不过是非法婚姻；他称她为小火鸡，而她称他为小天使。

人们开始在恰当或者不恰当的场合向他表示祝贺，言语虽然非常文雅而敬重，但是听起来不是很舒服。秘书雷科夫不在场的时候，就问他各种各样最斯特拉季拉托夫式的问题，问及他幸福的家庭生活和她的那些快乐的琐事，而这些事情通常被认为不该问，而且还有伤大雅。

公务员们从法院的各个部门凑到了一起，要么是一群人结伴而来，要么是一个人走过来——一些人嘿嘿直笑，另一些人则只是瞥上一眼，甚至档案室的人也来了，众所周知，档案室里只有档案管理员。人们都非常好奇，所有人都很感兴趣，甚至不仅忘记了所有的礼仪规矩，也忘记了各种例外情况。

斯特拉季拉托夫最初总是以开玩笑的方式回应那些问题，后来就生闷气，并且尽量忍着，再后来就怒不可遏并开始辩白。但是，根据他前后相当矛盾的解释，得出的结论却恰恰相反。按他的解释，娜杰日达似乎是在他家里阿加佩夫娜的铺位上住了下来，再就没有别的什么了，他早就打算把阿加佩夫娜撵出去了，因为她有一些居心不良的做法——因为这个老太婆，家里各个角落都长了蘑菇，她还像军士长那样粗鲁地打呼噜，一直气喘不停——总是咳嗽，还企图要养小猫瓦西卡，为的是能听着草叉草耙的歌儿睡觉，但是他并不像其他人一样，一点都不像不要脸的文书扎巴卢耶夫，因此他永远都不会允许自己对刚刚十六岁、无处可去的孤儿、助祭阿尔捷米的侄女做出既粗俗又不道德的行为，凡是对他有这种卑鄙想法的人，都只不过是出于他们自己卑鄙的想法而杜撰出来的。

"简直就是畜生，如此而已！"伊万·谢苗诺维奇最后说道，汗水如同雨点一般从他的秃头上流下来。

虽然他说别人是畜生，但是从这些解释来看，从中得不出什么有用的结论，倒是让他完全陷入了尴尬的境地。人们嘲笑他，因为证据确凿！

从法院回家的路上，他每天都顺路要么去科西奇金的店里，要么去哈米诺夫的店里，要么去丘普拉科夫的店里，买许多甜点、糖果和蜜糖饼，然而以前他从来都不买这些东西；星期六晚祷之后，他既不去街心花园，也不再去杰尼西哈村，这让那个塔尼卡·梅林极为不满；星期天总是天还没黑就离开街心花园，根本就等不到钱行曲响起；最后，装饰着带翅膀的青铜小狮子和青铜花冠的红木大床换掉了他那张瘸腿的旧床，还有在小台阶上与娜杰日达温情地、极其幸福地喝茶，甚至这让扎巴卢耶夫本人都感到尴尬和脸红，而众所周知的是，扎巴卢耶夫有教养的风度、优雅的举止、文质彬彬的谈吐和舞姿，恰恰就是在杰尼西哈村学到的。你现在还有什么话说？

在伊万·谢苗诺维奇命名日那天，也就是过伊万·库帕拉节那天，发生了一件事——他与弗谢赫斯维亚茨基教堂的助祭普罗科皮发生了冲突，并让这个瞎子吃惊得说不出话来。他和助祭是因为一件小事起了冲突。

在任何一个教堂里，都不会像弗谢赫斯维亚茨基教堂做最后的日祷时聚集如此之多的祈祷者。人们蜂拥而来，挤得水泄不通，就像在普罗科皮耶夫斯克修道院里举起能显灵的费奥多尔·斯特拉季拉特圣像时那样，你根本挤不过去。许多人聚集在这里，有走着来的，有坐车来的，不仅有城里人，也有住在城郊的人，甚至还有的人来自一些偏远的乡村。教堂里面拥挤不堪，人们便站在教堂门前的台阶上，站在教堂水井附近的围墙旁边，在靠近斯特拉季拉托夫的菜畦的地方也相当拥挤。

弗谢赫斯维亚茨基教堂是一座古老的教堂，是在一天之内就建成的——是瘟疫过后根据许下的誓愿在一昼夜之间建成的，弥撒仪式时间很长，歌声很好听，神父米赫伊非常出名，稳重而又善于言辞——没有什么超越他能力的事情是他办不到的。这一切确确实实，绝无虚言。吸引着祈祷者的还有傻修女马廖娜特。

常常有这样的人——长得根本就不好看，相貌极为平常，但是只要他们一露出微笑，他们的面容就会变得异常美丽，看着他们，心情就会变得轻松愉快；或者进来一个完全不起眼的人，可是他一旦说起话来，即便是最平常、最简单的话，不知为什么他突然就会变得高大起来，听着他的话语，你心里就变得敞亮了；事实上，还有一些人，只要看着他就足够了——只要看一眼就行，心情就会变得轻松愉快。这种饱含于微笑之中的快乐，大概就像一个眼神那样，必然会吸引人。人们总是乐于追随这样的人。

小傻瓜马廖娜特已经不年轻了——她三十岁左右，不会小于这个年龄，但是她的小脸儿却像孩子一般，当她皱起眉头的时候，那样子就像一只小动物，像是小松鼠，特别像！她穿的衣服颜色鲜艳——要么是天蓝色，要么是大红色，要么是亮黄色，要么是鲜红色，头上戴着棉头巾，是灰色的，四周是毛茸茸的黑边，而头巾一摘下来——整个人就会变得非常矜持，甚至有些胆怯。

她总是在日祷还没有结束的时候，就出来走到围墙里面，坐在水井旁边的石头上，她身后跟着很多人。人们围着她：有的人画着十字，把一戈比放在石头旁边，鞠一躬之后再站起来；有的人就这样站着，一直看着她。人们都在等待。她坐在石头上——她的眼睛很明亮，真的，每个小动物、每一只小鸟、太阳、小雨、星星、月亮都会愿意和她亲切交谈，就像和小孩子们交谈一样。

"修女！"突然人群中有人叫道。

于是她就开始说话，她似乎怀着一种极大的快乐，高兴得像孩子一样喘不过气来，时而语速急促，时而拉着长声慢慢说，说得糊里糊涂，但是她的每一句话都让人感到心情愉悦，仿佛小草、石头、水流都是快乐的。

她讲的是使徒行传和福音书中的故事，她喜欢讲耶稣诞生，她就像是星星管理着星相家一样：星相家入睡了，星星才会入睡。

"不要错过属于自己的命运之星！还是已经没有命运之星了？"

"我们看到了，修女！"

"帮帮我们吧，修女！"

"它在那里，修女！"

有时候她会讲小山羊的故事——它一直要东西吃，可是不管她怎么喂它，它一直都觉得饥饿；也会讲小公鸡的故事，讲狐狸怎样用小豌豆诱惑小公鸡，只是为了让小公鸡朝窗外看一眼，豌豆倒是好吃的东西，然而狐狸的牙齿是尖的；然后就又讲起小山羊的故事，讲它追着一片枫叶跑，半个身子被剥去了皮，总会有这么一些人——把山羊的半个身子剥皮，是一些终日无所事事的人；她还讲干枯的树叶，扫院子的人把它们搂到一起，再扫进坑里；然后又讲小公鸡的故事：狐狸用豌豆欺骗小公鸡，把它骗走，然后吃掉了；突然间又讲到了河流，河水深而丰沛，水流湍急，就像银子一样闪闪发光，到处漂荡，既不夹带沙土、树根，也没有夹带石子；接着又讲小鸟的故事，它们是什么样的鸟儿呢——是鸽子。

"河流在流淌，修女！"

"鸽子是鸟儿，修女！"

"你是属于我们的，修女！"

于是她又开始讲山羊的故事：一个年纪很老的老太太救了它，老太太也不知道该怎么办，她的粮食也不多，可是它一直都要东西吃，山羊一直都感到饥饿。

"我也喂不饱你们啊，因为你们总是饿得慌！"

"我们吃饱了，修女！"

"我也没有足够的勺子。"她自己观望着、微笑着，面颊上的红晕遮住了脸色的苍白，心情也变得愉悦起来，仿佛小草、石头、水流都是快乐的。

"谢谢你，修女！"

"不要离开我们，修女！"

"你是属于我们的，修女！"

斯特拉季拉托夫做完日祷回来——在自己命名日这一天，他认为最适合祈祷的地方不是扎恰季耶夫斯基修道院，而是在先知约翰那里——他的心情是最符合命名日的。他从人群中挤过去以后，也停住了石头附近。

那个小傻瓜已经讲完了故事——人们开始逐渐散去，她像石头一样静静地坐在那里，眼睛紧闭，突然像石头一样跌倒在地上。有人急忙去拿水给她喝，但是大家都知道，她只是在愚弄人，在装样子，她会不停发抖和呻吟，直到助祭普罗科皮给她拿来水。

"真是一个十足的傻瓜！"一个穿着紧腰长外衣的斜眼男人说。

"哪里需要你们这些该死的瞎造谣！"另外一边有人回应道。

"一个女人骑上一只猫，她去找神父……命名日快乐，伊万·谢苗诺维奇！"扎巴卢耶夫的朋友、军士长若霍夫正带着几个姑娘从旁边走过，他朝斯特拉季拉托夫使了个眼色。

伊万·谢苗诺维奇向军士长点了下头，好心地给小傻瓜做着检查。

当助祭拿着水舀子出现的时候，她若无其事地从地上站起身来，贪婪地喝了满满的一舀子水，又开始滑稽地皱起眉头，还蹙起鼻子；看着她，大家好像也都这样蹙起了鼻子。

"你梦见谁了，马廖娜特？"助祭的妻子面带微笑纠缠不休地问道。

"助祭。"

"你梦见他怎么了，亲爱的？"助祭的妻子继续纠缠着。

"我梦见，"那个傻瓜唠唠叨叨地说道，突然她用四边毛茸茸的灰色方巾遮住了自己，"我梦见我们好像正在洗澡……"

一阵哈哈大笑声淹没了后面的话，助祭大声狂笑，助祭的妻子则发着牢骚。

"总有这样的坏蛋，"斯特拉季拉托夫厌恶地说，"丝毫不尊重教职！"然后唾了一口，朝着菜畦走去。

"你的娜杰尔卡①也是个放荡的婊子！"助祭冒出这样一句话，接着又是大声狂笑，笑得忘乎所以。

"走着瞧，助祭，我会杀了你的。"伊万·谢苗诺维奇转过身来，极其迅速地沿着菜畦急忙跑回屋子里去了。

哈哈大笑声并没有停止：小傻瓜的梦和斯特拉季拉托夫的威胁让他暴跳如雷，有一个患癔病的女人破口大骂起来。

然而，伊万·谢苗诺维奇很快就出来了，就好像是从地里冒出来一样，他拿着一把格鲁吉亚手枪，上面雕刻着精美的花纹。他径直朝助祭走去，距离五步远时停了下来，举起枪开始瞄准。

一切立刻都安静下来，只有一个患癔病的女人在破口大骂。

"上帝啊，请你铭记大卫王和他的温柔！"几个老太婆喃喃自语，四散而去，就像离开母亲的瞎眼小狗崽一样。

"你最好还是用棍子射击吧，或许那样更可靠！"助祭做了一个鬼脸，仿佛在有意模仿他，并且开始往后退去。

然而伊万·谢苗诺维奇目不转睛地瞄准，似乎马上就会扣动扳机，枪声就会响起，助祭就会一命呜呼。助祭突然全身颤抖起来，而后伸出舌头，设法屈起双膝，就像断了两腿似的，接下来伸着舌头走开了。

就这样，助祭消失在弗谢赫斯维亚茨基教堂圣堂旁边的十字墓碑后面，石头旁边只剩下为数不多的几个人：几个拿着小包袱的农妇；和她们同行的一个患癔病的女人，此刻正脸朝下趴在草地上；还有衣着漂亮

---

① "娜杰尔卡"是"娜杰日达"的爱称。

的斯皮岑娜小姐，她是商人斯皮岑的女儿，在照顾着小傻瓜；以及小傻瓜本人。她坐在石头上，膝头放着一条手帕，小声地哭着，就像被夺走了玩具的孩子一样。而伊万·谢苗诺维奇一直站在那里瞄准。要不是娜杰日达的声音唤醒了他，他或许就会这样双手擎着枪瞄准，一直站到傍晚，一直站到深夜。娜杰日达从窗口探出头来，气冲冲地喊他，让他快点儿回去喝茶——馅饼已经做熟了。

"流氓，长毛狗！"伊万·谢苗诺维奇清醒过来，朝房子走去，吃力地挪动着自己那双硕大的胶皮套鞋。

唉，在从前，在奥别尔尼别索夫时代，在早年，那个时候母亲还在世，命名日过得多么快乐！已经到了割草期，锋利的镰刀在柔软的草地上肆意游走，贪婪地吞食，草堆成草垛，躺在草垛旁边，或者骑在马上，而马再站起来，只听到马蹄嘚嘚声，那是多么美好啊！森林里树木众多，树上枝条繁茂，每一根树枝上都绿叶茂密，要是能了解所有的一切，能走过整个森林，该多么好啊！

但是现在已经顾不上那些：如今是另外一套了！命名日已经不像命名日。在发生冲突的第二天，也就是在冷冷清清过完命名日的第二天，斯特拉季拉托夫搬到了新住房里，搬到了邻居塔拉克捷耶夫那栋带有高高台阶的石头房子里。

他不愿意离开自己原来的房间，很难离开，然而却不得不离开，那些东西也不想搬动，这么多年来已经住惯了这个地方，然而却不得不搬动。只因娜杰日达大发脾气，整个波佩列奇诺一科沙奇亚大街都听得见她疯狂的喊叫声，说什么在助祭的蜘蛛窝里一天都住不下去了，在这里她没有好日子过，简直是活受罪——助祭羞辱了她！她撕东西，扔东西，在气头上打碎了那只带金色翅膀的珍贵的茶碗，气愤地责骂起伊万·谢苗诺维奇，甚至猛地揍他，打他耳光，把他打得青一块紫一块的，她大吵大闹，大发雷霆，几乎要抠出他的眼睛来，真想用绳子把他捆起来。于是，伊万·谢苗诺维奇为了迎合自己的娜杰日达的心意，离开了老助祭的房子。

搬到新住处以及与弗谢赫斯维亚茨基教堂老于世故的助祭之间的所有不快，引发了新的谣传，流言蜚语、各种戏谑和嘲弄没完没了。有人担保说，斯特拉季拉托夫的手枪已经大约二十年没有人用来射击过了，而且这种格鲁吉亚手枪装不进去子弹：没有火药就能爆炸；人们嘲笑助祭看到射击武器就急忙逃走，而小傻瓜修女马廖娜特因此不再爱恋自己的助祭；人们兴味十足而又相当公开地传播着斯特拉季拉托夫搬家的细节：村警叶梅利扬·普罗库金是如何帮着把东西搬了过去的，以及他因为热心相助又得到什么样的奖励。

"殉难之地！"阿德里安·尼古拉耶维奇喊道，用一根汗毛很重的手指指着斯特拉季拉托夫，"你这个戴绿帽子的秃头。"

但是伊万·谢苗诺维奇根本顾不上戴绿帽子的事儿，他整个人全身心都在忙于归置自己的新住处，他心里一直想的只是他该如何摆放那些东西，摆放到什么地方，东西竟然那么多，而且有些东西还不容易归置。各种各样的冷嘲热讽，各种令人厌烦的问题，一次又一次对他丝毫不起作用，对他一点儿效果都没有。至于他是否能最终承认自己跟娜杰日达住在一起，不是以兄弟和姐妹的身份一起生活，事实上，大家都只是希望他能承认这一点而已，或者他是否耗尽了最后的耐心，动用自己的墨水瓶，在办公室里把整个地面都弄上黑点，又或者他是否又全副武装，再次拿起手枪，当然，就是拿起那个快速射击的手枪；对于这些问题，没有人想过，也不值得费心去想——所有一切都自然而然地结束了。

如同曾经只有偶然发生的一件事情才把伊万·谢苗诺维奇从与教堂

合唱指挥亚戈多夫的关系、教堂合唱指挥危害极大的侵犯以及亚戈多夫的宗教哲学中解救出来一样，现在也正是如此，然而解救他的不是一个偶然事件，而是许多事件，而且是非常重要的事件——轰动整个城市的事件。

第八章

　　扎恰季耶夫斯基女子修道院的地位仅次于古老的普罗科皮耶夫斯克修道院。在它的历史上，有过不少功绩和极其有趣的故事：它抵御过外敌，推广过教育，在它高墙内的监狱里死去的，有女囚犯、普通人，也有许多人物是一定会让斯特拉季拉托夫欠身致意的，有一个时期鞭身派①曾在这里蓬勃发展，然而所有这些辉煌很久以前就成为过去，修道院如今已经衰败，这里的生活都与日常事务有关，每天吵吵嚷嚷的——就是普通的修道院的生活而已。

　　还是去年底的时候，人们突然开始谈论起这个修道院，虽说都是背地里窃窃私语，可是到处都传遍了。有传言说，修道院里发生了不寻常的事情，而且这种事情想想都是可怕的。

　　每到深夜，似乎都会响起嘈杂的声音，会出现令人厌恶的虫子和各种污秽肮脏的东西——有害的昆虫、沼泽地里的癞蛤蟆、癞皮狗、蝙蝠、蝎子和各种两栖爬行动物，它们不断地朝着那些修士的居室发出呻吟声和喊叫声，但是这还不够，在餐厅里，仿佛所有的东西都会无缘无故地自己转动：餐具从架子上掉下来，捣槌从研钵中飞出去，燃烧的木

_____

　　① 鞭身派，从俄罗斯正教分离出来的精神基督派的一支。

柴从炉子里蹿出去——这简直让你目瞪口呆，要狠狠地打一下自己的后脑勺！

扎恰季耶夫斯基修道院的大司祭帕霍姆－阿希托费尔神父来到食堂祷告的时候，看到迎面朝他走来一只巨人的空靴子，而一只飞过来的篮子猛然击中了助祭的后背，让这个不幸的人的五脏六腑受了重伤并在复活节前死去。看到这一切，神父吓得落荒而逃。

随后人们得知，有人在极短的时间内侮辱了所有的修女，而这一天降之灾的原因，不是别的，正是每天晚上修女们似乎都会突然产生的那种激情的诱惑，完全无法摆脱它。

我们的警察局长日甘诺夫斯基喜欢称自己为本丢·彼拉多，他是一个直率勇敢的人，通过一些特殊的帮手探听出事情的实质以后，决定以自己的方式处理此事。

然而问题是，此事并非没有违背教规：原来，无论是令人厌恶的爬虫还是污秽肮脏的东西——所有这些出现的两栖爬行动物，只不过是编造的故事，只是为了转移人们的视线而已，一只游走的空靴子和飞行的篮子——都是巧妙的把戏；事实上，每天夜里修女们都会从修道院的墙上放下篮子，用这些篮子把自己的骑士拉上来送到自己的居室，随后便是激情的诱惑。

即刻令人猝不及防地出现并彻底击败所有的人，这就是警察局长一心要做的事情——众所周知，日甘诺夫斯基每天只睡两个钟头，所有的小偷就都束手就擒了。

像往常一样，他没有长时间考虑，便在夜里出其不意地来到修道院的围墙跟前，在篮子里坐下来，开始顺利地向上升起。坐到了篮子里，勇猛的日甘诺夫斯基不时捻捻自己的胡子，他在自己的想象中描画着一幅幅完整的画面：所有人都会非常震惊，场面将一片混乱——一场恶战，全面击溃，全部打败。然而到了最顶端，只剩下走出去开始行动的时候，修女们朝篮子里看了一眼，惊恐地认出了警察局长，她们像许多乌鸦聚成一群，如同海鸥一般尖叫起来，惊恐得放开了绳索：篮子从高处掉下来，和它一起掉下去的还有日甘诺夫斯基，他从那么高的地方掉下来，砰的一声坠落到了地面上——他立刻就死掉了。

日甘诺夫斯基的英勇牺牲成了众人讨论的话题：谈论的只有警察局长。正如伊万·谢苗诺维奇在转述这个事件时所说的那样，所有人都因他的离世而大哭不止。

还没来得及办置四十天祈祷①仪式，又发生了另外一件事情，也同样引起了不小的轰动。

法院档案室有一名公务员叫斯特拉斯托捷尔普采夫，这个人在喝茶的喜好方面丝毫不逊色于斯特拉季拉托夫。他在巴尔哈托夫小酒馆与官员普列德捷琴斯基消磨着晚上的时光，他打赌一口气喝掉五十杯茶，并且下了一个半卢布的赌注。

普列德捷琴斯基同意了，两人击掌成交，并让人上茶。当时恰好坐在邻桌的卑鄙的前教堂唱诗班合唱指挥亚戈多夫——教堂合唱指挥就是这样自我介绍的，以及他的挚友手风琴手莫洛德采夫自告奋勇当证人。前教堂合唱指挥倒茶，而手风琴手计数。

斯特拉斯托捷尔普采夫已经喝下三十九杯茶，都没有砸锅，又喝下了第四十杯，接着拿起第四十一杯，已经把茶碟拿到了唇边，本想要吹一吹，免得太烫，然而突然水从他的两只耳朵、嘴巴和鼻子——从所有这些孔窍里涌了出来，他打了个趔趄，瞪大眼睛，接着就跌倒了，整个人浑身都是水，就这样死掉了。

---

① 四十天祈祷，即东正教人死后四十天的追荐祈祷仪式。

在斯特拉斯托捷尔普采夫的葬礼过后不久，又发生了一件事情，正如伊万·谢苗诺维奇所说，自打乌鸦变成黑色以来，还没有发生过这样的事情。

在光天化日之下，女中学生维尔博娃在执行当地革命委员会的决议时，误杀了退役上校阿乌里茨基，而没有射杀州长。就在同一天夜里，秘书雷科夫被逮捕，由人员加倍的押送队押往圣彼得堡。

在发生这些事情以后，谁还都能想到要关心斯特拉季拉托夫呢！现在斯特拉季拉托夫是什么？不过是样子怪诞可笑的人——如此而已。人们会异口同声这样说的。

人们抛弃了斯特拉季拉托夫，忘掉了斯特拉季拉托夫，不再管他的那些奇异经历。至于娜杰日达是否住在他那里，或者这世界上根本就不存在什么娜杰日达，这一切都是那么遥远，那么无所谓，那么枯燥无趣。

伊万·谢苗诺维奇的感觉好得不能再好了，现在他的生活无忧无虑，幸福快乐，平安无事。斯特拉斯托捷尔普采夫的事情根本没有伤害到他，甚至可能还引起了他的嫌恶之感。

"这就像一个溺水的人，他在自己身体里面溺水而亡。"伊万·谢苗诺维奇评论说。

他把警察局长日甘诺夫斯基写进自己内室里的追荐亡魂名录，写在了被罢黜的葡萄牙国王旁边，而在用于祭祷仪式的小桌子上为退役上校阿乌里茨基放了一支蜡烛。

然而，他欢欣雀跃的是雷科夫终于被捕——无法收买而又坚定不移的雷科夫，头昂得比检察官本人还高，他几乎知道那个神秘的词，要是知道那个词的话，那么你就无所不能了！要知道，正是伊凡·谢苗诺维奇第一个发现雷科夫是个革命者；如果不是在所有人面前高声谈论过自己的发现，而是像他对神父秘米赫伊坦白的那样，只是悄悄地说起过，那么他就只是出于对上司的尊重和恐惧才感到高兴：不管怎么说，秘书就是上司，而且官职不小。

很快就弄清楚了，雷科夫被指控组织武装起义。伊万·谢苗诺维奇没有任何反对意见，他高兴地补充道：

"还有武装抢劫。"

根据他的观察，雷科夫不是无缘无故地从储蓄银行旁边走过。

"当然，"伊万·谢苗诺维奇说，"他是想抢劫。"

时间如往常一样慢慢流逝，还是和雷科夫在的时候一个样，而现在没有了雷科夫，人们丝毫不在意谁对谁错、哪里错哪里对。

秋天已经到来。天气温暖而晴朗——大地干燥，夜晚温暖而宁静——繁星闪耀。在圣母诞生节之前一直都很暖和，而小阳春过后，天气则变得潮湿，开始了多雨的季节。

斯特拉季拉托夫谈妥了给自己买毛皮大衣的价钱——他决定庆祝一下自己的新生活：按新方式穿衣打扮，他看中了一件浣熊皮大衣，他极力把自己购置大衣的事情告知所有的人，告知每一个人，还顺便抱怨产品价格普遍上涨。但是，没有人在意他的高谈阔论，甚至连现在履行秘书之职、雷科夫当之无愧的接班人济马列夫，也不是特别友好。

雷科夫的命运引起整个办公室的关注。雷科夫的名字总是挂在大家嘴边。人们做了各种假设，而且，随着不断得到一些新信息，弄清楚了他接下来的命运：他在审讯中会如何表现自己，他会说什么样的话，如果像判处女学生维尔博娃那样判处他死刑，他是否会让人这样处死自己。

由于忙于各种闲谈和事务，没有任何人感到惊讶，甚至也没有一点点好奇，为什么在一个美好的日子，正是在举荣圣架节①之后，斯特拉季拉托夫没出现在办公室里。连续二大他的位置都空空荡荡，只有此时才猛然想起他。人们开始打听他的消息，原来，没有收到他的任何申请。真是怪事！

济马列夫从法院直接前去侦查。他来到塔拉克捷耶夫家的石头房子前，敲了斯特拉季拉托夫新住处的门，但是斯特拉季拉托夫并没有在那里，没有人可以询问：塔拉克捷耶夫的孙女是个又傻又笨的女孩，只会说她的名字是卡季卡。

在小姑娘身上白白浪费了好多时间以后，济马列夫朝斯特拉季拉托夫以前的住处走去，希望能从警监那儿打听到一些消息。但是，他并没有敲警监的家门，而是在台阶上遇见了阿加佩夫娜。

"是你呀，亲爱的，"老太太高兴地说，"我亲爱的，我亲爱的！"她掉光了牙的嘴巴颤抖起来。

她带他进了房间，让他坐在客厅里神奇的镜子前那阔绰的圈椅上。

所有的一切都完好无损地摆放在原来的位置上，就好像伊万·谢苗诺维奇从来没有想过要离开自己住惯了的家一样：正面两个角落里的救世主圣像和圣母圣像前亮着神灯，所有的画都完好无损地挂在那里，在红色柜子上放着记录施舍的收支簿，在柜门上挂着带有流苏的奥别尔尼别索夫老式领带——所有的一切老太婆都按照原来的样子放置好了，只是在画家以前睡觉的装书的大箱子上，现在坐着一只烟色的大胡子猫，它用爪子洗脸迎接客人的到来，唱着草叉草耙的歌，伊万·谢苗诺维奇

---

① 举荣圣架节是东正教十二节日中的最后一个节日，于9月27日（教历9月14日）庆祝。俄罗斯东正教会规定的十二个主要节日是：主降生节（即圣诞节）、主领洗节（即显现节）、主进堂节（即献主节或奉献节）、圣母领报节、主进圣城节（棕枝主日）、主升天节（即耶稣升天节）、圣三主日（又名圣三一主日）、主显圣容节、圣母安息节、圣母诞生节、举荣圣架节、圣母进殿节。

本人却不在。

经过询问才弄清楚，斯特拉季拉托夫遭遇了怎样的不幸：要是你轻率冒险——就会完蛋的，这是多么痛苦的事！

阿加佩夫娜在被赶出去之后，在穿堂里箱子之间的角落暂时栖身，尽量不被看见，勉强过活。伊万·谢苗诺维奇搬到塔拉克捷耶夫那里以后，塔拉克捷耶夫准许她在门口旁边的厨房里安顿下来——白天照看他的小孙女。老太婆哪怕像蟑螂一样挤进缝隙里也愿意，只要与伊万·谢苗诺维奇不分开就行，老太婆觉得：一定会发生不幸。村警叶梅利扬·普罗库金离开还不到一天，接着他就日日夜夜老是讨厌地待在斯特拉季拉托夫家里——觊觎别人的财产。和娜杰日达东拉西扯。常言说得好：绵羊贪吃咸盐，山羊贪图自由，轻佻的女人贪恋新欢——恶魔让她和他混在一起。接下来愈演愈烈，最后，娜杰日达和普罗库金走掉了。在举荣圣架节那天午餐前，村警闯了进来，装上满满一车财物，还抓起了装银饰品的小箱子。

"你瞧，亲爱的，"阿加佩夫娜讲道，"我们这位急忙抓住小箱子，一直不放手。两次撕扯到了门外，然后那个人就使劲儿打了他一下。我的好人儿两眼发黑——从房前门廊上的平台摔了下去，直接掉进了洗澡用的大水盆里，水开始发出汩汩的声音，他双手抓住流水槽，烟囱都被他砸坏了——而他斜躺在那里，两眼发黑！'我什么都看不到，'他说，'把手给我，扶着我，阿加佩夫娜！'他眼含热泪。坏透了的娜杰尔卡坐在车上大笑，'对我来说，'她说，'有比你这讨厌的秃头更年轻的！'周围的人都在嘲笑他，有四十个人，真是耻辱啊！就这样，亲爱的，因为那个女人吃了这样的苦。现在他躺在医院里。"

第二天，济马列夫去了医院。当时天色已晚，探视时间已经过了，但他是长官，就放他进去了。

斯特拉季拉托夫认出了朋友，但是很难认出他了：他躺在病床上，肋侧缠着绷带——既翻不了身，胳膊也抬不起来——就像是一块木头，面色不再红润，而是发黑，脸上没有了黑色的绒毛，而是在上唇竖立着灰白的小胡子，很明显，他把小胡子重新染了色，修剪得精致整齐，刺人的大胡子在下巴上疯长起来，一双小眼睛浑浊不清，就像两小片玻璃在不断眨动，朝着鼻子的方向斜视过去。

"我并不是为肋骨感到难过，鲍里斯·谢尔盖耶维奇，我难过的是，她这个卑鄙的人，把小箱子抢走了；要不是生了病，我就直接去法院了。"伊万·谢苗诺维奇只能说出这些话，看得出，他的肋侧刺痛得厉害。

他用自己浑浊不清的双眼看着朋友，就好像一直在问："人们为什么要争论，得到了什么，怎么能分清楚谁才是正确的，什么时候这一切才能结束？"

但是疼痛减轻一些以后，他再次重复说：

"我并不是为肋骨感到难过，鲍里斯·谢尔盖耶维奇。"

伊万·谢苗诺维奇被折磨垮了，那一时刻终于到了，他没有等到第一场雪，也没有换上新的浣熊皮大衣——他就这样丧生了：在斯图底的德奥道罗①节，就在冬日的寒风应该从铁灰色的群山吹来的时候，他接受了圣餐，涂了圣油，然后就死了。

据说，他临终前痛苦异常，备受折磨。他一直在抱怨无法遏止一些念头，一直使劲儿地挤眼睛，他总是觉得好像有一些长得像铲子似的人，朝他猛扑过来，用绳子钩住他的胳膊拖着走，就像拖着一只小狗似的，拖到河边要淹死他，他拼命地顶住，尖声大叫，然而他们却只管一

---

① 斯图底的德奥道罗（759—826），拜占庭教会活动家，君士坦丁堡斯图底修道院院长。

言不发地拖着他走；要么他就会觉得，他的头上有一只渡鸦——黑色的信使在盘旋，钢铁的鼻子，铜制的双脚，它张大了嘴巴，一直往下降，再下降，尾巴好像也是妖精的尾巴，在病房里一闪而过，或者在屋角像管子一样竖立着，那烟色的、蓬松的尾巴，就像瓦西卡的尾巴那样，眼看着就把他遮住了。

"伊——万——万！瓦西——里——里！彼——得——得！"伊万·谢苗诺维奇哀诉着，不知喊的是追荐亡魂名录中死人的名字，还是活着的熟人，接着他就一动不动了，活像是一根棍子。

在最后的时刻到来时，在死前的那一刻，他已经安静下来，混乱的状态过去了——他不再说胡话，可是却突然从病床上跳了起来，站起身来，靠自己那双结实的细腿挺直身体，就连整个肚子都震颤了一下，身体结结实实的，就这样站着，毫不遮掩地把秃头朝向太阳。护理员坚信，他这是开始读圣母祷告词了，医士若霍夫则嘿嘿笑着说，他读的根本不是圣母祷告词，倒是像一些诗句——然后他忽然倒了下去；鼻尖上出了汗，汗滴顺着鼻子滴下来，一滴接着一滴，他的光明被夺走了——他陷入黑暗之中，获得了永生。

斯特拉季拉托夫没有继承人，他也没有留下遗嘱，于是他的财产——一万卢布转入了国库。物品均已指定全部出售，但是目前阿加佩夫娜可以使用。然而老太婆就像精神错乱了一样，她总是失眠：晚上躺在火炕上，可是却躺不住，总是跳起来跑到穿堂的台阶上——她总是觉得，她总是好像听见伊万·谢苗诺维奇在呼唤：

"阿加佩夫娜？"

"我在，老爷。"

（1909 年）

第五个祸患

ч а с
Выбирайте рассказ лемизова

第一章

人生的道路

在斯图杰涅茨^①任何人都能生活下去，有多少钱就过多少钱的日子。

博布罗夫并不是斯图杰涅茨的新住户：博布罗夫当侦查员差不多有二十年了。二十年可不是一年，在这么长的时间里还能有什么不习惯的呢，而且，在斯图杰涅茨的所有居民当中，未必能再找到这样的人了，就算是还有一个卑鄙下流的帕什卡——帕潘^②——他是本地的流浪汉，以前当过侍从官，人们谈起他的时候总是义愤填膺，每次谈到侦查员博布罗夫的时候人们也是这样义愤填膺，就好像第一次提起他似的。

亚历山大·伊里奇·安东诺大是斯图杰涅茨的警察局长，似乎他总是很残忍，却是能够让人忍受的。"老爷是能够让人忍受的，他只会用鞭子打人！"车夫菲利普谈到自己的老爷时总是这样说。

已经一把年纪的警察卢科亚诺夫摆弄着自己下巴上的短胡子，那样子心平气和而又不无沾沾自喜：

---

① 斯图杰涅茨，俄罗斯地名。
② "帕潘"是"帕什卡"的绰号，意思是"老爹、老人家"。

"我是忍受住了，因为我在希普卡①待过。"

警察局长常常用手掌猛击罪犯的脖子——这是一种动作，会让罪犯因毫无防备而摔个嘴啃泥，或者屈起中指狠打你的下巴，这比拉古京的那个拳头还要管用，区警察局局长拉古京的手特别有劲儿，要是打在胸膛上，狠狠地一击，你都能飞过墙去。

侦查员博布罗夫在整个任职期间没用手指攻击过任何人，哪怕就是装装样子——做做威吓人的手势都没有过，这种小事甚至听都没听说过：侦查员讯问的时候，两只手总是放在桌上——手指枯瘦细长，就像冻得粘住了一样。

喝酒也是如此——从来没有人见到博布罗夫喝醉过。

然而，在斯图杰涅茨有哪个人会不喝酒呢！法医伊万·尼卡诺雷奇·托罗普措夫根本就不是上了年纪的人，然而那些快活的日子却让他的双腿变得像木墩子一样，已经无法弯曲了。

彼得鲁沙·格罗霍托夫是像极乐鸟一般的美男子，他是个兽医，手里的钱是多是少无关紧要，反正他所有的钱都喝酒花掉了。他是最积极的带头人，而他的恩人是药剂师阿道夫·弗兰采维奇·格列伊赫尔——彼得鲁沙讨好地将这个德国人尊称为学术巨擘。这个药剂师喝自己配制的饮品，用一些有毒的药水和苦药水制成，是酒精浓度相当高的饮品，他因此郑重其事地尊奉自己为头号的智者和化学家——堪比全球知名的门捷列夫。

亚历山大·伊里奇身为警察局长，在喝酒方面也不赖，的确，他拿着从乔尔托夫花园的热尔捷夫那里弄到的烧酒对妻子玛丽娅·谢韦里扬诺夫娜发誓，他一定滴酒不沾，绝不以任何借口喝酒，而且就是现在，

---

① 希普卡，保加利亚城市。

就从举荣圣架节开始坚守誓言。

墓地的神父斯帕索夫霍茨基——绰号"索克鲁申内伊"①，深陷于酗酒魔鬼的诱惑，总是喝得酩酊大醉，甚至有一次嗓子都失了声，于是这个神父沉默了三个星期，一句话都说不出来，无法料理事务。可是后来突然开口说话了，那是神父的妻子在试过了所有能让神父开口说话的办法之后，最终决定采取极端的措施，这也是下下策了：神父的妻子从小衣橱里拿出一张二十五卢布的纸币，点燃一支蜡烛，当着牧师的面开始烧这张纸币——神父即刻就开口说话了。

不管是什么事情，不管是在哪里，人们都在喝酒：无论是在家里，是做客，还是在俱乐部里，头等的乐趣就是喝酒——一直喝到天光大亮。

博布罗夫似乎也不喝酒，从未见到过他醉醺醺地审理案件，他在工作中一直都是清醒的，而且这类不恰当的话也从来没有人听他说过。

在斯图杰涅茨，这样的话人人都可顺手拈来，人们擅长说这些让人难以理解的词儿：用最不妥当的话相互骂架，侮辱性地提起对方的父母，有的人说话相当不慎重，甚至让人真想硬拉着他去见治安法官。市法官是斯捷潘·斯捷潘内奇·纳利莫夫——马久甘斯基②，他总是把一条链子戴在自己脖子上，这样的话也时常脱口而出，嘴里还不停地重复着"这样、这样"的口头禅，这只会让你干着急。索克鲁申内伊神父自从开口说话时起，就把所有的东西都说成是自己的，丝毫没有羞愧之意，不管在哪里，不管是谁的，也不管是什么时候，而且，尽管他没有上过战场，可是行事作风简直就像军人一样。宗教学校教师什韦多夫为了消遣，与彼得鲁沙·格罗霍托夫按照自己的想法重新编辑了波利瓦诺

_____

①　这个绰号的意思是"伤心的人"。
②　这个绰号的意思是"爱骂娘的人"。

夫的文选①，这完全符合法官纳利莫夫的口味——适合成年人阅读，如此不雅的文选版本就这样到处流传，里面的诗歌被人们抄写、努力背诵。报务员瓦夏·卡班奇克虽然上过当，但是从一方面来看，就其财产状况而言，就像斯图杰涅茨的裁缝萨奇科夫所说的那样，他是值得关注的人物，心地纯朴，而且他至今仍然相信，最喜欢的俱乐部抒情歌曲"不要说青春已经毁灭"——税务督察官斯特罗斯基、农艺师普里亚特金、地方自治管理局秘书涅莫夫和彼得鲁沙·格罗霍托夫在深受感动的时刻总是齐声合唱这首歌，这的确就是涅克拉索夫的诗歌，而不是什韦多夫改写的适合成年人的那个版本。②

不，不会有其他人，只有侦查员在地狱才不会被赶去受罪，不会让他坐在火海里。

从没听说过博布罗夫有什么不成体统的行为。

事实上其他人也都非常温和，办事说话正合分寸，然而有时候却会突然搞出一些事情，让人完全意想不到。商人佳热尔金有一个成衣店，他是一个地地道道的商人，他在自己的店里镶上又大又厚的玻璃，也许是有了高兴事儿，天晓得是什么事儿。或者是其本性丑陋使然，他竟然脱光了衣服，简直就是一丝不挂地在集市日那天站在收款处旁边，暴露在众目睽睽之下。还有帕什卡——帕潘这个流浪汉，嗯，这是个毫无用处的人，为了一杯伏特加什么都愿意干，他的衬衫只盖到腰部，身子其他部位都露在外面，你是无法躲避开他的，怎么甩都甩不掉。

"太太，您要付二十戈比，不然我就让你当众出丑！"他就这样一直

---

① 列夫·波利瓦诺夫编著的《俄罗斯中学低年级文选》曾多次再版，此处作家暗指改版时增加了一些色情意味。
② 指在改编涅克拉索夫的抒情诗《不要说青春已经毁灭》时，增加了一些色情意味。

折磨官太太，直到拿到自己想要的东西。

对于女性小市民他也有一套词儿：

"你想让我大喊你是一个妓女吗，快给我五戈比！"

于是就只好给他，没有别的法子。

要是把这样的事情算在博布罗夫身上，那是荒谬的：他既没有做过不体面的事，也没有做过任何荒谬的事。

奥帕林是斯图杰涅茨的市长，他有一家自己的旅馆，在巴拉什科夫旅馆里也有他的房间，他还是一个教堂长老，他染上了奇怪的癖性——一定要听到巨大的声响才能醒过来，哪怕你往他身上浇冷水，哪怕你用沸水烫他，他的眼睛也不睁开，只有用喇叭声或许才能把他从沉睡中唤醒。教堂工友法拉翁为了醒酒，总是使劲抠鼻子，从自己身上放血：一出血，好像就恢复理智了。

这样做的还有商人伊万诺夫，即已故的马克西姆·马克西莫维奇，他以卖发臭的鱼为生，斥骂女儿季娜伊达，吩咐她一块面包都不要拿他的，在他死后也不要去他的墓地祭拜，遗嘱里面就是这样写的。还有年轻的扎切索夫——扎切索夫的婚礼让人们谈论了大约一年！在举办完婚礼当天的晚宴后，扎切索夫到院子里乘凉，因为天气特别热，可是他却失踪。第二天早上人们才突然发现他不见了：他人在哪里，发生了什么？可是午轻的新娘子却什么都不知道，一直在哭泣。

"他出去了，"新娘子说，"出去乘凉就不见了。"大家即刻去找，四处都找遍了，仔细搜寻，哪儿都没有。

父亲毫不吝惜花钱，只要能找到就行，许诺给找到儿子的人一百卢布。找了近三个小时才找到：他正在梅德韦日纳河岸边的船下面熟睡。他找凉快的地方，嘿，这里很舒服！

博布罗夫没有干过这些荒诞不经的事，博布罗夫的手脚也很干净。

然而现在具有如此高贵品质的人你是找不到多少了：人人都收受贿赂，能弄到手多少就弄多少。就拿管理局成员谢苗·米赫伊奇·罗加特金来说吧，税务督察官斯特罗斯基因此称呼罗加特金根本不用别的名字，只用一个外号——骗子，直接当着他的面公开这样戏称：

"骗子，您好！"

圣母升天教堂的首席牧师阿姆夫罗西神父则把圣餐布卖给了旧教派信徒。

"这有什么用，"他说，"我哪里需要这样的圣物！"于是就卖掉了。

后来听说，圣母升天教堂的这个圣餐布向旧教派信徒卖了个大价钱。

要么是生活变得艰难了，要么是失业的人太多了，没有什么工作可以做，要靠别人的劳动吃饭，反正也没人知道，只是这种事儿不能干，要知道几乎很快就会被追究罪责的。

不，即便是在火海里的小偷和强盗之间，也没有侦查员的位置。

博布罗夫的手脚干净，他不是一个糊涂人，没干过什么不好的勾当，在这方面也没有什么结交，做的都是侦查员职责之内的事，真的，要是让他取代哈里通神父去当季赫温女子修道院的神父就好了。

人人都知道，侦查员的妻子叫普拉斯科维娅·伊万诺芙娜，她是个不挑剔的女人——殷勤地招待所有的男人，而且对任何人来说都不是什么秘密，只有第一个孩子帕莎是侦查员的女儿，而其他孩子，虽然都姓博布罗夫，但根本不是博布罗夫的孩子：阿纽塔和卡佳是检察官的，济娜是林务官的，最小的萨尼亚是税务督察官的。税务督察官斯特罗斯基是斯图杰涅茨好向女性献殷勤的人，是唐璜式的人物，喜欢在俱乐部讲自己的各种奇遇，极尽细节之能事，他也没回避谈论普拉斯科维娅·伊万诺芙娜，而且有不少夜晚都献给了她。神父尼古拉·维诺格拉多夫是教堂的大司祭，有一次与自己的朋友和熟人用餐的时候承认，博布罗夫对欲望的克制是非同寻常的现象，博布罗夫的确是非凡的人物。警察局的文书佩特罗乌霍夫是个精于阉割公猫的人，有一次在逐个提起斯图杰涅茨的官员们时，完全把博布罗夫排除在外了，当然这是开玩笑，然而他却非常郑重地认为，在他那个部门，没有他的事儿，根本就不会有他什么事儿。不过，佩特罗乌霍夫就像什韦多夫老师一样，行为十分放荡，他会把所有的事情都按照自己的想法改编，但是尼古拉神父并不这样认为，他因富有智慧而白了头发——大司祭的话蕴含着真知灼见：博布罗夫是非凡的人物。

那还用说吗！只要想一想，在阴间幻景中描写了地狱，在那里贪淫好色之徒和通奸的罪人受着折磨；描写了奸夫淫妇之界，那里一望无际，没有什么比它更宽广更辽阔，也没有什么比它更牢固更强大！[①] 这就是说，上帝亲自这样规定的，不可能是别的样子，也许人能把这种罪过转变为对自己有利的事情。沙帕耶夫长老是公正圣洁之人，他不是按照自己的意愿行事，而是遵照上帝的指引，凡事都出于仁爱之心，长老也正是这样做的，他医治的时候既不施行巫术，也不窃窃私语，不诽谤黄油，不用草药，不用豆粒，不像德维加尔卡-菲利皮耶娃老奶奶那样用十二把钥匙，沙帕耶夫长老通过淫乱的行为进行治疗。

博布罗夫也值得信赖，他甚至根本没有做过任何不好的事情，无论是在中学、在大学，还是在工作中，博布罗夫如同孩童之吻一般纯洁，按照警察局长的说法，对博布罗夫的那只会唱我们俄罗斯国歌的金丝雀，纳哈宾本人垂涎已久。

兰德舍夫神父是日日都开放的普通教堂中为死者举行安魂祈祷的神

---

① 出自俄国古代伪经《圣母历难记》。

父，他还是学校委员会成员，也是个哪儿有事儿到哪儿的人，他在斯图杰涅茨设立了同盟分部①，做的第一件事就是审查居民。涅莫夫是管理局秘书，他早就已经被警察监视了，进了镇压危险谋反者的名单；进入这个名单的还有统计员斯梅尔科夫，他不明缘由地收集鸟蛋；这个名单里还有奥帕林的办事员库列皮亚托夫，因为他唱了起来——起来的歌②；还有三名市里的教师：萨雷切夫、格卢什科夫和贝哈切夫——老师们合伙订购杂志，还从头到尾大声朗读；名单里还有编外的疯疯癫癫的佩索琴斯基神父，因为他在大斋期的第一周就开始疯狂崇拜偶像了，完全忘了上帝的诫命："神父竟敢沉迷醉酒、娱乐、跳舞、唱不体面的歌曲、吃美味的烤乳猪。"然而博布罗夫——博布罗夫没有进入名单。

无论兰德舍夫神父怎样四处寻找、怎样仔细研究，就是什么过错都找不到：的确，博布罗夫不常去教堂，但是法定节假日他总是第一个来做祷告。邮政局长阿尔卡季·帕夫洛维奇·亚尔雷科夫不止一次拆开博布罗夫的信件和包裹，这样做，既是邮局由来已久的风俗，也是应兰德舍夫的请求，但是一切都在许可范围之内，没什么可找碴儿的：里面主要是古文献研究委员会、俄罗斯历史图书馆、历史和俄罗斯文物爱好者协会的出版物，以及科学院的各种著作。

而且，博布罗夫是罕见的通晓法律之人，就算你跑到雷科夫去，大概在雷科夫也很难找到这样的人：博布罗夫能熟背的不仅包括所有的法规——国家法规汇编，而且还有参议院的所有诉讼判决。

尼古拉·瓦西里耶维奇·萨尔塔诺夫斯基是地方行政长官，他也是

---

① 同盟分部指的是俄罗斯人民同盟的分部，"俄罗斯人民同盟"（1905—1917）是右翼政党，联合了各种黑帮组织的成员和一部分君主主义者，至1907年形成同盟地方分部体制。

② 指的是当时非常流行的革命歌曲《起来起来，劳动人民……》。

通晓法律之人，但是他在调解法官会审法庭①上，关于各个法律条款，也只知道向自己的朋友、县陪审法官博戈亚弗连斯基询问，是否有更加严格的规定，看起来要是全部按照他的意愿，他连自己的财产所有权都会剥夺。所有这一切都毫无秩序，一团混乱，胡说八道，就在不久前，他把库帕弗斯克的一个农民判处四个月的苦役，瞧瞧，哪儿见过这样的事啊，判处四个月的苦役，这一点儿也不逊色于乌留平斯克的地方行政长官克鲁普金，后者责令每一个打野兔的猎人都要缴纳二十五卢布的罚款。陪审法官博戈亚弗连斯基发出嘘声想要制止朋友在法律制度上的冒进，虽然很友好，以朋友相待，但不管怎样这么做还是不太好，然而，当着博布罗夫的面儿，还没有人说过走开之类的话，没有什么由头，也不可能有：要么你会把话咽下去，要么你会把话卡在喉咙里。他善于避开你，恐怕你无法轻而易举地骗过他，对这样的人你无法踩上一脚——他尖酸刻薄，能说会道，勇敢无畏。

然而，博布罗夫一向恪守准则，一向秉承司法公正，就算是亲生父亲也能送上绞刑架，若是法律需要，也绝不会怜惜亲生母亲，要是遇到这样犯法的事，他愿意为自己的真理而死，宁可粉身碎骨，坚持、坚守自己的誓言，绝不会走上歧途——蛀虫在他身上会折断所有的牙齿，已故的长官塔尔德金如是评价。而他凡事都极其精准——绝不会弄错任何

一个法条，会十分准确，一字不差，你最混乱糊涂的行为他都能找到法条作为依据，他会不知疲倦地抓住不放——利用一丝线索刨根问底，把一切真相都揭发出来，多么老奸巨猾的人；他的嗅觉像狗一样灵敏——用鼻子在空气中闻一闻，把鼻子贴近洞口，贴近强盗的老巢，于是他就

①　由全区调解法官们组成的一级审查上诉案的法院，每一次最少有三名调解法官参加。

来了，不管你藏起来还是没藏起来，不管你怎样躲避，你都会落到博布罗夫手里，博布罗夫一定会抓住你。

谁能用巧妙的办法捉拿窃贼？博布罗夫。

博布罗夫能做的事，没有人能够做到。

表面上看，要找这样的侦查员是能找到的，但是这样的人却很少，因此作为奖赏，要么可以为了仍然活着的他在广场的什么地方立一座纪念碑，类似埃及人那样的方尖碑，就像在雷科夫，省长奥拉季为昭示自己的功绩，为给自己留作纪念和训诫子孙后代而立了碑；要么选他当斯图杰涅茨的荣誉公民，木材商人纳哈宾就当过，他总是开着自己的汽车往雷科夫跑来跑去。然而，哪里谈得上立纪念碑，哪里有什么荣誉称号，哪能有呢！

世界上有四种可怕的祸患：损害、毁坏、腐蚀、荒废，而斯图杰涅茨的第五个祸患——人类的祸害和毁灭者是博布罗夫。

不论是在俱乐部里还是做客的时候，每一次话题枯竭的时候，一声不吭地打牌不是很合适，也不体面：按照斯图杰涅茨的风俗，不说话的人就是傻瓜，每一次这样荒谬的时刻人们就会想起侦查员博布罗夫，于是就开始议论博布罗夫的是是非非。由于博布罗夫本人除了业务关系以外，与人们没有建立起任何其他方面的关系，因而在所有的嘲弄、挖苦、流言、窃听到的诬陷当中，汇聚了一些对于评论、空话和闲话他人短长而言最荒诞最没用的东西，流传最多的就是博布罗夫对待妻子，对待侦查员之妻普拉斯科维娅·伊万诺芙娜的态度。

戴绿帽子的人——这就是谈起博布罗夫时，你经常能听到的话。

人们说出"戴绿帽子的人"这个绰号时，那语气中充满了嘲讽，还扮着各种各样的鬼脸，像猴子一般哈哈大笑，但是人们还知道另外一个绰号，比"戴绿帽子的人"更妙不可言的绰号——啃剩的骨头。

斯图杰涅茨有个好耍笔杆子的人叫伊斯措夫，他是各种案件的辩护人，混迹于集市之中，在集市上代写谅解书；他还是一个宇宙学家——发生日食的时候，他把玻璃熏黑了。伊斯措夫穿着厚呢子大衣，戴着大檐帽，翘鼻子、高鼻梁，留着山羊胡，整日在集市上游逛，不时地挥动几下两只红色的长胳膊——左胳膊被人打断了。

"我就像鹈鹕。"伊斯措夫斜眼看着自己断了的胳膊说。

也正是这个像鹈鹕的伊斯措夫给侦查员起外号叫"啃剩的骨头"。

鹈鹕——非常正确，他确实像一只活跃的鹈鹕，然而为什么是"啃剩的骨头"——博布罗夫是啃剩的骨头？

他身上的一切都闪闪发光，内衣一尘不染，每一处都整洁得无可指摘，胡须修剪得整整齐齐，不是太短，也不太长，恰到好处，声音平和而毫不嘶哑——清晰纯正的俄罗斯口音，不带雷科夫当地的 o 音化①，也没有莫斯科的 a 音化②，纯正得无可挑剔，他的微笑也总是一样的，露出一丝微笑就马上凝结住了，他的步态敏捷而又庄重——像是当长官的人，每次起身和落座，每次伸出手，都是信心十足，好像身后就是彼得保罗要塞似的。

纳哈宾在与省长谈话时不止一次提起过侦查员，倒也不是说他什么坏话，不是的，只不过是顺便提到而已，并不是别有用心。纳哈宾引用斯图杰涅茨的各种谣言，说侦查员是一个令人不快的人。斯图杰涅茨的首席贵族巴巴欣评价博布罗夫是一个令人厌恶的人。为死者举行安魂祈祷的首席牧师兰德舍夫神父往圣彼得堡和莫斯科都写了信，而兰德舍夫所有的告密都暗示着博布罗夫在从事秘密的、无论如何都难以捉摸的使人精神堕落的活动，这都源于他过于傲慢自大。检察机关的监督机构对

---

① o 音化，俄语方言中，非重读元音 o 仍读作 [o] 的发音，而在标准语中应弱读。
② a 音化，俄语标准语及南部方言中把无重音的 o 读作 [a] 或近似 [a] 的音。

侦查员也不满意，但是对他没能提出任何批评：没什么可批评的，也没有什么理由批评。

就像是暗地里约好了一样，大家都感到心里有某种沉重的东西，这东西令人十分不愉快，就像石头似的，仿佛背负着重担，真希望有机会找个碴儿，要是能找个碴儿就好了，可以甩掉这重担，甩掉这石头，要是恰好有大家都期盼的事情出现就好了。所有的揭发、告密、污蔑、谗言、诽谤，所有的谈话和议论，都是为了把侦查员从斯图杰涅茨赶出去。没有人愿意与博布罗夫如兄弟般团结友好共处。

人们多次去找长官，但是却毁坏了自己的角①。

博布罗夫职位没有高升，也没有获得任何奖赏，但是想要把他赶出斯图杰涅茨，也是赶不出去的：区法院一贯支持他，器重博布罗夫这个侦查员。

这算是什么事儿呢，博布罗夫哪里妨碍着谁了，坑了谁一辈子、挡了谁的路吗？

他独立地过着自己的生活，既不介入无谓的争吵，也不被牵扯进任何不寻常的事件，不挑拨离间，不为谁祈祷祝愿，也不为哪个人举行结婚仪式，他自己不吵架，也不交朋友。他干他的工作，他干工作正直而又严谨，毫不宽纵，不优待任何人，绝不放任姑息，其他更多的事情他不知道，也不想知道。他不需要任何人，也从不抱怨什么，不会因什么事情向谁哭诉，他老老实实地干他的工作，独立地过着自己的生活。

然而这究竟是为了什么？

他刚正不阿，只是缺少光环——在他头上没有荣誉之冠……他到底是什么人呢？是渎神的人、叛徒、上帝的敌人、万恶的敌人、第五种可

① 出自圣经《旧约》中的诗篇第74章第11段：恶人一切的角，我要砍断。惟有义人的角，必被高举。

怕的祸患——人类的祸害和毁灭者吗？他是这个戴绿帽子的人、这个啃剩的骨头，这样猴子般的哈哈大笑，这种嘲笑，这些不友善的目光吗？

到底是怎么回事？

啊，瞧瞧，的确，是这么回事……就是这么回事，症结就在于他这种只顾自己的生活，在于他的这种孤僻，在于他的这种孤立，在于他既不当干亲家，不当媒人，也不结交朋友，就他自己，一个人——博布罗夫。确确实实就是这么回事，人之所以是普通人，他会打牌，会有各种各样的小毛病，还会露出凶相以及别的什么面目，然而博布罗夫让警察局长亚历山大·伊里奇·安东诺夫讨厌透顶。

亚历山大·伊里奇忍耐来忍耐去，即便他宽宏大量，可是最后也忍无可忍了，他把"侍从官"帕什卡——帕潘找来——于是为了二十五戈比，为了大家高兴，这个流浪汉打破了侦查员的窗户。

上午十点整博布罗夫来到自己的办公室，而在晚上十点整起身回家。文书有午休时间，但是他本人却留在办公室，在办公室里坐在铺着干净崭新的油布的桌子旁边喝茶。一摞摞文件和案卷堆在桌子上。博布罗夫戴着金色的夹鼻眼镜，签署着一份又一份文件。在他桌子旁的地板上已经出现了凹陷的痕迹，犯人总是站在那里：很多形形色色的犯人被带来。

他端坐在那里，双手放在桌子上——手指枯瘦细长，就像冻得粘住了一样，声音平稳地审问着，神情呆板麻木，不管和谁谈话，都直视对方的眼睛。这种平稳的声音和直视的目光让雷科夫的检察官同志非常难为情，而雷科夫的检察官同志是有名的大人物。文书在博布罗夫手下都干不长，更换频繁，都受不了博布罗夫的孤僻，现任文书帕尔缅·尼基季奇·卡里耶夫还没干上一个月，就要另谋他职了。而博布罗夫一直坐在那里，已经坐了差不多二十年了，他直挺挺地坐着，全身挺直、呆板，他的领子就好像石头一样，他的声音——话说出来也好像石头一样。

　　每一个犯人都知道，从博布罗夫的办公室出来只有一条路可走——去监狱。只有一条路，没有第二条路，第三条路更不会有。而且，踏上侦查员的门槛时，所有的犯人会与自由告别：回家是没有希望的。

第二章

人世的尽头

谢尔盖·阿列克谢耶维奇·博布罗夫是雷科夫生人：他出生在雷科夫，中学是在雷科夫读的，结婚是在雷科夫结的，他的工作也开始于雷科夫。

他的父亲曾担任过国家财政机关的会计，是个办事非常认真的人，正是凭着自己的认真，他以监管人的身份进入了富人之列，手里握有一大笔钱，人人都尊敬他。然而老人死时并不如意，他那时陷入了窘境，甚至最后那些日子里连落脚之地都没有。

要不是父亲声名显赫，他遭遇的不幸也就不会被大肆宣扬，不会引起那么大的轰动，不会让人如此幸灾乐祸，而这种心理是那些忍受不了蒙受耻辱的人才会有的。

然而这些都发生在父亲人生中最后的日子里，在那之前父亲享有名望和声誉，博布罗夫家的名声一直很好。

博布罗夫家里，安静得连苍蝇飞过都听得见。

在家里，无论父亲、儿子还是仆人，走路都轻手轻脚：要保护母亲玛丽娅·瓦西里耶夫娜，她可是连苍蝇的气都会生的。

所做的一切都为了玛丽娅·瓦西里耶夫娜一个人。

然而，玛丽娅·瓦西里耶夫娜常常盯着一个地方，总是一连几个小时坐在沙发上，一言不发，一动不动，这几个小时是那么漫长难过，让人备感煎熬。

博布罗夫记忆中的母亲就是这个样子，这也是他对遥远的幼年生活、最初的悲伤的最早的记忆，这记忆保留了终生。那时候，他刚刚学会面向西方和妈妈祈祷，自己还不能决定是否可以、是否有必要为小铺老板热尔特科夫祈祷，而他的店铺里有非常美味的雷科夫蜜饼；那时候，他时常会把一段圆木头夹在两腿之间，像人们说的那样，在院子把这段圆木头当马骑；那时候，他常用积木在地板上搭炉子，有一次差点儿弄得失火。

他还时常回想起一些夜晚，那些夜里，他总是被刺耳的干巴巴的抽泣声吵醒，心脏仿佛都要停止跳动一般，他睁开眼睛：母亲坐在床上，父亲坐在旁边的椅子上或者站在床边，父亲一直在说话，似乎说的都是同样的事、同样的话，时而语速很快，时而压低声音，然后声音就像钟摆一样平稳。就这样一直到天亮，当母亲睡着了，父亲用三个毯子包裹着她，把四周都掖好，一丝缝隙都不留，久久地不停地为她画十字祈祷祝福，久久地倾听，然后弯着腰、踮着脚去了隔壁房间。在那里，也不脱衣服就躺在沙发上，只是不穿鞋子而已，好像犯了什么过错一样——躺在沙发边上，大概他颤抖得很厉害，因为他虽然穿着衣服，却从头到脚裹在自己灰色的被子里，一直翻来覆去，蜷缩起双腿，直到蜷曲成一团。

这样的夜晚反复出现。

这样的夜晚并不是经常出现，但是它们实在太让人难过，就觉得好像是经常出现似的，无论如何也无法适应。

年幼的博布罗夫从来都没有丝毫表露出他在这些夜晚也没有睡着，他没睡觉，所有的事情都看到了。他把自己的嘴唇咬到出血才能忍住眼泪，他觉得自己很可怜，也更可怜母亲。

　　第二天，痛苦的夜晚已经过去，母亲又盯着一个地方默默地坐在沙发上，他一直在她面前转来转去，就像一只小狗在她面前不断地献殷勤，凝视着她的眼睛——而她看着他，眼里却并没有他。于是他悄悄地退到一个角落里，悄悄地搭积木、砌炉子。

　　是啊，他要是在这样的时刻能爱抚她、用自己的小手紧紧地抱着她，那该有多好！

　　要么是有人让她受了极大的委屈，要么根本就没有人让她受委屈，而只是让她这样的人来到这世上生活，于是她要面对的——只有痛苦的夜晚。

　　某种东西一直在他孩童的心里模模糊糊地萦绕着，他很可怜她，却没有解决她可怜境地的方法。他悄悄地搭积木、砌炉子，直到母亲自己注意到了他。

　　那时候是多么高兴啊，所有的不愉快全都忘了。

　　"您可真是个粗鲁的人！"有一天晚上母亲这样对父亲说。

　　这话他是在夜里听到的，在痛苦的夜晚听到的，从那时起他便开始可怜父亲，就像此前可怜母亲一样，于是他开始跟在父亲身边。

　　以前家里安宁的时候——玛丽娅·瓦西里耶夫娜不是默默地坐在沙发上，而是做一些事情——做针线活儿或者读书，父亲通常就会讲一些可笑的事情、介绍所有人的情况，玛丽娅·瓦西里耶夫娜自己会因此微笑，然而在那些痛苦的夜晚之后，父亲变得沉默了，家里也就根本听不到任何谈话声了。

　　有一天黄昏，小男孩悄悄走进父亲的房间，父亲没有像平时那样坐着看文件，而是站在圣像前。在他房间里的桌子上方，挂着一幅很大的圣母马利亚的圣像，已经很老旧了，全都已经发黑，是用金色画的——我心尊主为大①。父亲站在圣母马利亚面前，姿势有些奇怪——他的头深陷两肩之中，好像他在使劲儿抬起无法担负的重物，而当他转过身来，眼里闪动着泪花。

"请保佑妈妈吧！"父亲愧疚地说，"请保佑妈妈，让她好受一些吧，我没有关系，让我生什么病都行，让我代替妈妈吧。"

"您可真是个粗鲁的人！"母亲的话一直在他的脑海里挥之不去，他想着这些话，看见父亲站在圣像前，看到父亲在为母亲祈祷，于是他马上就想到了母亲，想到夜里母亲总是无助地哭泣。

"您可真是个粗鲁的人！"母亲的话又出现在他脑海里。

母亲的心里很痛苦，而父亲大概是犯了什么过错，可是她痛苦的是什么，他的过错又是什么，小男孩无法弄明白，于是他搭着积木——砌着自己的炉子，一直想啊想啊，他的心因怜悯之情而隐隐作痛。

有一天他把刨花放在炉子上，找到一根火柴，点燃起来了……

长大成人以后，他开始和父亲一起守护母亲，博布罗夫这时明白了，他的父亲是最普通不过的人，这样的人在雷科夫要多少有多少，他极其平庸，身上有各种各样的小毛病，而母亲——在雷科夫再也找不到这样的人了，对她而言，不应该是父亲，而应该是上帝的使者成为她真正的朋友和守护者。

玛丽娅·瓦西里耶夫娜从没说过她患有任何疾病，她不是濒临死亡的病弱之人，而是非常健康，她的声音有力而响亮。如果看着她，单纯地看着她，就像人与人偶然遇见时那样，用与生俱来而又毫无成见的目

---

① 圣像的名称，语出自《圣经》，为圣母马利亚所说。

光、用空洞的眼神看她，人们可能会想，确实也是这样想的，生活对于她而言就像马林果一样甜美。

然而，上帝赋予她一双慧眼，就是这样一双眼睛——她凡事都看得清清楚楚。而且，她所看到的一切，都进入了她的内心。于是，她因看到的一切而感到痛苦。她更痛苦的是，她完全是孤单的，而孤单的人在这世上活着是不容易的。让她感到痛苦的还有，度过一生所不能缺少的那些人，总是随意地对待她，用自己短浅的认识和标准评价她，因此与这些人交往不但不能让她平静下来，反而只会让她更加痛心。

她一直在给自己找事情做，为的是能用什么东西填满一个个日子，而在找到事情以后，很快又放弃了：她不得不面对的那些人，除了这件要做的事情以外，与她没有任何共同之处，和她格格不入，而她这样子与格格不入的人在一起——不是做事情，而是痛苦。况且，适合她的事情是不存在的。她要做的毕竟不是日常中的事情！她只是因痛苦不堪而要找事情做，她因自己的这种苦不堪言而相信，在做些事情的过程中能获得内心的平静。

她应该做点儿什么，她也知道这一点，只是她不知道该做什么，于是就更加痛苦。

有好多次，她都打算要离开雷科夫到杳无人迹的海角天涯去，到荒漠去。于是家里就开始做动身的准备。父亲顺从地收拾着她路上可能会需要的东西。但是当那一刻真正到来——玛丽娅·瓦西里耶夫娜还是留在了家里。

于是又开始了痛苦的夜晚。

理由总是好找的：哪次会面啦，哪个客人啦——渐渐地博布罗夫家里就没有了客人，渐渐地父亲不再与所有的人来往；或者哪次谈话啦，哪一句话啦，似乎根本就是无关紧要的话，然而却伤到了那颗痛苦的心——只有随着岁月的流逝才能慢慢学会并牢记，在母亲面前什么话题是不能碰的，甚至连暗示也不行。有那么多的事情能引起让她痛苦的想法——引起痛苦的夜晚。

要是你受了伤，就连自由的空气也能触痛你的伤口。

博布罗夫家里的安宁日子是多么难得啊！

如果所有事情的细节似乎都预先考虑到了，所有的家务事都吩咐下去了，房间收拾得整整齐齐，到处都井井有条，玛丽娅·瓦西里耶夫娜就喜欢这样——她选择的物品摆放在她的桌子上，清洗用水准备了很多，玛丽娅·瓦西里耶夫娜爱好清洁的习惯近乎病态，她需要什么样，就要做成什么样，只要一伸手，就能拿到所有需要的东西，那么这时候麻烦就会来自其他方面。

一天是这样开始的：要么是玛丽娅·瓦西里耶夫娜做了噩梦，要么是她需要的什么东西，哪个梳子啦，哪个吊袜带啦，直接从她手里不见了。

于是一切就都前功尽弃了。

然而，玛丽娅·瓦西里耶夫娜经常做噩梦，她丢东西更是司空见惯。那些东西根本就没丢，根本就没有人碰它们，也不会趁她不在把它们换了位置——它们就放在她身边，就在她眼前，但是她没有看到，她倒是看了，但是却看不到。

于是一切就都前功尽弃了。

而她每一次情绪激动，她都觉得那会是最后一次，会断送她的性命，是她的末日。每一次，她都祈求一件事——死亡。

于是家里人便生活在这种死亡的恐惧之中。

玛丽娅·瓦西里耶夫娜盯着一个地方，一动不动，一言不发，静静地坐在沙发上。一连几个小时就这样过去了——漫长难过、让人备感煎熬的一天。

父亲在黄昏的时候暗地里站在自己房间的圣像前，站在圣母面前——我心尊主为大，他姿势奇怪地站着，头深陷两肩之中，好像他在使劲儿抬起无法担负的重物。

偶尔她心情好了一些……她便流着泪请求大家谅解，原谅她让大家痛苦，原谅她简直是在折磨大家。

就在那个时候，博布罗夫真想带着妈妈离开，把她带到杳无人迹的海角天涯去，带到荒漠中去，他觉得自己身上有一种巨大的力量，赋予他这样做的权力，他要按照自己的意愿去做。

"妈妈，原谅我们吧，我们在你面前都有过错。"

这时候父亲会迈着碎步迅速走来，吻着她的手，无声地喃喃自语，泪花在他眼里闪动着，就像在圣像前祈祷时那样。

博布罗夫的童年过得就是如此惶恐不安，时刻保持着警惕，心里一直都在想，怎样才能不让母亲难过。

要是偶尔有一些日子母亲似乎心情愉快，而父亲高兴地说些逗乐打诨的话，那时博布罗夫就会想，这样平静的时刻可能在瞬间就会因某一个意外的铃声、因突然浮现在母亲记忆中的某一个痛苦的回忆而结束，这种想法一直挥之不去。他丝毫不表露自己的这种想法，只是保持着警惕，学会了不忘乎所以，习惯了考虑到每一个行为，免得无意间激怒母亲。

人与人之间的隔阂，并不是在他们故意激怒对方时才显露出来的，而是在浑然不知的情况下，一个人无意间伤害了另一个人，这根本就没有想到，也不是内心所望，甚至恰恰相反，期望的完全是另外一种结果。这就意味着，此时此刻心与心之间没有任何交流，人与人之间完全是生疏的。

博布罗夫学习成绩不错，但是却没有什么出类拔萃之处。他似乎该有的都有，有所有的天赋，所有的事情他都能很好地完成，所有的事情都能胜任，所有的事情都愿意做，但是那种特殊的东西，对某一个最喜欢的事情的执着追求，只有他自己才有的特殊天赋，他并没有。

中学毕业后，他去圣彼得堡读大学。在圣彼得堡一切也都顺顺利利，无论学习还是生活。父亲总是寄钱给他，的确，钱不是很多，不是多得他无须考虑钱的事，但是他习惯了把一切都打算好，倒也并不贫寒。

他在读大学最后一年的时候，父亲遭遇了不幸。他回来时两位老人已经不在人世，那时只有他们孤单的两人，他们一起遭遇了不幸，也一起离开了人世：父亲背驼得成了弧形，蒙受着耻辱，母亲眼睛一动不动，她什么能看得到，整个人痛苦不堪。

老父亲再也不会忙忙碌碌了，他不会站在自己的圣像旁边，不会站在圣像前，而她再也不会祈求死亡，她已经平静下来了。先是母亲去世，老人也追随着她而去，他走得那么悄无声息。

"我怎么能这样留下妈妈一个人呢，她还能朝谁发脾气呢！"博布罗夫回想起父亲说过的话：这是他有一次开玩笑，建议父亲和他一起去圣彼得堡看看沙皇——老人有过这样一个夙愿，老父亲一次睡觉的时候梦见看到了沙皇，而且还跟他说了一会儿话，至于说的是什么，老人自己也不知道，大概是关于妈妈的什么事情吧。

博布罗夫埋葬了自己的两位亲人，把小房子卖掉，从储蓄所里拿到一千卢布——老父亲就攒了这一千卢布，预留给儿子买书用的；博布罗夫通过了国家考试，到国外去了。

博布罗夫在国外度过了一年，是在巴黎，在那里的生活也很顺利，像在圣彼得堡一样，所有的事情他都做到了，所有的事情都想探询清楚、仔细查看、不断模仿。他回到俄罗斯，去的不是圣彼得堡，不是莫斯科，而是自己的家乡雷科夫——当上了雷科夫法庭的候补法官。

由于父亲的原因，在雷科夫人们对待博布罗夫不是很友好，态度不友好而又猜疑他，但是人们很快发现他在侦办案件方面勤勉而又认真，三年后他便被任命为斯图杰涅茨的侦查员。

博布罗夫结了婚，搬到了斯图杰涅茨。

他怀着最美好的愿望去就任自己的新职务——一年在国外巴黎的生活在他身上留下了不可磨灭的印记，因而在他看来，他在斯图杰涅茨的事业是广泛的社会活动，不单是造福于斯图杰涅茨，而是造福于整个俄罗斯。

在斯图杰涅茨，他最初试图与当地上流社会建立亲密的关系，但是却从自己的一些交往中品尝到最痛苦的感受。

他一贯谨小慎微，凡事深思熟虑，他不止一次、也不止两次地考验过自己。

"也许他错了？要是所有的人在他看来都如此粗鲁，那么，在心灵深处，要知道，每个人都应该感觉到自己事实上就是这样的，应该感觉得到、知道并且感到痛苦？"

但是他这个老生常谈的问题被另外一个问题掩盖过去了：

"心灵深处，大受吹捧的善感的心灵深处，是不是每一个人都有呢？"

不，他没有错。

"人就是粗鲁的生物。"于是这种想法深深印在了他的心里。

回想起母亲玛丽娅·瓦西里耶夫娜，他从来没有像在最初担负公务职责的生活中那样，感到如此亲切。只有母亲才拥有高尚和永恒，只有母亲才会对它们感到亲切，而他则疏离它们。她细腻的内心，她的眼睛和她的洞见，他都拿来作为评判人们的标准，并做出自己残酷无情的判决。

"人就是粗鲁的生物。"他很快又补充说，"还愚蠢，"后来又补充说，"而且残暴。"

博布罗夫就这样开始了自己的职业生涯，在自己身上把侦查员所有的品质都发展到了极致：恪守准则，秉承司法公正，准确无误，孜孜不倦地追查到底以及狗一般灵敏的嗅觉。

这一切，自己所有的努力，他认为都是为了法律。

无论法律是好是坏，他都认为，法律是唯一强有力的约束，可以制止人们粗鲁的行为；他认为，法律，只有法律才是俄罗斯的救星，没有了它，在他看来，俄罗斯就会不复存在。

博布罗夫的职业生涯就是这样开始的。

要是换作其他适宜的环境，博布罗夫的职业生涯能达到什么样的境地，没有人知道：他觉得自己身上有巨大的力量，这力量从未离开过他，而是随着各种案件的处理在不断增长——看起来，他能够做到不可能的事情，就像他怜悯母亲的那些时刻，那时他想把母亲带走，带到杳无人迹的海角天涯去、带到荒漠中去。

在家庭生活上博布罗夫并不走运。

他与普拉斯科维娅·伊万诺芙娜最初的幸福生活很快就以不幸收场。他并不想这样，那件事情也并不是这样，然而这就是命运。

母亲玛丽娅·瓦西里耶夫娜是个性情活泼的人，这表现在各个方面，在微笑中，在眼睛里，尤其是在她的嘴唇上，她是那么热情，这正是她的生命所需要的，她总是满怀激情。而普拉斯科维娅·伊万诺芙娜那尘世的美貌放着光彩，她饱满的双唇似乎马上就要胀破似的。

博布罗夫记得他们第一次见面的夜晚：他告别的时候，她轻轻碰触到他的手掌是那么灼热，于是他就好像被灼伤了一样走回家去，也就是从那时起心里只想着她，他只有一个念头，就只想着她。见面的时候，他和她说话，她说的那些微不足道的话，突然就变得意味深长起来，对他而言，这些话就代表着她本人，她在他们第一次见面时就让他激动不已。

母亲所具有的本质——她身上闪耀着的有生命力的精神之光，会令人终身折服，同样，妻子所具有的本质——尘世的美貌、激情，仅仅是她那种冷漠的气质，便足以让人永远倾心。

这里面有极大的奥秘。

普拉斯科维娅·伊万诺芙娜天赋非常之高，令人极为爱慕，她在恋爱期的所作所为，依然保持着自己的本色和相貌——长相漂亮而又善良，可是渐渐变得令人无法容忍——斤斤计较而又浅薄，好争吵而又爱嫉妒，吝啬贪婪而又残酷无情，只是她并不是一个无名无姓的人，而是有出生证、在社会中拥有一席之地的人。

这种人性让普拉斯科维娅·伊万诺芙娜融入了当地的上流社会，让她无论走到哪里都是自己人，成了斯图杰涅茨所有闲言碎语的砥柱。普拉斯科维娅·伊万诺芙娜在出入俱乐部的女性当中居于首要位置。

作为一个出色的家庭主妇，她可以高声喊叫而压倒集市上任何一个女商贩的声音，极力讨价还价——集市上都是骗子！可是想要骗她非常之难，就像很难骗过老奶奶德维加尔卡－菲利皮耶娃一样，这位老奶奶把豆粒和钥匙施了魔法，靠着豆粒和自己那些生锈的钥匙开了一家茶馆——在科尔帕基山上。

如果不是博布罗夫有怪脾气，普拉斯科维娅·伊万诺芙娜不但不会嫌恶贿赂，想必她还会搞起真正的苛政来，办法也会想好的——高额收取侦查案件的费用，那么她就会超过警察局长的妻子玛丽娅·谢韦里扬诺夫娜，而玛丽娅·谢韦里扬诺夫娜——在她所有的物品上都用一些花朵和花束图样绣上了她的名字，还把热尔捷夫的乔尔托夫花园弄到了手。

结婚的第一年博布罗夫有了个女儿。家庭变得完整了。侦查员和妻子要是能好好过日子该有多好，然而第二年，对于博布罗夫来说幸福之家就不复存在了——只剩下一个称呼、一栋房子而已。

在复活节第一天，女仆对节日礼物不满意，对女主人甚为恼火，便在博布罗夫的衣兜里放了普拉斯科维娅·伊万诺芙娜的一些信：是检察官乌达弗金同志写给普拉斯科维娅·伊万诺芙娜的。

多么好的复活节礼物！

也许，对他来说最好的方式，应该是毫无怨言地、乖乖地、读都不读就把这些信还给妻子。

博布罗夫却不能这样做。

令他激动、让他永远倾心的那团火焰，那团地狱之火——遭遇了风暴，火焰——旋涡——毁灭和鲜血，像一把刀子使劲儿插在他的心上。疼痛让他绝望而又好奇：他绝望而又满足地反复阅读清楚地描述检察官同志与他妻子关系的那些话语。

博布罗夫读完信，按原来的样子叠好，收起自己所有的怪脾气、所有的执拗，丝毫没有流露自己的情感，他把信又还给了妻子，什么话都没有说，就好像那是一些微不足道的东西，如同女人的发卡一样。

从那时起他的生活变得孤独寂寞——也就是说，不得不忘掉从前的一切！

家里一切如旧，一如既往地有客人来，只是客人更多了，普拉斯科维娅·伊万诺芙娜举办晚会更加频繁了，检察官乌达弗金同志从雷科夫来得也更加频繁了，而且总是兴致勃勃的样子。

博布罗夫只是喝茶时露个面，然后就又回到自己的房间里。

第二个女儿出生了。

当他被告知他的女儿出生以后，他对这个消息表现得极其平静，走到妻子跟前，是那么镇静，那么无动于衷。他站在她的面前，可是突然啜泣一声，就像母亲在她那些痛苦的夜晚里一样，发出刺耳的干巴巴的啜泣声，让人毛骨悚然，然后他用棍子打了妻子。

"母狗就不能不下崽！"他用棍子打了她一下，然后头也不回地离开了房间。

此后很少能看到博布罗夫与客人在一起了，他很少出去喝茶——茶都是给他送到房间里。他与妻子的交谈很简单又简短：只是谈关于钱、关于支出方面的事儿，就像与书记员谈论案件一样。

还没过一年，普拉斯科维娅·伊万诺芙娜又怀孕了。

就在此时有一天发生了一件事，让博布罗夫最终走进了他极其沉默的生活。

博布罗夫半夜里被叫醒：太太身体不舒服。

她的身体的确有些不舒服，她自己就叫过他一次：自从第二个女儿出生，自从他用棍子打了妻子，他再也没有进过她的卧室。

这是他第一次在夜里走到她身边，走进她的卧室。

她没有抬头，坐在皱巴巴的床上小声地哭泣着，在她痛苦的低声啜泣中，有某种东西触动着他的心。

他尝试着开始和她说话，开始仔细询问，就像医生问诊那样：她怎么了，是怎么回事儿，她哪里不舒服？可是她不回答，一声不吭，仿佛没有听见他说话似的。

房间里只有他们两个人，除了他们之外，没有任何人在那里。

他愿意帮助她，他一定能帮助她，他为了她什么都能做。他怎么能下手打她呢！只有她是他的，她的一切都属于他。

他绝望地站在她面前，他的心里难过、煎熬。

她痛苦地低声地哭泣——像是一棵冻坏的、倒毙的树木。突然，她从床上站了起来，坚定有力地站到地上，笨拙地俯下身去，而且越来越低，越来越低——她扑倒在地，扑倒在地板上——扑倒在他的脚下。

"我知道，"她说，"我知道，我什么都知道！"她说话的嗓音已经变了声，她用热切而又茫然的目光看着他，似乎什么都能看到，又似乎什么都看不到。

从这个夜晚起，博布罗夫开始喝酒。

通常下班以后，他就坐下读书，一直读到深夜，而那个时刻就在此时到来——也许是午夜的寂静和午夜的痛苦，也许是那时的气氛，就像博布罗夫对他自己所说的那样，后来就形成了习惯，他把书放好，然后开始喝酒，喝得神志不清便倒头睡去。第二天早晨，他因醉酒而不清醒，便用冷冰冰的水冲洗全身，然后悉心打扮一番，下楼去自己的办公室开始审理案件。

他的每一个动作，每一个步伐，每一句话，都充满了自信！

他觉得身后就是彼得保罗要塞，而生命对他而言微不足道。

当探听证实博布罗夫喝酒以后——躲避明察秋毫的上帝比躲避世人要容易，而且博布罗夫还是一个人喝酒，把自己关起来，背地里悄悄地喝，这不仅没有引起人们对他的同情，没有，而且还让他与大家的关系更加疏离——如果他在一群人当中喝酒，那就是另外一码事儿了，那样的话，他就会成为自己人的。

第三章

沉默的生活

在圣彼得堡你如果要一杯茶，连杯子都会给你；在莫斯科你要一杯茶，连茶壶都会给你；在基辅——你去的时候要带上自己的茶壶；而在斯图杰涅茨连茶炊都给你放在桌子上，还要放好几个杯子：我喜欢谁，就给谁。

斯图杰涅茨坐落在山上——靠近森林的一侧。城市对面的另一座山上有一座修道院——从前生活在荒漠中的隐士住在里面，效力于上帝和上帝的教会，他们是一些隐居的修道士，吃树的内皮，一边思考神学和虔诚祈祷，一边割沼泽地里的干草，而如今修士们则晒制蛙卵——对治疗丹毒有效，还养了一些奶牛，把牛奶运到雷科夫的工厂出售——这里是季赫温女子修道院。两山之间是梅德韦日纳河——适合流放木材的河流。四周都是森林。在森林里有蚂蚁，没有哪里的蚂蚁比这里的更肥更大，女人们经常捉蚂蚁。

建筑是罕见的木结构建筑，四周有围栏。薄木板的围栏外面生长着一些稀有的树木——白柳，只有树枝向上竖立着。围栏上面有一些诗句可以让人停下脚步，有的是刻在上面的，有的是用粉笔写上去的，这些诗句非常有教益意义，但是完全不适合高声朗读。一些歪歪斜斜的小房子被油漆成最令人意想不到的颜色——五颜六色的村子，纳哈宾的石头房子孤零零的，大门口有几只金色的狮子——纳哈宾住得很阔绰。奥帕林旅馆三层楼，有一个砖红色的大箱子——巴巴什科夫的旅馆，这里还有一个白色的石头砌造的教堂和一个白色的石头砌造的监狱。

街道都没有铺路面，一侧人行道与另一侧人行道之间都是积存已久的水坑，要踩着木板走到街对面去，木板因破旧不堪而灌满了泥浆，而秋天的时候一定要注意，你要把胶鞋绑紧，否则你鞋里就会灌进去水。

在小山岗上有许多小块草地，房子旁边是菜园。草地被牛马踏遍了，菜园在春天的时候散发着香味——散发春天城市里洒水的味道。

在水坑里面，斯图杰涅茨的许多猪都像是死了一般睡着懒觉，只有一头小猪在齐耳深的黏糊糊的泥浆里走来走去。

城市生活不是很富裕，也不是很糟糕，从新年到新年就这样生活着，要过两次新年；一次是在瓦西里耶夫之夜①，这一天该怎样过就怎样过，一次是在三十日过阿尼西娅节——阿尼西娅节每个人都是为自己而过，这一天仿佛获得了新的生命力。

在办公室里，笔在沙沙作响，打字机噼里啪啦地响个不停。在发生火情时要敲警钟。好胡闹的人搞着恶作剧：在博布罗夫的窗户上粘贴相当不适宜、用蓝色公文纸折叠的一些小船形状的东西，或者在铃铛的手柄上涂上油漆，用粪便把大门前的台阶弄脏，或者以保价包裹的方式寄出什么胡萝卜，好吧，即便是寄给那个用克扣他们的薪水到圣彼得堡学习的费弗拉列娃老师的。夏天的时候，女士们到梅德韦日纳河里游泳的时候，男人们就趴在草丛中偷看。谁都不会游泳，而是在靠近岸边的地

---

① 瓦西里耶夫之夜，圣诞节节期（由圣诞节至显现节）的第八天，即俄旧历1月1日。

方互相用水泼溅和尖叫，只有侦查员的妻子博布罗娃游到了河中间。

斯图杰涅茨的季节和时限有自己特殊的计算方式。为了更加精确，采用的不是年，不是日，而是具有编年史意义、值得纪念的某一事件。

"这正是，"人们总是这样说，"已故的民事法官伊万·米哈伊洛维奇·扎库坦砸碎律师布达耶夫窗户的那年。"

也还会这样说：

"这正是墓地的神父阿兹布科夫和小姨子安富萨在澡堂子里用两把桦笤帚把自己的妻子蒸得身软无力并成为宗教事务所成员的那一年。"

或者还会这样说：

"这正是普罗佩内舍夫的大女儿伊拉伊达说着'我要飞到上帝身边去！'从窗户跳出去摔死的那一年。"

斯图杰涅茨也有自己特殊的天气晴雨表。管理局的顶层养着一些疯子：如果疯子们唱歌——天气要变，他们喊叫——你就等着连雨天吧；要是他们很安静，就会有晴朗的好天气。

冬季雪很大，天气严寒。夏季到处是尘土、酷暑和数不清的蚊子。八月里你就得开始烧炉子取暖。

太阳在两朵薄饼似的云朵后面眨着自己一只火红的惺忪睡眼，在破烂不堪的围栏后面落下去，于是家家户户关上百叶窗，整个城市便入睡了。

只有俱乐部的窗口还亮着灯。

斯图杰涅茨的社交俱乐部——一个寂静而又有害的地方。

俱乐部有五个房间——所有房间里都是同样的颜色接近核桃的黄色壁纸、漆过的地板。客厅里沙发旁边的墙上有许多头部留下的污点——

斯图杰涅茨的理发师尤林①——格里什卡·奥特列皮耶夫勤恳劳动的痕迹，在神圣角落②里有一把坐得磨破了的圈椅——很早以前包覆的布面就被刀子割坏了。几盏悬挂着的吊灯上带着垂下来的饰物。处处弥漫着醉酒和烟草的气息。

俱乐部的图书室就在厕所旁边。

"去图书室"——意思就是"去厕所"。

在厕所里各种各样粗俗难听、无耻下流的词句和感叹之中，写着从获得自由的日子③里保存下来的几个字。

"共和国万岁！"

冬天俱乐部会订阅一些报纸，夏天却不订：炎热的天气里顾不上读报，谁又会读报呢？

俱乐部的女仆莉兹卡穿着一身粉红色衣服，一头卷发——公用的杯子，俱乐部的好友们都如此戏称这个女仆。俱乐部的厨师瓦西里在烹饪食物和制作饮品方面享有盛誉，而他自己制作的冰淇淋美味无比：顺便说一句，人们担保瓦西里在冰淇淋里放了细细的辣椒粉，而这根本看不见。俱乐部的小吃部服务员叶尔莫莱·伊格纳特奇在远东有过丰富的经历，他用鸭子和火车一般的声音叫喊着，那声音没人能够仿效，他把所有的凉菜都用网罩住，倒不是用来防苍蝇——冬天哪里有什么苍蝇！而是防止有人顺手把东西拿走。

---

① "尤林"是理发师格里什卡·奥特列皮耶夫的绰号，与17世纪俄罗斯历史上的伪德米特里一世有关。伪德米特里一世假借沙皇四世之子德米特里·伊万诺维奇王子之名自称为王，按照沙皇鲍里斯·戈都诺夫政府的官方说法，伪德米特里一世真名应为尤里（格里格里）·鲍格丹诺维奇·奥特列皮耶夫。

② 在俄罗斯，无论是沙皇的皇宫、贵族的官邸，还是普通农民的小木屋里都设有一个"神圣角落"，在特制的搁架上或小柜子里供奉着耶稣、马利亚或是圣徒的圣像。这一"神圣角落"被称为"上座"或"红角"。供奉圣像的搁架或小柜子叫作"神龛"。神龛里除了圣像还可能放着圣水、柳枝、圣诞节的彩蛋、福音书、蜡烛和香。

③ 指的是1905—1907年的俄国革命。

俱乐部主任——县陪审法官伊万·费奥克季斯托维奇·博戈亚弗连斯基是个跛子，他喝着酒，聚精会神地观察，不赢钱绝不离开俱乐部，虽然抓不到他什么把柄，可他似乎就是赌局里的骗子。

俱乐部的所有成员都是自己人。

警察局长亚历山大·伊里奇本人是第一个成员。警察局长之后是斯图杰涅茨的官员们。市法官斯捷潘·斯捷潘内奇·纳利莫夫清醒得像一只公鸡，只有在他庆祝命名日那一天，才没有输给伊万·尼卡诺雷奇·托罗普措夫，而法医喜欢吹嘘说，他一个晚上就能喝光十九瓶酒。地方行政长官尼古拉·瓦西里耶维奇·萨尔塔诺夫斯基绰号叫"扎孔尼克"①；消费税税吏谢尔盖·谢尔盖耶维奇·什韦林是斯图杰涅茨的运动健将，根据他那大码的大学校徽，不管是在怎样杂乱的人群当中你都能把他辨别出来，他喜欢滔滔不绝地讲国外的社会制度，绰号叫"塔别利多特"② 或者"梅特尔多捷尔"③，随便怎么叫都行。农艺师谢苗·奥多罗维奇·普里亚特金——十二岁以后就总是喝得烂醉如泥，他极为敏感，总爱号啕大哭，他的啜泣声抽抽噎噎，就像春天的鸽子似的；朋友们常常挑逗他的阿格拉费娜，农艺师为了掩盖他人的罪过而娶的她，怎样结的婚——他已经不记得了。管理局秘书瓦西里·彼得罗维奇·涅莫夫非常理智，是所有人当中最明白事理的，然而一旦心情波动，就会连续几周坐在俱乐部里喝伏特加。税务督察官弗拉基米尔·尼古拉耶维奇·斯特罗斯基是斯图杰涅茨的唐璜，他像托罗普措夫法医一样，喝醉以后就爱纠缠人；当他深陷醉意之中的时候，像农艺师普里亚特金那样哭泣。邮政局长阿尔卡季·帕夫洛维奇·亚尔雷科夫是斯图杰涅茨的猎

---

① 这个绰号的意思是"通晓法律的人""严守法律的人"。
② 这个名字的意思是"旅馆、公寓、疗养区等的份儿饭、客饭、包饭"。
③ 这个名字的意思是"饭店、旅馆的餐厅主任、服务员领班"。

人，他像土地测量员卡林斯基一样，有好几个孩子。林务官埃拉斯特·耶弗格拉福维奇·库尔甘诺夫斯基的绰号叫"科洛达"①；管理局成员谢苗·米赫伊奇·罗加特金是个承包商，他供应干草和木材，甚至建了一些桥梁，他是个不拘礼节的人，他往往不是自己主动喝酒，而是被灌得微醉。忠实的兽医彼得·彼得罗维奇·格罗霍托夫是像极乐鸟一般的美男子，在寒冷的天气里就只穿着一件西装上衣，脚步轻快，虽然已经是成家的人，他的老婆尽人皆知，但是却像斯图杰涅茨的流浪汉帕什卡——帕潘一样迷恋女人：他在哪里醉倒，就睡在哪里。

除了上面提到的彼得鲁沙②以外，还有其他一些形形色色的人，有教师，有办事员，还有文书。

在出入俱乐部的女性当中最活跃的是警察局长的妻子玛丽娅·谢韦里扬诺夫娜。仅次于玛丽娅·谢韦里扬诺夫娜的是她的朋友们：消费税税吏的妻子、手工艺品学校的校长安娜·萨维诺夫娜，侦查员的妻子普拉斯科维娅·伊万诺芙娜·博布罗娃，法医的妻子卡捷琳娜·弗拉基米罗夫娜·托罗普措娃——她绰号叫"莉扎布特卡"③，是斯图杰涅茨的女歌手，虽然她从未去过比喀山更远的地方，然而却能够在与外来人交谈的时候扭转话题，就好像她一生都住在圣彼得堡一样。

人们在俱乐部里娱乐、就餐、交谈，打兰姆斯牌和朴烈费兰斯，偶尔打文特，而十二点之后玩儿一种"坐上铁路"的游戏。话题是斯图杰涅茨的各种谣言，谁都没有什么主见：都是随风倒而已。

"现在，你们可知道，看法不同了！"这是人们喜欢的开头，随后你就等着听与昨日完全相反的意见吧。

---

① 这个绰号的意思是"木墩子""笨手笨脚的胖子"。
② "彼得鲁沙"是"彼得"的小名。
③ 这个绰号的意思是"勿忘我"。

各自回家的时刻，也是了解荣誉的时刻。

从俱乐部回家的路经过地方自治管理局主席别洛泽罗夫的家。人们两腿站不稳，然而还是习惯性地拖着脚步朝主席那令人垂涎的房子走去。

别洛泽罗夫主席是斯图杰涅茨的地主，在肄业的法政学校学生当中是个爱打扮的人，他没有参与到俱乐部的朋友们之中，但问题不是出在别洛泽罗夫身上，而是出在瓦西里萨·普列克拉斯娜娅身上。

主席在这个瓦西里萨·普列克拉斯娜娅尚未成年的时候就娶她为妻，正如伊斯措夫－佩利坎①所说，瓦西里萨曾经在流送木材的驳船上工作，负责看管抽水机，别洛泽罗夫看见了她，他的目光停留在瓦西里萨身上，立时心花怒放，于是他就从她的父母那里买下了她。别洛泽罗夫把瓦西里萨禁锢在他的房子里——他守着她，就像一只守着白色尸体的老鹰，只有在节日里才让穿着时尚的她到教堂做礼拜。没有人知道他到底抱着什么目的，不知道他是不是因为自己性格孤僻，竟然强迫瓦西里萨脱光衣服，赤身裸体地在挂满镜子的客厅里来回慢慢踱步，他自己则随意地躺在沙发上，躺在那里抽着烟，或者吩咐她把地板擦干净，而地板即便不擦也像镜子一样铮亮，此时他也依然躺着抽烟。

透过缝隙朝灯火通明的窗户里面望去，一切都能看得清清楚楚，根本用不着眯起眼睛。

在斯图杰涅茨沉睡的时候，在公鸡叫第二遍的时候，经常可以看到在别洛泽罗夫家灯火通明的窗户旁边，午夜归来的朋友们友好地簇拥着走到窗户跟前，于是经常出现这样的情形——彼得鲁沙·格罗霍托夫用指甲刮着墙壁。

---

① 佩利坎，俄文的意思为"鹈鹕"。

接下来要路过侦查员博布罗夫的家。朋友们也是不会绕过它的，也一定会有人用拳头使劲儿敲打百叶窗，而在侦查员家的上层窗口，一眨不眨地、持久地亮着孤独无眠的灯光。

自从与家人断绝关系、家庭破裂以后，博布罗夫独自一人，一夜又一夜深陷于自己沉默的生活里，除了读书以外，大部分夜里的时间他都用来写作。

他的作品玄妙费解，是类似于起诉书一样的东西，却不是控诉某一个知名人士，不是斯图杰涅茨的某个被告，而是控诉俄罗斯全体人民。

其中的内容，好像是在古时候的混乱时代，秘书官伊万·吉莫费耶夫①在自己的《编年史》中总结混乱时势的时候，批判了无言沉默的俄罗斯人民，而圣三位一体修道院的修士阿弗拉阿米·帕利岑②也批评俄罗斯人民过于沉默。

从莫斯科的石柱，从俄罗斯国家的建立到近期的动荡——获得自由的难忘的日子，博布罗夫收集了人民所做的许多事情，并对此做出了自己的评判。

欺辱，暴力，破坏，压迫，贫穷，劫掠，出卖，杀人，混乱，不守法纪——这就是俄罗斯大地。

不坚强，不和睦，各行其是，离心离德，缄口不言——这就是俄罗斯人民。

博布罗夫关注俄罗斯人的良心，因为人民有了良心——大地上才会有和平。

---

① 伊万·吉莫费耶夫，秘书官，俄罗斯17世纪初期的混乱时代的政论家，政论作品《编年史》的作者，在作品中描写和评价了当时的历史事件。

② 阿弗拉阿米·帕利岑，教会政治活动家，政论家，1607—1608年担任过谢尔吉圣三位一体修道院总管，其历史政论著作在当时较为受欢迎。

到底什么能拯救俄罗斯大地，拯救被撕碎、被烧毁、被践踏、被消灭和被夷为废墟的大地？谁能平定叛乱？谁能拆穿谎言？谁能满足渴望？沙皇的权杖在哪里？——一切都纷争不断，最终毁灭！无所畏惧的正直思想、勇敢的心在哪里？人们以为他们在管理和建设，然而带给大地的却是灾难！混乱推翻了俄罗斯帝国，消灭了俄罗斯人民。

俄罗斯自古以来就不了解的法制，才是大地赖以稳固的支柱。

写作逐渐被放弃了，写倒是什么都不写了，然而他所有的力量，所有的热情，渗透在对俄罗斯人民、对祖国大地所说的粗鲁无礼而又带着命令意味的每一个字当中的感情，让博布罗夫理解了自己没有意义的、支离破碎的生活。

他知道自己为什么必须清早起床下楼去办公室，而且耐心地一直坐到傍晚，还要审讯和签署文件，在侦查时的搜捕过程中像狗一样循着匪徒的痕迹追踪。

法制是拯救垂死的俄罗斯的唯一办法，稳固法制之根是每一个爱自己祖国的俄罗斯人的责任，没有法制俄罗斯国家就会不复存在；他在自己的工作中一直奉行法制，法制是他的堡垒，是他生命的意义——是他心爱的事业。

作品放在书桌的抽屉里，抽屉用锁锁上了。几个月过去了，几年过去了，然而他却没有打开过抽屉的锁，没有翻开过笔记本，但是他在孤独的夜里那些几近疯狂的时刻，他的全部思绪都集中在珍贵的笔记本上，集中在他作品的苦难上，于是他就越发愤怒。

他在半夜时分一个人坐在镜子前，开始自己秘密的交谈、自己热烈的演说——对着镜子，对着自己，就像站在莫斯科广场上行刑的地方，站在俄罗斯伟大沙皇彼得的纪念碑的脚下面对俄罗斯人民演讲。

那种痛苦，那种因自己的孤僻而产生的令人窒息的苦闷，让空气变得浑浊，让人想要喝得酩酊大醉，而它们随着时光的流逝变成了最无情的谴责——为俄罗斯大地的分裂而哭泣，为俄罗斯人民的灭亡而哭泣。

于是，在他的手里似乎掌握着一种既有聚合性，又有决定性的力量，他也知道一切罪恶的根源和拯救的方式，他能够指明，俄罗斯靠什么能够得救，如何才能得救。

然而每一天混乱的生活都在不断地让他看到新的违法现象。

"难道为所欲为早已融入俄罗斯人民的血肉之中？"他问自己，"于是所有的人都卷入其中，然而许多个世纪以来一直处于建设中的俄罗斯在崩溃、在瓦解，于是最后一个俄罗斯人忘记了自己的母语，然而死亡并没有在沉睡——一个强大的异族成群结队踏入我们的国家，死亡并没有在沉睡——惊慌失措、败落、衰弱、惨遭侮辱、正遭受着侮辱、嗜酒成瘾的俄罗斯人——流离失所、到处抢劫的人！没有奋起抗战，没有，而是在遭到破坏的田野上兄弟出卖兄弟，向敌人投降。"

"这样的日子一定会到来，"他说，"是的，这是真的，预言是对的，这样的日子已经来了，期限已经临近，到那时，住在这个院子里的人的双脚再也不会踏进来，它的大门会关闭，再也不会打开，这个院子将会空无一人——俄罗斯将会空无一人！"

在他的眼前，建设中的俄罗斯在遥远的过去正在崛起，那时候用石头盖起一座座修道院，用木头盖起来一座座教堂，在里面安放上一座座大钟。

火灾将会消灭所有的一切，而在火灾遗迹之上将会连续不断而又坚定不移地重新运来石头和木材，将会重新开始建设。就这样，人们在辽阔的土地上——在俄罗斯一座接一座地建起城市。教堂越牢固，庙宇越高大，钟声越响亮，城市就越强大，言论——俄罗斯的言论就越大胆。就这样一座又一座庙宇、一座又一座城市地建起了俄罗斯。

并不是极其可恶的阿赫梅拉①，而是雷帝踏上属于自己的大地并破坏了自己家乡的俄罗斯城市。

"诺夫哥罗德的统治者曾经被装扮成小丑模样，然后根据沙皇的命令被拴上许多铃铛骑着白马在城里游街示众，曾经有近五百名僧侣被当众杖刑致死，也正是在那些时候，违法乱纪就像毒药一样融进了俄罗斯的血液。莫斯科的圣人、受难者、忠诚而又坚定的俄罗斯之子②是正确的。是的，'鞑靼人有真理，单单在俄罗斯没有，在世界各地你都能看到怜悯之心，然而在俄罗斯，甚至对清白无辜的人都没有同情心！'"

最残酷的惩罚，对人民而言致命的惩罚，违法乱纪行为，接踵而至——上层混乱不堪，底层的混乱不堪更甚，这一切很久以来便通过莫斯科及其刑讯室、通过暴动及其背叛、通过圣彼得堡及其无与伦比的暴行——那些难忘的获得自由的日子，越发猖獗地出现在他面前。

在他看来，俄罗斯人民的违法乱纪意识已经融入血液，这是被违法乱纪行为教坏了的人民，是长着狗头的人民，在世界末日，在地球上和人间最后的日子里，它一副装腔作势的样子，从上千年的囚禁中解放出来让它陶醉，它会嚎叫着扑向热爱自由的人民，消灭掉所有的王国。

本民族的违法乱纪现象如同臭虫一样到处都是，它的嘴里则充溢着鲜血。

农业大洗劫时蹂躏者焚毁庄园、剜掉马的眼睛，犹太人大屠杀时暴徒们把钉子钉进人的眼睛和头顶，警察分局长在其管辖段内在女囚犯赤裸的身体上熄灭香烟，流氓抢劫路人时毫无缘由地切下他的嘴唇，革命者受到指使胡乱处死某一个奸细，盗贼折磨商人、向他索要钱财时把他

---

① 阿赫梅拉，指的是阿赫梅尔，乌兹别克汗的使者，1318年提议攻打圣米哈伊尔·特维尔斯基大公的汗国并在那里死亡。
② 指的是伊凡雷帝时期的大主教菲利普，文中下面的话即出自其口。

的双手用钉子钉在墙上、把双脚钉在地板上，法官为确定无疑的杀人暴徒洗脱罪名——什么人能做这样的事情，这是什么样的民族啊？他也还记得，不久前在看守所被逮捕的流氓惩治了一个宗派主义者，只不过是因为他拒绝再受洗礼以改入基督教另一教派，他们侮辱他、打他，而警察站在窗旁，支持并鼓励他们，他们则被他的忍耐激怒了，把他摔倒在地，面部朝下——一些人骑在他的背上，另一些人则把他的头脚对折起来，想要把他的脊柱弄断，他们累得疲惫不堪，然而并没有折断，于是最后在他的鼻子和嘴里塞满了烟草——是什么人能做这样的事情，这是什么样的民族啊？农村里胡作非为的小伙子们遇到牧师就强迫他跳舞，在婚礼上承包商有意给雇工演示该怎样打老婆时用皮带抽打别人怀孕的老婆的裸露的后背，人们会把棍子插进偷马贼的屁股，母亲把女儿放到轨道上并吩咐她跳到火车下面去："跳下去，没有人需要你！"而另一位母亲给女儿寻找买主。在乡法院里拷问罪犯的时候一些犯人被烧红的烙铁烫伤，另外一些犯人被吊到拷刑架上暴晒，在一些犯人的后背上浇煤油并放火焚烧，还有一些犯人的生殖器里被塞进小块的马鬃——是什么人能做这样的事情，这是多么罪恶、毁灭自己灵魂的民族啊？究竟是怎样背信弃义的头脑，竟然会背叛自己的大地，臆想出这样的事情来损害自己和全体人民呢？然而这个社会只会嘿嘿傻笑，胆小懦弱，仿佛猴子般哈哈大笑，无所事事……到处都是懒惰的人、游手好闲的人、盗贼，人人都想要为自己的懒惰辩解，在所有的十字路口轻易地发出攻击性的喊叫声，认为这种迫害便是全俄罗斯的事业。可真是找到了可做的事情！可真是给自己找到了俄罗斯的事业！精神贫乏的人们，盲目的思想幼稚的人们，精神上赤贫的人们，除了辱骂和抨击俄罗斯，他们没有为俄罗斯文化、为俄罗斯人民找到任何其他的东西。可真是找到了可做的事情！可真是给自己找到了俄罗斯的事业！出卖灵魂的虚伪的执行者把法律强加在别人身上，而他们自己却违反法律，他们是头号的汉奸，头号的叛徒，头号的恶棍。卑鄙的社会，卑鄙的人们！俄罗斯道路到底是为了谁，谁会忠诚于它，谁会在乎它呢，谁会遵守忠诚为它服务的誓言——绝不违背、绝不背弃，根本没人，"我不是俄罗斯人！"博布罗夫从镜子前面跳开，"不是俄罗斯人，我是德国人，所有俄罗斯人都是叛徒和盗贼！"他独自一人为了自己岿然而立——如同一块脱落的石头，一个人在所有人面前扬起拳头，而他的旗帜，他的棍棒——法律，这面致命的旗帜，就像高高竖起的十字架一样静静地倒在了地上，与它一同陷入黑暗的是全俄罗斯人民，不坚定、不和睦、离心离德的人民。

意识里燃起最后一丝光亮——绝望令心灵空虚。于是，伴随着晚归的快活的俱乐部的朋友们敲打百叶窗的声音，博布罗夫躺在床上，没有想法，没有思想，狂躁无梦的睡眠绵长而又可怕，蒙上了一层发黑的血液，这睡梦让他感到压抑和窒息，这梦一直持续到疯狂的早晨，持续到事务繁多的白日。

第四章

荒唐的事件

就像编年史作者所说的那样，或许是由于我们诸多的罪过与谎言，或许根本没有什么过错，而是由于其他一些与罪过无关的原因，只不过是无意之间，斯图杰涅茨就发生了很多各种各样让人意想不到的事。

去年，一个以前当过水手的消费合作社店员科奇诺夫在等待彗星的时候，突然毫无缘由地用绳子把自己绑在船锚上，然后又把自己埋进了土里。只是在彼得鲁沙·格罗霍托夫的帮助之下，科奇诺夫才被从坑里拉了出来，此事彼得鲁沙本人在俱乐部已经向大家担保无误，然而这个可怜的家伙在人世间逗留的时间并不长，他甚是悲伤，在彗星到来之前就死掉了。

今年的春天，斯图杰涅茨不知道从哪里突然冒出来一些蠕虫，其数量简直无法计算。它们在开始融化的积雪上爬动，从药剂师格列伊赫尔家经过奥帕林的旅馆，再经过司务长波纽什金家，直接朝大司祭维诺格拉多夫家爬去，它们自西向东爬，而且正如彼得鲁沙所说，它们在以闪电般的速度急剧增加。蠕虫朝着大司祭家爬了三天，然后突然转而爬向警察局长家，接着就消失了。它们爬动的那个时候，天气非常暖和，可是它们消失以后，就刮起了风。

没有人敢碰这些蠕虫，甚至连监狱的看守韦杰尔尼科夫也不敢，他在这种事情上比所有人都更出名——他有洁癖：为了保持清洁，他甚至把犯人一丝不挂地囚禁在牢房里，就连碰都没碰一下。这些蠕虫虽然看上去很像蛆虫，但无论是它们的躯体构造还是剖面上都有某些突出的特征：全身覆盖着稀疏的黑色绒毛，一些蠕虫的腹部长着许多乳头状疣足，而另外一些蠕虫的腹部却完全是光滑的。

寡居的助祭妻子阿格恩采娃是消灭者协会里认真负责的成员，她抓住一对蠕虫，然后在小铺里给所有想看的人看。

有什么可说的呢，这里发生过许多各种各样的事情，但是所有这些事情都不值一提，与大司祭命名日的第二天早上发生的事情相比，根本不能同日而语——真是非常莫名其妙的事，人们醒悟过来以后，傍晚在俱乐部里谈起此事的时候都这样说。

斯图杰涅茨的警察局长亚历山大·伊里奇·安东诺夫长出来一对非常奇怪的驴耳朵。

这话并没有什么寓意，而是事实的确如此，千真万确，而且是一夜之间——哪里是一夜，只不过是在夜里的几个小时之内，也许就是顷刻之间，突然一下子就在他结实的剃得光光的额头上出现了这样的一对耳朵，极其难看地竖立起来。

当然，遇到此事的也可能是另外一个人——这世界上什么样的人没有啊，就在这里，在斯图杰涅茨随处都有不少这样的人。就拿那个列佩托夫来说吧，他是个观察员，或者教区理事会成员，也是从省里突然来到斯图杰涅茨主持考试的考官，以绰号"咸黄瓜"而声名远播，这样的耳朵也绝对适合他，而且刚好恰逢其时，谁知道呢，如此一来，长着驴耳朵的就会是另外一个人了。然而亚历山大·伊里奇不是列佩托夫观察员，不是列佩托夫考官——不是这个咸黄瓜，对于亚历山大·伊里奇而言，这种难得的东西简直糟糕透了，这是上帝的惩罚，真是岂有此理。

就算是他身材匀称、潇洒利落，可是这既让人兴奋，也令人恐惧！嗯，要是鹿角该有多好，还可以凑合，而且，大概也完全不会这样胡须银白、呼吸困难，尽管他威严而又容光焕发——斯图杰涅茨的警察局长绰号"鲁切扎尔内伊"①，可是却突然长出来这样两只耳朵。

大教堂的大司祭尼古拉·维诺格拉多夫庆祝命名日的酒宴一年只有一次，然而却持续整整一年。

命名日的宴席摆得满满的，清淡的菜肴是不会端上来的，不断地传上来的菜有羊羔肉煎蛋，按照过命名日的人的说法是——鸡蛋煎羊腿，只是没有弄到鸵鸟蛋，而且人人都喝醉了，有的人烂醉如泥，有的人则当即毙命。在前年春天的命名日酒宴上，已故的长官塔尔德金就被上帝宣判了死亡——他没能挺住，便把灵魂交给了上帝。

亚历山大·伊里奇参加了大司祭的宴会，做出了违背教规的事，神父用红色浆果蜜引诱他，后来又端上美味葡萄酒和烧酒，亚历山大·伊里奇破戒喝了酒，没有履行自己举荣圣架节那天立下的誓言；但是并没有发生什么特别的事，他打了牌，而且从未有过的幸运，赢了所有的人，搂了很多金币——钱无处可放，他便拖着两条腿回了家。

然而第二天早晨，亚历山大·伊里奇从睡梦中醒来，就像过命名日的大司祭所说的那样，他摸了摸自己坚硬得像刺猬一样的脑袋，惊恐地感觉到自己身上出现了有失体面的东西：他立即弄清楚了，他明白，耳朵不是他的，他身上的耳朵现在是驴耳朵，而且还长得很牢固。

侦查员的妻子普拉斯科维娅·伊万诺芙娜·博布罗娃梦见了几头公

---

① 鲁切扎尔内伊，意思是"容光焕发的人"。

牛，好像所有这些牛都是一头骑在另一头上，所有的牛都在后面追赶着她，都想追上她；邮政局长阿尔卡季·帕夫洛维奇是个喜欢打猎的人，他梦见了几只野鸭、几只大雁——各种各样的野禽；林务官库尔甘诺夫斯基什么都梦不到；警察局长虽然不常做梦，然而他要是接连做起梦来的话，就会天天晚上梦见军事战役。

亚历山大·伊里奇不是在做梦，而是真真切切地感觉到这两只耳朵的存在，他似乎明白这是事实，但是却无论如何也不敢走到镜子前看一看，他坐在沙发上——给离开妻子的警察局长在办公室的沙发上铺了床，他坐在那里触摸着自己，触摸着耳朵：抻抻耳垂，捻捻耳朵梢，往里捻，再往外捻。他捻得越多，摆弄得越多，就越强烈地感觉到它们确实存在，就算不照镜子，他也很清楚地看到了自己的全身，看到自己容光焕发的样子：脖子上挂着二等圣安娜勋章，胸前挂满奖章，面色绯红，鸟翼形状的胡子——胡须一根挨一根，天知道，那两只驴耳朵竖立着，有两指长，亮闪闪的，色泽淡黄，长着稀疏的黑色绒毛，与助祭妻子阿格恩采娃的那两只蠕虫的绒毛一样。

斯图杰涅茨的警察局长就像省城雷科夫的省长一样，没有人比他官职更高了：他既能让人变富，也能让人变穷；既能压制人，也能把人捧高。

当然啦，他哪怕只是在教堂祷告的时候出现在大家面前，不是别的一副样子，而是和和气气的，那个牧师维诺格拉多夫就会让他第一个亲吻十字架。

这双耳朵真是灾难——要用自己力量造就的镰刀砍掉它！

时代的记事书册——斯图杰涅茨的编年史记录的事件要有意义得多，不是这类捏造杜撰之事，而是和平与友爱、秩序与礼仪。

没有人敢嘲笑警察局长。

"博布罗夫——啃剩的骨头！"警察局长想到了博布罗夫，仅仅是想到这位侦查员就让他火冒三丈。

于是，亚历山大·伊里奇把所有人全都数了一遍，所有斯图杰涅茨的居民，从别洛泽罗夫主席到当过侍从官的流浪汉和放荡的费尼奇卡全都逐一数过了，还把俱乐部的朋友们也全都数了：俱乐部的主任、县陪审法官博戈亚弗连斯基，法官纳利莫夫，地方行政长官萨尔塔诺夫斯基——扎孔尼克，消费税税吏什韦林——塔别利多特，农艺师普里亚特金——斯维尼亚①，管理局秘书涅莫夫，税务督察官斯特罗斯基——唐璜，邮政局长阿尔卡季·帕夫洛维奇·亚尔雷科夫，土地测量员卡林斯基，法医托罗普措夫，林务官库尔甘诺夫斯基——科洛达——他谁都不怀疑，博布罗夫，只有侦查员博布罗夫一人钻进了他的脑海里。

上帝确有姑息纵容之心，撒旦因而才能兴风作浪。

博布罗夫肯定不会像其他人那样好奇，绝不会出于交情询问说，上帝从哪里送来了这种东西，这是谁的恩赐，但是他也会随意地看一眼，多半会绕着走，就像绕过垃圾一样，免得脚会踩上，然而这两只耳朵那时候会像是故意作对似的，恐怕会动弹起来的。

"他会轻轻抖动耳朵还是不会呢？"脑海中浮现出一个新的问题，亚历山大·伊里奇有些灰心丧气，他的眼前一片漆黑，许多小火棍闪烁着，他觉得，只要他一想到耳朵，耳朵就会自己抖动起来，就像马耳朵那样抖动。

警察局长的妻子玛丽娅·谢韦里扬诺夫娜要是在家就好了，那样的话，事情不管怎样都会安排妥当的：你想要办什么事，玛丽娅·谢韦里扬诺夫娜全都能安排妥当。但是警察局长的妻子此刻在乔尔托夫花园

---

① 斯维尼亚，在俄语中是"猪"的意思。

246

呢，在那里她有各种各样的事情，没有耳朵的事情已经忙得不可开交了。

他能对玛丽娅·谢韦里扬诺夫娜说什么呢？他违背了自己举荣圣架节那天立下的誓言，没有履行诺言！他能给玛丽娅·谢韦里扬诺夫娜什么样的答复？警察局长的妻子是不会感谢他的，甚至一点儿都不会感谢他。在参加大司祭的命名日宴会以后根本不要醒来就好了，那样的话就可以一直睡到快乐的早晨。

"可是为什么我长了这种东西？实在太残忍了！要是因为犯了极大的罪过，因为与禽类交媾，或者如常言所说，是因为杀了人，那倒也就罢了，可是我只不过在牧师、大司祭、神父的命名日宴会上喝了一杯酒而已，表示一下祝贺！当然，我违背了誓言，没有遵守承诺，我做得不对，我不否认……"

亚历山大·伊里奇坐在沙发上抖动着耳朵。

"玛丽娅·谢韦里扬诺夫娜，你不会再也不搭理我了吧？"他心里难过极了，"玛丽娅·谢韦里扬诺夫娜，不要不搭理我！"

亚历山大·伊里奇如同祈祷一般抬起头来：

"不要不搭理我！"他突然间发狂地摇晃起脑袋来，这让他简直不敢相信自己的眼睛。

就在他的正对面，是他那著名的斜纹挂毯，上面印着各种外国动物，用十二种狼毛织成，有传言说，这张挂毯价格非常昂贵——"价值连城的无价之宝！"这是季赫温女子修道院修女们的馈赠，就在这张贵重的挂毯旁边，彼得鲁沙·格罗霍托夫像死尸一样躺在沙发上。

"彼得鲁沙！"亚历山大·伊里奇喊了他几声，"彼季奇卡！"接着屏住呼吸，可是心却怦怦地跳得厉害，就如同小时候发生严重的火灾时一样，那时候亚历山大·伊里奇总是很喜欢去看火灾，而此时他全部的希望都在兽医身上。

彼得鲁沙对喊叫声非常敏感，就像是一匹马，不管睡得有多沉，他还是在死人一般醉意沉沉的熟睡之中听到了喊叫声，他呸了一声，骂了一句俄罗斯的骂人话；彼得鲁沙的言语和动作天生就毫无羞怯之意，他甚至在女士面前也骂人，只不过用的是小俄罗斯的骂人话。

"彼得鲁沙，彼季奇卡！"亚历山大·伊里奇都听不出来自己的声音了：这是狐狸叫公鸡的声音，是狐狸诱惑公鸡吃豌豆时的声音，亚历山大·伊里奇以前在担任雷科夫警察局长期间和总督不是这样说话的，他的耳朵颤动得非常厉害，他拉了拉耳朵梢喊道，"彼得鲁沙，救救我！"

彼得鲁沙坐了起来，用一只沾满伏特加的眼睛盯着警察局长——彼得鲁沙的头发就像恶魔的头发，像箭矢一样竖立着，突然他蓬松的头发冒出了浓烈的烟雾，五月晴朗的早晨都因此变得阴暗，警察局长连同自己的耳朵甚至都飘浮起来了。

亚历山大·伊里奇眼泪汪汪地把自己的不幸告诉了朋友。

"用愈蹄软膏，"彼得鲁沙说，他不想让自己等下去，"蹄子上的裂缝就会长好，这是可靠的方法！"

于是彼得鲁沙立即开始采用自己可靠的方法——亚历山大·伊里奇打算不仅要涂抹这种愈蹄软膏，而且还要内服，不管服用多少，只要有效果就行——但是彼得鲁沙突然开始坐立不安起来，如坐针毡一般，像极乐鸟唱歌一般说起话来。

至于类似的事情已经发生过一次，而且不是发生在随便某一个人身上，不是发生在一个普通人身上，而是发生在皇帝身上：弗里基亚①的国王长出过一对驴耳朵——对此亚历山大·伊里奇一无所知，他根本一

---

① 弗里基亚人，公元前居住在马尔马拉海沿岸的小亚细亚部族。

点儿都不了解，而彼得鲁沙多少记得一些事情，但是却把米达斯①和与警察局长同名的伟人②弄混了；有关挪亚的古老传说，诸如正直的挪亚在方舟里驯服了所有的动物，亚历山大·伊里奇像彼得鲁沙一样，知道得非常清楚。

关于挪亚有这样一个传说，正直的挪亚在让动物进入方舟的时候，洁净的动物都放入七对，不洁净的动物都放入两对，为了驯服它们，也为了大家方便，他便想到临时没收它们最重要的物品。在没收了每个动物的财物以后，把它们非常爱惜地放在一个宫殿里面——那是一个隐蔽的地方。于是四十个白天和四十个夜晚，在整个大洪水期间，所有动物都温驯地坐在自己的笼子里。洪水结束、宫殿敞开以后，动物们都奔向对自己有吸引力的东西，每个动物都选择了自己想要拿的东西。只有大象把东西弄混了，大象非常难过，驴则非常高兴，并获得了赞扬。

驴攫取了大象应得的那份儿，弗里基亚国王长出了驴耳朵，他们都引起了彼得鲁沙的猜想。

的确，彼得鲁沙不是靠双手，而是靠舌头来糊口的。

彼得鲁沙说，亚历山大·伊里奇就好像是希腊历史中的传奇人物，因此学校里像学习希腊语一样学习他，成绩都只能打两分，考试全都不及格，他理所当然会获得高升，几乎就能当上省长，要是去圣彼得堡，他保证得到一个部长的职位——国民教育部长！

"还会有非常贵重的黄金珍宝，"彼得鲁沙像极乐鸟一样声音抑扬婉转地说，"这样的珍宝打着灯笼都找不到，不管用什么荒唐的方法都抢

---

① 米达斯（公元前738年—公元前696年），弗里基亚国王，据希腊神话说他会点金术，又据他称他在裁判音乐比赛时因外行无知而得罪阿波罗，阿波罗施法术让他长出驴耳以示惩戒。

② 指的是亚历山大三世（公元前356年—公元前323年），古代马其顿国王（公元前336年—公元前323年），著名军事统帅，亦称亚历山大大帝。

不走，这是历史事实，部长！你要效法你自己，你要学习！而我们的女士们！简直多得应付不了，可以给别洛泽罗夫戴绿帽子，我们要好好嘲笑他一番，你可以让瓦西里萨·普列克拉斯娜娅给你擦地板。"

亚历山大·伊里奇倒是非常想升职，但是此事和升职有什么关系，他无论如何也弄不明白。至于那些女士们，不管瓦西里萨·普列克拉斯娜娅亲自给他擦地板多么有诱惑力，亚历山大·伊里奇还是尽量把这话当耳旁风。

亚历山大·伊里奇有一次因为女士们闹得非常不愉快。

身为雷科夫的警察局长，亚历山大·伊里奇允许马戏团的舞蹈演员在光天化日之下兜风，而且还展示了她们的漂亮身材，在莫斯科大街上骑自行车；舞蹈演员兜风倒是兜风了，可是他却离开了这个职位。

亚历山大·伊里奇相信并牢牢记住了愈蹄软膏，这冷却着彼得鲁沙的每一个诱惑。

然而彼得鲁沙还在胡扯着这些事，绘声绘色地讲述着这些事情的后果——彼得鲁沙说起话来就没完没了。

"行为还真是荒唐，兄弟，给你的钱可不是小数目，你知道吗，你可以制服任何一个人，一切皆有可能！"

"彼得鲁沙，你行行好吧，"警察局长再也忍不住了，打断他说，"彼季奇卡，给我点儿你的软膏吧！"

"软——膏……"彼得鲁沙滑稽地模仿他说道，"你自己要逃避自己的好事儿！"他又含糊不清地嘟哝了几句毫不相干的话，然后赶忙穿衣服，而且很快就全都准备好了，扣好了衣扣，穿戴整齐，只剩下戴上帽子就能出门了。

"彼得鲁沙，"亚历山大·伊里奇甚至声音都颤抖了，"我求求你，请你不要和任何人道出实情！"

"好吧，你坐着吧。"彼得鲁沙一溜烟地跑走了。

就在彼得鲁沙飞跑着去自己的恩人药剂师阿道夫·弗兰采维奇·格列伊赫尔家里取那种神奇的愈蹄软膏的时候，就在那里询问细节的时候，斯图杰涅茨发生了一件令人甚为惊诧、值得让人流泪的事。

斯图杰涅茨是一个商业城市，经商的有纳哈宾、塔布里亚耶夫、亚尔古诺夫、普罗佩内舍夫、扎切索夫，他们是斯图杰涅茨的木材商，县陪审法官博戈亚弗连斯基也通过伊斯措夫——佩利坎经商。冬季是最忙碌的时节——到处都是热火朝天的景象：冬天要为即将到来的木材流送做准备，要把木材运到河边。随着一次次流送，主人的积蓄在不断增加。斯图杰涅茨是拥有大量资金的城市。

电报员一年四季也不闲着，人人都不会无所事事。

电报员纽莎·克鲁季科娃像往常一样，接到了发给纳哈宾、塔布里亚耶夫、亚尔古诺夫、普罗佩内舍夫、扎切索夫等人的内容相同的电报，没料想到会有什么趣事。可是在这几封商务电函之后，突然又发来几封电报，是发给主席别洛泽罗夫、监狱看守韦杰尔尼科夫、首席贵族巴巴欣的，还有两封晚到的电报是发给过命名日的大司祭维诺格拉多夫的。

"衷心祝愿命名日快乐！"还非常简单地写着一句话，按瓦夏·卡班奇克的说法，那是每个女人都会写的："祝贺天使！"

瓦夏·卡班奇克在卖邮票。

这一天是集市日，邮局里来了一些人，其中有早就想来的那些人。预报说天气炎热，邮局里也热得喘不过气来。

纽莎·克鲁季科娃突然兴奋起来：电报的纸条上出现了有趣的东西——电报，发到斯图杰涅茨的电报，这是多么有趣的电报啊！

这封电报是发给教区观察员列佩托夫的。通知观察员列佩托夫一则紧急消息：十一点钟省长乘坐汽车抵达斯图杰涅茨。

第一个得知这则消息的人，便是瓦夏·卡班奇克。

门卫耶列梅立即把电报给观察员列佩托夫送了过去，没有片刻的耽搁，也没有按照电报的先后顺序。于是整个邮局都知道省长要来的事儿了。那些拿着各种包裹挤来挤去的顾客，很快就在集市上散播了这个消息。

瓦夏·卡班奇克帽子都没戴，带着这个消息跑去找邮政局长阿尔卡季·帕夫洛维奇。

阿尔卡季·帕夫洛维奇像斯图杰涅茨的其他官员一样，参加了大司祭的命名日宴会之后，正美美地睡着呢，他梦见了自己最喜欢的野禽。

阿尔卡季·帕夫洛维奇梦见自己和助产士巴列特金娜坐在自己家鸡舍顶上，此时似乎有大雁飞过——一群大雁，而且就在头顶上。阿尔卡季·帕夫洛维奇对女伴说：

"来吧，阿格拉费娜·伊万诺夫娜，抓住它们！"

一只大雁飞离雁群，朝着鸡舍飞来。他们俩伸出手，引诱着大雁，想要抓住它。突然，这只大雁非常迅速地悄悄朝着阿尔卡季·帕夫洛维奇飞过来，直接咬在他的右手上。于是阿尔卡季·帕夫洛维奇抓住这只大雁的脖子，掐紧它的脖子，可是到底怎么回事儿？这不是大雁，原来是一只鹰，多么漂亮的鹰啊……

瓦夏·卡班奇克天生说话就 c 和 ш、з 和 ж 音不分，也是由于太过激动，他吐着唾沫，口齿不清地把这个紧急消息传达给了被叫醒的阿尔卡季·帕夫洛维奇，而他本人，卡班奇克，是在差二十三分十点的时候收到的电报。

阿尔卡季·帕夫洛维奇没有洗脸，也没有喝茶，他费劲儿地穿上制服，直接一路跑着去找警察局长。

他那只三条腿的毛茸茸的白色小狗奥斯卡尔卡一直跟在他身后。

"省长本人——坐汽车来!"这句话在路上每一个坑洼之处都会脱口而出，也让邮政局长一会儿发热，一会儿发冷。

亚历山大·伊里奇坐在自己的沙发上，彼得鲁沙就在他身上忙碌着，而彼得鲁沙为了润润嗓子，在自己的恩人格列伊赫尔那里喝了不止一杯。

兽医把一种刺鼻的深棕色的东西涂抹在警察局长的耳朵上，不知是出于恶作剧还是过于关切，他不时地碰到一些无关的地方：一会儿打到了鼻子上，一会儿又抹到了脖子上。

这正是亚历山大·伊里奇相信的愈蹄软膏。

眼泪像雨点似的滚落下来，打湿了他涨得通红的脸颊，但是他耐心地忍受着自己的痛苦，这是多么无私，因为即便是在地狱也未必会有这样的痛苦。

无论是这双不寻常的耳朵，还是痛苦的泪水，任何这样的事情邮政局长都没有注意到。他连招呼都没打，大声嚷嚷着省长要来的事儿，不仅是朝着警察局长说的，也是朝着那张"价值连城的无价之宝"斜纹挂毯说的。

"十一点省长乘坐汽车抵达!"

"十一点省长乘坐汽车抵达!"顿时，确切地说就像愈蹄软膏一样，耳朵瞬间就被吸收了回去，驴耳朵又变回了安东诺夫的耳朵。亚历山大·伊里奇从沙发上一跃而起，他全身涂满了软膏，急忙跑到门厅去追邮政局长。

于是，在顷刻之间整个斯图杰涅茨的人们都被发动起来了。

四个村警全都在城里行动起来：需要通知市长奥帕林、大司祭维诺格拉多夫、军事长官科贝尔佳耶夫、地方行政长官萨尔塔诺夫斯基，最重要的是，无论如何也要把玛丽娅·谢韦里扬诺夫娜从乔尔托夫花园叫回来。

所有的东西都被清理、清洗、洗刷、浇湿、涂漆、抹平、捆平、打扫、压实、撒上沙子，所有的东西也都被我们家乡那极难听的骂人话骂到了，这些话在任何情况下都是奏效的。

从市中学、教区学校和小学把男孩子们都强行聚集到一起。什韦多夫老师把他们排成了少年军团检阅队伍。

村警们到处乱窜，他们自己都不知道要去哪儿，狗跑来跑去，母鸡吓得大声叫着蹿到一边。毫无缘由地在院子里把牲畜追赶得筋疲力尽，扬起的灰尘比教堂钟楼还高。

到处都是荒诞无稽的事，一片混乱，杂乱无章。

所有的一切都要聚集到广场上去迎接省长。

军事长官科贝尔佳耶夫上校来了，他已经一把年纪了，身上散发着月桂油膏、樟脑软膏和治疗风湿性疼痛的肥皂擦剂的味道；地方自治管理局主席别洛泽罗夫是一个人来的，没有带着瓦西里萨·普列克拉斯娜娅；还有司务长波纽什金——察帕里，他因为一只狐狸曾经与已故的长官塔尔德金打过官司：他们闹到了参议院，向沙皇陛下递交了上疏，结果塔尔德金支付了四十五卢布的诉讼费以后就死掉了，而交给警方保存的狐狸皮腐烂掉了。

教堂的神父大司祭尼古拉·维诺格拉多夫拿着十字架走出来，大司祭就站在一大群斯图杰涅茨的神父当中，就像一只水鸡，即越鸟，也叫孔雀。

亚历山大·伊里奇——鲁切扎尔内伊本人则用戴得低低的帽子遮住耳朵，事后人们才觉察出来他把帽子拉得太低了。亚历山大·伊里奇本人则丑态百出，像狮子一样可怕，他下达着各种各样的命令——所有的一切也都按照他的话去做了。

亚历山大·伊里奇的助手科皮耶夫穿着自己那双从未换过的毡靴驱赶着一头执拗的不听话的母牛，不管怎么打它，就是没办法把它从广场上赶走。只有市长巴维尔·季耶维奇·奥帕林一个人没有露面。

不管怎样试图叫醒奥帕林，可他就是沉睡不醒。所有的方法全都动用了，在这种情况下能用的方法都用过了，无论是大声喊叫还是喇叭声都试过了——还是那个彼得鲁沙·格罗霍托夫在忙来忙去，然而无论如何也没有办法让市长清醒过来。

已经完全就要绝望了，此时俱乐部的小吃部服务员叶尔莫莱·伊格纳特奇建议用波斯跳蚤粉试一试。于是，波斯跳蚤粉把奥帕林带回了人世间。

人们把市长带到广场上，让他站好。

市长奥帕林拿着面包和盐吃惊地站着。

编外的疯疯癫癫的佩索琴斯基神父为死者举行安葬仪式时曾经无意间用过三条腿走路：第三条腿是古塔波胶制的——此刻他歪戴着帽子，像是一个诵经士，挤在清着嗓子的教堂唱诗班歌手们当中。为死者举行安魂祈祷的神父兰德舍夫掌控着生者和死者，此刻他头戴法冠站在"俄罗斯人民同盟"旗旁边，站在斯图杰涅茨的小市民当中，这些小市民照老规矩看不起雷科夫的香肠店，他们认为香肠里面放了人肉：一普特猪肉里面就有一磅人肉。助祭扎武隆斯基混入少年军团队伍，找了几个稍矮一点儿的小胖墩儿，往这些孩子的鼻子里吹气：

"我朝你吹一口气，有没有酒味儿？"助祭不停地询问。

然而，什么样的力量才能隐藏起昨天大司祭命名日宴会的痕迹呢，更何况令人如此措手不及！

主席别洛泽罗夫暂时避开了斯图杰涅茨的人们，他只是厌恶地皱了皱眉头。

集市日把人们都聚集起来，如同教堂的建堂节一般。全城人民都站在教堂对面的商店前，一直到桥上都站满了人，要想穿行而过，只能侧着身子，即便如此走过去也非常费劲儿。

通过淫乱的行为进行治疗的沙帕耶夫长老没有走出自己的菜园，他避开阳光，站在一群崇拜他的妇人、忠贞而又敬神的妻子们中间，他没戴帽子，光着脚，满面悲伤，胸前戴着一枚小圣像。德维加尔卡－菲利皮耶娃奶奶是个处处都要露面的人，她急匆匆地从一个地方赶往另一个地方，她一个人赶路，没有带自己的丈夫甘纳什卡，而是留下他守护科尔帕基山。还有伊斯措夫——佩利坎、理发师尤林——格里什卡·奥特列皮耶夫，以及流浪汉帕什卡——帕潘，他正在这里闲逛，不知羞耻地索要着自己身为侍从官的那份口粮。

孩子们紧紧围在消防车队和消防水带四周，水带摆放得像大炮似的。

在一阵忙乱之后，一切都变得凌乱不堪，没有人知道这是要迎接谁，是省长还是主教。

一群寒鸦被未曾有过的喧嚣声惊起，声嘶力竭地叫嚷够了，就静静地落在大教堂白色的圆顶上。

时间已经临近中午，可是载着省长的汽车一直没有出现，警察局长的妻子玛丽娅·谢韦里扬诺夫娜也没露面，因此亚历山大·伊里奇热得难以忍受：简直就像火烤一样。

于是，正如经常发生的那样，一个村警突然带着消息急急忙忙赶来：

"来了。"

"来啦!"人们在广场上从商店跑到桥边。大约过了一分钟，那些站得离桥比较近的人在一团浓重的尘埃中看见了飞奔而来的汽车。

汽车开始好像转向了纳哈宾的锯木厂，还似乎稍微停了一下，它稍稍停了一下，放慢了速度，然后就直接朝着桥边飞驰而来，驶过了桥，开到了广场上。

庄严的时刻到来了。

观察员列佩托夫从门卫耶列梅给他电报那一刻起就一直糊里糊涂的，不知为什么在所有人当中，这封电报把省长要来斯图杰涅茨的消息只告诉他一个人，而此刻他顿时浑身湿透，像是一桶水全倒在了他身上一样；他战栗得上牙直打下牙。

教堂工友法拉翁为了醒酒把鼻孔都抠大了，此刻他抬脚踩在一块连接大钟和小钟的木板上，于是教堂的钟声雷鸣般响起。

脱帽致敬——所有人的脑袋都露了出来。

大司祭举起了十字架。

与此同时，汽车已经减速，却卡到路面上的坑洼处，低声地打着滑。

"来人啊！救命啊！"市长声嘶力竭地大喊起来，他此时突然从吃惊的状态中醒悟过来，张开双手，一屁股坐在了地上。

亚历山大·伊里奇奔到车门跟前。

车门开了。不知为什么，立刻从车里跳出来双脚站定的是咸黄瓜，而紧随着这个考官出来的却是纳哈宾那勺子形状的胡须。

少年军团的孩子们大声欢呼起乌拉来。

钟声响彻整个斯图杰涅茨。

当俱乐部的朋友们对一切都厌倦了的时候——无论是打牌还是在小吃部，他们通常就会想出一些鬼点子来：拿着蜡烛喝酒——左手放上一个蜡烛头，右手拿上一瓶酒，或者在地毯上放一桶伏特加，大家脱光衣服围成一圈，用铁勺舀酒喝，铁勺会绕着圈子依次传下去，这样喝起来似乎更轻松愉快。

这天晚上，在早晨那一番差点儿让市长奥帕林付出生命代价的折腾之后——市长仍然久久缓不过神来，他像鸟一样尖叫，还发出吱吱声，谁都不认得了，当所有一切都圆满结束以后，朋友们根本无须去想什么鬼点子来娱乐：这些事情就已经让人应接不暇了。

到了晚上，人们在俱乐部里殷勤地招待省里来的受贺者考官列佩托夫这个咸黄瓜。

这并不是欢迎考官列佩托夫——纳哈宾不过是用自己的汽车把考官从雷科夫顺路带了回来，然而也并不是所有与欢迎仪式有关的那些事件，无论是令人沮丧的还是令人高兴的，都是意外事件，对此人们还会议论纷纷，至少在大司祭的下一个命名日宴会之前，引起社会关注的仍是个人的私事。

彼得鲁沙·格罗霍托夫如同闪电一般迅速，用他最喜欢的表情设法告诉大家警察局长身上发生的怪事儿和自己的愈蹄软膏的功效：兽医随便到哪儿都大肆宣扬安东诺夫的耳朵。

关于这两只奇怪的耳朵，这两只早就踪迹全无的耳朵，什么话没有说过啊，而且是反反复复地说！

彼得鲁沙顺便提到了挪亚的传说，他故意大声讲述所有微小的细节，逐一列出方舟中的动物，为了直观易懂，他把动物比作在场的朋友，还不断地打手势，就好像准确的词汇也远远不够似的。

"亚历山大·伊里奇现在会怎么样呢？"女士们一再询问兽医。

"是会脱落的，就像没有过一样！"彼得鲁沙舔了舔自己的嘴唇。

"他不会踢人吧？"

此时彼得鲁沙瞎扯起来，说的这些话都出自波利瓦诺夫为成年人编辑的文选，这是什韦多夫老师重新编选的。

就在彼得鲁沙讲得热火朝天的时候，亚历山大·伊里奇走进了俱乐部，于是俱乐部的五个房间立即全都变得一片死寂。

亚历山大·伊里奇还是如同往常一样容光焕发，然而他身上有些东西不像是他：非常专注的神情，仿佛有令他苦恼不堪的想法一直在纠缠着他，简单地说，亚历山大·伊里奇想要一醉方休。

玛丽娅·谢韦里扬诺夫娜从乔尔托夫花园回来的时候，恰好赶上事情正要收场，当时不是省长，而是咸黄瓜从纳哈宾的汽车里走了出来，不能说她非常满意，于是亚历山大·伊里奇挨了她的责骂。

"驴！"有人过于一字一板地说，说话的人就好像需要爬到桌子下面打鼾似的。

"他要是一头驴，那大家都是驴！"彼得鲁沙纠正说，就像他的腿走得快那样，他的话也来得快。

这样一来，事情就变得令人完全捉摸不透了：亚历山大·伊里奇能一连几个小时恭顺地听着玛丽娅·谢韦里扬诺夫娜的责骂，从她口中听了很多次"驴"这个字眼，此刻却忍耐不住，抢起胳膊，用拳头打在随手碰到的农艺师普里亚特金——斯维尼亚的脸上。

这立即引起一片混乱和口舌之争，事情闹得差点儿就动刀子了，只听得见大喊大叫的声音，就像着了大火似的。

些人强拉着普里亚特金，另一些人则拉着亚历山大·伊里奇，正如经常发生的那样，倒是把人痛打了一顿，然而却根本不是应该打的人。其实，任何人都不应该遭到痛打，需要做的只不过是把两个打架的人拉开而已。

最终这件事儿也是做到了。

罪魁祸首找到了。人们劝服了两个敌对的人，让他们平静下来，最终还是和解了。

亚历山大·伊里奇是不得不喝酒的，于是他再一次违背了誓言，又让自己喝了酒。

然而，瓦夏·卡班奇克醉眼惺忪地从角落里朝警察局长又大喊了一声"驴"——瓦夏·卡班奇克莫名其妙地认为自己是引起整个混乱局面的唯一元凶，至于纽莎·克鲁季科娃连提都没人提，瓦夏·卡班奇克被人从桌子底下拉出来，在图书室里在友好的哈哈大笑声中，醉得根本不省人事的他遭到一顿痛打。

人们肆意嘲弄够了卡班奇克，把走不动路的考官列佩托夫这个咸黄瓜抬起来向上抛，以示爱戴，然后坐下来吃晚饭。

晚宴期间，彼得鲁沙兴奋异常，因一时糊涂以及喝醉了酒，主动要求给大家变戏法：彼得鲁沙无论如何都想要吞下一个叉子柄。

"你吞的可不是那一头！"罗加特金不停指导着彼得鲁沙。

可是彼得鲁沙什么都不想知道，他把叉子塞进嘴里卡住了。

"要是我就这样，"消费税税吏什韦林在叉子的另一端装模作样，"我会把胡桃塞进一个鼻孔，胡桃就会从我的另一个鼻孔里跳出来。"

"我不过是忍让着你，才让你和我坐在一起，"秘书涅莫夫拉长声音对他的邻座罗加特金说，"不然的话，你就进监狱了。是谁把救济饥饿灾民的面粉沉入河里的？"

"您真会开玩笑，瓦西里·彼得罗维奇，这是上帝本人的意志，那时候起了风暴！"罗加特金就像是一个茶炊，浑身被照得通亮，心里则暗暗嘲笑着派头十足的这伙人。

彼得鲁沙此时则扔掉叉子讲道，在圣彼得堡人们把七英寸的钉子钉进舌头，却根本不会受到惩罚。

朋友们都醉意蒙眬。

突然，透过敞开的窗户从街上传来杀猪一般痛苦不堪的尖细的叫声：

"来人啊！救命！"一个哀求的声音在拼命喊叫。

一辆马车轰隆隆地从窗口经过。

令大家都高兴的是，所有人都听出了这是法医托罗普措夫的声音：侦查员博布罗夫带着喝醉的法医去谢瓦侦查，而去那里可不是去一个和平之地，法医因此才会拼命大喊。

于是又热闹起来，谈话从戏法转到了人们喜欢谈起的那些有关侦查员的流言蜚语——博布罗夫却又到处去奔忙了。

很快就要到入眠的时刻了。

叶尔莫莱·伊格纳特奇已经启开了自己的李子露酒——各种果酒的混合物，以及苦味的洋蓍草露酒——给爱好者准备的千叶蓍露酒。有人按照习俗脱掉了衣服。一切都是那么美好，可是总觉得缺了点儿什么。嗯，缺什么呢？

动人的时刻终于到来了。

涅莫夫、斯特罗斯基、普里亚特金、彼得鲁沙唱起了自己喜欢的抒情歌曲。

亚历山大·伊里奇最初用低低的嗓音伴唱，可是却在不经意间卖力地唱了起来。

"我醉酒关别人什么事儿！"他心高气傲地反复说道，眼睛盯着自己前面。

萨尔塔诺夫斯基——扎孔尼克把拳头敲得咚咚直响，非常不合时宜地哀怨地发出拖长的令人难受的声音：

"我会永远吻你！"

于是普里亚特金——斯维尼亚哭着说：

"为什么欺负我？"

在另一面有人说道，似乎他已经清醒过来了：

"好吧，算了吧，我们暂且逍遥快活吧，再来一点儿洋蓍草露酒！"

耳边又回响起：

"来人啊！救命！"

这到底是谁喊的，是奥帕林市长，还是法医托罗普措夫，没有人想要弄清楚，而且也弄不清楚。各种思绪纷杂混乱，舌头也不听使唤，反正都无所谓：是考官列佩托夫还是省长列佩托夫，是驴耳朵还是安东诺夫的人耳朵，侦查员带着法医还是法医带着侦查员——都无所谓，都毫无意义。怎么会毫无意义呢？……

> 醉酒的眼泪遮不住目光。
> 不要说青春已经折殇，①
> 伤你的是我的嫉妒疯狂，
> 不要说……

---

① 以下三句出自俄国诗人涅克拉索夫 1855 年春天创作的诗歌《她注定要背上沉重的十字架》。

第五章

生活的导师

半个夏天雨水连绵，半个夏天温润暖和，而且寂静无风。事实上，夏天里很多事件是不会发生的，不应该发生在这样的时节。

像往常一样，城里以及周围的村庄中发生了许多火灾，无论是在夜间还是在光天化日之下都发生过。谋杀案通常会发生在节假日里，可是火灾却无法预见。而且往往彻夜燃烧，直到天光大亮，整夜警钟长鸣，而火势就像管道一样在城里蔓延开来。

俱乐部里人们啤酒喝得比冬天多，但是伏特加和各种露酒喝得少些；夏天里脑袋一直晕乎乎的。完全可以想象得到，关于节日一般隆重迎接考官列佩托夫以及那两只神奇的耳朵，足够谈论一整个夏天了。

在圣三一主日那天，冰雹下得比鸡蛋黄还多，而在彼得斋期发现了一个女巫。

苏什科夫的孩子们——铁匠苏什科夫本人、铁匠铺就在科尔帕基山茶馆后面，铁匠的孩子们最先报告了女巫的事：孩子们经过山谷跑到修道院，晚上再跑回家，可是从山谷里跑出来的时候，他们碰到了一个穿白衣服的人——那是一个女巫。

流言蜚语便传播开来，很快整个斯图杰涅茨都知道了女巫，大家都害怕经过山谷。那些敢于接近山谷的胆子大的人，讲了许多各种各样的怪事儿：有人说亲眼看到了理发师尤林——格里什卡·奥特列皮耶夫，格里什卡好像正在用锅给自己煮晚饭，女巫就坐在他身边，他们说着话；另外一些人则在此基础上补充说，女巫长着马蹄子，手却是人手，他们也说是亲眼看到的。

为什么是尤林进入了这样奇怪的组合，只有上帝知道——尤林就在每个人的面前，尤林一个人给整个斯图杰涅茨的人理发和刮胡子。奇怪的是，当谣言传到他耳朵里以后，起初他表现得非常勇敢，甚至还给某个人"打了耳光"，可是后来不知道为什么就变得心平气和，而且还非常可疑地躲了起来。

前往季赫温女子修道院的那些虔诚的祈祷者，战战兢兢地绕过尤林的理发店和闹鬼的山谷，其他人出于恐惧都是游过梅德韦日纳河，生怕被玷污了。

亚历山大·伊里奇本人要是不干预此事并决定用武力拿下女巫的话，道路——通往修道院的道路原本应该是阻塞不通的，就像过去从盗贼索洛维伊①的家通往基辅的道路一样。

亚历山大·伊里奇的心意是不可动摇、坚定而虔诚的。于是在一个天气晴好的日子，他拉起了警戒线，让村警们包围了山谷，一些胆大的人则拿着铁棍和木棍进了山谷。此时人们拿着随手找到的东西，有人拿着石头，有人拿着砖头，开始往谷底扔过去。

突然从谷底跑出一只狗，是一只体形庞大的毛茸茸的白色的狗，它有三条腿，在它后面跟着几只小狗崽儿，可是它却消失得无影无踪。就

---

① 盗贼索洛维伊，东斯拉夫神话中的人物。

这样把它放走了。

尽管十分显而易见，这是一只狗，不是女巫，而且还是亚尔雷科夫的小狗奥斯卡尔卡，与理发师尤林绝对没有任何关系，然而尤林还是受了轻伤，甚至人人都想朝格里什卡扔上一把剪刀。

于是，有一个大胆的人被抓进了博布罗夫的办公室，当然，他也就直接进了监狱。

在以利亚节那天，就像早年间一样，有一只鹿沿着崎岖不平而又难以通行的道路从斯图杰涅茨的森林跑到了梅德韦日纳河边——它长着金色的鹿角，鹿把金色的鹿角浸入梅德韦日纳河中。然而河水是温暖的，梅德韦日纳河水没有变冷，以利亚节也没有雨水洒在大地上，天气更是没有变凉。这只鹿还要在斯帕索夫节的前夜再次跑到梅德韦日纳河边，再次把它金色的鹿角浸泡在河水中。

救主节那天——在山上德维加尔卡－菲利皮耶娃奶奶生下了一个小鬼。

德维加尔卡年近七十，托上帝的福，她的丈夫甘纳什卡才刚刚年近四十，不仅如此，这个男人身体健康：不知是他醉酒后垂涎德维加尔卡的钱财，还是德维加尔卡用自己的钥匙——那十二把钥匙哄骗了这个男人，难免会有此类的事儿。因此，甘纳什卡和德维加尔卡在一起不是很快乐，于是他与女用人瓦西哈有了私情——她在他们科尔帕基山的茶馆里当女仆。

可这事儿哪里能瞒得了德维加尔卡——就是因为她无所不知、无所不晓，她才称得上是德维加尔卡。

老太婆试着用蜂蜜洗脸，后来还允许甘纳什卡喝酒——这些并没有起什么作用，于是老太婆就想吓唬吓唬甘纳什卡，好让他永远都不会动摇不定。

甘纳什卡去雷科夫购货，德维加尔卡独自留在家里，临近傍晚德维加尔卡把澡堂烧热，叫来助产士巴列特金娜，于是她就在澡堂里分娩了。

一个黑色的毛茸茸的小鬼，还长着一条小尾巴——她腹中的胎儿就是这样！

巴列特金娜去了警察局：

"不管怎么说，德维加尔卡奶奶生了一个黑色的毛茸茸的小鬼，长着一条小尾巴，可是脖子拧伤了。"

人们在一个罐子里倒入酒精，德维加尔卡把小鬼放进罐子里，放进酒精里，然后交给托罗普措夫法医检查。

伊万·尼卡诺雷奇虽然是个爱喝酒的人，可是也给人们做了不少好事儿，他无数次为生者祈祷安康，在所有人都出席的日祷时大家也都记得：伊万·尼卡诺雷奇只要看一眼，就好像能透过肌肤看到你体内的一切。

"死胎的小猫！"伊万·尼卡诺雷奇说道。

小猫！人们一向对托罗普措夫非常信任，但是此事却无法相信他。

"我什么都不知道，我不认识妖精鬼怪，我只是吃了蜜饼！"德维加尔卡的声音比自己那些神奇的钥匙还响亮，"我怀了孕，吃了蜜饼就生了：女用人瓦西哈从集市给我带来的蜜饼，我吃了蜜饼，就感觉不舒服。"

甘纳什卡不仅永远都会怕得要命，甘纳什卡已经彻底崩溃了：接下来他应该解决掉哪个人，女用人瓦西哈还是妻子德维加尔卡？他心里只想着这一件事，整个人憔悴不堪，就像小鬼一样脸色发黑，喝酒喝得虚弱无力。每一个随便遇到的人都会不停地说起小鬼的事儿。他自己偷偷来到博布罗夫的办公室，倒像是一个妖怪似的。

"谢尔盖·阿列克谢耶维奇,请原谅我的冒昧,您有没有听说过我老婆生下一个小鬼的事儿,"甘纳什卡看着旁边什么地方,谨慎地低声说道,"他独自留在这里了,现在就在伊万·尼卡诺雷奇的罐子里。老太婆生过很多小鬼,这些小鬼都像是小猪崽,一下子生出许多个,她让第一个跳到了地上,妖怪自己就给了他力量,他,就是第一个,就这样跑掉了,而第二个刚一出现,老太婆就一把抓住他,把他的脖子扭了过来,他就这样落在她手里了!"甘纳什卡低声说着,脑子里却一直想着:接下来他应该解决掉哪个人,女用人瓦西哈还是妻子德维加尔卡?

德维加尔卡生的那个猫样的小鬼给博布罗夫看过了。

博布罗夫没有受理此案。

秋天法官们从雷科夫来到了斯图杰涅茨——开始了开庭期。

博布罗夫仍在侦办各类案件。一切都照常进行:他负责追查的杀人犯全都定了罪,一些人被判服苦役,另外一些人编入监狱中的强制劳动队,极个别人被投入了监狱。

其中有谢瓦的纵火犯苏霍夫——这个案子尤其令人难忘,既是因为它恰恰发生在斯图杰涅茨出现荒唐事件期间:当时安东诺夫长出奇怪的耳朵和节日般隆重迎接考官列佩托夫的事件,也还因为当时围捕纵火犯的时候也没那么容易,谢瓦的纵火犯最终还是一切都承认了,所以按照最重的刑罚把他关进了监狱。

博布罗夫有足够的理由感到满意,可以高兴高兴了:法律获得了胜利!他觉得自己特别胜任自己的职位,他会始终不渝,而且精力充沛。

然而这是犯了多大的过错啊:这个纵火犯原来并不是真的纵火犯——一个人就这样无缘无故地给毁了!

审判大约过了五天以后,一个叫巴里亚金的农民从谢瓦来找博布罗夫,承认全都是他犯的罪:这是他犯下的罪过,他叫巴里亚金,全都是他的错，他放火烧了托罗波夫，虚假地供出了苏霍夫，可是与苏霍夫没有任何关系，苏霍夫偷卖了他老婆的羊，并把钱喝酒花掉了，因而他躲着老婆——她非常残暴，他藏在了澡堂子里。

"所有的过错都要受到惩罚！"农民在原地踏着步说。

博布罗夫审问了巴里亚金以后，将他送到了警察局，自己则前往谢瓦的失火现场核实巴里亚金的话。

在谢瓦的现场，此时所有一切都可以证实，纵火的不是苏霍夫，而是巴里亚金，苏霍夫不过是躲着自己的老婆而已——侦查员搞错了。

他博布罗夫怎么能犯错误呢！他博布罗夫轻易就被骗得团团转！这就是所谓的一只蛾子也能打断你的骨头！

这个错误像是一块石头，砸中了他——砸在他的心上，如同真正的石头一般坚不可摧，如同胆汁一般苦涩。

他并不是因此而心烦意乱，他不是害怕现在任何人只要愿意就能揪住这个错误不放，不是害怕人们到处大肆宣扬此事、用脚踩他，令他极其痛苦的是，他博布罗夫竟然遭到如此残忍可耻的欺骗。

但是起初他也并没有不知所措，他没有，他整个人挺直了身体，像是长高了一样。

是的，他犯了一个错误，他有错——所有的过错都要受到惩罚！但是他会修正这个错误，一切都会是理所应当的样子。

他因一时冲动而觉得事情简单明了。

博布罗夫夜里从谢瓦返回的时候，他从四轮马车上掉进了深深的拉库京山谷里，肋骨撞到了石头上，撞得很疼，但是他马上就站了起来，好像没有跌倒过似的——他丝毫没有在意。

哪能在意这些呢！

斯图杰涅茨有许多案件在等着他。

要知道这些案件正是他此刻特别需要的。他现在要是没有了它们，就像没有了双手一样。该怎么说呢！他要是没有了它们，就会喘不过气来的。是的，他会纠正错误，不仅如此，他还会用许多案件，只能用许多案件来消弭这个错误。

没有人知道为什么生活中常常如此：不知道你是出生在不吉利的日子还是处于厄运之中，但是你得不到安宁，内心因而也得不到安慰，然而你就这样被耍弄着，痛苦和耻辱都落在你的头上，你已经不知道是谁撞了你，是什么推倒了你。

瓦西里萨·普列克拉斯娜娅的生活有什么不好，她在主席家里有什么不好？从前看管抽水机时你总是弓腰驼背，你浑身冻透，冷得发抖，所有的手指发麻，可现如今你身处暖和的地方，被精心爱护着，过着无忧无虑、自由自在的生活——当上了太太，有鞋穿，有衣穿，吃得饱。光着身子在温暖的房间里走一走没有那么难！然而真是莫名其妙！瓦西里萨心里难过。她非常难过，因而厌倦了一切，对她而言人间并不美好，哪怕能自杀也好。

长久以来瓦西里萨都一直非常苦恼，却藏在心里——夜里她在神像前走来走去，哭得喘不过气来，就像有一块石头压着似的！可是他却摊开四肢，躺在沙发上，抽着烟……像狗一样守在那里：门上了锁，任何人都不会放进来。

瓦西里萨忍耐着，忍耐着，看得出她已经忍耐不住了，心里非常难过，于是她决定去找长老。瓦西里萨找了一个机会——那个人没在家，她便穿过后院，偷偷来到沙帕耶夫的菜园：长老让她怎么做，她就会怎么做。

沙帕耶夫亲切地招待瓦西里萨，详细询问她——瓦西里萨毫不隐瞒地全都告诉了他，于是长老认为，瓦西里萨体内有恶魔，而恶魔是可以驱逐出去的。

"你要顺从，"长老说，"你穿着天鹅绒的衣服，却是靠做罪孽之事而生活。凡是出于人的天性的一切上帝都能原谅，可是赤身裸体走动却是禁忌，这不是出于人的天性。你在他面前走来走去，可是恶魔却很高兴，你不知羞耻，用不知羞耻的行为让他产生激情。你要顺从。你是在用美貌造孽，而你要滥用这种美，贬低它的价值！傲慢藏匿在你的美貌之中！你要顺从。你要去教堂，你要打扮得漂漂亮亮的——你的名字就是瓦西里萨·普列克拉斯娜娅！你要把它，把自己的美貌，抛在脚下，践踏它！"于是他的两只手伸向了她。

瓦西里萨急忙躲开，她低下了头——她知道招致了什么样的后果，因而她很害怕。

"你怎么变得这么害羞呢？"长老声音嘶哑地说。他突然下命令一般直言不讳，他直接说道："我告诉你，你要顺从，不要吝惜自己！"

绰号"长老"的沙帕耶夫并不是很老，的确，他头发花白，两腿瘦弱，仿佛两条腿着了凉，因而一直战栗不止，但是他的消瘦，这种青筋突起，就像钢铁一样，是很坚实的。当然，沙帕耶夫不仅能制服一个恶魔，一个军团的恶魔他都能战胜。

瓦西里萨所有的事情都同意了。还把所有的钱都给了他。

沙帕耶夫便开始驱赶恶魔……

瓦西里萨·普列克拉斯娜娅，你现在怎样去见你的神像？你会对它说什么？它又会对你说什么？俱乐部的朋友们呢？毕竟，他们都曾经为你而伤心，尤其是当醉酒的人——涅莫夫、斯特罗斯基、普里亚特金和彼得鲁沙在动人的时刻唱歌的时候！瓦西里萨·普列克拉斯娜娅，还为时不晚，还有一分钟时间，要知道引导着你的正是恶魔！

她该怎么办呢？心里难过的时候，她能怎么办呢！她是如此难过！

他想要做什么，就让他做吧！

这一分钟已经过去了，已经晚了。

沙帕耶夫驱赶着恶魔……用自己的方式驱赶着恶魔。唉！哪里有什么恶魔！

于是恶魔离开了瓦西里萨。

长老浑身颤抖，双眼模糊，头发凌乱，他突然变得十分严厉。而瓦西里萨高兴得亲吻双脚，亲吻他的双脚：她感觉好多了，如释重负一般，她心情特别轻松，内心十分平静，像以前看管抽水机冻僵时常有的那样。她心情特别轻松。

"嗯，你现在顺从了，可是还需要洗去罪恶，"沙帕耶夫吩咐瓦西里萨还要再来，"你要来拿休假祈祷文！有这样的祈祷文！"他严厉地说，他样子严厉，没有看她一眼。

不止来一次，就算是三次瓦西里萨也会来的，既然需要如此。

如今的长老们要求人事事都要顺从。时代也已经不是按照自己的意愿行事的时代——人已经茫然不知所措，软弱无力，而最重要的是，人的意志变得相当薄弱，这样的人靠自己的恐惧怎么能发展事业、拯救人类，人们已经意志消沉。然而这样的日子离我们不远了，已经朝着我们走来，谈起来是那么可怕。要凝聚起来，要有所准备，要锻造灵魂、强大精神。所以长老们就要求人们事事都要顺从。

人们对长老们不满，对事事都要顺从心怀抱怨。可是长老们却坚定不移，他们什么都不想听，什么都不管，照旧只做自己那一套：事事都要顺从。他们做得对。

让我们环顾四周，让我们好好想想，让我们审视自己，看看整个俄罗斯，我们是什么，我们的心灵里有什么，是否有足够多的善意，什么是善，我们微弱怯懦的力量的武器是否足够强大？

长老们如是说。

人们对长老们不满，不理解他们的想法和打算，有时人们匆忙行事——"让我们拯救人类！"人们是盲目的，开始行动就会惨遭失败：人们盲目，不坚定，他们不仅会毁灭自己，也会害了别人。

人们愚蠢，什么都不思考，什么都嗅不到，什么都看不到，他们心里没有爱，也没有愿望！那么你会到哪里去：只有缚鸡之力，只有麻雀的愿望，你会做什么，你会想什么，你想要获得什么，你能帮得了谁？

长老们如是说。

他们说得很对。譬如，说实话，如今随便哪个丑八怪都想创造奇迹。他们两手空空、嘴里叼着香烟就祈望得到神的恩赐。然而诱惑越来越多，生活也越来越艰难。这还用说吗！丑八怪硬要创造奇迹，盲目而又优柔寡断的卑鄙之徒主宰着一切。

瓦西里萨难以悄悄抽身回到神像前，她还需要，需要通过祷告洗去罪恶——这是长老亲口说的。她心里轻松了许多，可是一切都似乎沾染上了不洁净的东西，她这就要去拿祈祷文，那样的话就会像从洗礼盆走出来似的。瓦西里萨又找到了时机，她再次穿过后院，又来到菜园找长老。

不然要怎么样呢！多亏上帝保佑她，她已经痊愈，只是现在要拿到祈祷文才好。

瓦西里萨来找沙帕耶夫拿祈祷文。可是很显然，魔鬼当时从瓦西里萨的身体里出来后进入了长老的体内，就这样直接跳进了长老的身体里。哪里有什么祈祷文啊！他连话都说不出来，脸色发青，像一只猫乘隙而入似的，他立即朝她扑去，开始肆意妄为……他的肋侧酸痛不已，甚至连小圣像都在胸前嘎吱嘎吱地响起来，两只手像是铁器，而胸膛就像是打铁用的风箱。

瓦西里萨的整颗心翻了个个儿——因为她已经承担了罪过，她想要通过祈祷赎罪！在那里，在无人能触及的地方，在那里，在她内心的隐秘之处，怒火勃然而起。

"该死的！"她的心在颤抖。

挣脱你是挣脱不掉的，瓦西里萨在拼命挣脱——绝对不行，不，他是不会放开的……她挣脱出来了——事与愿违，他紧抓住不放的手指就这样咔嚓一声折断了！她挣脱出来逃走了。

可是能去哪里？谁会听她的诉说，谁能为她鸣不平？神像吗？不。到底该去找谁呢？哪里能找到真理？该去找谁呢——应该去找侦查员，去找博布罗夫。

瓦西里萨就去找博布罗夫。

博布罗夫听完所有的讲述，一言未发，但是瓦西里萨带着什么样的心情来的，就又带着什么样的心情走了——他没能消除她的怨恨，然而案件还是走了法律程序。

在所有的案件中，博布罗夫把沙帕耶夫的案件摆在了首位：在这件事情上他要证明自己！

沙帕耶夫不可能不知道，他最终还是要被博布罗夫传唤，也逃不过监禁之刑，于是那些崇拜他的妇人们打算把长老藏起来，坚决保护他，绝不供出他。

长老也毫不在乎。

"我在与上帝交谈，"他教导自己的那些妇人们、那些无知温顺的女人们说，"我每天都在与上帝对话，我不害怕，我为什么要怕一个侦查官！"

的确，沙帕耶夫说这话时没有丝毫胆怯，甚至根本就不胆怯。那样子就好像虽说是博布罗夫坐在那里审问他，而沙帕耶夫就站在他面前回答，然而却不是沙帕耶夫接受博布罗夫的审问，而是博布罗夫被沙帕耶夫审问。

长老没有打开上锁的门，是的，他通过淫乱的行为治疗瓦西里萨，而且治愈了她，他也收了她的钱，就是这样。

"再没有别的了，"沙帕耶夫甚至轻轻拍打了一下他青筋突起的腿，忽然眼睛斜看着鼻子说道，"谁知晓上帝呢，知晓的不过是上帝的精神而已，他的遭遇无人了解，他的经历无人研究！"

于是话题不知怎么就自然而然地完全转到了另外一件事情上——问题不在于淫乱的行为和恶魔，也不在于金钱，更不在于强暴！话题转到了博布罗夫的堡垒、他的法律、他对法律不可动摇的信念。

按照沙帕耶夫的说法，违法行为是不存在的。没有违法行为，有的只是不幸。而不幸来源于罪恶：世界上到处都是罪恶，挑起人们之间的纠纷。

"哪里有人，哪里就有罪恶！"这些话像锤子一样敲打着，令人心烦意乱。

因此，犯下过错的人不是罪犯，而是不幸的人。这一切也都是上帝的意旨。因此，不应该由人来审判不幸的人，不应该由人来惩罚他：不幸的罪人在自己的不幸之中已经承受了应得的惩罚——遭受了不幸。即便人犯了罪应当受罚，那么惩罚他的也不应该是犯下罪行的人，而应该是给这个人定罪的人，是他的惩治者。

"罪人备受凌辱，许多东西都能领悟，罪人也就更接近上帝，他也在思考上帝，在祈祷，罪人最先出现在天主面前。"长老说道，他的声音流露出巨大的悲伤和痛苦的悔恨。

也有那么一刻，博布罗夫想无条件地放他回家，但是马上就醒悟过来，只是挪动了一下自己修长的干巴巴的手指。

沙帕耶夫接着说下去，沙帕耶夫说的都是俏皮话，对提出的问题也都作了回答，还讲了一些神奇的事情。

从他杂乱无章的话语中，从他所有神奇的故事当中，可以得出一个结论，这就是，似乎智者身上也有流言蜚语，因此只能用功绩才能把人民治愈，而最伟大的功绩就在于自愿受苦。

"你要彻底放下自己，舍弃自己，承担他人的罪过，拿起他人的十字架，替他人扛着这个十字架。"这些话像锤子一样敲打着，令人心烦意乱。

自愿受苦，就是愉快地替他人坐牢，似乎可以拯救俄罗斯人民，开启它的心智，净化它的灵魂。

直到傍晚博布罗夫都在思考，没有放走沙帕耶夫，尝试给他讲自己那一套——讲法律，但是长老反驳了他。

"你说的都是好话，可是你自己却不知道什么是好！"沙帕耶夫不甘屈服地说，谈话到此也就结束了。

博布罗夫在写决议——哪里能继续交谈下去！沙帕耶夫眼睛斜看着鼻子，皱着眉头站在那里，嘴里嘟囔着什么，大概是在念自己的祈祷文吧。

"我们的圣母经历过苦难的历程……"沙帕耶夫突然说道。

博布罗夫暂且放下手中的笔，眯起了眼睛。

沙帕耶夫身体抽搐着。

"我们的圣母经历过苦难的历程，天使长米迦勒领着她，给她指路……"他压低了声音，"圣母也离开过天堂，亲自去经历苦难，来到我们身边，来经历苦难，来与不可饶恕的人们一起受苦，她受着苦，呻吟着，因为苦难而为我们祈祷，她是整个世界的庇护者。人与上帝之间是有联系的……"他不作声了，一副悲伤受辱的样子，痛苦地看着博布罗夫。

沙帕耶夫进了监狱，而博布罗夫回了自己家里——回到了自己极其沉默的生活当中。

夜里博布罗夫锁上门以后，他没有坐到桌旁，也没有翻开书。他此刻想不到读书。他惶惑不安，脱离了惯常思维的轨道，他在房间里转来转去，就像一个窃贼犯被审讯后困在了单人囚房里。房间里闷得慌。他真想去更宽敞的地方！

发生在纵火犯身上的错误萦绕在脑海中，沙帕耶夫的话也难以忘记。

也许他以前也犯过错误，而且还不止一次，只是就这样过去了吗？难道他不知道什么是好？

他此刻的这种感觉就像是在搜查，这感觉一直都不离开他，只不过他追踪的不是纵火犯，而是他自己。

这么多年来他第一次问自己，他和自己的法制是否正确，俄罗斯人民是否需要他的法制，真正拯救俄罗斯的途径是否在于法制？

当马车夫法鲁京让他下车的时候，他感觉到自己体内有什么东西翻了个个儿，但是他当时立刻忘记了，似乎也没有注意到，此时他却想起来了，能想起来是因为他灵魂中有某种东西发生了翻天覆地的变化。

一阵剧痛涌上心头。

如果不是他的法制，到底是什么能拯救俄罗斯？是功绩吗，是自愿受苦？可是他的法制呢？法律该置于何地？他这个侦查员，俄罗斯也并不需要吗？他该何去何从？

他灵魂里的某种东西发生了翻天覆地的变化，这变化发生在他不为人所知的隐秘内心深处，他已经无法回到从前的夜晚，无法像那时一样愤怒和诅咒，无法像原来那样思考，无法照常规提出想法。他这么多年来一直回避的那些令人悲痛的问题，现在都暴露出来，而此前他却一直躲在自己珍贵的笔记本里——躲在自己的谴责里，这些谴责就像饮酒一样已经成为习惯。

他突然想起了妻子，内心充满了扣动心弦的忧伤，只有在最初家庭不和的那几年他想到妻子时才会这样；他想起了那一夜，那天深夜他曾经到过妻子身边。

"我知道，我全都知道！"她的声音、她的那些话在他上方响起。

他为这一切感到难过，也为这一切、为自己就这样白白地耗尽的一生感到惋惜。

怎么会是白白地耗尽？要知道他把自己的整个一生都用来守护法律——守护俄罗斯人民，它会因违法乱纪而灭亡。他在做自己钟爱的事情。他所做的一切都是为了俄罗斯的真理，他一直在寻找真理和对人民的庇护方式。他全都是为了俄罗斯。

是的，当然，需要设法调整好，他的心受到过深深的伤害，他的堡垒不稳固了，但是他不想认输。

难道他不知道什么是好？如果他的法制都完蛋了，为什么沙帕耶夫的自愿受苦就好？

"自己承担罪责，可是那个卑鄙之徒却自顾自地逍遥快活，甚至还会面带嘲笑！这就是好？为了谁呢？为了俄罗斯吗？当然，你不要反抗打你的人！是因为他不止会打我一个人，就让他随意打吧，你试试看吧，你要忍住不作声。当然，你也要爱那些憎恨我们的人！人们会原谅每个卑鄙之徒，因此才会有如此之多的卑鄙之事。然而俄罗斯被自己这种自古就有的缄默击溃了，因自己的柔顺而变得愚钝和残暴。这就是好？为了谁呢？"

空气开始变得浑浊，他很想喝酒。

"我要是杀人，那么他人就会承担我的罪责。我会杀人，是因为罪恶让我犯了糊涂，然而却没有什么能够对抗罪恶——这都是上帝的意旨。于是杀人以后，我这个不幸的人，就会在我的这种不幸之中承受我应得的惩罚。而依法审判我的法官，那个法官纳利莫夫会承受因审判我而遭到的惩罚——要知道我是会受到审判的，因为在自古就有的罪恶之中，在命运和罪恶的王国里，毕竟不是所有的人都无一例外地过着圣洁的生活！因为谁？为了谁？为了俄罗斯？"

酒灼痛着他，非常疼痛，全身刺痛。

"要是允许人们为所欲为，"博布罗夫突然问自己，"就是允许人们做什么都可以，哪怕只有唯一的那么一天，又会怎么样呢?"

他回答道：

"人全都是粗鲁、愚蠢而又凶残的生物，就算是一天，仅仅只有一天，也许他们什么都不会做：因为诱惑实在太大了，你都不知道要干什么，他们都会不知所措吧……好吧，可是我呢，我在唯一的这一天里会做这样的事吗？"

博布罗夫眯起眼睛，久久地这样坐着。

"我知道，我知道，我全知道！"他低声说道，他记忆中再次掠过最后那个夜晚。

此时已经临近俱乐部散场的时间。

随后瓦西里萨·普列克拉斯娜娅令人心旷神怡，在俱乐部里酒醉的心像一颗遥远的星星爱慕着另外一颗心。

外面护窗板哐哐作响——俱乐部的朋友们回家过夜时经过博布罗夫的房子，敲击声让他心里感觉一阵刺痛。

心脏有那么一瞬间停止了跳动。

"就这样吧，结束了！"这样的念头在心里闪过，于是许多事情马上就都忘掉了，多么奇怪，甚至也忘掉了他写满对人民、对缔造出来的亲爱的人民的谴责和诅咒的那本珍贵的笔记，忘掉了他全部力量和堡垒赖以维持下去的笔记，似乎从来就没有过这样的笔记，此时他感到宁静而又虚弱：须知上帝的意旨无处不在！

然而心又开始怦怦跳，就像往常一样怦怦直跳，但是他却一动也不敢动，他很害怕，既害怕又难过，担心心脏病再一次发作！

在角落里挂着一个圣像，就是父亲的那个圣像，父亲曾经在这个圣像前祈祷，圣母——我心尊主为大。

"人与上帝之间是有联系的！"博布罗夫回想起沙帕耶夫的话，他的头深陷两肩之中，就像他的父亲，就像这个老人祈祷时那样。

"圣母啊，救救我们！"

突然他感到非常羞耻，他急忙又倒上一杯酒，像是被火烧到了似的，从座位上一跃而起：

"这样的人民要你的法制有什么用！它不需要你，你也不需要它。没有庇护的、不安分的……可恶的人民！"博布罗夫习惯性地扬起拳头，扬起自己的棍棒——法律这面致命的旗帜、高高竖起的十字架，自己的旗帜就是十字架和诅咒：他一个人带上它，脱离全体人民，他一个人，经过沙漠走向海角天涯，那里没有人——只有一块脱落的石头。

他灵魂里的某种东西发生了翻天覆地的变化——在他不为人所知的隐秘内心深处。于是他的灵魂如同撕裂的白布一样。

他脚下的大地摇摇晃晃。他全身灼痛。

他全身都在燃烧，头脑在燃烧，心灵在燃烧，灵魂在燃烧。这是苏霍夫，是这个纵火犯放的火！

博布罗夫使出最后一丝力气，又喝了一口酒——酒已喝光，心情似乎平静下来。

他小心翼翼地走到沙发跟前，关了灯。

在圣彼得堡上大学的时候，博布罗夫得过一种常见病，那种病向来被看作是小病，谈起来通常也不会比微不足道的感冒多说几句，因此他傍晚时分看过医生以后沿着涅瓦大街回家，那时他觉得与大家很亲近：迎面遇见许多有缺点的人，也像他一样都有些小毛病，所有人都是他的兄弟姐妹……明天他要是突然出现在俱乐部并且在那里度过一个晚上该有多好，就像大家那样，和大家在一起。于是一切都会变得亲近友好，和和气气，生活也就会变得美好、清新而又愉快，没有悲伤，没有忧愁。

或者应该去费尼奇卡家里做客？

如此便会沉浸于俱乐部里的那种幸福之中，这种幸福感充溢在他的心里，就像是涂了纯净的橄榄油——浪子的圣油，他心里想着放荡的费尼奇卡躺到了床上，接着便痛苦地沉沉睡去。

博布罗夫做了一个令人隐隐不安而又悲伤的梦。他觉得好像家里新来了一个女仆，是一个健康的姑娘，就像瓦西里萨一样，好像她走进了他的房间，手中拿着一把大剪刀，声音急促地不断说着话，她摆弄着剪刀，就像理发师尤林——格里什卡·奥特列皮耶夫准备剪发时那样。

这个女孩朝他跟前走过来，越来越近。这个女孩离他越近，他就越不安。

他突然感到极度的恐惧。

他浑身抽搐，紧缩成一团——手攥着手，脚抵着脚。

"饶恕我吧！"

"绝不饶恕。"

"救救我吧！"

"绝不救你，恶人。"

"怜悯我吧！"

"绝不怜悯。"

没有人怜悯他！他辗转反侧，不停地摇头，可是他却无处可逃。

第六章

磨　难

清晨，博布罗夫在往常的时间起了床，他心情烦闷，浑身无力，被梦境折磨得痛苦不堪。

冰冷的水也没能让他打起精神：他面容憔悴，身形消瘦，踉踉跄跄，浑身疼痛难忍，就像遭到了许多棍棒痛打一样，所有的一切都让他心情沉重。

"现在他要是能去巴黎该有多好，他应该去巴黎！"他想抓住这最后一根稻草，"最好在那里生活，最好没有人知道他的事儿。他就会平静地度过自己人生的最后岁月。那里的气氛多么轻松！每天晚上他都能听到钟声，索邦神学院、参议院、圣叙尔皮斯教堂的大钟多么清晰地叮叮当当响起……"于是他倾听起来，仿佛真的听到了似的——钟声从幸福之城、和平之都传到他的身边，有那么一瞬，巴黎十分清晰地出现在他的眼前：那是多云的、灰蒙蒙的五月的傍晚……

驯养的金丝雀唱起了国歌，唱的是我们俄罗斯的国歌。

博布罗夫站起身来。

他艰难地穿上衣服。他觉得制服把他箍得紧紧的，毛衣扎着皮肤，刺痛着前胸和后背，就像他身上穿的是带许多钉子的铁丝编制而成的十字束带①——就像是带刺的枷锁。

博布罗夫十分吃力地下了楼，来到了办公室。

办事员帕尔苗·尼基季奇穿着式样别致的蓝色衬衫已经坐在桌旁了，他那条短腿的裤子往上提得更高了：上面沾满了泥浆，虽然之前烤得干干的，但是提前预防从来都不起什么作用。

一天开始了，像往常一样：信函，公文，然后证人一个接一个地来作证。

父亲和儿子吵了架——让他们和解了。

"给他跪下，你这个坏蛋，不会掉脑袋的！得啦，你就原谅他吧！"帕尔苗·尼基季奇教导他们说。

博布罗夫反正也无所谓，不管卡里耶夫说什么，就算是让他们额头撞上额头，反正无所谓，而且也没什么大不了的。

警察带来一个囚犯。应该即刻审问。对此博布罗夫早就习以为常，做起来也极为轻松，他很快就把囚犯制服了。

休息时间到了。

帕尔苗·尼基季奇出去了，博布罗夫独自留在自己的办公桌前。

他的茶凉了，可是他却一动不动，自从坐下来以后，他就一直坐在那里。难以集中精神思考，想法模糊不清而又难以集中精神，他就这样坐着，什么都不想。

而后不知为什么，他忽然想起了一件事，一件微不足道的事，是他在报纸上看到的。

在某个地方，好像是在符拉迪沃斯托克吧，审讯一个中国人。中国

---

① 基督信徒服饰上的一种饰物，呈十字形，由衣服领子垂下，绕过身体两侧，把衣服束在腋下。十字形寓意信徒追随基督而背负的十字架。

人不太会说俄语，能听明白的话就更少。审讯中国人的时候没有译员。审讯这个中国人，是因为他偷了一条裤子。"你偷了一条裤子?"法官问他。"是一个库子。"中国人坚决地答道。"你偷了一个库子吧?""偷了。"于是，法官宣读判决道："因偷窃一条裤子而判处徒刑。"怎么会是这样呢，怎么会是偷了一条裤子? 中国人困惑不解，根本就搞不懂，不想认罪。"是一个库子!"他绝望的呼喊声脱口而出，中国人大声喊叫，可是判决已经生效，中国人被带走了。

"一个库子!"博布罗夫深深地吸了一口气：心在刺痛，可是却不露声色。

窗台上落着一只寒鸦——寒鸦的眼睛是白色的。

博布罗夫好像被锁住了一样，他看着寒鸦，目光无法离开它那双白色的眼睛。

寒鸦落在那里，没有飞走。寒鸦用白色的眼睛盯着博布罗夫。

一阵寒意流遍了他的全身。

"窗户应该关上。"博布罗夫想，可是他并没有起身，只是眯起了眼睛。

在他的眼睛里有两个白色的小圆点，于是他的心刺痛起来。

"没有译员，我们都没有译员……法官会做出判决，而我们困惑不解，我们大叫，却已经晚了……"博布罗夫突然想起中国人的事情，大概以为一想中国人的事情就可以不再去看眼前的寒鸦，可是即便他闭着眼睛，却仍然只看见它一个：寒鸦静静地落在窗台上，白色的眼睛直视着他，"是的，没有译员……被满怀愤慨、残酷、不公正地判决为有罪的人，我们正走向监狱! 一条裤子?"

"一个库子!"博布罗夫痛苦地跳了起来。

帕尔苗·尼基季奇踮着脚去打开窗户。他的裤子变得更短了，肥大破旧的橡胶套鞋向四外张着，能看得见灰色的线袜。

于是又开始审理案件。

博布罗夫尽最大努力设法坚持着——他那样子看起来让人很难过，他又开始签署文件——手不由自主地来回移动，又开始审讯——习惯性地罗列着一个个问题。

来了一些农夫和村妇，他们仿佛穿过梦境一般，在昏暗之中来到博布罗夫面前。他们那羊皮外套的恶臭直呛他的鼻子。

时间过得沉重而又缓慢。

终于，一个外人都没有了。没有人需要等待了。帕尔苗·尼基季奇打开气窗，把橡胶套鞋系好，可以像往常一样默默告辞了。

就在此时，办公室里进来一个拿着公文的甲长：

"乌格留宾斯克的地方长官克鲁普金枪杀了妻子。"

博布罗夫把公文放进口袋里，但是他没有派人去准备马匹，而是慢慢上楼回了自己的家。

在亚历山大·伊里奇的办公室里，在那张著名的十二种不同狼毛编织的斜纹挂毯下面，在留声机旁坐着吃过晚餐的亚历山大·伊里奇本人和管理局成员罗加特金。

"鼻子好痒！"亚历山大·伊里奇眨了眨眼说。

"喝伏特加吧。"

"很愿意喝上一杯。"

"喂，你来说点儿更有趣的事情吧！"罗加特金暗自得意地微笑着，他就像茶炊一样红光满面。

留声机还在不停地咿咿呀呀。

亚历山大·伊里奇和谢苗·米赫伊奇两个人都心满意足。

至于罗加特金的案件，他已经来和警察局长商谈——这是一种老套的做法，最终以对双方有利的方式圆满解决了：罗加特金中饱私囊，玛丽娅·谢韦里扬诺夫娜也不会吃亏——乔尔托夫花园不会遭受损失，反而会追加款项，好好过你的日子吧，不要伤心！

早就该去俱乐部了。那里还会再吃喝庆祝一番：对于这种情况而言，解决问题不是罪过。于是亚历山大·伊里奇高兴得像狗一样打着喷嚏。

两个好朋友非常及时地来到了俱乐部。

所有人都到齐了：俱乐部主任伊万·费奥克季斯托维奇·博戈亚弗连斯基本人，法官斯捷潘·斯捷潘内奇·纳利莫夫，地方行政长官尼古拉·瓦西里耶维奇·萨尔塔诺夫斯基——扎孔尼克，消费税税吏谢尔盖·谢尔盖耶维奇·什韦林——塔别利多特，农艺师谢苗·奥多罗维奇·普里亚特金——斯维尼亚，管理局秘书瓦西里·彼得罗维奇·涅莫夫，税务督察官弗拉基米尔·尼古拉耶维奇·斯特罗斯基——唐璜，邮政局长阿尔卡季·帕夫洛维奇·亚尔雷科夫，林务官埃拉斯特·耶弗格拉福维奇·库尔甘诺夫斯基——科洛达，安娜·萨维诺夫娜·什韦林娜，卡捷琳娜·弗拉基米罗夫娜·托罗普措娃——莉扎布特卡，侦查员的妻子普拉斯科维娅·伊万诺芙娜·博布罗娃，还有伊万·尼卡诺雷奇·托罗普措夫本人，他喝光的酒，即便不是十九瓶，至少也得有一打了。

克鲁普金每次来斯图杰涅茨，总是一个极受欢迎的客人。他虽然已经不年轻了，但是身体强壮，有着军人派头，他用自己鸟一样的眼睛勾引了萨尔塔诺夫斯基——扎孔尼克的妻子，最重要的是，他因自己的狩猎装备而出名——他是一个狂热的狩猎爱好者，他养了九匹好马，刚刚下了初雪，他就追捕野兔。大家因此都特别怕他，没有人再敢狩猎野兔了。

后来发生的事情是：在乌留皮诺，村长当兵的儿子从圣彼得堡回来，随身带着一把步枪，他开始大肆猎杀捕捉野兔。克鲁普金得知此事，给这名士兵定了罪：判处二十五卢布的罚款，还要关押在牢。士兵向调解法官会审法庭提出申诉，而会审法庭依法减轻了刑罚。士兵支付了罚款，又开始猎杀野兔。其他人也尾随其后。克鲁普金大发雷霆，对所有的人都处以罚款。那些被罚款的人就都向调解法官会审法庭提出申诉。省里的机关也过问起此事，公文一份接一份，由于会审法庭的揭发检举，克鲁普金差点儿受到纪律处分。

"克鲁普金大怒，"彼得鲁沙讲道，"只管每只野兔都要罚二十五卢布，而他家里野兔真是到处乱蹦！晚上也不安生，它们从各个角落里钻出来，挤成一堆，有白的，有灰的，各种各样的。半夜里，他觉得好像有一只兔子蹦到了他床上，他拿起枪，瞄准了，就开了一枪……他'嚓'地划着了一根火柴，床上都是血——子弹射到了妻子身上。"

女士们唉声叹气。

彼得鲁沙此时忍不住讲起，有一种兔毛，似乎能杀死任何野兔，他主要是给女士们，尤其是侦查员的妻子讲的。

空气中的酒味越来越浓。

话题枯竭了——到了荒谬可笑的时刻，该是谈论博布罗夫的时候了。

当然，纵火犯一案的侦查错误已经被当成了笑柄。就像纯净的橄榄油——美妙的圣油似的，隐秘的想法愉悦着内心：侦查员的末日到了，那就顺其自然，让他离开斯图杰涅茨吧。

在人们情绪激动的臆想中，博布罗夫已然成了一个恶棍——禽兽不如，贪图私利，十足的破坏者。

"你要知道，亲爱的，他还是失算了！"

"他完蛋了!"

"到头来是一场空!"

"要好好收拾收拾他!"

"就该这样!"

"他这是活该!"朋友们异口同声地附和。有人提议为博布罗夫犯下的错误而干杯。

洋薯草露酒端了上来,人们大声地欢呼赞美。

一切都令人心情舒畅,可是总觉得缺点儿什么。那么,缺的是什么呢?

在科尔帕基山上德维加尔卡的茶馆中,在主人居住的狭小房间里的茶炊旁边,坐着女主人德维加尔卡本人、甘纳什卡和季赫温女子修道院的修女阿谢涅法嬷嬷。

甘纳什卡喝了用十二把钥匙熬制的魔水,他喝水的时候吃的不是糖,而是圣饼。每天甘纳什卡都要喝上八杯水。德维加尔卡亲自为他准备这些水:抽屉柜、橱柜、箱子上的十二把钥匙,用肥皂洗干净,放入水中,把水加热,直到把钥匙煮得沸腾起来,那时水就煮好了,可是味道很难闻,一股铁锈的味道。甘纳什卡喝了这种水,可是依然像以前一样身上疼痛难忍。

阿谢涅法嬷嬷喝过了具有强制性治疗作用的茶水,第二个茶炊便已经给这位女客人准备好了。阿谢涅法嬷嬷讲了神灯显灵的事情,说神灯能显灵,能赐予药物。

修道院最重要的圣物是能显灵的季赫温修道院圣母圣像。圣像前放着蜡烛,点着许多神灯,还有一盏长明不熄的大神灯。

涅别利梅斯捷尔①来修道院参加首席贵族巴巴欣的拜神仪式，他虔诚地点燃一支二十戈比的蜡烛祈祷。阿谢涅法嬷嬷站在圣像前，她负责维持秩序，这位修女认为没必要烧灯油，她便要把涅别利梅斯捷尔的蜡烛留下过夜，而把长明的那盏神灯熄掉。

"我熄灭了神灯，老妈妈，"阿谢涅法嬷嬷讲道，"锁上了大礼拜堂，去暖和的小礼拜堂做晚祷。我站在那里，老妈妈，我一边做晚祷，一边在心里想：'怎么能这样呢，'我心里不由得想，'这盏大神灯是长明灯，可是我却舍不得多花费，把它熄灭了？'我就这样前思后想起来，根本没有心思祈祷，祈祷不下去了。'这不好，'我想，'我这样做不好！'于是我快步来到大礼拜堂。我打开了大礼拜堂，我一看，神灯亮着呢。圣母自己点亮的——耀眼的灯光！而我又犯了一个过错：'让我来试试'，我想，我拿起神灯，然后把它熄灭了。我熄灭了神灯，锁上了大礼拜堂，回到了我的居室。我第二天早上来一看，神灯亮着呢……"

德维加尔卡对修女的话连连称是，她非常满意修女的话会让甘纳什卡永远惧怕，让这个男人不再与女用人来往，她不管不顾地吹嘘起自己的事情来：

"我呢，嬷嬷，要生孩子了！……"以及类似于这样的事情，阿谢涅法嬷嬷对此只能虔诚地咳嗽几声。

甘纳什卡喝着他那用钥匙煮的水，一直在想啊，想啊——他接下来应该解决掉谁，是女用人瓦西哈，还是他的妻子德维加尔卡，是不是可以顺便带上能显灵的阿谢涅法嬷嬷？

在白色石头建造的监狱对面，正对着格栅式窗户，在围墙旁边站着三个女人，这些人都是自己到这里来的。天儿冷极了，夜里寒风凛冽，

① 这个人名的意思是"一无所知的人、什么都不懂的人"。

满天星斗。然而她们都站在那里，没有离开，就站在强劲的秋风之中。

在上面的窗户里，在铁格栅后面，监狱里的灯火昏黄暗淡。在那里，铁格栅里面坐着三个人：被判决犯有纵火罪的苏霍夫、纵火犯巴里亚金和沙帕耶夫长老——很难辨认出其中哪个人是长老，哪个人是纵火犯，哪个人是被判决犯有纵火罪的人。

女人们难过地站在那里。

风在呼啸，星星在夜空中闪耀——这是上帝的明灯。秋日的星斗，冷冰冰的，就像夜晚一样。

谁会祈祷上帝赦免他们的罪过，谁会引领他们走上解救之路，谁能摆脱、谁能消除末日审判、永恒和可怕的折磨？

他们犯下危害极大的七宗罪①，他们的犯罪行为从始至终，从地上到天上，从大地到深渊，从南到北，从东到西，他们的罪行比夜晚的星星和树上的叶子还要多，比大地上的青草和海里的沙子还要多，比石头、树木、野兽、牲畜、鸟类、鱼儿还要多，比海里的波浪、雨滴、人类和其他一切生物都要多，从世纪之初到世纪之末：不给饥饿的人吃饭，不给口渴的人喝水，不给漂泊在外的行路人提供住处，不给赤身裸体的人衣服穿，不去看望病人，不去监狱探望关押在牢的人。

漫长的夜晚她们站在寒冷的星辰下不停不休地祈祷。

于是她们仿佛看到了长老，他是备受爱戴和敬爱的人，他是知晓她们内心秘密的人；在遥不可及、高不可攀、星辰隐没的天国那熠熠的光辉里，长老在空中岿然不动，悲伤地站着。

"主啊，保护我们，宽恕我们吧！主啊，可怜可怜我们吧！主啊，温暖温暖我们的心吧！主啊，你听到了吗？"

---

① 基督教认为，人本性中固有七种恶习，称之为七宗罪，指的是暴食、贪婪、懒惰、淫欲、嫉妒、暴怒、傲慢，基督教用撒旦的七个恶魔的形象来代表这七种罪恶。

在白色石头建造的监狱外面，风在古老的墓地上游荡。风吹拂着，呼号着，在腐烂的十字架周围盘旋，就像田野中成熟的沉重的麦穗，十字架全都倾倒向地面，只有一个稳稳地竖立在那里，自从立起来那天起，就竖立在那里，只有斯图杰涅茨的商人马克西姆·伊万诺夫沉重的墓碑没有倾倒下去：

> 在这块石头下
> 躺着商人马克西姆·伊万诺夫，
> 他们应该活着享受，
> 可是他们却已死去。

纽莎·克鲁季科娃在仪器旁边打着瞌睡，在它的敲击声中睡得很香甜。突然纽莎跳了起来，就好像瓦夏·卡班奇克扎了她一下似的。电报纸一如既往地移动着、翻卷着，但是上面的字却和往常不同：从雷科夫发给警察局长安东诺夫的电报是用密码写的！纽莎像燕子一样要赶快把这个消息告诉坐在旁边的人，可是旁边的那个人却不在。

瓦夏·卡班奇克走到外面呼吸新鲜空气——这是一个星光灿烂的夜晚，卡班奇克站在那里，就那样自我欣赏起来。

> 小枕头，小枕头，
> 小枕头毛茸茸……

博布罗夫的女儿们轻声地唱着：帕莎、阿纽塔、卡佳、济娜唱着覆盘歌①"小枕头"，她们在女孩子出嫁前告别女友的晚会唱这首歌，也在新郎来迎娶新娘的晚宴上唱，女孩子们轻声地唱着，她们的歌声充满了忧伤。

> 我爱的人，我爱的人，我要亲吻，
>
> 你呀，我的小枕头，我会赠送。

博布罗夫穿着厚重的制服，僵硬的领子竖起——他穿着刺人的、令人难以忍受的十字束带躺在沙发上。

他一回到自己家，就马上躺倒在沙发上，就这样一直躺在那里。

桌子上亮着一支蜡烛。烛火摇曳不定——风在窗外游荡。

博布罗夫闭着眼睛躺着。一股寒意灼痛了他。他想站起来，穿得暖和一些，再喝上几杯——哪怕就喝一口也行，但是他依然躺着，也无法叫人过来。

各种念头肆意地涌现出来，心脏任性地剧烈跳动或停止不动，然而他本人的意愿却是最微不足道的。

也正是出于自己这种最微不足道的意愿，他不想叫任何人过来。

在他的记忆中升起一片片幕布：那么遥远、已经被遗忘的事情，偶然间发生的事情，在他眼前掠过，然而是那么血腥的事情，充溢着无法挽回损失的痛苦。

他不知为什么想起了一份案件笔录，他在结婚前不久就做的这份笔录，那时候他还是雷科夫的一名候补法官：在雷科夫车站的行李部发现一个篮子，篮子里装着一个被杀死的女人。

---

① 覆盘歌，圣诞节期间女性围坐在一只盖着盘子或底朝上扣着的碗的周围，一边唱歌，一边从里面依次摸出小物品，以卜吉凶。

里面的话一字一句都印在了他的心里：

"死者是女性，尸体完整，年龄在三十五岁左右。头部偏向一侧。身穿样式时髦的黑色上衣、两条裙子。脚穿带花边的时髦皮鞋。当死者左手被提起时，篮子里有巨大的蠕虫爬动……"

突然他看清楚了，在篮子里遇害的女人就是他的妻子普拉斯科维娅·伊万诺芙娜。

"这是多么简单，"他想，"人终有一死，像所有人一样，像我一样，可是我……"

但是记忆又揭开了另一片幕布，不让他喘一口气，不让他回回神，不让他醒悟过来。有人在不顾他的意愿按自己的想法处置他，强大而又坚定，根本不过问他愿意还是不愿意。

这是多久以前的事儿了！他坐在电车里，要去斯莫尔尼宫，他对面坐着一个身穿黑色棉绒上衣的女人：脸像胡萝卜，鼻子也像胡萝卜，全都红红的，哭得都肿了。她手里捧着一个圣像——圣母圣像，是的，是的，是圣母——我主荣耀，她双手紧紧地抱着它，把它紧贴在胸前，而她自己的身体不时地左右摇晃，就像喝醉了一样，眼睛则看着地面上破了洞的短靴。可是她突然喊道："带我走吧，去哪儿都行！"

"带我走吧，去哪儿都行！"她极其绝望地用尽力气呼喊。

"可是您想要去哪里？您要去哪里？"

"去圣彼得堡。"

"唉，去圣彼得堡啊！"

"可是您坐错方向了，完全坐错方向了。"

> 我爱的人，我爱的人，我要亲吻，
>
> 你呀，我的小枕头，我会赠送。

歌声幽咽，博布罗夫的女儿们在隔壁唱着歌——她们的歌声充满了忧伤。

"带我走吧，去哪儿都行！"女人不断地大声喊叫，然后痛苦地抬起双眼，那眼睛痛苦不堪，像极了母亲的眼睛，她身体微微晃动，好像喝醉了，就像瓦西里萨·普列克拉斯娜娅一样。

突然博布罗夫完全看清楚了，这不是母亲，不是瓦西里萨·普列克拉斯娜娅，不，根本不是，这是他在呻吟……而他那最后的意愿集中最后的全部力量，为的就是让别人完全听不见，为的是绝对安静。

"爸爸，你不舒服吗?"他的三女儿卡佳，也就是检察官的女儿，这时走进了房间。

"还好，"博布罗夫抬起头看了一眼，"卡佳，我……还好!"接着把脸转向墙壁，就好像他身体里的一切都翻转过来了似的。

他正在法官的办公室里。他，博布罗夫，就站在法官面前。法官纳利莫夫正在审讯他。但是法官所说的话，他很少能听得懂：纳利莫夫虽然说的也是俄语，但是说的好像有点儿与众不同，很难弄明白。只有一点他很清楚，他这位司法侦查员、五等文官博布罗夫正在接受审讯。是的，他有罪，他做了错事。因此才到审讯。怎么会这样! 因为犯了一个错误，就被如此残酷地对待? 他也想说些什么为自己辩解，想为自己辩护，但为时已晚：法官解开镣铐。一些中国人抓住了他的两只胳膊……

"一个库子!"博布罗夫猛力一挣，张大嘴巴吸了一口气。

于是心脏变凉了，心脏停止了跳动。

房间里安静下来，比以往更安静。烛火摇曳——风在窗外游荡。

女儿们没有唱歌——她们在隔壁沉浸于少女热烈的思绪中而安静下

来，她们的声音没有因为唱婚礼歌而充满忧伤。

无处不在而又声音响亮的风，我们那强盗一般的风，风儿的歌声苦闷……内心也苦闷，大海也苦闷……那里是大海——海水是否骚动不安？那里酷热难耐——地上干涸，天空无雨，青草是否已经枯萎？那里有痛苦——是否在放声哭泣，痛楚地呻吟，不停地呼喊？那里的激情不可遏止，一场雷雨，损失无以计数，哀号声无法止住？——风儿的歌声苦闷，强盗一般声音响亮的风到处游荡。

"爸爸！"卡佳喊道。

但是没有人回应她，只有烛火闪烁一下。

寂静令人备受折磨。

卡佳悄无声息地走到沙发跟前，屏住呼吸，俯下身去。

"爸爸！亲爱的！爸爸！"她马上往后退去。

博布罗夫眼睛睁着，目光凝滞，他穿着沉重的制服，可怜地躺在那里，嘴里吐着气。

（1912 年）

鬼 谷

час
Выбирайте рассказ лемизова

别布卡

漫长的冬天过去了，就像众多这样的冬天那般过去了。冬天都同样了无生趣，暴风雪弥漫，阴晦沉闷，到处都是无边无际的严寒那令人难以忍受的冰冷的光芒。

我住的房子依稀可见，只有一团团怯生生的烟柱昭示着生命的迹象。

房子里一片沉寂静谧，只有锤子间或轻轻敲打几下，粗蜡线偶尔发出尖锐刺耳的声音。

然而现在，春天迫不及待地来到了遥远的北方，来到了荒芜的、孤独的北方……

每天清晨，当我读书或者写作的时候，我房间的门总是先轻轻震颤一下，然后再向前推开一道缝，最后才稍微打开一点儿。

"布布卡让我进去，让我进去布布卡，布——布——卡!"传来一个孩子不断的恳求声。

接着走进来一个胖乎乎的小男孩，他要么穿灰色长衫，要么穿红色衬衫和蓝色裤子。

"布布卡，给我做个笛子吧。"小男孩朝书桌走过来的时候说。

"什么样的笛子?"我没有放下手头的工作，这样问别布卡。

"像轮船上那样的!"

"我不会做笛子。"

"我把笛子指给你看看!"

"好啊,只是现在不行,以后再去吧,别布卡,我现在忙着呢。"

"你穿上大衣,戴上帽子,扣上扣子,我们现在就去,你一会儿再忙。"

我什么也没说,尽量集中精神工作,摆出一副严肃的面孔。

别布卡在地板上爬来爬去,把彩纸的碎片放在一边,在卷着什么。

"你在干什么,别布卡?"

"我在给妈妈做糖果,她会吃的;昨天她给我好多好多大大的糖果,可是没给你!"

"为什么没给我呢?"

"爸爸来了以后,我要自己拿给你。"

别布卡爬上椅子,长时间地看着杯子里的花儿。

"布布卡,你有很多花儿吗?"

"很多。"

"有很多黄色的?"

"有很多黄色的。"

"能给我一枝花吗?"

我从杯子里拿花儿,递给别布卡。

"给,全都拿着出去玩儿吧,以后我再给你做笛子。"

"像轮船上那样的?"

"比轮船上的还要好呢,只是你现在去玩儿吧。"

别布卡拿过花儿向房门走去,却不小心弄掉了。我打开门让他出去。

从敞开的窗户外面久久地传来一个孩子的声音，像是在唱：

> 布布卡把所有的花儿送给了我。
>
> 布布卡把所有的花儿送给了我。

我重新开始写作，但是什么都没写出来，我眼前一直浮现出别布卡的样子：他不小心弄掉花儿，还唱着歌儿……

过了一个小时，又过了一个小时。我又听到别布卡的声音，他飞快地跑到我跟前：

"布布卡，给你！"他从嘴里拿出一块糖递给我。

我假装把糖果含在了口中。

"现在我们就去吧！"

他走到隔壁的房间，在那里干活儿的是两个鞋匠：脾气暴躁的伊万·奥努弗里奇和个子高高的彼得·安德烈伊奇，在那里也重复着同样的情景。

"现在我们就去吧！"听到别布卡不断的恳求声。

天气寒冷。

每天清晨都有一层银色的薄冰覆盖在浅绿色的秋播作物上，而那波浪，褐色和白色相间的就像鸥鸟的胸脯，红色的就像血滴，在冰原上吹来的凛冽的旋风的呼啸声中，波峰起起落落。

别布卡没有露面。

我从城郊路过，透过一栋房子的窗户看见了他：他在和小伙伴们玩耍，穿着自己那件灰色长衫，在长裤外面穿着高筒胶皮套鞋。

今天旋风过去之后，太阳闪耀着，暖暖地晒着，驱走了一团团厚厚的雷雨云，就在此时我的房门再次震颤了一下，别布卡又走了进来。

"你跑哪儿去啦?"

"捉蜜蜂啦。"

"可是我看见你了!"

"你在哪儿看见的?"

"在树林里看见的，你却没认出来我；快告诉我，我叫什么名字?"

"布布卡!"

"还叫什么?"

别布卡好半天没说话，然后用两只小手搂住我的脖子，爬上我的膝头，不是对着我的耳朵，而是对着我的鼻子小声地说：

"大胡子山羊。"

轮船开过来了!

我透过窗户看到，远处河面上有什么东西若隐若现，就好像是搁置了很久的灰色大冰块。

我急忙赶往码头。

路上碰到别布卡；他穿着一件长大衣，大衣的腰部以下有一条装饰带，头上戴着毛茸茸的蓝色平顶帽，帽顶中间有个扁扁的小圆球。

"布布卡，轮船开过来了，你带上我吧!"

我拉住他的手，我们一起跑去……

在码头上，别布卡坐在楼梯的栏杆上等待着。

终于，轮船渐渐地驶到了跟前，长时间刺耳地鸣着笛。

"喂，别布卡，我们去找吃人的野人啊?"

"你自己去吧，我可不去!"别布卡瞪大眼睛环顾四周，好像还能看到什么非常需要的东西似的。

"那我们回家吧，再没什么可看的了。"

我们慢慢爬到岸上，别布卡不时地回头看轮船是否返程了。

河面上小船往来穿梭，鸥鸟鸣叫。

"轮船就要开走了，"别布卡声音疲惫地说，"你快跑吧，布布卡，快点儿跑吧！"

午饭后别布卡又来了，一声不吭地站在我旁边。

"你好，萨卡－法拉①！"

"你自己才是沙卡－法拉！"别布卡不满地回答说。

"你干吗哭咧咧的样子，瞧瞧你，你的嘴巴咧得那么大，就像哪个挨了欺负的阿加加②的嘴巴似的，有人打你了吗？"

别布卡一声不吭。

"你没吃饭？"

他一声不吭。

"想喝茶吗？"

他还是一声不吭。

"我倒有个办法，别布卡，走吧，我们俩去睡一觉，我也和你一起睡，给你讲一个非常恐怖的故事！"

我抱起他，把他放到床上。

我先是伸开手指模仿羊用角抵人的动作来开玩笑地吓唬他好多

---

① "萨卡－法拉"是作家在小说中杜撰的名字，旨在故意说错别布卡的名字逗他，别布卡则用"沙卡－法拉"这一名字来回应作家的逗趣。

② "阿加加"是作家在小说中杜撰的名字。

次①，然后假装成提着"冷水"的喜鹊②，还朝他的小肚子上吹气，但是怎么样他都不笑，于是我闭上眼睛开始发出打鼾的声音。

"布——布——卡！"别布卡小声说道。

"啊！是你啊，别布卡，我还以为是杰托谢卡③来了！"

"讲——故事！"别布卡又小声说道。

"讲故事啊！好，你听着！"

"很久很久以前，有一个叫乔克尔的人和一只狐狸，他们和睦相处，是好朋友，一起去树林，一起去看轮船……"

别布卡打了一个哈欠，使劲儿睁大水汪汪的眼睛。

"他们午饭后一起睡觉，摘黄色的花儿，做笛子……"

"像轮船上那样的吗？"别布卡半睡半醒中问道，他的小脸蛋儿一片绯红，小嘴唇儿噘着，鼓鼓的。

"有一次，他们没有面包了，可是却想吃东西……"

别布卡睡着了，我小心翼翼地下了床。

但是他很快就醒了，受到了惊吓，全身都湿淋淋的，他哭了起来……

来人把他抱回了家。

"我给你拿黄色花儿来了！"别布卡喊道。他解开短裤的扣子，从里

---

① 这是俄罗斯儿童喜欢的一种游戏，向前伸出两个手指，其余手指攥成拳头，做成羊头的样子，然后一边把手伸向孩子一边说："长角山羊走过来，它来找小孩，抵啊抵啊抵啊！"

② 一种俄罗斯儿童游戏，但是在俄罗斯文化中，往往喜鹊提着的不是冷水，而是粥，喜鹊会煮粥并把粥分给孩子们，由它来决定分给哪个孩子或者不分给哪个孩子。

③ 杰托谢卡是俄罗斯童话故事中的人物形象，他会在夜里来抓不睡觉的孩子，把他们塞进袋子里，然后自己也钻进去，撩起孩子的衣服使劲儿打他们。

面拿出几枝揉皱的蒲公英。

我从他手里夺过花儿，给他扣上短裤的扣子。

"好吧，可是现在，你最好去找伊万·奥努弗里奇，我现在正忙着呢，别布卡！"

"那我再也不来找你了！"他嘟哝着走了出去。

我听到隔壁的房间里传来如下的对话：

"你剥过山羊的皮吗，罗加特①？"

"剥过。"

"它会尖叫吗？"

"现在它就要尖叫，你听见了吗？"高个子鞋匠便开始尖叫。

"妈妈说，我们的兔子带着粥跑了。"

"我碰见它了！"脾气暴躁的鞋匠严厉地说。

"那山羊呢？"

"山羊也碰见了。"

伊万·奥努弗里奇走进我的房间，摆上两把椅子，把线挂在椅子背上，开始缠线。

别布卡跟在他身后，要是线乱了，别布卡就耐心地等着伊万·奥努弗里奇解开结子。

别布卡在干活儿呢！

过一会儿大人搓线绳的时候，他就戴上鞋匠的长围裙，拿着锤子在房间里走来走去。他打量着摆着许多书的架子，不时地敲打几下书脊。

"我喜欢这些书，它们好看，"他指着那些贴着彩色标签的书说，"可是这些书不好，为什么书不会掉下来呢？"

———————————

① 这是鞋匠的绰号，意思是"长角的、戴绿帽子的"。

阴郁寒冷的早晨。

也许，河面上有冰层在流动。

河水灰暗、肮脏。

下起了绵绵秋雨。

我坐在窗旁；一片静寂，只有风一直不停地呼呼作响，风声呜咽。

突然我看见了别布卡，他站在岸上，双腿一直裸露到膝盖，看着远处的河面。

"你好，别布卡！"我朝他喊道。

"布布卡！"他响亮的声音回答道，"轮船来了吗？"

"不知道，笛子呢？"

"我没有笛子，你给我做一个吧，布布卡！"

于是别布卡跑到我跟前，开始谈论笛子、黄色的花儿和山羊。

我要离开这座城市了。

夜渐深沉，令人愉悦的风儿悠闲自得地驻足在静悄悄的河面上。

野蔷薇开了花儿。

别布卡被带来和我告别，他原本已经躺下睡觉了。

"你要去和布布卡告别，他再也不会到我们这里来了！"

别布卡睡眼惺忪地噘起嘴，他突然看见桌子上有一堆各种各样的河流石。

"这是什么，布布卡？"

"这是我吃的，路上吃的食物。"

"送给我吧！"

"拿去吧，给你留作纪念，别布卡。"

他立刻兴奋起来，把所有的石子装进自己的帽子里，急忙往家走去。可是当他想戴上帽子的时候，石子全都散落到地上，于是他便啜泣起来。

"你回去睡觉吧，别布卡，我会把所有的石子给你送去，再见了，别布卡，再见!"

于是别布卡就被带走了。

我和石子留了下来，但是那些石子已经不是我的了。

（1902 年）

音乐家

他想要歌唱……

每当他有机会去听音乐会的时候，他的手指总是跟着乐队指挥在空中打着拍子，表情随着乐曲而变化，做着鬼脸，尤其是嘴唇：一会儿噘起来，一会儿闭紧，一会儿又几乎要咧到耳朵，他的脑袋则左右摇晃，仿佛协助演奏似的。他踮起脚，鞋后跟敲着拍子，身体晃动——拼命地晃动。

人们经常在音乐商店的橱窗前遇到他，他在那里长时间神情专注地站着，仔细观看：观看新的、刚刚收到的乐谱那颜色鲜艳的封面，然后极不情愿地离开，沿着街道走去。他弯腰驼背，步态蹒跚，手舞足蹈，一会儿对着什么微笑，一会儿又因什么事儿皱起眉头，一副心中有数的样子。他不单单夏天里会不时地晃动细细的手杖，冬天里也会用一根手指从窗台和围墙上清除落在上面的一层薄雪。

他的钱总是紧紧巴巴的，他只能偶尔去买乐谱，因此不得不限于购买他在曲目单中着重标注的、他特别想拥有的那些乐曲的谱子，而他有一大堆曲目单，上面画满了各种颜色的十字、圆圈、圆点、线条。

某种无法遏制的东西使他向往音乐。无论是手摇风琴在窗前弹起，还是士兵们奏着乐从旁边经过，他整个人都会跳起来——心脏猛烈地颤

306

抖，听上整整一个钟头，然后忧伤地唱起来，就像挣脱束缚向外冲去，可是又被夹住，被砰的一声关了起来，现在则滔滔不绝地诉说着折磨人的埋怨和要求释放的请求。

他生就一副丑陋的模样，有很多缺点使他成为被取笑的对象，他自己完全远离了那让他觉得十分亲近的东西，这东西本应该就在他自己身边，就在他面前，紧紧跟随在他身后。

这让人感到揪心，心情沉重到了可笑的地步，尤其是当他第一次进入陌生的房子或者走过剧院大厅能被很多人看到的时候。此时的一切足够让人难过：他说话的时候，漏掉许多词汇里面的音节，听众于是忍不住哈哈大笑；他踩到他们的脚和衣服的下摆，他们就斥责他。

孩童时期他总是遭到人们的戏弄，而后来已经过了这个年龄段的时候，常常有路人根本不加考虑地在他身后说一些侮辱性的俏皮话。当他弟弟的妻子怀孕的时候，他的母亲曾经对她说：

"你不要看这个丑八怪，不好！"

不知为什么，这句责怪的话深深印在他的脑海中。是母亲这样说的。

在一个地方他住的时间不能太长，因而一个接一个地更换城市。

于是，尽管十分拘谨，他还是莫名其妙地到处都能进入到摆放着钢琴、弹奏着音乐的房子里。

他想要歌唱。

正值春天。

松软潮湿的街道在马蹄之下叮当作响，在毫无用处的滑木下冷漠地咯吱作响。

屋顶的积雪早已融化，只有干涸的流水槽里还残留着最后几滴浑浊的水珠。

快到夜晚了，但是天空依然泛着青色，只有个别地方露出了几颗小星星，这是完全不同的星星，不是冬日里的星星。

过路的女子穿着单薄的短上衣，戴着轻飘飘的围巾，妩媚靓丽地疾行而过。

他怀着一颗麻木的心走到一栋有三角钢琴的房子跟前，他好几个月一直在这里教课，已经非常适应这里了，甚至能自己死乞白赖地要求唱歌。

幸运的是，课并不多，由于一些原因人们忘记了给老师出难题，只有一道复杂的算术题，他在匆忙中用代数方法解了出来。

"无论如何，都会很顺利的！"他暗自打定主意，立刻觉得有一个庞大的发音体，有一组黑压压的黑色音符出现在他的念头里，在他耳边反复说道：应该歌唱。

人们请他喝茶，但是他拒绝了，而是直接走进了大厅，那里在打开的钢琴旁边燃着备好的蜡烛，谱架上放着他喜爱的乐谱。

他用半认真、半开玩笑的巴结语气对自己的女学生说，请她给他伴奏。

瓦莉娅同意了。他坐到钢琴前，翻看着乐谱，重复着在歌唱时总是觉得自己掌握得不牢靠的歌词，抽了一支烟，然后又抽了一支，打了个哈欠，伸个懒腰……

当然，他不会感到难为情，这里没有陌生的客人。不过，鲍里斯·维克托罗维奇来了，他可是真正的歌手；他正用自己那异常优美的声音说道："不知为什么，今天我的嗓子发不出声音来……"的确如此，然而他可是真正的歌手，因此他什么都能理解，况且他总是平心静气，向来都不责怪。

"但是她怎么没来；她说了马上就来，可是却没有……是忘了，还是故意的……当然，她是故意的!"他有些恼怒，开始选配曲调，却糊里糊涂地弄错了。

他想歌唱。

餐厅里人们喝着茶，说笑着，后来大概是听到了琴声，想起来这事儿，起身挪动椅子，弄出很大的动静。

瓦莉娅和鲍里斯·维克托罗维奇走进了大厅。

瓦莉娅做出一副严肃的表情，坐到了钢琴前。

开始弹奏序曲，她重复了好几次，因为只要一到该唱的时候，他却不敢唱，他一直在清嗓子，一直在含混不清地咕哝着自己不能确定的第一个音。

大家开始安慰他。瓦莉娅不断地给他递眼色，不耐烦地打了许多手势，这之后他才开始歌唱。他跳过了高音，用压低的声音唱了下一个更低的音，但是声音极小，简直就像是在耳语。

鲍里斯·维克托罗维奇耐心地听完几个音调，可能是想帮助他，就开始伴唱。于是，他铿锵有力的声音传遍了整个大厅。

瓦莉娅也唱了起来。而他试图唱得更响亮一些，唱得再响亮一些。但是事实上并非如此，他觉得很不好意思，便开始默不出声。

此时变得非常尴尬；他弓着腰，点上一支烟，极不自然地面带微笑，张大嘴巴，尽可能张大，为了不表现得过于沉默，他一会儿瞧香烟一眼，一会儿又看看乐谱。

似乎大家马上就要停下来指责他了。

可这不是他想要的，因为他会唱歌，他也有一副嗓子，他背下来了整首曲子。

"快走开吧。"有人在他耳边一再说道，他开始紧张地寻找借口离开大厅。

于是，他风马牛不相及地嘟囔了一句什么话，便蹑手蹑脚地去了餐厅。

茶给他端来了。

他凝视了一会儿杯子，默默地开始喝茶，喝了一杯又一杯，茶水总是不小心洒出来。他把食物弄碎，把嘴吧嗒得很响，虽然他根本就不想吃东西，但是他吃了很长时间，吃了很多。

他极力要证明，他现在唱或者不唱，其实对他来说都无所谓。

从大厅里戏弄般传来歌声，这歌声是那么响亮，其中表露和隐藏着非常多的含义——这是他喜欢的咏叹调。

仿佛这全都是他演唱的！他要是能这样演唱该多好啊！

他已经被遗忘。

原本在餐厅里的人，早就去了大厅。

只剩下他一个人。

"很好，"他心里想，"这样很好；他们没有指责……"于是，他眯起眼睛，记起瓦莉娅有时会从他不自然的笑容中猜到是怎么回事，她就会说："您想一个人唱吗？"她会一直微笑着，眼睛里却满是怜悯，就像人们怜悯瞎眼的小狗崽儿似的。

是的，他记得所有的夜晚……而那些夜晚，不知为什么人们让他唱歌，此时他总是遇到困难，总是能够开始，而在最吸引人的地方却停下来……

他为什么会停下来？

是的，他记得所有的夜晚……还有那些夜晚，当他觉得自己情绪高涨、非常激动的时候，但是其他人来了，都伴着他唱，淹没了他的声音，或者毫无理由地坚持让另外一个人唱。

为什么让另外一个人唱?

歌声飘荡,周围所有的东西都开始发出声音。

他笑了。

杯子悄然围成一圈跳起舞来,面包从眼皮底下钻到桌子下面。

他身体里一切都清晰炽热地迸发出音乐声……

墙壁在歌唱,窗户在歌唱,夜晚在歌唱……还有春天,还有星星。

他想歌唱。

(1905 年)

宫廷首饰匠

"他们自己都不知道想要什么!"

他这话说得很对,这个孤单的老首饰匠已经上了岁数,心里藏着各个时代的故事。

他已经驼了背,个子极其矮小,总是爱开玩笑、说逗趣的话,他竭力接近人们的内心,用自己的几根小手指探寻深藏不露的生动温暖的隐秘之处,轻松灵巧地把它们打开,就像打开自己装满珍珠和稀有宝石的首饰盒一样,然后目不转睛地朝里面仔细观看——观察蜂拥在那里的话语和想法的本质,就像是在探究他喜爱的这些奇珍异宝里面隐匿的一切。

他非常清楚自己想要什么。

他的愿望坚定而不可动摇,就如同这些宝石一样。

他日日夜夜琢磨着自己的宝石,爱不释手,他把它们洗干净,摆弄来摆弄去:一会儿撒在天鹅绒和丝绸上,一会儿往自己身上、往自己的粗布衣衫上比量,他的眼里布满血丝,小小的眼睛变得像盘子一样大。

通过宝石那些闪烁着光芒的小小的晶面,他解读着世世代代的秘密,于是无数罪行便一个接一个地浮现出来。它们列成一排排,就像许多士兵那样;他与它们游戏,就像摆弄玩具兵一样。

接着这些罪行消失了，就只剩下一个罪行，而它栖居于各个时代、各个角落。

来自各个时代、各个地方的珠宝，都汇聚到他那间简陋的工作室里。工作室早就被蛾子蛀蚀坏了，到处是霉菌，就坐落在行人众多的主街上的一个地下室里。

老人早就梦想着搬到山上去，在那里修建一座塔楼，可以从高处观察地面而不被别人发觉。

但是这个梦想注定不可能实现。

然而这个时代却是极为有趣的，如若从山上的高处向窗口俯瞰，是可以看到一些东西的。

不是某个城市，不是某个村庄，而是整个国家，到处充斥着同一个疯狂的欲望。

极其沉重而艰难的日常生活中的所有愿望搓捻在一起，成为一条可怕的长鞭，它高高扬起，沉重而又盲目，到处挥舞，一个声音高声呐喊：

"自由!"

"你们知道什么是自由吗?"老人眨着眼睛问道。

人的生命微不足道，丝毫不值一啐。

把人处死就像捏死跳蚤一样。暗中埋伏起来，伺机抓住这些跳蚤，然后立刻捏死在指甲上。

即便从断头台上把人送进监狱，开恩饶了性命，却被永远监禁起来。

在这个世界上，人与人之间的相互怀疑从来没有达到如此可怕的程度，就连朋友见面和相互握手的时候，为以防万一，口袋里都会藏上一把刀。

在阴暗的角落里常常发生残酷的背叛。

暗暗地挖了许多地道。

各种各样的爆破弹和改良的炸弹生产出来广泛销售，就像是最轻便、最畅销的商品，每天不停地批发和零售，如同卖火柴一样。

在黑暗的角落里，朋友用绳子勒死或吊死朋友。

各个城市里到处都是溅满鲜血的马路：它们因酷暑而变得灼热，使空气中充满了难以忍受的刺鼻的气味——传染病的气味。

宁静的街道醉醺醺地陷入了疯狂的状态，并在疯狂中摧残和虐待儿童和妇女。

马匹也发狂了，疾驰着，马蹄上都是鲜血。

田野里抽出了红色的谷穗，谷物渐渐成熟，满是血污的粮食可以用来毒害人命。

沿街到处都能看到死尸，死尸让熟人停下脚步，就像活人一样干预人们的生活。

活人也像死尸一样，抛弃家庭去了墓地，在那里加入死人的王国，在棺材里安顿下来，像住在自己家里一样。

先知们鼓吹新的王国，他们出售自己的预言。

信徒们也精神失常，自杀而死，他们痛苦地抛给大地最后一句话：

"世上没有真理！"

然而这条无情的长鞭不断上升、上升，到处飞舞，轰鸣着骇人的雷声：

"自由！"

"你们知道什么是自由吗？"老人眨着眼睛问道。

惊慌不安的乌云啊，你们要去哪里？

带我走吧，我想活着，可是在这里会死的。

每时每刻墓地都在扩大，在那里我的思想会沉睡过去。

停下来吧，乌云！请告诉我，哪片大地上没有忧伤，请允许……

大片的乌云默默地、悄无声息地游走了——

哀怨的星星安静地闪烁着。光秃秃的树枝的阴影就像是篱栅。

伟大的日子已经到来，它承诺开启新的一天，把人世间彻底改变，而在前一天，一大清早老首饰匠就被唤醒，被带上一辆饰有徽章的黑色马车，这样的马车往往只拉载有权有势的达官显贵，他像颗珠宝一样被护送着前往宫廷。

透过低垂的窗帘，老人感觉到有无数锐利的眼睛死死盯着他。这些眼睛的注视让窗玻璃变得灼热，他的脚下有什么东西哗啦哗啦直响，好像随时准备要把马车炸得粉碎。

近日来拥有无上权力的宠臣们做出诸多暴行，许多城市和几代人的生死都落在他们手里，因此这样的队列总是惹来不怀好意的目光，不是总能有好下场。

然而首饰匠不过是一个普通人，没有人赋予他惩治权和赦免权，他只是奉命前去把金色皇冠刷洗干净。按照这个国家的习俗，在公布极其重要的国家法令的日子，国王会戴着皇冠出现，当然这样的口了是极为少见的。

他已经上了年纪，久经考验，能够非常明智地缄口不言自己心里那些尖酸刻薄的话，这顶可怕的、闪耀着炫目光芒的皇冠如果不交给他，还能交给谁呢？

首饰匠一边开着玩笑，嘴里说着逗趣的话，一边沿着金色的楼梯上了楼。在那里，在押送他进去的大厅里，他被锁在里面，开始干活儿。

是的，这是一个难得的机会，在这里看到的东西，老人以前只能猜想。

在他面前发生过不少怪事，疯狂的人民不止一次把自己的合法国王赶下宝座，就像赶走低级下流的扒手一样，也总是在这样的时候皇冠才会出现在世人面前，他也总是奉命修复和填补裂缝，但是在这些装得满满的宫廷储藏室里还从来没有出现过如此华美、如此不可思议而又超凡脱俗的饰品。

诚然，明天这件闻所未闻的宝物就会被藏匿起来。

他对它爱护备至，就像爱惜随时会遭到妖魔鬼怪因嫉妒而粗暴破坏的圣物一样，他从沾满一块块污垢和灰尘的金色皇冠上一颗接一颗地取下宝石。在大厅里勉强能看见他的身影，他枯瘦而怕冷的肩膀裹着暖和的女式披肩，手指来回抚摸着这些宝石。

他摆弄着它们，摆弄着这些神奇的宝石，这些蓝莹莹的宝石，也有红色和黑色的宝石，还有这些绿宝石，看着它们就让人青春焕发。他翻动着它们，一颗一颗地摆弄着，他像动物一样吸气，像动物一样把它们放到灵巧的舌头上，在敏感的手掌上滚动，把它们排成一行行，再搂成一堆，然后停下来一动不动。他身上映照着绿色，还有红色、蓝色和黑色，他整个人就这样坐在混合的天然的光线里。

无数无数个脑袋在他面前闪过，无数无数条手臂伸向他，许许多多队列一个接一个地走进来，挤满整个大厅，从上到下占满所有的墙壁，而在那里，在满是星斗的穹顶之下悬挂起来，还晃动着一些没有胳膊、没有腿的动物……眼睛……

老首饰匠清理着宝石，急急忙忙地赶工，他把宝石擦拭干净，摆出能做出来的所有造型，把它们排列起来，一旦认为哪个最好，就镶嵌在自己的皇冠上。

他认出了它，认出了自己古老的皇冠，这世界上没有任何力量胆敢将其据为己有，但是它却一直引诱着人们来到自己身边，然后把尸体一层一层地摞起来。

傍晚时分，天色已暗，锁上的门打开，点燃起吊灯，此时老人从自己的座位上站起来，他戴着皇冠，像皇帝一样站在大厅中间，皇冠则闪烁着耀眼的光芒，这光芒让坚不可摧的宫墙震颤。

自由注定明天就会到来，它应该把这人间彻底改变，明天它就会伴着这种光芒制服妖魔鬼怪，奴性十足的人们表面上就会卑躬屈膝，暗地里隐秘的复仇心理则誓死要推翻王位，拆散可怕的皇冠上这些五彩斑斓的宝石。

"他们自己都不知道想要什么！"

他知道自己想要什么。

老人沿着金色的楼梯走下来，穿过奴颜婢膝的队列，迎着阿谀奉承的微笑，正是伴着这种微笑，厚颜无耻之风控制了各个城市，卑微的小人物在瑟瑟发抖。

已经过了深夜一点。明日醒来，已是自由的日子。

愿望渐渐消退，没有尽情放纵，疯狂的长鞭也没有在夏天飞旋起来，没有敲响警钟——它被诺言所压制，它把人们赶上街头，聚集在广场上，把老老少少的人们锁在一起。

于是，一群群的人们因怀疑而眼睛斜视，千百次受骗而又行骗，他们拥挤着，面色阴沉，心头涌上绝望，不知前往何处。

宫廷首饰匠早已上了年纪，他枯瘦而怕冷的肩膀裹着暖和的女式披肩，此时坐在自己的陋室里，用那双变得像盘子一样大的小眼睛看着自己面前。

这双惊恐的眼睛里满是惶惑、忧愁和盈盈笑意。

成千上万只脚从窗前走过，步履犹疑蹒跚，就像醉后的脚步，仿佛是因绝望而醉酒。

老人则搓着手，就如同被处以尖桩刑①一样，在想到自由之时浑身痉挛，一下子从内心深处释放出整个生命，对于第一天和最后一天已经无所畏惧，他大笑着，向人群泼溅着诅咒和玩笑。

古老的皇冠在他白发苍苍的头上闪耀着天然的光芒。

窗外，自由的霞光在自由的城市和自由的国度的上空升起，就像老人的双眼一样，满是血丝和忧愁，红彤彤一片，就像永生永世都要一直这样血红和忧愁似的。

（1906 年）

---

① 俄国古时的一种极刑。

银 勺

第三天佩夫佐夫被释放出狱。他跑遍了整个小镇，敲开一些女房东家的门，请求租给他一间房住上几天，只要住到判决就行！

结果什么都没有办成。每次一开始都能谈妥，甚至相互击掌为定，可是事情一涉及护照，就全都完了！就让他滚开。

宾馆不是私人住房。没有护照会赶紧把人撵走。可是口袋里只有铜钱。光靠铜钱是混不下去的！

这些小镇啊，一切都顺利的时候，它们又热情又有吃有喝，还有大馅饼，可是一旦灾祸临头，它们是如此胆怯，如此令人厌恶。你会饿死在马路上、篱笆下，谁都不会帮忙的。

他决定去朋友家。就这样办吧，大概应该能记起他，事情一定会顺利的。

正巧朋友在家。

他们马上坐下喝茶。

佩夫佐夫发现朋友家里变化很大：原来的房子被烧毁了，又建起一栋新的，尼古拉·阿列克谢耶维奇已经大学毕业，有些发福了，他的奶奶令人厌烦地唠唠叨叨。

他们在露台上喝茶，喝了一壶又一壶。露台建得很奇特，这是建在屋顶上面的平台，周围带有栏杆。他们兴致勃勃地喝得汗如雨下。

灰蒙蒙的尘柱肆无忌惮地在城里到处飞扬，弥漫开来，侵入那些最不该进入的地方；这样一来，牙齿间咯吱咯吱地响，有东西刺激得鼻子发痒，灰尘与汗水混在一起，把人弄得脏兮兮的。

这让佩夫佐夫不得不伸长青筋突起的脖子，慌忙地来回转动深陷的眼睛。

佩夫佐夫连日来倾诉着案件的诸多细枝末节，反复讲述自己在"公家别墅"里度过的时光。

一直以来的回避让他有口难言，如鲠在喉，然而案件的实质仿佛就在他的眼前跳动，挑逗着他，却又一直在逃避。

尼古拉·阿列克谢耶维奇的脑袋硕大，头发稀疏，他不断地点头以示赞同：

"我明白。"

"释放了我，"佩夫佐夫讲道，"是在这种情况下，真不可思议。办理案件的上校是个古怪的人，真是可怕。往往有犯人被带来审讯的时候，他就会让自己的女儿在隔壁房间里弹钢琴，而他自己审讯。或者他会讲点儿什么，诸如前一天他去了剧院，看了什么剧，讲到一些动人之处就开始哭泣。他哭一会儿，然后叫来值班的，于是又把你送回监狱。这次一大清早就把我带去审讯。他倒是没有填鸭式地向我灌输什么，而是请我吃饭喝酒，但是天一擦黑，他就说：'您想，'他说，'和我一起去露天剧院吗？''想。'我说。于是我们就去啦。可是一到剧院，那儿人很多。'我们看完一幕剧，然后就回监狱。'上校说完，就朝他的座位走去。我突然无意间独自置身于上千人中，完全独自一人。我站在那里，像个傻子似的，一阵胡思乱想，无数计划出现在脑海中，我倒并不是想要逃跑，能往哪儿逃呢！很久之前似乎逃出来过一次，可是我却半路停下来，然后又回去了，是被抓回去的，或者并非如此——早晚是会被抓住的．帷幕落下，音乐响起。

"上校出来了。'走吧，'他说，'我们散散步，再去看展览会，然后就回监狱。'我们便去散步。人们让出一条路来，看着我们。而整个人群似乎是一只眼睛，一直在盯着我们看。我们绕着剧院走了一圈，然后前往展览会。此时我才觉察到，我浑身开始发抖，双腿软弱无力。一些女歌手在唱歌。透过雾气和上校尖锐的声音……听到的就是早上审讯时听到的那些句子、那些词语。一些女歌手在唱歌。上校突然抓住我的手。'您走吧，'他悄声说道，'您离开这里吧，去您想去的地方。'我走进人群之中。我看到省长走过来，他盘问上校，指着我的方向，上校摇了摇头。但是我已经不在那里了。我已经走了。一些女歌手还在唱歌。有人说道：你是间谍。"

佩夫佐夫喘不上气儿来。

尘埃平静而冷漠地到处飞扬，暖洋洋的，宽阔的地平线、黄色的田野和绿色的森林都蒙上了灰尘。

原本一切都应该很好，就像生活在基督怀里一样，可是有一件痛苦的事儿——奶奶令人极为烦恼。

无论白天还是夜晚，你都不能从她那里得到安宁。

她一直唠唠叨叨，总是没事儿找事儿。

她说的都不是和她有关的事儿：为什么天气炎热而很少下雨，为什么苍蝇这样嗡嗡叫着咬人，为什么家里住一个外人，住一个不认识的人。

她用怀疑的目光看待佩夫佐夫：他到底是什么人；也许他伪造了一些假证件，是个不干正事的人。

321

大家坐到桌旁吃饭，奶奶总是唉声叹气。她的话题只有一个，总是谈火灾：火灾发生在一年前，至今仍然让奶奶感到难过。

"上帝啊，所有的东西呀，全都烧光了。火从厢房开始着起来的，科林卡①听见了，跑来找我，而我正在呼呼大睡……'奶奶，'他说，'您快起来！'他两手抱起我，就像抱着个孩子，把我抱出来了。科林卡的靴子呀，那可是新的，是从圣彼得堡带回来的，制服和我所有的衣服，不管是什么东西，都被火苗吞没了。"

尼古拉·阿列克谢耶维奇用鼻子吸气，津津有味地把食物吃光。

吃完午餐，开始喝茶。

此时仍要小心提防，奶奶仍在嗔怪地唠叨。

"花费太高了，科林卡，你那些可爱的朋友，他们把你搜刮得一干二净……现在白糖生产得也太多了。"

她就这样一直不住嘴地数落到晚上。

只有躺下休息的时候，才能有安静的时刻。

佩夫佐夫走出家门，在花园里找个地方坐下来，等待着夜晚来临。

夜晚姗姗而来，非常明亮，不时地传来一些声响，散发出夏天的气息。

薄雾渐渐升起。城市的喧嚣还未完全沉寂。

苹果即将成熟，树叶昏昏欲睡，在叶子投下的暗影里隐匿着一片寂静，这就好像是秋天渐渐醒来，向夜晚投去自己最初无精打采而又芳香的目光。

于是全神贯注地观察起黑夜。

黑夜是自由的，星星是自由的，奇异的光芒是自由的，黑夜接纳了

---

① 科林卡，尼古拉的小名。

一切：接纳了白日以及白日里的操劳、白日里的工作，也接纳了夜晚以及夜晚的醉意和饥饿，接纳它们并将之抛回到人间，而它自己却高高在上，令人神往；星星是令人神往的，奇异的光芒是令人神往的。

突然黑夜中传来一个声音。

"你是间谍。"

"不，不是的。"

但是一连串的想法萦绕在心头，刺痛着心：眼前又浮现出"公家别墅"、所有的白天和所有的黑夜、所有的审讯、所有的劝说。

"既然有一次你已经准备好……"

"没有，从来没有。"

"可能有一次你想过？"

"想过……有一次……"

"你是间谍。"

佩夫佐夫垂下眼睛，胆怯地从长凳上站起来走出花园，头也不回地朝着房子走去。

他敲门，敲了好半天。

出来的是睡眼惺忪的奶奶，她穿着宽大的上衣。她把门打开。

"哼！不干正事的人，你们就是不让我安宁。"

佩夫佐夫蹑手蹑脚地进了房间，铺上外衣躺下。

"看样子，这是上帝在惩罚我犯下的罪过。"奶奶翻来覆去睡不着。

在一个天气晴好的日子里，家里发生了翻天覆地的变化。

奶奶离家走了。

快乐的生活开始了。

每天晚上都有很多客人。哪怕是一直坐到早上，也不会有人对你说一句话。

一直坐到早上，喝醉的人睡着了，找个地方就睡，一个挨一个地躺着。

铺着过夜的，不再是外衣，而总是奶奶柔软的羽绒褥子。

伏特加全都拿了出来，奶奶干涉不到了，喝吧，想怎样就怎样！

奶奶储存起来过冬用的所有鸡蛋，全都变成了蛋壳，蛋壳也没有收拾，而是堆放在一个角落里。

苹果也摘下来许多，嘎巴嘎巴地吃掉。苹果成了饭后甜点。

每天的生活都是从中午才开始。喝很多茶，不吃午饭，这时要是来一个人，就开始没完没了地吃喝起来。

佩夫佐夫已经习惯了。

疯狂的日子里充斥着醉意和呕吐，压制住了所有不受欢迎的反对声，而心里模模糊糊出现另外一种生活的样子，不是这种让人头疼得像要裂开似的生活。

只希望快点儿下发判决书吧，以后一切都会换个样子。这种别样的生活似乎已经临近了。其实，所有的事情已经不止一次逆转。

侦查即将结束，为结束案件进行详细问讯。每一次，当有人闪烁其词时，上校就会说，只要他叫来佩夫佐夫，问题立即就能解决：

"佩夫佐夫会将真相和盘托出。"

佩夫佐夫很少走到房子外面去，当他出去的时候，常常会发生这样的事儿：熟人要么不和他握手问候，要么就走到一边去，免得碰面。

"您从警察局拿多少钱？"有一次一个对他的案件感兴趣的人问。

"六卢布。"佩夫佐夫不假思索地回答。他被流放以后，就会拿到这一数额。为什么说了这件事？他不知道。问的不就是这件事吗？

这无异于火上浇油。

他试图向别人解释，却丝毫不起作用，反而更糟糕了，因为他说话的时候颠三倒四而又张皇失措。然而需要的只是直截了当的回答。

在一个夜晚醉酒之后，佩夫佐夫没有入睡，而是用让他内心感到灼痛的话语无情地审问自己。他没有找出自己犯了什么过错，便杜撰了一个过错，把它从许多琐事中、从微不足道之事中清理出来，给自己增添了许多烦恼——这个过错是人所不能原谅的。

这过错便是心怀怒气，不知满足。

只有白天他才躺下，躺到角落的一堆烟头、蛋壳和唾液之中，沉入忧郁的梦境。

与此同时，收到了奶奶的一封来信。她给科林卡写信，告诉他要爱惜房子、看管好财产，最重要的是看管好银器——那是已故的父亲的遗产，还要监视着朋友，什么事儿都有可能发生……

大家看完信哈哈大笑。

不久，尼古拉·阿列克谢耶维奇就打好了房基。需要钱举办婚礼——他打定主意要结婚，装修也已开始。

就在黎明时分，锤子开始敲打起来，房子里也满是锯薄木板时发出的嘶哑的、吱呀的声音。

在芳香的木屑之间，朋友们坐在刨花上：一切都需要反复思量，以备婚礼之用。

谈论婚礼占去了所有的时间。

为了料理家务事雇了一个厨娘。厨娘和木匠好上了。

家里乌烟瘴气的。

整个斋戒期大家就这样混在一起。过了圣母安息节斋①，尼古拉·

---

① 圣母安息节斋，是正教斋期，时值秋收后期。

阿列克谢耶维奇去城郊的一个村子举行结婚仪式，没有让佩夫佐夫去，他一个人留了下来。

一个人留在家里是根本不可能的。家里到处一团混乱，就像大车店一样。

佩夫佐夫给自己找个房间还是毫不费力的。流言蜚语还是起了作用。

这些小镇啊，畏畏缩缩而又垂头丧气，它们喜欢形形色色的败类，只要能确保平安就好；你是流氓，是小偷，但是并不会因为你而去坐牢，不会抢走你的破烂衣衫——任何一个小镇都会接纳你。

奶奶回来以后发生了什么事，只有上帝知道。她去找一种东西，没有了，再找另外一种东西，缺了很多。

她想起了银器，推开储藏室的门，门根本就没有上锁。

"是他，"奶奶喊起来，"囚犯，以前没有人偷的，他偷了我的东西，这个不务正业的人，这个该死的人偷东西了。母亲的茴香酒，多好看的颜色啊，全都给喝掉了！"

在新住宅中，在一个黑暗的、只有一扇窗户朝向厢房的房间里，一个个白昼没有任何变化，天隐隐可辨，灰蒙蒙的，阴沉着，弥漫着泥泞的秋天潮湿的雨雾。

不，另外一种生活没有到来；似乎它出现以后，在哪个地方耽搁了，而现在，它就像晚长的青草一样，被雨水和泥泞敲打着、踩踏着。

他曾想，判决书马上就会来了，他会被流放到另一个地方，事实上，这样的事情不是那么容易发生的，还需要等待很长时间。

他曾想，要是只剩下他一个人，他就干点儿活儿，专心致志地工作。可是他受骗了，这样的工作根本就没有。

他入狱前赖以谋生的事情，他曾经从事过的领域，从他脚下溜走了，消失不见了，早就无影无踪了。

或者，应该无论如何找到遗失的末端，捉住它，把它牢牢抓在手里，竭尽全力把它拉出来，毫不停歇，毫不犹豫，毫不后悔。

或者冷漠地一声不吭，越来越冷漠，无视所有的"是"、所有的"不"。

佩夫佐夫蜷缩起身体。

他进退不得。

也许，任何结局都不会有，就像体育运动一样，结局只有一个。

他感觉到了它的存在，但不知道它的名字。谁给它起名字呢？

佩夫佐夫冒着如同微尘的细雨，走在光滑的木制人行道上。

房子已经淋湿，破旧不堪，让人生厌。

他边走边思考着这种秋日的生活，这种多雨的生活，街道过的是这种生活，他过的也是，他思考着生活，这种无用的、难以忍受的生活，应该把它彻底根除，连根拔出。

你知道另外一种生活，它能取代这些谎言、互相迫害、幸灾乐祸和狂热的活动，你心情愉悦，你要在自己心里给它起名字吗？你能说出它的名字吗？

"很快就会下来判决书，会流放到另外一个地方，然后……"

佩夫佐夫哆嗦了一下。

有个湿乎乎的东西啪嗒一声打在他的肩膀上。

他环顾四周，是奶奶，是奶奶在用雨伞戳他：

"把我的银器还给我，快还，没良心的。我是不会就这样放你走的，我会找到对付你的办法，你偷了我的勺子……"

奶奶叫喊着。佩夫佐夫默默地左右脚替换着站在那里。路人停下来看热闹，嘿嘿地窃笑：

"他偷了勺子！"

细雨如同微尘，在窗外织成一张网，单调而乏味地轻轻敲打着，监视着，窥探着。

佩夫佐夫拿着点燃的蜡烛在自己的破烂衣衫里面翻找，不停地抖落它，细看每个破洞和褶皱——他在找勺子。

他一定要找到它们，他应该找到……

（1906 年）

要　塞

　　塔楼上有两扇窗户，墙皮已经剥落，银灰色尖顶上竖立着一把锻造的金色钥匙。塔楼的大门前，一小撮枯瘦的、紧抿着恶狠狠的嘴唇的村妇正在挤来挤去。

　　这些村妇一大清早跑了很远的路来到要塞，在要塞的教堂里站着做完了日祷，恭恭敬敬地吻过圣像，然后就去参观监狱，就像参观圣徒苦修的岩洞一样。

　　她们已经来过十几次了，去过石头砌的旧囚室，也去过砖砌的新囚室，每一个囚室她们都看过十几次，所有的东西都触摸过，所有的东西都仔细询问过。村妇们此时该回家、该吃饭了，可是她们并没有离开，而是走到一个宪兵跟前，这个宪兵领着她们参观过监狱，耐心地让她们看过每一件物品。

　　"我们是不会走的，"最年长的村妇装出勇敢的架势说，"最重要的东西你还没让我们看呢。"

　　"对天发誓，我全都让你们看了。"宪兵起誓说。

　　"哪里是全部，根本不是全都，还发誓呢！禁闭室你让我们看了吗？绞刑架让我们看了吗？粉碎机让我们看了吗?!"

　　"哪有什么粉碎机可看!"

"有啊，你不要装糊涂，大家都知道有个粉碎机，是绞碎人用的。"

宪兵很生气：

"真是罪过啊，老大娘，这是信口开河。"

"坚果太硬虽是罪，果仁却是口中美味。① 用不着你来教我，肥头大耳的家伙。"

"滚开吧，滚开！"哨兵也参与进来。

"可千万别这样，你要先让我们都看看，然后才能骂人，大长牙！"

宪兵有一瞬间非常愤怒，接下来却突然笑了。

"总是说让你看看、让你看看，"他说道，不时地用一只靴子磕碰着另外一只靴子，"可是我到底让你看什么呢，难道让你看辣根加黄油吗？"

"呸，该死的！"妇女们憎恶地说。

"嘿嘿嘿。"其他宪兵也跟着笑了起来；宪兵们闲来无事，都待在岗亭旁边；这一天是星期天。

村妇们什么都没说，不出声地朝着宪兵吐唾沫，她们暗暗地吐了三次，就像是朝着鬼怪吐唾沫，想要把它摆脱掉，让它不要跟着她们，也不要出现在她们眼前，然后她们更加恼怒地抿紧干巴巴的嘴唇，默默地只管朝着河岸走去。

她们闷闷不乐，裹着暖和的披肩，把幸运地拿出来的监狱弃之不要的东西——几朵小干花、几张写满字的纸片、几块鹅卵石，全都藏在包袱里，她们把曾经在这个要塞里待过的囚犯的一点点目光、一点点思想、一点点心灵、一点点灵魂带到了监狱外面。

---

① 本句为俄语中的俗语。坚果的外壳虽然是硬的，但是果仁却可以吃，俄罗斯人因此认为，罪过也并非一无是处，其中也可能蕴藏着有益的东西，意思接近于汉语中的"祸福相依"。

一个弯腰驼背的男子突然从雪地里冒出来，他让妇女们上了船。

小船摇晃起来，急驶而去。

"该死的，该死的!"塔楼的大门前突然起了风，塔楼上有两扇窗户，墙皮已经剥落，银灰色尖顶上竖立着一把锻造的金色钥匙。

妇女们乘船沿着未结冰的黑色水面朝对岸驶去，用瘦骨嶙峋的手指做着威吓的手势，浑身落满了雪花。

宪兵没让她们看最重要的东西。如今她们到了河对岸会讲些什么呢?

她们看见了浴盆，看见了电灯、作坊、人的骨骼，但是却没看到最重要的东西……

"该死的，该死的!"波浪冲刷着要塞的围墙，不停地呼啸着，被风和肆意的船桨搅扰得一片混乱。

在昏暗的水面上，一只白色的小船稳健地漂荡而去。

"哎哟，这些女人啊，像苍蝇一样纠缠不休，轻易摆脱不掉。"宪兵嘟嘟囔囔地说，不时地用一只靴子磕碰着另一只靴子。

雪一直在下。

白色的雪花覆盖住了要塞周围的小路，覆盖住了锻造的金色钥匙、大门上面的双头鹰图案、像眼睛一样的幽暗的窗户。

雪不时地咯吱咯吱作响。

在远处两个朝向湖面的僻静的塔楼之间，一个身上落着一层雪花的造访者，就像走在时钟上一样反复绕着圈，从科罗列夫斯卡亚塔楼走到钟楼，又从钟楼走到科罗列夫斯卡亚塔楼。

雪不时地咯吱咯吱作响。

从早上开始，他一整天尾随着村妇们参观各个监狱，也像村妇们那样，所有的东西都摸一摸、问一问；也像村妇们那样，向每个空荡荡的囚室里面张望。

然而此时此刻，他一个人走在墙边，他的头顶上是白蒙蒙的天空、风和雪。

他惊骇得头发竖了起来，所有的想法像稻草一样全都折断了，刺痛着大脑，而心脏则灌满了血液，随时都可能胀破。

每一刻都有越来越多的火焰充斥着他的内心，烧掉了他赖以生存的一切：他的早晨、他的傍晚和他的深夜。

让风把他吹倒吧，把他的头撞到墙上，用这洁白的雪花把他掩盖得不留一丝痕迹。

他再也没有家，没有栖身之所。他也不需要家，不需要栖身之所。他的心里只绵延着一条雪白的道路，没有尽头，没有希望，根本没有其他的道路。

瞧吧，到处白茫茫的寒冬终将过去，到那时草地和田野就会活跃起来，每一座山岗、每一座小丘都将开满花朵，大地之上会升起硕大的太阳，炽热的阳光温暖着大地，雨水则让枯死和沉睡着的一切得以复活。

枯死和沉睡着的一切都在阳光下朝气蓬勃地醒来。

不再需要这太阳、这草地和这田野，每一朵花都浸透着鲜血，每一寸土地不是被雨水浸润，而是鲜血。

为什么需要太阳，为什么需要花朵？

他开始头昏脑涨。

岁月绵延，日复一日。仿佛不是一年，不是两年，也不是二十年，而是自从有了大地，自从人类诞生以来的世世代代，这个要塞就一直屹立于此，被锁在其中的人们在那里度日，他们不知道那一天，大门敞开的那一天是否会到来。

人们被关在里面度日，被囚禁在巨大的箱子里，就像被送进了棺材，永无见天之日。

内心在反抗。

他们被痛打，被绑住双手和双脚，从螺旋形的铁楼梯上面被使劲儿地拖下来，沿着柏油人行道拖到院子里，接着从院子拖到大门口，在那里等待他们的是石砌的监狱，潮湿的黑洞将他们永远吞噬。

内心在反抗。

不止一次，那些奉命值岗的人监视他们，偷听到他们最后的梦想，看见他们临终的时刻，在处决前给他们穿上殓衣，看见片刻之前活生生的坚强而又勇敢的人穿着白色殓衣高高地悬挂在空中，也不止一次看见他们痛苦得向上翻起的眼睛，然后钉上当棺材用的箱子，在那里挖一个坑，就把他们埋葬在那里……

从来没有人给他们读过祈祷文。

从来没有人给他们合上那双黯淡无光的眼睛。

从来没有人给他们献上最后的吻别。

有那么一瞬间，陌生人停了下来，他突然间像一堵墙僵立在那里，就像一座塔似的岿然不动。内心此刻激愤难平。

他要去复仇，他要为这些棺材、为这些绞刑架以及对生命的亵渎而复仇——生命被践踏，被绑住手脚，被慢慢扼杀，被孤独无情地消耗。

他要去，他要复仇，他会找到那些下达命令、吩咐残酷折磨和虐待生命的人。

为了每一个小时、每一分钟、每一个短暂的痛苦时刻——而它们在年复一年地增加，不是一年，不是两年，也不是二十年，而是自从有了大地，自从人类诞生以来的世世代代——他要发明许多极其残酷的刑罚，并将它们赐予那些下达命令、吩咐残酷折磨和虐待生命的人。

这些刑罚也会无尽无休。

浑身雪白的陌生人坚定地转身从墙边离开，走到另外一条路上。

雪一直在下。

白雪用绒毛般的白色雪花覆盖住小路、人的足迹、结上一层冰的围墙和黑色屋檐下挂渔具用的黑色横梁——这是一个坟墓上的十字架。

去年的干草和冻死的花儿的高高的枝茎从积雪里面伸出来，在风中摇曳。

悲伤飘荡在雪花上，在风中，在草地上，在花朵上。

大地也随之飘动。

无尽的悲伤如同白色的火焰在雪柱中升腾而起，在那里的云朵后面对着星星、与没有笑够的笑声、与没有哭够的哭泣、与没有说出口的话语一起难过……

傍晚时分的要塞里安静而又恐怖。晚祷已经结束。

哨兵们在带有两扇窗户的墙皮剥落的塔楼旁边换了岗，锁上了要塞的大门。

夜色渐浓，笼罩着空空荡荡的建筑物，砖砌的囚室的窗户对面，在教堂已经建好的地基上，用薄木板做的十字架不见了。

宪兵们的妻子在安排孩子们睡觉。孩子们在耍脾气。

营房里马刺叮当作响，宪兵拿着马刀爬上楼梯，来吓唬孩子们。

年老的司务长竖着花白的眉毛走进值班室，把已经没有用处的囚室钥匙弄得哗啦啦直响。

参观者很多，令人厌烦：他们什么都想知道，什么都仔细询问。

年老的司务长打着盹儿。

要塞司令的白房子里点亮了灯火。摆上来几张绿色的小桌，每张桌子上放着两支蜡烛。

年老的主人邀请来一些客人。他温和谄媚的脸上堆满笑容，而细绳一样的小眼睛幽暗神秘，出于礼貌而不停地眨动。

赌博开始了。

在要塞的钟楼上，古老的大钟里面带有花纹的指针安静地一步一步地走向深夜。

风卡在了雕刻的花纹上，它很快就挣脱出来，推动着指针走向午夜，愤怒地发出嗞嗞的声音。

午夜迟迟不肯离去。

石砌的旧牢房如同地窖一般幽暗而又僻静，在拐角处的一个囚室里，有一种东西往来穿梭，然后在难以忍受的悲伤之中破碎了。布满条条痕迹的墙壁看不到窗外，而窗户看起来就像是一个凿穿的孔洞。

在囚室的角落里，挂着一幅基督复活的小圣像，已经挂了很多年，自从它第一次被带到这个牢房，牢房的门就永远关上了。

圣像被黑暗淹没了。

突然，圣像上奇异的面孔用奇异的光芒打破了黑暗，从角落里望过来。

于是，各个角落和各面墙壁上那所有隐藏于内心的、所有被消磨掉的、所有丧失的一切都升腾而起，它们没有出路，它们不可能被释放，它们升腾起来，来到这奇异的光芒跟前。

但是这光芒却眨着一只恶魔般的眼睛，没有接受这难以忍受的悲伤。

头脑里破灭的希望，内心中燃尽的夙愿……它们全都紧紧贴在石头上，贴在牢不可破的墙壁上，无法消除，难以遏制，直到最后一天。

魔鬼在黑暗、悲痛和绝望中得以复活，在这个痛苦和无望的王国中以君王的身份获得了永生。

在要塞那些空空荡荡的建筑物中闪烁着灯火。

哨兵站在带有两扇窗户的墙皮剥落的塔楼旁边的岗哨上，裹着羊皮大衣，祈祷不要受迷惑。

而在要塞的院子里，有一个人正在教堂与驯马场之间走来走去，他穿着红色衣服，就像刽子手那样腰间扎着绳子，也像刽子手那样戴着红色帽子，他边走边不时地摇晃着鞭子。

鞭子在尖叫，在呜咽。

在要塞司令的白房子里，许多蜡烛都已经燃尽。

赌博在继续。

年老的主人在信心满满地赌博，赢了许多客人。他一如既往地幸运。要塞司令抿着胡须浓重的嘴巴，鼻子呼哧呼哧直响，仿佛是在思考，他自信地左右冲杀。

突然，他惶恐地把手伸进衣服口袋，用冰冷的手指摸索着热乎乎的绳子，这是从被处决的一个犯人脖子上摘下来的。

他温和谄媚的脸上堆满笑容，而细绳一样的小眼睛幽暗神秘，出于礼貌而不停地眨动。

时钟已经敲过了午夜。河对岸公鸡的鸣叫声此起彼伏。

要塞还在沉睡。

监狱里也正是夜晚，这里有悲伤，还有无法满足的愿望。

（1906 年）

一个老爷派头十足的人

一个星期以前，皮肤黝黑的工厂钳工谢尼卡·贝斯特罗夫笑得像个孩子似的，冒着弹雨打枪，子弹可是不长眼睛的，它们发出低沉的嗒嗒声，炸得粉碎，炸坏了原木。可是今天他却神气活现地坐在"帝都"咖啡馆里，一边揉搓着干净的瑞典手套，一边喝着咖啡。

一切的确都非常顺利：他毫发无伤，安然无恙，虽然是铤而走险，也没什么大不了的。

"帝都"咖啡馆里一向人声嘈杂，喧嚣不断。

机械式管风琴演奏起抑扬婉转的歌曲，谢尼卡的眼睛如同橄榄一样幽暗乌黑，他看着自己机警的同伴，咧着没长胡子的嘴巴天真地微笑。

歌声令人愉悦。谢尼卡的眼睛涂上了一层暗影，他的一生浮现在眼前。

他从来没有想过会在这里坐这么长时间，也没有想过要做一件这么重要的事情，而现在他已经准备好要去做了……

他回忆起自己的童年：很多时候，晚上会有一些客人来找父亲，他往往在醉酒的呼喊声、咒骂声、手风琴声中读书，也常常会突然发怒，与父亲和客人们争执，实在忍无可忍，冲上去打架。于是他惨遭毒打，人们用拳头打他的脖子、嘴巴子、肋下，以前他还是小混混蹲监狱的时候，也没被打得这么狠……后来，他与父亲在工厂里总是喝得酩酊大醉。再后来，一连数月，一连数日，都是这样浑浑噩噩：一切都令人厌倦，令人恶心。他想要结束这一切……

"当然，多半是因为无所事事，主要是太无聊了。"谢尼卡惭愧地笑了笑，喝光了杯中的茶水，把茶杯底朝上翻过来。

他有些犹豫。这些事是难以启齿的，可是他却很想全都讲一讲。在跑堂伙计收拾桌子准备再上一份茶水的时候，谢尼卡讲了起来：

"……我走进一节车厢。里面黑乎乎的。我拿出一把刀说：谁造的车厢？'我们造的车厢。''谁在车厢里？''我们。''我们是谁？''工人。''灯在哪儿？''没有灯。''为什么没有？'……于是我就去打碎窗户。众人此时无疑都急忙跑出了这节车厢。我走进另一节车厢。里面亮堂堂的。我说：为什么这里有灯，那里却没有灯？为什么那里没有灯？我们来点儿亮光吧！于是我就去打碎窗户。众人此时无疑又急忙跑出了这节车厢。

"我打碎了所有的窗户，身上沾满了血。乘务员走了进来。'是你，'他说，'打碎了窗户？''是我，'我说，'打碎了窗户。'乘务员锁上了门。我本想朝另一扇门跑，可是那里也有一个乘务员。于是我猛地朝玻璃窗扑去，是的，上帝保佑，我的头朝下，径直扑向雪堆。我陷进了雪堆，躺在那里，没什么大碍，只是头很疼，嗯，我想，现在免不了要蹲监狱……"

跑堂伙计端上一份茶水。

谢尼卡拿起刚端来的茶杯。

"还有一些事，全都讲是讲不完的。"他看着同伴，笑了笑。

"当然，多半是因为无所事事，主要是太无聊了。您要谅解我，这是我以前还是小混混的时候干的事儿。还有一次，我们从食堂里出来。

当时没有活儿。我们安静规矩地走着。我们迎面碰上了警察分局局长茹科夫。茹科夫走到我们身边时说道：你们这些狗崽子，干吗要跑？'怎么是跑呢，'我说，'我们是在安静规矩地走路。'于是我们被搜查一番。我当时非常气恼，我就说：兄弟们，我要杀了这个茹科夫，他到底为什么要这样？可是他们却说：你这个傻瓜，大傻瓜，茹科夫算是什么东西？他不过是铁锹上的臭狗屎。你呢，他们说，你比谁都好得多，更何况茹科夫呢?! 他们劝阻了我。我买了半瓶公家生产的伏特加。我去找一个熟识的医士。'请你，'我说，'给我一些各种各样的毒药，要毒性大的。'他给了我马钱子碱。你们知道，有这样一种厉害的毒药。我拿上马钱子碱，把它装在瓶子里。我把白色的火漆化开，沾满了软木塞。然后，我拿起一戈比硬币，把一戈比硬币放到软木塞上，于是上面就印出了一只鹰。我拿上这个瓶子，和一个朋友在市场上游逛，我们扯着嗓子唱歌，一路骂骂咧咧。来了一支巡逻队。'兄弟们，'我说，'哥萨克们，你们行行好吧，好好鞭打我的朋友一顿，拿他真是一点儿办法都没有，他总是欺负人。'哥萨克们一个一个地跳下马，噼里啪啦地狠狠地抽打我。可是我的朋友已经踪影全无，他急急忙忙溜走了。他们狠狠地揍我，把我一顿痛打，还搜查我。他们抓起了瓶子。'给我们吧，'他们说，'给我们伏特加！'我不肯让步，就是不给。'如果，'我说，'你们要是揍了他，那么我就会给你们，不然的话，我为啥要白白给你们呢。'于是，他们抢走了瓶子，上了马，打开软木塞，喝了起来。我拐过街角，偷偷地观望。有一个人喝了，什么事儿都没有发生。另外一个人喝了，什么事儿都没有发生。第三个人喝了，什么事儿都没有发生。可是第四个人刚一开始喝，第一个人就掉下马去，翻下来了！他跌下了马，然后是第二个人，接着是第三个人……此时我就回家去，洗了个澡。第二天早上我看到，有四套制服被一些小混混拖到了工厂里……那是他们

339

的制服。"

谢尼卡揉搓着自己干干净净的瑞典手套，变得活跃起来。

"帝都"咖啡馆也活跃起来。聚集来一些满嘴脏话的人，他们吵吵嚷嚷，声音空洞而充满醉意；而另外一些人脸上毫无笑意，他们的眼睛里就像有一把小刀子；还有一些人来了以后在用目光到处搜寻着什么。

窗外，天空中升起明亮的星星。没有人知道哪里才是尽头。

"当然，多半是因为无所事事，主要是太无聊了。"谢尼卡的声音有节奏地响起。

（1906 年）

新 年

那一天雪下个不停。

雪花悄无声息地飞舞着，无止无休。黄昏来临，带来了黑暗，在黑暗中白雪无缘无故地兀自下着，撒落在道路上、屋顶上和围墙上。

瓦西里耶夫之夜来临——新的一年到来了。

天气暖和。二月的泥泞时期通常都是这么暖和。

窗户挂上了薄薄的一层雪，窗里亮着灯火。单声部的手风琴不知在什么地方吱吱呀呀地响着。

在钟楼顶部，晚祷的钟声已经敲响，拖着长长的余音。风阻挠着钟声鸣响，把钟声吹进了田野和白色的树林。

酒铺已经上锁。店伙计带着钥匙消失在雪地里：你别再想买酒了，他一点儿都不会卖的。

在摇摇晃晃的简陋的木屋旁边，有两个头发又长又蓬乱的身影在忙碌，从敞开的门里冒出滚滚白色的热气。

"坏蛋，贱货!"一个男子用干巴巴的低沉的嗓音喊道。

"我不会放你去的，早就有了传闻，我不会放你去的!"一个妇女哭号着尖声地回应。

"菲奥克拉，得啦，你听着……"

"闭嘴，菲奥克拉，你听着，我们不是在屋里……"

"你这个坏蛋，死鬼！我是不会让自己遭受耻辱的：你最好把你那些愚蠢的丑八怪都赶走，不……小姐们！我要糟蹋糟蹋你的小姐们!"

"好吧，我不去，你听着，我不去，"鞋匠本来打算让步的，可是很显然被刺痛了，他抡起拳头就揍过去，"你这个邋遢的女人，没见过世面的荡妇。"

"杀人啦!!! 见鬼!"妇女像杀猪似的尖叫起来，于是又胖又丑的基里尔和菲奥克拉滚在了一起，默默用力按住对方，紧紧地抱在一起，你是无法把他们分开的。

晚祷的钟声不再鸣响，单声部的手风琴沉寂下来，外面一片宁静。窗户里的灯光蒙上了一层红晕，透过雪花悄悄地照射到户外。毛茸茸的小狗莱卡没有吠叫，在蓬松的积雪下面打着盹；没睡着的只有它那机警的耳朵和小鼻子。

你要是向左走，走很多俄里，到处都是雪；你要是往右走，走很多俄里，到处都是雪。

库德林穿着一件长长的毛皮大衣，浑身都是雪，沮丧而又沉默地走在雪中。他离开自己房间的时候，天才刚刚黑下来，他已经绕城走过几十圈，现在又走在回家的路上。

不知是瓦西里耶夫之夜——新年的到来，还是荒凉僻静以及没有尽头的道路，唤醒了他心中另外一些岁月，另外一个城市。

年复一年，内心还未平静，热情还没有冷却。

什么没有想过啊？所有这一切拥挤着，沿着琴弦跳跃着，直接奔向无边无际的远方：在那里，这一个词，这唯一的声音，没有变得暗淡，而是闪耀着永恒的光芒。

在那里，没有无聊的生活，没有不必要的、令人厌烦的时刻。时时刻刻都在激烈而又骄傲地战斗，一小时又一小时，一年又一年。

他遇到的那个女人，在他看来是他永恒的伴侣，直到生命的最后时刻……正是如此：在那唯一的声音，在这一个词闪耀着光芒的无边无际的远方，矗立着一根柱子，柱子上是一根横梁。

唉，要是那时……心怀信仰而死，该是多么幸福！

可是什么都没有发生，却来到了这里。什么都没有做。这就是一切！

再次想起她的模样，还是他遇到她时的样子：在这双眼睛里可以看到死亡的厄运，闪烁着无法遏制的激情和欢笑的火花……

是的……他们那时正看完《钦差大臣》离开。库德林吸了一口空气，随着空气一起吸入的还有关于她的所有记忆。他们一起走着，他突然明白了，他的一生只是为了寻找她，只是为了想念她，他所说的话仿佛都是在说给她听。那时他觉得，她在那一刻也是这样想的。于是他们都默默无语。也许，那时只是他这么觉得……

他们发誓相伴一辈子：他们要一起走下去，他们要一起死……永远不会忘记、不会离弃对方。

"她也会死的。"

"是的……但是……"

库德林抓住他的衣袋：在衣袋底部一个磨破的蓝色信封里保存着一些信件；三年前，在他流放的第一年，他收到了她的这些来信……

"的确，她忘记了。"内心深处传来一个不怀好意的声音。

"她忘了。"库德林无声地说，他打了个寒战，身体瑟缩成一团。

他心里也一样孤独寒冷。真想扑到雪里大哭一场……他也感到纳闷：他真的曾经拥有过这一切。是的，他与监护人一起散步，落在后面，迷了路。后来突然想起她……不，一切并非如此：他身上现在穿着长长的毛皮大衣，却没有人可以呼唤。

"哎呀呀，你是什么样的人啊！"内心深处传来不怀好意的笑声，"你是多么可笑！"

然而他真的不在乎他是什么样的人：可笑或者不可笑，他都无所谓；要是这一刻世界倾覆或者……让世界完蛋，那就完蛋吧！他什么都不需要。

"哎呀呀，多么愚蠢啊！"不怀好意的声音笑着说，库德林也开始发出这样低低的笑声，这笑声并非发自内心，让人喘不过气来。

"自由！"不怀好意的声音响起，"哪有什么自由！"这个声音训斥说，它把一滴咸咸的泪珠滴在了心上。

他站在大路上，整个人还没有豌豆大，比麦秆儿还细，可是他身上的大衣却高大得像座山一样。

他无助地环顾四周，没有人可以呼唤。

库德林住的小房子孤零零地伫立在岸边的下风向。这个房子名声不好；在女房东住的那侧，窗上的红色窗帘营造出轻佻的气氛。依照惯例，每个人都认为有必要予以唾弃和辱骂，可是悄声说出的那些话，却是令人垂涎三尺的话。人是如此卑鄙下流，不会负担更多的责任。

冬天真是恐怖：晚上不拿灯可别没事闲溜达，要么狼会钻进浴室，要么会发生严重的犯罪行为——在喝醉的状态下杀人或者强奸，这样的事儿你可以信手拈来。

风在呼啸，对着房子呼号，把宽阔的白色滑雪道从河面上翻转过来，再把它们像柱子一样卷到可怕的高空中，在寒冷的天空中锻造以后，又把它们像浪峰一样放到地面上。风也梳理着白色的大地，用冰冷的牙齿梳理到黑色为止，地面上升起滚滚雾气。谢肉节的时候，太阳刚刚从弥漫的烟雾中升起时红彤彤的，仿佛刚洗完热水澡一样红彤彤的。到了午后，又悄无声息地变得像敞开的黑洞一般冰冷。

从小房子往外能看到一切，不必走到外面去。

春天到来的时候，寒冰将会消融，树林郁郁葱葱，河岸上鲜花盛开，岛屿上一片鲜红……你怎么看也看不够。夜晚是古铜色的。它把一切都暴露出来，驱散一切阴影，而且，天知道，有谁不会现身……全部生命走出树林，在田野上腾空而起，全部生命从河里游出来、从山上奔跑而下，在这里漫步，在房子旁边跳舞。夜晚是古铜色的，它把世界翻了个底儿朝上。

炎热的夏天之后就是秋天。

秋天到来，金黄色的叶子飞舞，不再挂在树上。你在森林里也找不到别的浆果，只有一种浆果，而且它是苦的，这是花楸果。蛇从田野爬回树林，钻到地下。树妖剩下最后几天嘲笑秸秆，它一直在笑；它也应该钻进地缝里，一直到春天都不会跳出来。

大雁飞过。还有仙鹤。

一路平安！一路平安！孩子们叫嚷着。

嘿，不管你喊不喊，它们听不见，也不会停下来；它们不会停下来，不会去阻止冬天的脚步。

现在是秋天。

深夜四处都是明净的星星。天路在空中铺展着。霞光少女们燃烧起来——这三姐妹遥不可及，三姐妹是被诅咒了的，她们终生都要燃起霞光。

微风摇晃着树枝，在哄它们入睡。

请你点亮小房子里的灯！

在摇摇晃晃的窗户上，红色的窗帘鼓满了风。

开门的是排字工人科泽尔。库德林有些窘迫，赶紧擦了擦眼镜。他说：

"那里发生的事儿，让人不忍去看，甚至……让人落泪……"

"我一直在等您，"科泽尔眨着唯一的一只眼睛，他动作敏捷，脚步摇晃，穿着毡靴迈着小碎步，"我等着您，可是我心里却一直在想：这么可恶的天气会把您带到哪儿去呢。邮件送来了，我把所有的报纸都读了，您自己知道，亚历山大·伊万诺维奇……"

生起茶炊。准备好所需的一切，傍晚临近。

库德林坐到桌旁开始读报纸。

科泽尔没有住口，仍在喋喋不休。

科泽尔不招人喜欢。他整天挨家挨户地跑来跑去，每次他做的都是同一件事情，永远讲述一个故事：他在监狱里的生活，他的眼睛如何害了病，以及其他人都在做什么。科泽尔没有工作，找不到什么能适合他的手艺——只有城市才是他的用武之地，任何一个村镇都只是更为自由而已！这里什么书籍和报纸都不出版，是根本不可能出版的。

然而科泽尔不甘心。他不漏过每一张报纸，总是批评它们，透彻地分析印刷上的所有细微之处。他那样子，就好像明天他就要开始自己的工作，不仅会让这个鬼地方感到惊讶，也会震惊整个世界。

他不是一个人生活，而是与妻子一起。他的妻子是个裁缝，不管怎么说，毕竟没有无所事事地干待着。那么，他应该干什么呢？在家里闲待着，只能碍事，于是你看到了，他就到处闲溜达。

"我跟您说，亚历山大·伊万诺维奇，老实说，他们所有人，说句不好听的，都是猪。他们都在干什么？他们只想一醉方休。基里尔和他的妻子天还没亮就开始打架。伊万与这里的女人勾搭……他想要上吊。

一个女孩来给我妻子帮忙，她这么说的，她亲眼看见的。想想吧，他走进板棚子，解下自己的裤子背带，就吊在背带上……好在及时拦住了。人们都在厮混。真是无话可说，这伙人糟透了！而我，作为一个年长的人，我不能说这话吗？看到这些心里难过啊，我在监狱里待了二十二个月，失去了一只眼睛……"

的确，其他人的生活状况要好一些。钳工、鞋匠，他们很快就能给自己找到收入来源。但是，他们所做的活计都不值一提，甚至让他们丧失了碰触的愿望。所有这些不过是小修小补，也许更适合一个小孩子来做，无论如何不是一个工匠该干的。这样一来，大家都常常无所事事地闲着。然而，无所事事地闲着是不行的。于是就常常有犯罪行为发生。科泽尔非常在意这一点，激怒他的还有对他的不敬。

"可是知识分子们呢！"科泽尔的脸抽搐起来，"比留科夫不想了解任何人，在他家里从来都找不到他，他一直待在树林里，那个达利斯卡娅……莫非可以这样吗：我是一个劳动者，因此也就是说，我是一个普通人。我到底是一个什么样的普通人，您自己想一想?!"于是科泽尔雄赳赳地从房间的一头走到另一头，然后再走回来，"既然我是普通人，就是说，我什么都是：是傻瓜，是坏蛋和畜生……"

他的妻子也已经第二个月没有收到做衣服的酬劳了。

库德林扔开报纸，凝视着科泽尔。

他想说，这一切都不是实情，这只不过是不怀好意的谣言，于是他用一根火柴敲着火柴盒，声音低沉地说：

"我们还不会很快离开这里……"

"我作为一个宣传工作者，"科泽尔说，"您自己知道……"

茶炊开了。

科泽尔讲着库德林刚刚读过的报纸上的新闻，没完没了地反复唠叨。

渐渐地又来了其他一些人。

库德林打算这个晚上做点儿什么事儿，让它有别于其他那些甚是单调的、充斥着闲话和对骂的夜晚。

他要给他们读书，他要让他们想起过去的生活，引起他们最美好的回忆，带领他们进入他们从前生活的世界，并唤醒感动过他们的心灵。

难道他们不对吗？难道他们的反抗不是真理本身吗？他们希望生活得更好。谁不希望生活得更好呢？他们相信能到达自己的目标，能打赢旧世界。在它的位置上建起一个新世界。这将是人间的天堂。

也许，在这场争取更好的生活的斗争中，暗地里隐藏着的反抗违背了那条可怕的规律，人靠着它永远只能憧憬，却永远见不到这样的天堂。

为什么我只能憧憬？

假如我根本不想要它，或者我现在就想要，而不是以后什么时候……那么我就应该对一切都毫不在意。

可是他们却深信不疑！不单单是因为绝望而让自己注定要遭受饥饿、监禁和死亡。他们不惧怕死亡，献身于它：让它用他们的身体扼杀这个世界，它自己也会窒息而死，而在他们的鲜血之中将崛起一个新的世界——不朽的世界。

库德林读着书。

这本书并不符合他的想法。但是在他看来，他正是用这些话表达自己的整个灵魂。

为什么我要卑躬屈膝，而对我的奴隶地位的奖赏只是憧憬？

谁制定的规则？为什么制定规则？难道没有一种力量能将这个堡垒

从大地上铲除，让它永远消失？

如果这一切都是如此，自由到底在哪里？到哪里找寻它？

不，用人类的牺牲、人类的痛苦，大地能够获得自己的自由。

库德林听到了自己的声音，但是这个声音不是他的，而是一个要求绝对服从的威严的声音——那是她的声音。

他不能不服从她。

他会跪着爬到她身边，收集她脚边的灰尘，并且问她，他不敢说话，只是用眼神来问，即使她会打他的眼睛，即使她一再地打他，只希望允许他跟随她。

"是的，用人类的牺牲、人类的痛苦，你们能获得天堂，而不是只有在梦中，而是在这里!"

"我们那里以前有一个鞋匠，叫弗洛托夫，"鞋匠伊万尽可能压低声音对科泽尔说，"非常喜欢香肠。有一次，你要相信我，他也这样说过，好像的确会有天堂，是一个真正的天堂，就像一根巨大的无处不在的香肠一样：你想要多少，就吃多少，闻多少。"

"香肠店里味道真好!"科泽尔断断续续地说，转过身去不再看伊万，闭上自己唯一的那只眼睛。

库德林继续读书。

他已经懵懵懂懂，一行行文字在自己发出声音，一句句话在自己喊叫出来。

"我们那里还有一个叫拉夫龙的人，"伊万低声说，"不管你要什么，他都能做出来。有一次我们发生了口角，他却说，您要是想，他说，我现在就能光着身子坐到一个蚂蚁窝上，不哼一声，坐上一刻钟。

"我们说，你是不会去坐的! 他说，我会去坐的! 森林就在附近，离得不远。于是我们就去了。找到了一个蚂蚁窝。他从身上脱下裤子，连个'不'字都没说，就咕咚一声坐了下去。就这样，请你相信我，蚂蚁把他咬得够呛，我亲自查看过。可是他一点儿都不在乎，穿上衣服就回家了。只是后来他一直要搔痒痒。"

"当然，"马具匠卢平应声回答说，"蚂蚁可不是纸……"

"哈哈！"有人忍不住大声笑了起来。

库德林在读书。

身边的所有事儿他都看不见，也没有注意到房间里发生的一切。他看见了她，只有她站在他面前，仍是他遇见她时的那个样子。

然而，房间里已经挤满了人。

这些人都是女房东那边的常客。门没有锁，有人因为好奇走了进来，跟着进来了第二个，接着第二个又进来了第三个。最初大家都谨慎而安静，但是后来，不知是由于拥挤，还是由于他们当中某些人心情不好，虽然倒是没有喊叫，只是根本听不见读书声了。

房间里到处都是烟：烟草的浓烟弥漫到书架和天花板上，再缓缓地落到堆满烟头的地面上。

空位子已经没有了。

不知是谁的双手，好像离开了身体，悬举在半空中，两只手先是互相并拢，然后又分开，有一只脚一直在绕圈，像是巴结讨好，也像是嘲讽挖苦。

不知是谁的手指用弯曲的厚指甲开始在书上来回划动。

"请问，您叫什么名字？"

但是库德林一直在嘟囔着什么，像驱赶苍蝇一样推开令人厌烦的手指。

"请问，您叫什么名字？"一个粗糙的东西抚摸了一下他的手。

书掉到了桌子底下。

"我在哪里见过您。"传来那个结结巴巴的声音。

"您是库德林先生，请允许我和您认识认识，我叫本季克！"

库德林不知所措。

"我什么都不明白。"他对本季克说。

"可是我什么都明白，我是公民证登记员，所有这一切都是胡说八道。"

"瞧，你们瞧，"科泽尔拦住本季克说，"她来了……"

于是人们醒悟过来，不断响起尖叫声和交谈声。

"您是主人，"那个令人厌烦的声音传来，"这个夜晚……我们会过得非常愉快。"

"天晓得怎么回事！"钳工加夫里洛夫一副怒气冲冲的样子，举起了拳头。

"万岁！"房间里响起呼喊声，"万岁！"

"傻瓜——傻瓜！"各种叫喊声交织在一起。

也许时间已经过了午夜。人们还在喝酒、碰杯，酒泛着泡沫。

几只手拉住了库德林。

满桌都是酒瓶子。客人们拿来的太多了。

"一定要喝，您是主人，新年快乐！"大家纠缠着库德林。

"亚历山大·伊万诺维奇呀，亚历山大·伊万诺维奇，"鞋匠基里尔请他吃手里拿的东西，"这是我弄来的东西。菲奥克拉拿来的，我自己熏制的，我自己腌制的。"

"鸡蛋啊，是鸡蛋。"一个油滑的人快言快语地说。

库德林没有反驳。

"香肠，亚历山大·伊万诺维奇呀，亚历山大·伊万诺维奇，我自己熏制的，我自己腌制的。"

已经双眼发黑，两腿发软，记忆力衰退。

"要不，我们继续读书？"库德林不知所措地说。

"算了吧，最好离开。"加夫里洛夫说。

"去板棚子？"卢平哈哈大笑起来。

"我出席了酒宴，参加了舞会……"突然传来一个老太婆醉醺醺的声音，她尖声尖气地唱道。

众人向两旁让出道路。

到了房间的正中，身为女房东的老太婆已经不是在走路，而是蹦蹦跳跳的，朝向四面八方挥舞着酒瓶子。

她直奔库德林而去，用空着的那只瘦骨嶙峋的手抓住他。她硬要亲吻他，无意中把伏特加洒了出来。

库德林没有反抗，而且无论多么嫌恶，他还是吻了吻酒醉的老太婆。但是老太婆还嫌不够，她还想再来一次，想要再吻一次，于是她那难以摆脱的、没有牙齿的嘴巴拱在他的嘴唇上，试图咬住不放，青蛙似的滚烫的舌头执着地想要称心如意地伸进去……

哈哈大笑声打断所有的尖叫声。

"快呀老奶奶！"

"她胜过任何女人，哈哈哈！"

"哈哈哈！"

"萨尼亚，萨尼亚，"老太婆身子扭来扭去，"哟，我要快点儿去跳舞，他都坐不住了，身体直抖，呵呵！是的，啊，我出席酒宴了……"

"亚历山大·伊万诺维奇呀，亚历山大·伊万诺维奇，"鞋匠老是在耳朵边叨念着，"我自己熏制的，我自己腌制的……煮的……熏的。"

"我冒犯了您，惹恼了您，"电报员抓住他的一只手，"我，可以说……我们进来都未经允许……来听读书……怎么会有猪一般厚颜无耻之徒，这样的人可真多。"

"那有什么关系呢，至于老太婆，我倒是认识一个。"

"不过是一匹瘦弱的母马。"

"不是，她并不瘦弱。"

"三个老太婆。"

"你得了吧!"

"我不知道什么是羞耻，"一个嘶哑的声音叫嚷着，"为什么要向上帝祈祷，我可是老人家?!"女房东耸了耸肩，又抓住了库德林，她非常英勇，就像只有二十岁似的，小黄雀一般带着他旋转起来。

他做出令人难以置信的跳跃动作，像小球一样弹跳着，他心里只有一个想法：保持住平衡不跌倒。

也许他只是一个小球，而所有其他的一切都不甚清楚？眼镜上蒙了一层水汽，什么都分辨不清。只有一张嘴滚烫滚烫，抿得紧紧的，就像皮筋一样在他的眼里飞舞。

"要么奔跑，要么跳舞，要么跳跃，"老太婆大声歌唱，接着又说道，"现在啊，我要走啦，萨尼亚咱们去洗澡，去洗澡。"

老太婆一条腿没站住，猛然咕咚一声倒下，随后库德林也倒了下去。酒瓶子打碎了，伏特加突然洒出来，流到了地板上。

"我冒犯了您，可以说，丑陋的人喝得醉醺醺的，太可怕了，我惹恼了您?"

有几个人朝女房东扑过去。不知从什么地方出现了一根绳子。人们开始用绳子绑她。

"坏蛋，洒了一整瓶，这个坏蛋!"

"哈哈，卑鄙的家伙，麻脸鬼，哈哈。"老太婆呻吟着说。

库德林用鞋跟猛地蹬在一个人身上站了起来。他的眼镜已经不见了。

披上斗篷，

胸前挎着吉他……

一个声音与所有的声音相反唱起歌来，气氛变得沉重和憋闷。

手风琴开始吱吱呀呀地响起来。

老太婆双腿被绑着，双手抓得紧紧往前爬着，哭泣着。

人们跳起舞来。

无数的腿和胳膊挥舞着，在天花板下坐立不安。

科泽尔的上衣和裤子被脱了下去。他只穿着毡靴，双臂交叉，迈着小碎步从炉子走到书架跟前，欢快地晃晃悠悠地跳起来，像一个真正的舞者。

有时候，就好像一只毡靴在跳舞，它还长着黑胡子和一只眼睛。

这只眼睛眨呀眨。

在科泽尔面前，菲奥克拉不是在旋转，而是在蹦蹦跳跳地舞蹈，她手里提着长长的裙子，龇着牙齿仿佛马上就要吃人似的。房间里到处是粗粗的双腿和腿上的编织毛袜，让人不可遏止地想要抓住一条腿捏一捏。

有一小撮人坐在书架旁边，坐得很是舒适，他们在悄悄扎某个人的肚脐让他清醒过来。有人则呼哧呼哧地喘着粗气。

库德林被拖到桌旁喝酒。

"可以说，您是主人……"

"我什么都明白，我是公民证登记员……"

"我自己熏制的，我自己腌制的……"

他习惯了与妓女闲逛，

接受她们的殷切情意。

他却不会表达殷切情意……

"你想让我揭发你的全部嘴脸吗?"

"来吧，哦哦!"

在一片混乱、跺着脚的舞步和尖叫声中，一个留着红胡子的高个子前胸压到手风琴上，手风琴嘎巴一声就折断了。

钳工加夫里洛夫转过身去，开始殴打留着红胡子的人的脑袋和脸。库德林听到，留着红胡子的人声音尖细地吼叫，就像个孩子一般，声音尖细，如怨如诉。

一个尖细的声音穿透了整个房间。

公民证登记员本季克无意间把酒洒出高脚杯，他一直在诉说他什么都理解，没有什么对他而言是不能理解的。

"一切都是胡说八道。"

一个姑娘解开上衣紧身部分的纽扣，用拳头敲着桌子，动情地向警察局的文书解释说，她住在这里是不可能的，她要去澳大利亚。

"我要马上动身，直接就去澳大利亚。"

基里尔和非奥克拉皱着鼻子，他们互相指责。床上还有一些躯体，它们什么都不像，不知是在笑，还是在哭。

库德林突然很想去拿胡椒瓶，往每个人身上撒点儿胡椒粉。但是，无论他怎么找，都没有找到胡椒瓶。

"我冒犯了您，我惹恼了您?"电报员说道。

"坏蛋，洒了一整瓶，这个坏蛋!"

让他寻找温柔的头发，

让他寻找红润的脸庞……

也许，客人们厌倦了待在房间里，醉意把大家赶到了外面。外面暴风雪纷纷扬扬，窗户蒙上了一层雪，还像小鸟一样往烟囱里面张望，把砖墙围起来。

房间里一片黑暗。

但是却没有希望能够安静下来。

墙内单声部的手风琴在吱吱呀呀地鸣奏，沉重的鞋后跟在地板上断断续续地打着拍子。门开了，有人跌跌撞撞地在房间里徘徊，碰掉桌子上的一些瓶子，撞到椅子上，用手指去戳库德林。

一切都在燃烧：有枕头，也有床单和空气。

哪怕只喝一滴冷水，只要一口……

"给我喝点儿水吧！"库德林请求道，他就像一个小孩子，可是寒冷突然让他的身体动弹不得，他吓得魂不附体……

他有五只脚，他明显感觉到了它们的存在……于是他用一只麻木的手数着；他不能明白，哪里来的这么多只脚？于是他用一只麻木的手数着。

"什么，什么，什么？"不怀好意的声音不停地数落着，说这话的时候，红色的小舌好像直接敲打着心脏似的。

"给我喝点儿水吧！"库德林像小孩子一样请求。

"下贱的东西！"床下不知是谁的死人般呆板的身体在打嗝，在张大嘴巴打了个哈欠以后，就开始打鼾，牙齿磨得不时咯吱咯吱响。

他一句话都说不出来，他已经忘记了话语，他从来不知道……

"哦！哦!"

他一动不动直挺挺地躺在那里，来回挥动着双手，摸索着，数着目己的整整五只脚。

"哦！哦!"

可是却没有人可以呼唤。

墙内单声部的手风琴在吱吱呀呀地鸣奏。教堂里响起晨祷的钟声，钟声远远地传到田野里。

畜棚里家畜像人一样在夜里进行交谈，就像通常新的一年来临之前那样。

白昼的寒冷的光辉渐渐醒来，暴风雪之夜刚刚过去，新年的第一天就已经到来，它急急忙忙赶上母鸡的脚步。

耳朵尖细的小狗莱卡已经睡醒，朝着风中狂吠。

（1907 年）

永久的光辉

Вечный блеск
Выбирайте рассказ лемизова

一只小鸟

　　我还没给你们讲过一只小鸟的故事，这是一只多么聪明漂亮的小鸟啊……是一只小燕子。保留下来的有它的两只小爪子，还有一片小羽毛——我把它拴在一条红线上，夹在一本专门的小册子里保存着，那里面我还夹着一些花儿，我有一本这样的小册子。

　　我会把所有的事情一一道来。冬天你住在圣彼得堡觉得挺好的，然而春天刚刚到来，就开始想了：要去个地方旅行才好！可是就在这时候，仿佛故意似的，所有事情都会赶在一起，只为了哪儿都不让你去，各类琐事挡住了所有的旅途。总是出现这样的情形，你一看，去那里来不及了，已经太晚了，而且你也去不了那里——花费太高，更糟糕的是，去倒是能去成，可是却没办法回来。我整个五月和六月都待在圣彼得堡，甚至时间还更长一些，只是我有些坐立不安，什么事情都做不下去。从清晨到傍晚留声机一直在大声歌唱——我们的院子像一口水井，回声很大，留声机卖力地唱着的歌，让人感到忧伤，你自己也随时会像狗一样开始哀号，夜里是鸽子的鸣叫——我住在最顶层，那里还有许多鸽子，它们非常大声地咕咕叫起来，你醒来一听，就会觉得，在它们的喉咙那里，就在那里，一切都要撕裂了。还飞来一些乌鸦：落在窗台上，左顾右盼，所以夜里窗外什么都不能放，它们会全都偷走的；我偶然发现——它们就在黎明时分，就在清晨的时候偷东西，这些乌鸦，真是聪明的鸟儿，知道什么时候可以偷东西。我们年纪较大的管院子的格里戈里·库兹米奇是个真诚的人，从来不催着要工钱，只有一件事儿令人痛苦，他是一个极其热爱音乐的人，他本人自然料想不到，可是我非常敏感：在节日里，就算在节日里做什么都是理所应当的，然而他无论在节日里还是在普普通通的平日里，只要一干完活儿，检查完房子里的秩序，就立刻坐下拉手风琴，可是他的手风琴声音低沉，音调多得数不过来，而且他一旦开始拉琴，就不停歇地非常起劲儿地拉——留声机唱着自己的歌儿，而他拉着自己的曲儿。事情就是这样！于是我想起来，一个朋友冬天给我写过信，他极力怂恿我去什么地方过过逍遥自在的生活，最重要的是，只要愿意，在那里做什么都可以：可以打猎，可以划船，可以骑马，大海离得很近——可以好好洗洗海水澡，我想起了这封信，找到了它，再次仔细读了一遍，决定前往。

我的朋友诱惑我去的地方，是以德语名字命名的滨海之地①——我在地图上看了看，的确，大海离得很近，但并不是特别近，不过，反正都一样，我不是一个喜欢水的人，我会游泳，如果有必要，我也可以潜水，从小训练过，然而在水里我就会感到有些不自在：脚下一点儿根基都没有，而且一切都在晃动，非常不舒服。

我也不是骑马高手，生来就没骑过马，当我看到警察骑在马上疾驰的时候，我并不羡慕，除非是在图画上……说实话，我曾经非常希望能在肖像画上看到自己这个样子，骑着马，一个手指这样——指点着，而我身边有几门大炮和一团团烟尘。我也不是一个好猎人，难道当猎人是开玩笑的吗！——当火车从身边疾驰而过的时候，我喜欢站一会儿，有

---

① 1907 年 6 月末至 7 月 25 日，列米佐夫与妻子受拉脱维亚诗人维克多·艾格里茨之邀，在拉脱维亚马多纳县的一个小镇上度过了大约一个月，住在诗人的亲戚家里。

些喘不过气来，不由得想要大声喊叫，然而要从滑梯上滑下来，还要紧贴着耳朵射击，不，谢谢：耳朵会震得发聋，也令人非常不快。我的朋友非常了解我：在听够了鸽子、乌鸦、留声机、我们善良的格里戈里·库兹米奇的聒噪之后，有那么多的乐趣等着我呢！

我安排好所有的事务，又耽搁了一个星期左右，便踏上了旅途。到里加一路上非常顺利，我无可指摘，在那里转乘，沿着窄轨铁道慢悠悠地行驶，终于到达终点，接着骑上一匹马，不知道要把我带到什么地方去，先是走在田野上，然后往山上走，接下来还是往山上走……我环顾四周，不由得张大了嘴巴：傍晚的田野多么美啊！

参观庄园用了一整天的时间。主人是个磨坊主，德语说得不是很流利，总要借助于双手的帮助，而它们不仅补充了他说的话，确切地说，这是最最生动的语言。于是我也非常多地使用双手。

磨坊主家里所有的东西都非常充足。磨坊虽然没开工——正值干旱时节，但是，想必水涨起来的时候一定运作良好；这里停放着许多各种各样的机器，而地面和墙壁上挂满了面粉，白白的一片，所以当我们走进磨坊主给自己擀制呢子的隔壁房间时，我完全变成了灰色的。

参观完磨坊及其各种附属建筑以后，我们沿着河岸朝畜棚走去，最先蹿到我们面前的是一些猪，它们如此之大，甚至让人感到害怕——我总是有点儿怕猪，天知道它身上有什么！磨坊主养的母牛非常好——磨坊主养了大约四十头母牛，所有这些牛都在磨坊旁边的草地上、在通往墓地的大路两侧放牧。这里还有一些绵羊——我数到了一打，有白的，也有黑的。我们离开畜棚去了马厩，在各种机器——脱粒机、割草机、播种机旁边的棚子里，观看了各种各样的铲齿、锯和刀，一切全都是那么崭新，闪闪发光，就像擦亮了的一样。我们还去了仓房，里面的东西也全都看过、摸过了，我们喝了大麦汁，乘过凉，没有回到房子里去，而是穿过花园去了仓房。仓房里保存着黄油——多好的小木桶啊！火腿都吊挂着，架子上放着面包，这里还有三副崭新的薄木板棺材：从棺材里散发出苹果的香味——苹果堆放在孩子们害怕的东西里面，免得养成偷拿东西的恶习，在这些棺材附近，靠墙放着三个白色的十字架。

磨坊主扬扬得意地看着我，一无所有的我真想对他鞠躬致敬：所有这一切都是他的，所有这一切都是他自己置办起来的，是他自己做到的，用的就是这双手；他排干沼泽，挖出池塘，开办磨坊，养起家畜……他的左手没有大拇指：结婚那年，也就是十年前，被机器割掉了。

"我的妻子哭了一整天！"磨坊主张开缺少手指的手，把它伸到我面前。

当我们从仓房去花园看蜜蜂的时候——蜂房就在我住的正屋的窗前，磨坊主讲起了本族语，他的话我没有听懂，无论语言还是手势我都不懂。在看过蜜蜂之后，磨坊主在房子里说的还是本族语，可能他讲的是非常有趣的事儿——可能是自己砖房的故事，但是我什么都听不懂。

房子分为两部分。两个房间朝向花园里的蜂房和池塘，池塘后面的道路穿过草地通往墓地。这两个房间是我住的，有两个入口：正门入口通向前厅，后门入口通向厨房。这是一部分，另外一部分是主人住的。前厅和厨房把正屋与主人的房间隔开，那里有三个房间，一个房间非常小，里面现在住的是主人和孩子们，还有两个宽敞的房间，里面放的还是一些机器。

磨坊主把所有地方无一遗漏地领我看过以后，让我留在我的房间里。一直到傍晚，我都一个人坐在自己的两间正屋里，我把东西整理好，坐到了书桌前。

傍晚磨坊主又来了，不是一个人，而是与自己的妻子一起来的，他们身后还跟着几个孩子。磨坊主拿着葡萄酒，磨坊主的妻子端着托盘——托盘上放着一些饼和各种各样的小面包。我们互相点点头、鞠几个躬，用一个杯子喝了酒：磨坊主每抿一口酒以后就递给我，我喝上一口，还是有些难为情，就把杯子还给他；就只喝了一杯，不应该多喝。

磨坊主的妻子请我吃饼，饼很甜，孩子们就一直使劲儿盯着它们看。磨坊主有三个孩子：大儿子是安德拉，大家都这么叫他；稍小一点儿的是米莉达，大家都这么叫她；还有一个最小的孩子，他是总黏着母亲的伊万。

"大儿子会是当家的，小儿子会当牧师，"磨坊主把孩子们介绍给我认识，"这是米莉达。"

而这个米莉达看上去是多么可爱、聪明，她是一个多么健康的小姑娘，扎着淡黄色的辫子。

他们坐下来，坐了一会儿，有一阵子什么话都没说，然后就相互鞠躬告别：主人们该回去休息了，他们祝我度过一个美好的夜晚，旅途的劳累并没有妨碍我休息，我也祝他们能睡个好觉。我们各自用自己的语言、用自己的方式交谈。

磨坊主拿着葡萄酒，他身后跟着拿着托盘的妻子，他们身后是几个孩子，一个接一个地走了出去。于是又剩下我独自一人。

磨坊主又返了回来。

"一大清早，"他说道，而且说得非常清楚明白，似乎无论如何都不可能用另外一种方式来说这件事，"一大清早会飞来一只小鸟，它会用小嘴儿敲窗子，就该起床啦！"

"一大清早会飞来一只小鸟，它会用小嘴儿敲窗子，就该起床啦！"这让我感到非常惊奇：瞧瞧，多棒的磨坊主啊！

确实如此，我被一阵敲击声惊醒：一只小鸟从花园那侧敲着我的窗户，真是神奇！

于是我就知道了应该什么时候起床，有时候我还故意在太阳升起之前睁开眼睛，好能看看我的小鸟，看看它会怎样叫我起床：太阳刚一升上树梢，它就已经飞来了……多么聪明的小鸟！它飞过来，先是转一圈儿，像是在看我睡没睡觉，然后就用小嘴儿敲玻璃——多么聪明的小鸟！它敲几下玻璃，坐一会儿，休息一下，然而重新开始……多么聪明的小鸟！

周日的时候，磨坊主套上马车，就是像我们的敞篷马车一样古老的车子，带我去参观大地——我们自己的土地。

"你们的，"磨坊主用鞭子指着周围的森林和大地说，"你们的，这些都是你们的。"

虽然一切都是我们的，然而并不是很多：耕地很少，森林就更少了，很多是男爵的。我们路过城堡的时候，磨坊主的表情很是冷漠，非常不友好。

"男爵什么都不让做，不能开酒馆，也不能办工厂，可他自己什么都做得糟透了！"磨坊主断断续续地说，鞭子没有指向任何地方。

这是真的还是假的，我不知道，只是有一点我注意到了，磨坊主用割草机割自己的田地，而男爵那里用大镰刀割田。也许磨坊主是对的，他的冷漠也是有道理的。

我们从城堡出发，沿途观看大地。

我们看到了一些烧焦的庄园，一堆堆石头堆放在房基上：这是在我们获得自由之年的第二年①，灾难比比皆是。

"人是被枪杀的，"磨坊主举起鞭子，"枪杀了二十个人。"

---

① "自由之年"指的是1905—1906年，列米佐夫在流放结束后与家人获得了在圣彼得堡的居住许可。

日子就这样一天天过去：我听着鸟儿敲窗的声音起床，喝茶，然后就开始在房间里走动，一会儿坐到一扇窗旁远眺出野，一会儿又坐到另一扇窗旁观望花园、听蜜蜂的声音——蜜蜂一直嗡嗡地叫，一直在劳动！然后我再躺到床上，躺在那里，从窗口我能看到草地，哼唱着"在草地上，在绿色的草地上！"①吃过午饭，暑热一消退，我便经过墓地穿过森林到河边去。

而每一次这个时候米莉达都会出现。正如我的小鸟，太阳刚一升起来，就已经飞来了，米莉达也是这样，夜幕降临，我走在大路上，而她就已经在这里了。她就像一个小动物，一会儿跑起来，开始翻跟头，一会儿远远地走到树后面喊叫，那声音响亮地在树林里回荡，就像是一只声音嘹亮的小鸟。

米莉达采草莓、摘花朵。她把草莓放在手心里给我，而花朵则放在路面上或者小河的水里，放完马上就躲起来，我看到她一直机警地观察着。当我猜出她的意图，把花儿从水里捞出来或者从路面上捡起来的时候，米莉达就会高兴地喊起来，声音非常响亮，而她的声音更加响亮地回荡在树林里。

米莉达一点儿都不明白我对她说的话，我也从来没听她说过一句话。米莉达只是看着、笑着、喊着。很快我就理解了她的眼神、她的笑声、她的喊声，于是我总是乖乖地从岸上弯腰去捞起花朵，从路面上捡起花朵。

到了晚上，当灯火亮起，磨坊主来到我的房间，坐到靠门的窗前，拿出一支香烟，点上默默地抽起来。我喝了牛奶，在磨坊主面前在窗户和门之间来回踱步。米莉达也会在这里，她悄悄地走到一个角落里，从

---

① 取自俄罗斯圆圈舞歌曲的副歌。

那个角落像小动物一样张望着——她是在观察。

然而磨坊主一直坐在那里，抽着烟，若有所思。

"雨够多啦！"磨坊主说，然后开始鞠躬告别：到休息的时候了。

我走出去来到花园里。在花园里，蜂房里的蜜蜂都睡了，仓房上睡着一只鹳，住着磨坊主的房子也睡了：他梦见了晴朗的天气和草地——在草地上，在绿色的草地上磨坊主在漫步。

我就这样住在这里，我熟悉了磨坊主，熟悉了蜜蜂，熟悉了米莉达，熟悉了自己的那只小鸟：小鸟叫醒我，磨坊主供我吃喝，米莉达给我指路。

在伊林节①那天，我起床的时候，墓地已经响起了日祷的钟声。小鸟没来叫醒我！

怎么会这样呢，小鸟……在这样的日子里！我责怪小鸟，也责怪自己：我睡得错过了小鸟叫我，没听见小鸟的声音，而它，想必用小嘴使劲儿敲打过了，担心我起不来，它的小心脏一定跳得很厉害，就像豌豆那么大的心脏，不会更大的，想必它惊慌不安地往窗里面盯着看了："你起来，起床！"我那小小的聪明的鸟儿叫我醒来。

我走到窗前，毫无思绪，向外看去，窗台上是我的小鸟，可是我的小鸟已经死了——只剩下了她的小爪子和一片小羽毛。

这就是它的小爪子和一片小羽毛！

天阴阴沉沉的，令人伤感，而夜色降临，就更加安静。米莉达没有喊叫，没有大笑。米莉达就像这个日子一样悲伤：她沿着大路跑到很远的地方，跌入草丛中，趴在那里，仿佛没有了知觉——再也没有小鸟了！

―――――――――

① 伊林节，旧历 7 月 20 日，俄国正教派圣伊利亚的节日，古时民间把这个节日视为"雷神节"。

我们就这样过了三天，我起床没有了固定时间，睡得也不好，长时间无法入睡，随后便萎靡不振。我已经在想，是否应该要个闹钟。可是突然间，就在一大清早，有人在敲窗。我睁开眼睛——是小鸟！我扑到窗前，原来是米莉达！米莉达，像只小鸟一样，赶紧躲到树丛后面。

"我心爱的小鸟，聪明机灵的小鸟！从此时起，就像那只小鸟一样，米莉达总是在规定的时间里叫醒我。我也要向你，向你的土地，向你的人民致敬！"

（1913年）

小苹果树

很多事情我自己从来没有做过，想必即便是在梦里也不会去做，却能够理解，然而有一件事情我无论如何也无法想象，就算用最愚昧无知的想法来揣度，我也无法理解怎么能这样残忍地虐待小孩子，怎么能说打就打孩子一巴掌，而且日复一日狠狠地折磨孩子，就算是心里痛苦得不能忍受，就算是心里气得发疯，这么做我也不能理解。

我见过不少孩子，有俄罗斯的，也有不是俄罗斯的，不，这样的事情以前我一直不能接受，现在我也无论如何不能接受！我也认识一些人，他们的心灵受尽了折磨，伤心至极，对他们而言世界不是美好的，他们实在是无法过活了，然而只有孩子——瞧瞧看，多么柔软美好的小身体，他们是多么漂亮！只有孩子才能抚慰他们，哪怕只有一个小时，哪怕只有一分钟。

纽什卡从来都没见过自己的生父。她三岁的时候，她的母亲才出嫁。第一年纽什卡在新家过得很好，她也就以为亚历山大是她的生父，但是她的妹妹出生以后，纽什卡从大人对她的虐待，也从一些话语中醒悟过来，是她想错了。

他们住在奥布霍夫桥对面，租了老婆婆帕霍莫夫娜的一间房子。可是婴儿一出生，他们就搬到了另外一个院落里。帕霍莫夫娜十分疼爱纽什卡：小女孩长得这么漂亮，又细心体贴，不管走到哪儿，她都像是一棵充满活力的小苹果树！

亚历山大开始殴打纽什卡，不管有原因还是没有原因，不管是节日还是平时，都一样打她。于是纽什卡变得惶恐不安；她这样做会被痛打一顿，那样做还是要遭受毒打。就连母亲也开始打她。

亚历山大每天从工厂回到家，纽什卡一旦被他看见就会挨打，可是怎么才能不被他看见呢，你能往哪儿躲呢？亚历山大一看见她，就用拳头照着她的下巴狠狠地捶过去，甚至会打得出血：大家都知道，男人下手向来很重，更何况他们没有血缘关系。

问题其实并非在于纽什卡不是他亲生的，而在于她是母亲纵情作乐的产物——她母亲那时候和一个人鬼混！他丝毫也不想知道那时候的事情，可是他厌恶这个小女孩，一看见她就会想起，她的母亲在与他结婚之前与别人鬼混过！一想起这事儿，他就扑向女孩，毒打她。

而母亲总是喊道：

"打吧，最好让我来打！"

她是想用这种方式挡住他的毒打，以此来保护孩子：自己的孩子就算是打，下手也会轻一点儿。可是，不管怎样打孩子，其实内心都会翻腾不已！因为不管怎样打，孩子都会疼的。她从父亲手里把女孩夺过来，就开始打。

如此一来，一双手打完另一双手再打，一个拳头打完另一个拳头再打，纽什卡因此遍体鳞伤，还要哄着小妹妹。要是一个大人遭遇这样的事情，他会找到办法的……可是她还是个小孩子，只会浑身颤抖……

"打吧，最好让我来打！"母亲这样喊叫着。

角落里放着一艘破船，纽什卡就睡在这艘船里：她总是整个人蜷缩成一团，浑身抽搐着，安安静静地坐在那里，就好像她不在家里似的。

"该死的，畜生！"父亲突然想起以前的事情来，他看过来了，哎呀，他用眼睛寻找着呢，上帝保佑，可千万别被他看见啊！

有时候，亚历山大要是喝了酒，大家就都不会好过。他先是扑向纽什卡痛打她，碰到什么就用什么打，可能是皮带，也可能是绳子，还可能就这样用脚踹，打得直流血，把母亲那份儿也一并打了。

不，他无法原谅母亲，无法忘记她与人鬼混过，而这个女孩……他丝毫也不想知道那时候的事情，可是却什么都能记起！他憎恶母亲和女儿。

他们租住帕霍莫夫娜的房子时，日子过得还算平静，即便是他喝醉了，也没有狠狠地搂过母亲，也没有想到过打她，可是现在……他连母亲也找机会一起打。

好在还有上帝保佑，她们的身体没有被打成残疾。

而母亲早已是遍体鳞伤，她能把委屈往哪儿发泄？只能发泄到女孩身上，迁怒于她：因为要是没有她，一切都会好的！母亲只能发泄到女孩身上，只要一抓住她，就使劲儿搂。

而小女孩纽什卡……父亲打她，也打她的母亲，而母亲也打她……可是她能怎么办呢？要是一个大人遭遇这样的事情，他会找到办法的……可是她还是个小孩子，只会浑身颤抖……

"哼！我要打死你！"母亲就这样喊叫着。

大约有一年时间，帕霍莫夫娜没有听到过自己那棵小苹果树的任何音信，根本不知道她是否还那么活泼：帕霍莫夫娜有一些操心事儿，自己的老头子也没少让她遭罪——有什么可说的呢，每个人都会遭遇太多的不幸！他是个非常爱喝酒的老头子，害上了狂饮病，钱只要被他看到了，就全都偷着拿走，你要是不给，他就动拳头。

复活节的那一周，帕霍莫夫娜准备好了去做客，去看望看望熟人——谢天谢地，她的老头子这几天变得安静一些了。帕霍莫夫娜来到马什科夫家，看着自己的纽什卡，可是已经认不出来她了：女孩身上到底发生了什么事，老婆婆弄不明白——她整个人一点儿精神都没有，就像个木头疙瘩，而且穿得破烂不堪，全身都是抓伤。

"你们已经很久没有让她去领受圣餐了吧?"老婆婆猛然想到了这一点。的确，正是如此：自从搬离帕霍莫夫娜家以后，他们一次都没有带女孩去过教堂，已经快一年了。

已经快要到中午了，晚班的日祷还没有结束。帕霍莫夫娜开始请求母亲让女孩和她一起去教堂。母亲起初不愿意——纽什卡不在，谁来照看孩子? 可是后来就答应了。

于是帕霍莫夫娜前往教堂，带上纽什卡一起去。帕霍莫夫娜走在路上也是一样，只要一看她，就不敢相信自己的眼睛：女孩身上到底发生了什么事? 但是无论帕霍莫夫娜说多少话，纽什卡都一声不吭，只是看着她，那眼神就好像帕霍莫夫娜马上会动手打她似的。老婆婆因此什么情况都没有了解到，她领着纽什卡去了教堂，在那里领了圣餐，就又回了家。

"我们走进他们的住处，"帕霍莫夫娜后来讲道，"我就看到，女孩立刻朝角落里走去，快步走到破船跟前，非常温顺地坐下来，垂下头坐着。我一直看着她，却完全无法理解。这是怎么了，我想，女孩怎么会这样，就像是训练过的猴子! 而母亲却说：'她一直都待在这个地方，父亲在家的时候她不敢在别的地方待着!'我开始可怜女孩，我站了一会儿，看了一阵儿，告了别就走了。我自顾自地走着，陷入了沉思：我为什么没有带走纽什卡，最好让她在我这儿住几天! 让女孩领了圣餐，可是她却像生活在监狱里! 我走在路上，一直拿不定主意，而两条腿直发软，离家越近，我越迈不动步，实在无力往前走了——于是我转身回去。我走进他们的住处，而此时女孩已经被打得遍体鳞伤：一只胳膊全是血，脸上也都抓破了。我一看到这情形，自己心里就非常难过：'您是否可以，我说，让她去我那里住一两天，不然我一个人非常寂寞！'我对母亲说。可是母亲却说：'她要哄妹妹！'她不再看我，可是后来转过身说：'好吧，让她去吧！'我对父亲说：'而您呢，爸爸，让她去吗？''让她消失了才好，快点儿死了才好！'他不耐烦地把手一挥！而女孩全身颤抖着，就那么胆怯地看着，可是却不敢说话，她就是不说：'带我走吧，帕霍莫夫娜！'"

于是帕霍莫夫娜带走了女孩，带走了自己的小苹果树，给她，给自己的小苹果树把脸和手洗干净，梳好头发——要知道都快认不出来她了！女孩是那么害怕，什么都怕，然而此时她也恢复了意识，平静下来。

纽什卡在帕霍莫夫娜那里住了三个星期，可是接下来老婆婆不知道该把她安顿到哪儿去：不能让她继续住在自己家里，老头子又开始干自己的勾当，孩子在这儿非倒霉不可！可是她也没有勇气把这个小孩子送回家里去遭受侮辱。

一个偶然的机会让帕霍莫夫娜摆脱了困境。她找到了两个好心人，他们把纽什卡从她那里带走了——女孩遇到了心善的夫妻。他们没有自己的孩子，在这方面没得到上帝的祝福，可是却喜欢上了她，怎么能不喜欢呢：女孩在帕霍莫夫娜那里已经恢复过来了，还是不管走到哪儿，都像是一棵充满活力的小苹果树。于是纽什卡被带到乡下生活。

若不是这样，女孩可能就会死掉了，她会被打死的，她的整个小身体会哆嗦得非常厉害，她的精神会被摧毁，她那颗悲伤的心会因过早地经历我们生活中的痛苦而窒息……

纽什卡住在乡下的庄园里——这里的人爱她，就像爱自己的孩子一样，于是她适应了新环境。

马什科夫一家过得也还不错，他们现在生活平静和睦，当然，除了喝醉的时候以外，而且，即便喝醉了酒也与以前大大不同。他们的女儿卡秋莎一天天长大，父亲很爱这个女孩！马什科夫一家现在好好地过着日子，谢天谢地，他们已经不相互抱怨了，关于纽什卡却只字不提，就像没有她这个人，就像她从来没有存在过似的：抑或是对他而言，她是极可恶的东西，而现在脱手了，不碍眼了，于是他就平静下来了。对于母亲来说，忘是忘不掉的，然而她似乎在有意掩藏自己的罪过，因为他的责备令她痛苦……或者并非如此？

有一次我遇到了帕霍莫夫娜，她正坐着蒸汽有轨电车离开斯科尔比亚先斯卡亚教堂：不知是不是她的老头子又闹事了，又或许他们的生活也已经完全平静下来了。

"喂，怎么样，"我说，"帕霍莫夫娜，听说小苹果树的消息了吗？"而帕霍莫夫娜在衣服口袋里摸索了一阵，掏出一条手帕，解开上面打的结，递给我一张纸，是一张卷起来的信纸，她这是要把信给我看，而我也看到，她自己已经露出了高兴的神情——这是纽什卡的来信。

"到我们这里来吧，帕霍莫夫娜，我有两棵小苹果树和一小畦草莓。您来的时候，我请您吃。"

（1913 年）

阿廖努什卡

世上有些孩子生来就是这样，在上千个孩子中你一下子就能发现他们：从他们的眼睛里，在他们的笑容中，流露出来的正是上帝的光辉。

与孩子相处是很难的，凡事都要会才行，但是对这些孩子……这些孩子永远不会成为负担。就算是阿廖努什卡会任性一会儿，似乎成了最平常的孩子，这样的孩子并不少见，应该照顾他们，应该耐心忍受这个小野兽的任何事情，但是阿廖努什卡的任性只是一会儿，然后她又看着你，又是这种微笑——正是上帝的光辉在她身上闪耀。

阿廖努什卡扎着两根小辫儿，两根浅色的小辫儿上戴着红丝带，她个子小小的，长着红扑扑的小鼻子，她六岁了，过了六个春天。她既不会读书也不会写字，她只会唱歌。

在一个秋日，在一个圣彼得堡泥泞多雾的日子，阿廖努什卡来到我这儿，走进我的房间。

"你好！你好，阿廖努什卡！"

"你好！"阿廖努什卡动了动小鼻子，闻了一下，就直接跑到玩具跟前。

我的墙上挂满了玩具。其实，玩具并没有那么多，只是关于它们的各种交谈很多，它们身上有我的和那些爱我的人的许多情感，所以好像有很多似的，而且它们，这些玩具，也不是真正的玩具，真正的、花钱头米的玩具很少，它们都是自然而然地出现在我这里的——我捡来的或者别人捡来送给我的，要不然就是阿尼亚姑妈做的——不是我的姑妈，而是季马、奥列格、拉兹博伊尼奇克、科扎·科兹洛夫娜的姑妈，她不给他们做，却顺便给我做，都是一些很吓人的玩具。

"我知道这是什么。"阿廖努什卡指着马掌说。马掌挂在墙上的玩具下面，我把它挂在那儿是碰运气的，结果它第一个幸运地被阿廖努什卡看见了。

"好吧，告诉我，阿廖努什卡。"

"蹄子！"阿廖努什卡信心满满地看着我说。当然，这是蹄子……但是，她大概看到了我的笑容，觉得自己说得不对，就改了口，"马掌上面的马的蹄子！"阿廖努什卡说，她一直笑盈盈的。

我从墙上摘下一只猴子，但是这还不够，要全部都摘下来才行，阿廖努什卡全都想要拿近到跟前看看，最重要的是要摸一摸。我递给她青蛙、大象、熊、松鼠、尖鼻兽——长着短爪子的灰色的尖鼻子野兽，还有一只凶猛的野兽、狐狸、独耳兔、黑尾兽——又高又大而且长着黑色长尾巴的黑色三趾兽、跳跳兽、蚂蚱、爬行蛇和白兔。

全都摘了下来，阿廖努什卡拿过所有的动物，把它们摆放在沙发上——玩具依偎着她，就像动物们依偎着正在给它们起名字的亚当一样。

阿廖努什卡给所有的玩具都起了名字，于是一切都活了。蓝色的靠垫成为屋顶，我的深红色披肩是夜晚。

于是动物们躺下睡觉——玩具都睡着了。阿廖努什卡也把自己的小脸儿伸到披肩下面的玩具旁边，她也要睡觉。这是一个漫长的黑夜，当然，黑夜会过去的。

第一个是阿廖努什卡。阿廖努什卡第一个起来，她把椅子推到沙发跟前，在椅子上放一个装纸用的篮子。这时候我们的动物们也都醒了过来。

篮子变成了笼子，而椅子下面成为房子。于是动物们相互到对方家里做客和聊天。

松鼠住在笼子里，松鼠透过窗户看着外面，房子里非常快活。房子是青蛙的。房子里有大象、尖鼻兽和熊。兔子和狐狸敲门来做客。大家接待客人，开始聊天。爬行蛇向房子里偷看。

"青蛙啊青蛙，"阿廖努什卡模仿着玩具们的交谈，"青蛙非常年轻，它还会在树上跳。大象……上了年纪的大象能驮着人们游玩，它住在森林里，没有孩子。熊生活在野外，可以驮着狐狸兜风，妻子是一只母熊。猴子会爬树，会打喷嚏。尖鼻兽不会驮着别人玩儿，不会爬，它只是在森林里走来走去，吃蘑菇。这只凶猛的野兽是狐狸的女仆，以前在兔子家干活。维尔米多什卡是一只巨大的动物，是动物们的妈妈，它有嘴唇，有一双手，就像猴子那样的。松鼠厨师毛茸茸的，它在煮小坚果。跳跳兽在炎热国家的灌木丛里跳来跳去。蚂蚱蚂蚱，吱吱叫……"

动物们面对面坐着，一会儿就厌倦了到处做客，接着野兽们的夜晚来临，它们打起了瞌睡，阿廖努什卡开始感到无聊。

"阿廖努什卡，唱支歌?"我碰碰她，抚摸着她的小辫儿。于是她又那么快活地看着我，再次笑了起来。

风在海上游荡

而轮船在追赶……

阿廖努什卡唱着自己的歌。

"阿廖努什卡，你看着我的时候，整个世界及其山岗、云杉、白桦都通过你看着我，当你微笑的时候，就像是过节，在你的笑容里闪耀着晴朗的日子，那里有矢车菊、三叶草，那里还有铃铛，布谷鸟在咕咕叫!"

我们坐在沙发上，我这样坐着，阿廖努什卡也这样坐着，坐在我旁边。阿廖努什卡给我讲她认识的某个娜杰日达·谢尔盖耶芙娜，讲一个叫瓦列利扬·谢尔韦斯托维奇的人，在说这个古怪的名字的时候，她费了好半天的劲儿，她还讲一些孩子的事儿，讲塔尼亚、尤拉、奥丽娅、娜佳、尼利卡，还说莉季娅·瓦西里耶夫娜知道很多童话故事，而她自己，阿廖努什卡，只知道一个。

"哪一个呢?"

"严寒老人的故事，"阿廖努什卡说，"你暖和吗，姑娘，暖和吗，美丽的姑娘?""暖和，爷爷!"阿廖努什卡看着我，仿佛她看见了什么一样，满脸喜悦。

"阿廖努什卡，我很喜欢玩具，我和它们说话，就像现在和你说话一样，如果你想要，我就把它们全都给你。我最喜欢的也给你：天鹅、马、公鸡、红色的小象、小老鼠，这些全都给你，你想要吗? 只留一个，给我留下一个就行，最珍贵的这个——金角鹿。阿廖努什卡，我在构思一个伟大的思想，无论如何我都不能没有这只鹿，他会在夜里用金色的角给我照亮道路，把鹿给我留下吧!"

阿廖努什卡没有拿走鹿，她什么都没有拿，只是看了看玩具。

阿廖努什卡只喜欢松鼠，喜欢松鼠厨师，于是阿廖努什卡拿着松鼠消失了片刻。当她回来以后，拿着松鼠在窗口站了很长时间，一声不吭，一直紧紧抱着它，然后跟它说话……然后……拔出了松鼠的小尾巴。

阿廖努什卡拔掉尾巴，当然也是出于爱。

到了该回家、该告别的时候。

我们开始告别。于是阿廖努什卡亲吻了好几下松鼠和它的尾巴，倒是没有拿走它，尾巴也没拿走。

我把装饰糖果的五颜六色的彩带给了阿廖努什卡，吻了吻她的小额头，也吻了吻她的小辫儿，两根都吻了，辫子上扎着红丝带。

（1912 年）

穆尔卡

　　我有两个小朋友：基拉和伊里努什卡，他们是哥哥和妹妹。

　　我恰巧碰上他们处于极度痛苦之中：他们的小狗舒姆卡被狼吃了。从科斯特罗马①的捷列莫克传来了这个噩耗。

　　"舒姆卡被狼吃了，"遇见我时两个人异口同声地说，还同样如此补充说，"只剩下了舒姆卡的尾巴。"

　　关于舒姆卡被吃以后剩下的尾巴，捷列莫克传来的消息当然根本没有提及，这是他们自己编出来安慰自己的。

　　"舒姆卡被狼吃了！"他们异口同声地反复说，没有别的话题，一直都只说舒姆卡的事儿。

　　狼吃掉舒姆卡大约是在一个月前，大约两个星期以后从捷列莫克传来的消息，而在这两个星期当中孩子们还是不能平静下来，他们所有的心思都在被吃掉的舒姆卡身上。小狗是普普通通的狗，就是一只看院子的狗，它住惯了自己的小狗窝，也吃惯了那些从厨房里扔给它当午餐和晚餐的骨头。

　　在孩子们看来舒姆卡非常特别，一点儿都不寻常，不管怎么说，就

---

　　①　科斯特罗马，俄罗斯城市。

像爸爸和妈妈一样，它就像是一个人，只是不会说话，不会说我们的话而已，还可以骑着舒姆卡玩耍，可是却没有骑在爸爸和妈妈身上玩耍过。

可是狼有很多，狼把舒姆卡抓住吃掉了，只留下了尾巴。

"哼，你这只大灰狼，伊万王子把你从灾难中救了出来，救你不死，可是你在这里却干出这样的事儿！要是在你狼的一生中哪怕见过一次我的伊里努什卡，见过她的小鼻子（伊里努什卡是长雀斑的女孩），见过她是怎样看着你的，你就永远不会想要吃她的舒姆卡了。'我不会碰你的舒姆卡，我会在森林漫步，舒姆卡是会怕我的，但那不关我的事，我是狼！'你这只狼，脑筋迟钝，你就会这样说。喂，你哪怕一次，只有一次，看看伊里努什卡。"

"喂，我倒有个办法，"我对我的朋友们说，"你们会有一只小猫代替舒姆卡，我们叫它穆尔卡，你们同意吗？"

"同意。"

于是我给他们讲了穆尔卡，讲它是什么样子的。

"小小的，就是这样的，小猫有一身长长的毛，那么大口喝牛奶……胡子竖起，不时地摇晃着小脸儿，穆尔卡。"

我和他们谈起这个穆尔卡，是因为恰好前一天我去熟人家做客，他建议我抱走一只小猫：他有两只小猫——母猫穆尔卡和公猫瓦西里。我当时拒绝了，但是现在，我想要用某种东西来弥补沃尔科夫这匹狼犯下的错误并安慰伊里努什卡，我决定把小猫穆尔卡抱来：让它住在舒姆卡在捷列莫克住的地方，和孩子们住在捷列莫克它会很快乐的。

哎呀呀！他们是多么高兴啊，也忘记了舒姆卡、舒姆卡的尾巴、残暴的大灰狼，甚至整个傍晚都只是在谈论毛茸茸的小猫，谈论我的穆尔卡。

"明天下午三点左右给你们送来穆尔卡！"我与我的朋友们告别。

于是他们得到了安慰，心里想着穆尔卡去了自己的儿童房：明天他们就会有穆尔卡了。

我通知了熟人，给了他地址，请他明天三点前给孩子们送来我此前拒绝的那只穆尔卡。而我的熟人回答我说，他一定办好所有的事情：对他而言不是难事——从圣母帡幪教堂到米亚斯纳亚街只有几步之遥，非常近，小猫也不会感冒。

我当时特别相信他会把一切都办好。

"嗯，"我想，"现在他们已经在折磨我的穆尔卡了吧，但是他们也喜欢它，非常喜欢，当然，无论我还是我的熟人都不会那么喜欢，他们还会和它说话、交谈，只有孩子才能和动物那样说话，有些亲昵，而又非常尊重。"

一个月后我见到了他们的母亲。

"喂，怎么样啊，"我问，"穆尔卡怎么样？"

"哪有什么穆尔卡？"于是她给我讲了我给她惹出了什么事儿，惹出了与这个穆尔卡有关的麻烦事儿。原来，没有人想把小猫给他们送去，可是孩子们一直期盼着！从清晨开始，一有铃声他们就跑到门口，看看是不是小猫送来了，是不是穆尔卡来了？你也没有办法让他们坐到餐桌旁，什么东西都不吃，一直都在等待，一直等到深夜……

我问熟人。

"这是怎么回事儿，"我说，"那里一直等着，可是您……"

他辩解说，当时他好像很后悔送人。

"春天，"他说，"会有许多小猫，那时候肯定送去一只。"

嗯，好吧，春天会有一个新的穆尔卡，我得到了安慰，也安慰了孩子们。

"春天，"我说，"会给你们穆尔卡，现在还很冷，你们会感冒的，它还小。"

春天来了。我想起了我的朋友们，想起了我的承诺，想起了他们是那么期待，于是我去那个熟人家里要小猫。

又是这样，又说他尽力了：他宠坏了公猫瓦西里，而我的穆尔卡一直闭门不出，哪里能有小猫呢！

"得了吧，"我对他说，"您做了什么事儿啊，要知道那里盼着呢，那里盼着呢！我该怎么和他们说？要知道，您要是知道他们是那么期待……"

他笑了，他对我不明白其中的缘由感到可笑。

"公猫会更好的，您要明白，它会养得肥肥的，瓦西里是一只好猫，甚至它的用具都是新的，它要是把用具破坏了……"

"用具！上帝保佑用具，理应如此，要是让猫穿得破烂一点儿，要是让它从家里出去，它会丢的，或者回到家时浑身是伤、饥饿、长癫，我需要几只小猫，就要一只小猫，穆尔卡。我怎么和他们说，怎么和伊里努什卡和基拉说呢，现在我怎么去见他们？'小猫在哪里呢？'他们会问，我该怎么回答他们，在哪里呢？"

于是我两手空空地走了，经过我的房子，经过伊里努什卡的房子。

"伊里努什卡，我会给你弄到一只小猫的，嗯，就算我做不到，反正你也会有小猫的，它小小的，叫穆尔卡。毕竟是如此期待，你如此期待，你们俩都如此期待，你们为此会得到你们想要的一切，应该会有的。小猫会闻到的——它是动物，就像狼一样，小猫会闻到的，它会自己跑来，它不用任何咪咪呼唤就会跑来的。你们会有小猫的。因为你们心无旁骛地爱它，是那么爱它！而爱会吸引着它，一俄里以外你就能听到，很长时间之前就能闻到——你们的小猫肯定是小小的，有一条小尾巴和长长的毛。"

（1912 年）

神奇之事

要想寻找神奇之事，根本没有必要到很远的地方去，更用不着去国外。

神奇之事就在这里，时时刻刻就在眼前，只是你要去观察、去发现。可惜的是，人们发现的神奇之事实在太少了。人们没有发现，并不是因为他们好像小猫崽一样在生活中挣扎，并不是，这一点也很容易理解，我们每个人都有能力做很多事情，远比我们自己想象的要多。人们没有发现完全是因为其他一些原因：要么是自己太忙，要么是难为情，说来也真是奇怪……

你生活在城市里，每天早晨都读报纸，当然，白天你会因自己从事的工作而与人打交道；报纸上的消息毕竟是写在纸上，你的熟人只是一个狭小的圈子。人们真实的生活是什么样的，平民百姓是怎样生活的，所有这一切，至少要比你的圈子大一百万倍，你哪里能看得到呢？

我认识一个人，他从来都没有离开过圣彼得堡，总是忙于各种事务，没有一刻闲暇。因此，于他而言，平民百姓无非就是地板打蜡工人那样的：一些地板打蜡工人常来抛光地板，他每每会与他们交谈，好了，似乎这样他就接触平民百姓了，就了解人世间了。于是，他许多年都是通过地板打蜡工人来看待这个世界的，一直到死都是这样。不然的话，就只是与马车夫谈论过自己的整个一生。每日打交道的是自己，还有各种报纸上刊登的事件，以及你每天办事的时候看到的那些人，如此一来，大概都会厌倦的，所以就很高兴与地板打蜡工人打交道，所以也会拉着马车夫聊天。

我跟你们说，在有轨电车里也可以有很多发现，但是要观察，不能一心只想着自己的事情。与人交谈，当然倒也不必，至于倾听，似乎能听到的也不多——有轨电车里不兴聊天，然而多多观察是最重要的。

有一次，我在中心商场站上了车，那是白天，而且像是刻意挑选的，车里坐满了人，有的人看上去野蛮可怕，也有些人虽然看起来不野蛮，面孔却如同昆虫一般。

你们可以想象一只蟑螂的样子，只不过是巨型蟑螂，或者想象一只跳蚤的样子，只不过是巨型跳蚤，然后去除它们身上的所有触角、翅膀，或者去除蠕虫身上蠕动的小腿和躯干，只留下它们的脑袋并放大到极限——聚集在车里的就是这样一些面孔。

当你走在涅瓦大街上的时候，遇见这样一些怪物，感受并不会那么强烈，所有这些怪物不过是从身边路过而已，它们会被其他的事物所取代，可是在这里，你要半小时、一刻钟被他们包围，你就会不由自主地观察、仔细打量。

你乘车时就会这样。

我们就是这样乘车的。

在尼古拉耶夫斯克火车站附近的兹纳缅斯卡亚教堂旁边，上来一个人，不知是工匠还是那种在各个电车上讨要东西的人，他身形硕大，浑身肿胀，与他同行的是一个小女孩和一个小男孩：他把小女孩抱在怀里，拉着小男孩的手。

有一个座位空了出来，于是他带着孩子将就着坐了下来，恰好就在我对面。

那是一个春日，然而天气还不太暖和，不能穿得太单薄，可是这两个孩子穿得都非常单薄，小女孩只不过穿着带松紧带的高筒胶皮套鞋，而小男孩只穿着一双靴子，对他的个子来说靴子太大了，像木头一样硬邦邦的。

小女孩能勉强坐在他的膝头，而小男孩则设法搂着父亲的后背。小女孩的眼睛亮晶晶的，小男孩的眼睛则是乌黑乌黑的，他们俩看上去闷闷不乐，都默不作声。

我们拐上了苏沃洛夫大街，继续向前行驶。我一直看着两个孩子，而他们的父亲，至于他是工匠还是在车上讨要东西的乞丐，对我而言根本不重要，他突然说了一些话……他到底说的是什么话，是否真的说了，已经弄不清楚，然而我明白他是在乞讨，所有长着昆虫般面孔的人们，我的那些邻座，他们也都明白。他们都明白，我能清楚地感觉到这一点，但是谁都没有动弹，我们就这样一直坐到下一站，可是我觉得，我们仿佛坐了很远的路，仿佛坐了很长时间。

我们当中有一个人，一个蟑螂似的人，放到这个工匠手里一戈比，在这个蟑螂似的人之后，所有的人，整个电车的人，那些跳蚤、苍蝇、潮虫模样的人，一个接一个地送过去戈比。

我看了看我身边的这些怪物，可是所有人都垂下眼睛，没有人在左顾右盼，既没有人看着窗外，也没有人看着邻座。只有我的一双眼睛在观察，不，还有一双十分明亮的眼睛在观望——小女孩在观望。

我已经认不出任何一个人。

真是奇怪！抑或已经不是那个车厢了——我已经认不出来那些面孔。

这完全是另外一些面孔，那些昆虫似的面孔已经无影无踪，既没有蟑螂似的面孔，也没有跳蚤似的面孔。

小女孩晃悠着套鞋，她的眼睛闪闪发光，它们是那么明亮；小男孩说起话来，他望着窗外，一只手指在玻璃上划来划去。

真是奇怪！我一直在观察，一直坐到转乘前的最后一站，我一直观察着，而所有的人都坐在那里，已经完全不是最初那些人了，所有人的眼睛都低垂着。

有一个老妇人，一个上了年纪的女士，在中心商场站的时候，我觉得她像是蜘蛛，她在下车之前，驼着背，摇摇晃晃，差点儿跌倒，一只瘦骨嶙峋的手拿着一个铜钱递过去，然后下了车。

就在此时我看到，她的双眼饱含着情感，带着泪痕。她根本不是蜘蛛！那双眼睛的神色是多么痛苦，也许这是它们最后一次这样看着他们，而明天它们就会在别处了，它们还会看见一些事情，也可能会给什么人讲述所有我们这些人的故事，讲述我们所有的一切，讲述这件事。

（1912 年）

一只小圆桶

　　如果奥丽娅坐在沙发上，那么她的双脚还远远够不到沙发的边缘，因此还可以很宽绰地坐下一个人，此时的奥丽娅还很小。

　　奥丽娅不喜欢洋娃娃，要是有人送给她洋娃娃，她就会送给其他孩子，她自己从来不玩。她全部的爱都放在了形形色色的小玩意儿上，有各种各样的小茶杯、小盒子、小圆桶，奥丽娅就只和它们玩，就像玩洋娃娃一样，不玩的时候就把它们收拾起来，重新摆放好，珍藏起来。

　　奥丽娅把自己的这些珍宝存放在一个很大的黑色盒子里——那是亲爱的奶奶送给她的，她在盒子里也常常放一些礼物——几盒糖果，这些糖果总是被偷偷地拿走，可是奥丽娅却根本不知道，她完全没有发现！过谢肉节的时候，奥丽娅还把薄饼也放进了这个盒子，要让她的薄饼也在里面——她喜欢的所有东西都要放在一起。

　　奥丽娅还有一些特别喜欢的小玩意儿，她很少和它们分开，总是全都带在身边，都是她最喜欢的东西。

　　有一次奥丽娅去邻居家玩儿，回家后，她出乎意料地发现，她喜欢的一只小圆桶不见了——小圆桶不见了，她忘了拿回来！于是想要立刻返回邻居家：小圆桶在那里，她知道放在哪儿，她要赶快跑去把它找回来，那么它，她的小圆桶，就会又和她在一起了。

奥丽娅跑下门廊，想要穿过院子跑到邻居家，但是此时她却很不走运：院子里跑进来一只狗，而且不是什么好狗，是一只狂暴的狗——是一只疯狗，院子里立刻响起一阵非常大的喧哗声和狗叫声，所有人都惊慌起来——孩子全都领进了屋内，保姆法捷夫娜也把奥丽娅强行拉回了房间。

就像暴风雨来临之前那样，人们关上了窗户，所有的门也都上了锁。院子里有很多只狗在可怕地嚎叫。

院子里非常可怕，看起来也特别吓人。听到狗的嚎叫声，许多只狗从其他院子里跑过来，疯狗对抗着这些狗，战胜了它们——它向这些狗猛扑过去，用牙齿撕咬它们，它把一只狗打倒在地上，撕咬被打倒的这只狗，只见狗毛四处飞起。狗在地上滚来滚去，由于疼痛而叫得声嘶力竭，发出凶狠而又凄惨的尖叫声。愤怒的尖叫声和哀号声响彻整个院子。

在这样的时候，哪能会想要走到院子里去，甚至露一面都不想——就算是有特别重要的事情，也未必有人敢走出门去。已经派人去找庄稼汉了，现在就等着这些庄稼汉快点儿来：他们会带上一些粗棍子，要打死这只疯狗。

但是现在该怎么办呢，奥丽娅怎么能这么长时间见不到她喜爱的小圆桶，她不想等待，她现在就想要它——奥丽娅就哭了起来，要不能怎么办呢！奥丽娅就是这样：她要是想要什么，就必须立刻给她，不然她就会躺到地板上，用胳膊和双腿捶打地板，好吧，你就只能给她！

伊利梅尼奥夫家里有一些客人。每一个在那里的人都尽可能劝说奥丽娅，安慰她，向她解释找庄稼汉的事儿。大家和她说，等庄稼汉拿着粗棍子来了，那时候想去哪儿都行，不然的话，反正谁都不会去找小圆桶，谁都不会愿意去的，所有的人都躲起来了。

然而奥丽娅什么都不想听：她捶打着地板，不停地哭，不然她能怎么办呢！给她吧，把小圆桶给她吧，马上就把它拿来吧！

　　于是，奥丽娅的父亲——他爱自己的女儿！——拿上一根棍子，把奥丽娅从地板上抱到自己怀里，奥丽娅紧紧搂住他的脖子，她的眼泪也都流到了爸爸的脖子里！他抱着她走出房间，打开门走到门廊上，然后直接进了院子。

　　此时疯狗立刻抛下其他的狗，向他扑过来。奥丽娅觉得，从门廊到院门的那段路是那么漫长，就像从门廊走到教堂那么长，不，甚至更长，就像从门廊到磨坊那么长。奥丽娅非常非常害怕。

　　父亲用棍子抵挡疯狗，把它甩开，再把棍子朝狗的喉咙戳去——恰好插进了狗的喉咙，疯狗喘不上气来，一时间退却了，可是它突然又猛扑上来，而且变得更疯狂、更凶狠。

　　奥丽娅非常非常害怕，害怕极了，她把父亲的脖子搂得越来越紧，她的一双小手搂得太紧了，父亲都无法朝着疯狗大喊，奥丽娅把他勒得喘不上气来，可是她并没有意识到，完全没有注意到！奥丽娅以为，爸爸什么都不会害怕，只有她奥丽娅，会非常非常害怕。

　　从门廊到院门这段漫长的道路终于顺利走过去了，父亲把奥丽娅抱到了大门外，于是很快奥丽娅的手里又有了她最喜爱的小圆桶。

　　此时庄稼汉们也及时赶到了，他们拿着粗棍子打这只疯狗。

（1913 年）

繁　星

瞧，你常常觉得，有些时候，特别是你用铁丝网把自己与世界隔开的时候，或者相反，当你深入生活并且满身伤痕的时候，倘若能采撷到让内心燃起微光的所有笑容，让最浓郁的黑暗也能明亮起来的所有目光，那么就要把这一切集聚起来并告知这个世界，因为那样的话世界就会恢复生气，大地就会生机勃勃。因为这些都是为了世界而存在的，就如同温暖的雨水之于大地，而雨后的呼吸总是轻松而甜蜜的。

我在很多大孩子和成年人身上看到过这种快乐，但是在小孩子身上看到的快乐更多一些，这种快乐吸引着你的整个心灵，内心因此而激动不安，特别想要走到哪一个广场上，对所有的人大声说出它的存在，说我看到了它，看到了这种快乐，也要招呼大家趁着还为时不晚，都来看一看。

有一次在有轨电车上，我的邻座是个小男孩，陪着他的是个保姆，十分朴素大方，是个俄罗斯人，额头上有道疤痕，也非常亲切。我看到，她总是时不时地看一看小男孩。

这是冬日的傍晚，我从米哈伊洛夫大街离开，乘坐灯火通明的有轨电车走在巴谢伊纳亚大街上。

男孩戴着围巾帽，小脸儿特别苍白，眼睛有时简直就像病人的眼睛，而且特别大，就像是两颗星星。他不停地给自己的保姆讲着什么，一只手不知为什么总是举着，举着有一个人拇指的黑色手闷子。

从他所有话语中我了解到，他刚刚住过医院，现在保姆正带着他回家，他已经出院了。他没有母亲，与父亲一起生活，可能也不是经常住在一起，父亲在某个地方工作，是个官员。小男孩由保姆照顾。

他叫热尼亚，刚刚住过院，他生了病，而且病得很重。他的脖子上系着一块白色手帕。他可能得的是什么病，是猩红热、白喉还是某种危险的疾病呢？只是看得出，他曾经面临过夭亡——这是不可预知的死亡，它就喜欢像热尼亚这样长着一双大眼睛的人。

热尼亚告诉保姆，在医院里一个女孩的母亲来看她，带来了很多各种各样的点心、蛋卷，他也吃到了，不知为什么当时的情形非常可笑。热尼亚讲着，就好像刚刚学会说话似的，他那么急切，想要把看到和听到的全都讲一遍。他一直笑着。他身体开始逐渐康复的时候，又发生了一些好笑的事儿。他一边笑一边讲。

我根本听不清楚他说的话，只能听到他的笑声，可是我心里想，这一切对他而言是多么美好，我们的生命都是美好的，而他的生命力那么旺盛，甚至无处安放，就算是全都分送出去，仍然会有所剩余。生命力从他的心灵中、从心灵最深处喷薄而出，通过那双大眼睛——星星一般的眼睛闪耀着光芒，直接照进了我的内心。

要知道一切都不重要，即便他的父亲是个小官员、薪水微薄，家里也没有母亲，他们的住房狭小，还非常寒冷，这些完全不重要，现在他的整个世界繁星满天——他的家便是如此。

我甚至都不想下车了，就想这样一直坐着听他说话，看着他，就这样一直看着他，想要看着他那双坦诚的大眼睛，它们如同第一次看见生活的样子，如同星星一般明亮，我想要看着他的微笑，想要看着他脖子上的白色手帕。

幸福的孩子，他是多么幸福！为了他的这些幸福时刻——也是我的幸福时刻，我感谢我们的生活，即便它令人忧虑，十分艰难，如同死亡一样不可预知。

（1912 年）

一只白兔

　　有一次我乘车离开圣彼得堡，坦率地说，我当时满腔愤怒：发生了很多事情，都是内心无论如何也接受不了的。因此，我不仅没有期待能遇到什么好事儿，恰恰相反，我自己都在挑起事端，有点儿无事生非。

　　与我同一包厢的人是个演员，而这个演员讲的各种幕后故事以及对演员各种卑鄙行径的抱怨，更加刺激着折磨着我的愤怒的情绪。

　　我认为愤怒是头脑愚蠢所致，绝望在我看来则是完全没有头脑，人要是没有了头脑就会吹胡子瞪眼。多亏上帝保佑，幸好我还没有达到这种程度。

　　我们在车上度过了漫漫长夜，与我同一包厢的演员下了车，一个年老的将军坐到了空下来的铺位上。

　　我们继续前行，两人都默不作声。我随身带着一本书，我当时心里想，我安静地读读书就会平静下来。可是哪里能读得下去书呢：我的内心焦虑不安。你一行都还没有读完，就会想起一些事情，想起某一天，于是现实生活让你暂时忘掉了这一行字，你乱了头绪，只能从头开始读。

　　我努力了很长时间也没读完一页，便合上了书。就这样坐着甚是无聊，我来到走廊上，看到隔壁包厢里有一个小男孩在向外探头张望。换作其他时候，我多半会开口和他聊天，可是此时有点儿顾不上任何人。让他张望吧，反正无所谓。我站在窗前，看着外面。

时值春季，树木刚刚披上自己在春天里特有的娇嫩的绿色，你单独端详每一片叶子，你简直都不敢相信，那么娇嫩的绿色的叶子仿佛并不是真的已经泛绿，似乎只是你的感觉而已。

我就这样看了很长时间，要不是车停了，我还会继续看下去。火车突然停了下来，我来到车厢的通过台上。

"发生了什么事？"我问一个乘客：从另外一个车厢出来一个乘客，也像我一样，想必是来看看发生了什么事。

"一匹马被火车撞了。"这位乘客说。

"轧死了一匹马，"列车员此时也来到通过台，他说，"发现了一条尾巴，还有内脏、肠子，可是却没有找到马。"他朝减震器俯下身去，看了看铁轨：也许，它就在那儿倒着呢。

我也俯下身去。

"火车出发以后，"我心里想，"我会留意，在铁轨上一定能看见马！"突然我感觉到身后有人挤过来。我回头一看，原来是从隔壁包厢探头张望的那个小男孩：他听到我们的谈话，也探身去看铁轨上有没有马。

我把小男孩带回车厢，自此我们就认识了。

于是，我已经不是一个人站在窗口了，而是与科斯佳一起。科斯佳也像我一样，看着绿色的树木、绿色的田野。科斯佳一直期待着会有熊走出来：熊住在树林里，住在大树后面。

火车经停一个大站。月台上有几个女孩拿着牛奶走到窗口，而最小的女孩的篮子里放着几个兔子玩具：兔子就是兔子，该有的都有，有两只耳朵，丝线做的胡须，没有尾巴，眼睛是乌黑的纽扣做的；这些兔子多种多样，一些身上带绿色斑点，另一些是深红色斑点，还有一些是宝蓝色斑点，每只兔十五戈比。

我给自己挑了一只带深红色斑点的兔子。女孩把它递给我。

"谢谢你!"我听到身后传来一个声音，有人伸过来一只手，伸向我的兔子。

是的，这是科斯佳，科斯佳伸手来拿我的兔子。

好吧，我把兔子给了他，于是我们已经不仅仅是认识的关系，而是开始了真正的友谊。

兔子当然是活泼的，就像科斯佳本人一样，只是兔子在睡觉。但是这一点科斯佳没有立刻发现；科斯佳久久地摸着兔子、兔子的眼睛，摸着纽扣做的眼睛，有些担心地不时看看我，接着不慎把它掉到了地上，他捡起来，把它放到嘴边，这时他才安下心来：兔子是很活泼的，只是它在睡觉。

科斯佳一直没有放下兔子，也寸步不离地跟着我。

我们坐在包厢里聊天。沉默的老将军也兴致勃勃地畅谈起来。兔子让老将军打开了话匣子。

老将军告诉我们，他去了儿子那里，去探望了儿子，顺路去了波洛茨克的圣叶夫罗西尼娅修道院祈祷，现在是要回尼古拉耶夫的家。

上了年纪的老将军，老爷爷，他已经没有了牙齿，而科斯佳正在换牙，即便剩下几颗，也不是很多。我坐在那里，什么都没有想，昏昏欲睡。老将军和科斯佳一直在交谈：一个人问另外一个人，相互回答对方的问题。老将军说的话，科斯佳未必能够理解，科斯佳的话老将军也不明白，但是却交谈得很融洽。

可是科斯佳突然想到，这个老将军，如果夜晚刚一来临，大家都睡着了，那么这个老将军就一定会偷走科斯佳的兔子。科斯佳会这样想，大概是因为老将军多次抚摸过他的兔子，还拽过兔子的胡子，对它赞不绝口。

直到傍晚科斯佳一心只想着这件事，甚至把兔子藏起来不让老将军看到，让自己的母亲也积极行动起来，他拿到了又大又重的手提箱，想要把自己的兔子藏进手提箱里不让老将军看到。

科斯佳不知是因为吃了什么不好的东西，还是因为一路颠簸，他突然肚子疼痛得厉害，大人哄他躺下睡觉，把兔子和他放在一起。

我向科斯佳道了晚安，但是没有抚摸他的兔子，然而老将军没有和他道晚安。没有了科斯佳，剩下我和老将军两个人过夜。一整夜我们都面对面坐着，聊了一整夜。不是我说话，是老将军一直在说：他给我讲了自己伟大、漫长而艰难的一生。这一生中有如此之多的善、温暖、爱、忠诚和愿望，他的整个一生都是为了别人而过的。

天开始放亮，我安排老人睡下，自己也躺下来。

在隔壁包厢里，科斯佳搂着兔子睡着。科斯佳睡着，科斯佳的敌人——老将军也睡着，两个人都安静地睡着。

于是我心里想：

"你可真奇怪，科斯佳，嗯，老爷爷怎么会偷你的兔子呢，他有自己的兔子。他要是生活在旧时代，他肯定会和兔子一起被描写出来，就像隐士的传记当中所写的那样。睡吧，科斯佳，你搂着你的带深红色斑点的小兔子，而我们的老爷爷搂着他自己的兔子，它呀，科斯佳，他的兔子是雪白雪白的。"

（1912 年）

珍贵的童话故事

那时候我还很小，大约只有六岁，不会超过六岁。我还有一只猫，是我的好朋友，它是非常漂亮的一只呼噜猫，白色的脖子，灰色的尾巴，一把大胡子，总是发出鹤唳一般的声音和呼噜呼噜的声音，就像是在说话一样。我不记得从什么时候开始，在傍晚的时候，在晚饭前，我总是躺在地板上，挨着热乎乎的炉子，我们的老保姆也立刻坐到炉子跟前，此时我喜爱的猫就会跑过来。

儿童房里还没有点灯，悲恸圣母圣像前亮着一盏不大的长明灯，火苗小小的，但是什么都能看得清，这是老保姆拿来的长明灯。

猫唱起歌来——现在我的这只大胡子猫在哪里，它的灵魂在哪里飘荡？——猫愉快地唱起歌来，它很暖和，也很高兴：在那里的地板下面，磨牙老鼠轻声地抓挠着，我不时地搔搔猫，搔搔这只大胡子猫的白色喉咙和小脖子，此时老保姆开始讲故事。

唱着歌曲，讲着故事——讲的是伊万王子和大灰狼的故事，这是我最喜欢的童话故事。

我一直憧憬着能变成一只狼，想要变成故事里的那只大灰狼，我总是跟在老保姆身后反复地问，伊万王子认不出来我而要惩罚我的时候，我要怎么对王子说：

"不要杀我，伊万王子，我会对你有用的！"

我一直憧憬着，我一直想要经历大灰狼遭遇的那种死亡的危险。因为狼会什么都愿意为王子去做，是狼把王子从不幸中拯救出来，让他免于死亡，虽然他被切成了碎块，但是又重新活了过来，然而王子看着大灰狼，已经认不出来它了，他看不见，也认不出来大灰狼，还想要杀了它。

"不要杀我，伊万王子，我会对你有用的！"

我就这样一边全心全意地随时准备经历死亡的危险，一边听着喜爱的童话故事，反复说着大灰狼的誓言。

睡魔在院子里游荡，它在给自己收集装束，打探着大家各自睡觉的地方。稻草鱼既没有尾巴，也没有肋骨，它只有脊背。在我眼中这是一条火红的小鱼，它在游来游去。

然而，常常是在黄昏的时候……但这已经是另外一件事情了，它发生在长出开花的荨麻和宽叶植物的最初几天，荨麻和宽叶植物就像枝繁叶茂的莱藜，而莱藜像座小山，而小山则像云朵，而天空中的云朵就像屋顶，并不见得比我们的屋顶高多少；我回想起来的是另外一件事情，是特别奇怪的事情——既轻松又伤感，就像不踏实的睡梦一样。

我们家里来了一个预备修女，是从修道院来的一个年纪轻轻的修女，是一个预备修女。于是，常常是在黄昏的时候，当四周寂静无声，我喜欢她全身穿着黑色的衣服走进我们的儿童房。

她在地板上勉强坐下来，我则躺在她旁边，把身子蜷缩成一团，我的头枕着她的腿，而她给我抓虱子。她那么温柔地抚摸着我的头，一根一根地拨弄着我的头发，把一根头发放到另一根头发上，而她自己给我讲着故事。因此，这时不是老保姆讲故事，不是，而是完全不同的声音，完全不同的话语，讲的也是不同的故事，不是伊万王子的故事，她讲的是天鹅、飞船、大海、海的女儿的故事。

我此时安静地躺着听她讲故事，在睡得不踏实的、又愉快又伤感的梦境里想着这些故事。可是，突然间她的声音停了下来，故事中断了……我便悄悄地抬起头看着她，心脏仿佛都停止了跳动，我看着她的眼睛，在她的眼睛里，就如同海浪一样——水波一波接一波。

天鹅、飞船、大海、海的女儿的故事——这是多么奇怪的故事啊！

后来她就不知去向了。

"这姑娘不知去哪儿了！"有一次我听到大人们交谈时这样说过：是老婆婆，是我们的老保姆说的。

的确，她真的不知去向了。此后我再也没见到过她——她再也没有在我们家里出现过，没有来过儿童房，我无论在哪里都再也没有碰到过她，无论是在教堂，还是在修道院，或者是在大街上，她不知所终，就像沉没在了水中一样。

天鹅、飞船、大海、海的女儿的故事……还有在她的眼睛里，就如同海浪一样，水波一波接一波……这是多么奇怪的故事啊！

然而所有这一切都已经被遗忘，其他的东西融入了灵魂之中，心里想的是其他的事情。老保姆去世了——愿她在天国安息，现在她的灵魂安歇在某个地方了吗？于是，不再回想起老保姆，也不再想起她的故事。

很久以后的一天晚上，在夜深人静的时候，我走过长长的林荫道，那时正值夏天，我蓦地被触动，于是我又回想起天鹅、飞船的故事，也像在睡得不踏实的梦中那样，又愉快又伤感。

我的心脏仿佛停止了跳动，我凝视行人的眼睛——我觉得，似乎这样我就能看到她，似乎这样我就能认出来她。

又过了很久很久，又是在致命的危险中，我蓦地被触动，于是我回想起大灰狼的故事，我跪下来，请求伊万王子饶恕——他身处不幸，没能认出来我。

"不要杀我，伊万王子，我会对你有用的!"

（1913 年）

老奶奶

　　在我们车厢里人不是很多，原来有很多人，过道里都站满了人，但是，谢天谢地，一些人在戈梅利下了车，一些人在日洛宾下了车，还有一些人在莫吉廖夫下了车，于是现在我们车厢里很宽绰。

　　一个老人是丰坦河木柴厂的伙计，他与费拉蓬托夫修道院墙壁上的尼古拉简直一模一样，身材修长，脸却很小，他要回诺夫哥罗德老家；还有一个库尔斯克的小店老板和他的妻子，这是两个举止得体的人，他们要去圣彼得堡，想要看看圣彼得堡；还有一个是科斯特罗马的老奶奶叶夫普拉克西娅。

　　所有人都是朝圣后正要离开基辅。他们觉得基辅就是天堂，朝圣者们在基辅既没有碰到嗜酒的人，也没有见到游手好闲之徒，在大街上他们一个胡作非为的人也没看见；他们到处都仔细参观过，他们参观了各个圣地，站着做完礼拜，恭敬地亲吻圣骨和圣像。

　　基辅不是普通的城市，而是天堂之城，没有比它更好的城市了，人们在酒馆里边祈祷边喝茶，边祈祷边吃东西。

　　我们的谈话都是围绕着基辅，不管赞美还是不赞美，大家都在感谢上帝。

　　老奶奶穿着灰色毛衣和黑色短裙，戴着黑色头巾。老奶奶所有的言谈举止都像修女一样，她不像我们这样说"谢谢"，而是像修女那样说"上帝保佑！"很显然，她亲吻过圣物，她自己也变得像修女似的。

人们好长时间都在盛赞基辅，谈论苦修者、魔鬼。大家认为，没有敌基督也是不行的。

老奶奶也见过敌基督，不过不是在基辅……他整整三岁，神父是在马卡里广场上给他施的洗礼，在洗礼的时候就出现了征兆。据神父本人说，当把这个孩子放入圣水盆的时候，魔鬼喊道："哎哟，好冷啊！"于是神父就把他浸入水中五次，可是给他涂圣油的时候，这个妖孽还在不停地喊："哎哟，好痛啊！哎哟，真痛啊！哎哟，我不要在这里！"

"这个妖孽，他三岁了，住在克拉斯内耶波日尼村。"老奶奶解释说，她不停地画十字，还朝着左肩啐了几次口水①。

人们坐在车上，就这样平静地、不慌不忙地交谈着。

但是很快就到了该睡觉的时间。大家喝了茶，太阳落山了，该睡觉了。

小店老板和他的妻子开始给自己准备卧具，他们拿出几个不同花样的被子，还有毡子和枕头，像在家里一样躺下睡觉；长得像尼古拉的老人也把身子下面铺得很舒服。只有老奶奶什么都没有：老奶奶把一个小包袱放在头下面，她给自己选的是窗户旁过道边上不舒服的狭窄的长凳，她祈祷了一会儿就躺下睡觉，两只手像死人那样十字交叉在胸前。

我看着她温顺悲伤的面庞，看着她那双在神圣之地既看不到酒鬼也看不到游手好闲之徒的温和的眼睛，心里想道：

"我们科斯特罗马的老奶奶，我们的俄罗斯，正是她躺在了狭窄的长凳上过夜，直接躺在什么都没铺的木板上，年迈的身体直接躺在硬木

————————

① 按照俄罗斯人的习惯，往左肩吐三次口水象征着向魔鬼的眼睛吐口水，以避开恶兆或厄运。

板上，我们的老奶奶，我们的俄罗斯母亲。"

我一直看着老妇人渐渐入睡。

"主啊，耶稣基督，上帝之子，可怜可怜我吧！"老奶奶说着祷告词慢慢睡着了。

她睡着了，开始轻轻地打鼾，老奶奶睡得很香。

此时，小店老板的妻子大概想起来上帝教诲要关爱他人，也是因着自己的同情心而可怜老奶奶，她起了床，摸索了一会儿，拿出一条薄薄的磨破了的被子走到老奶奶跟前，想要唤醒老妇人，好让她把被子铺在身下。

小店老板的妻子推醒了老妇人。

"上帝保佑！"老妇人表示了感谢，但是却拒绝了：她就这样躺着也没关系，她有上帝的帮助是睡得着的。

但是小店老板的妻子把被子塞到老妇人身下，不住地请求她收下。

于是老奶奶站起身来，铺上了小店里拿来的被子，再次感谢了小店老板的妻子后躺下睡觉。

老奶奶躺到柔软的被子上，可是却睡不着了。

老奶奶无法入睡，她怎么躺着都不舒服，便呻吟起来。

"主啊，可怜可怜我吧！"她祈祷着，可是连祈祷也不起作用了，她毫无睡意，肋下刺痛，后背隐隐作痛，两腿酸痛。

而严守教规的小店老板的妻子做了一件善事以后，开始用鼻子奏起音乐，她一个人的声音比机车的鸣笛还要响亮，比车轮敲打整个车厢的声音还要洪亮。

我一直观察着老奶奶，我很同情这个老妇人。

"我们科斯特罗马的老奶奶，我们的俄罗斯，为什么有人要打扰你呢？要知道你已经睡下了，可以就这样舒舒服服地一直休息到太阳出来，可是却没有，你被推醒了。为什么这个愚蠢的小店老板的妻子拿着被子下床叫醒你?"

但是很显然，上帝还是听到了老奶奶的祈祷，听取了她的诉苦，便把睡眠送给了她。于是老奶奶睡着了，她终于睡着了，如同一只灰色的小鸟呼哧呼哧地喘着气，开始轻轻地打起鼾来。

"感谢上帝!"我心里想，"她睡着了，让她休息吧，她已经筋疲力尽，让她不要做可怕的梦，她已经疲惫不堪，备受折磨和打扰。让她睡一会儿吧，要知道天一亮小店老板的妻子就会起身，开始收拾自己的物品，猛然想起自己的被子，她就会走过来，从老妇人身下拽出这条柔软的被子，就会唤醒老妇人，让她站起来——既没有天亮，也没有朝霞，却让她起身。唉，真是莫大的不幸! 真是毫无办法。现在你睡吧，老奶奶，我们的科斯特罗马的老奶奶，我们的母亲俄罗斯!"

（1912 年）

不落的光辉

ч а с
Выбирайте рассказ лемизова

老奶奶

在我的记忆中总有一个上了年纪的老妇人如在眼前，她根本不是我们的亲戚，只是特别爱我们这些别人家的孩子，就像爱自己的亲人，她一直到暮年都是在我们附近一个老爷家里以管家的身份料理家务。

我们这些孩子称老妇人为老奶奶。

在我们附近的老爷家，她住在地下室里劳劳碌碌地度过了一生，而她房间的三扇窗户都安着结实的铁栅栏，窗台与地面平齐，她就像住在窑洞里一样，已经数不清住了多久，可是她一直都是这样——老奶奶的眼睛异常慈祥、明亮，脸上总是挂着亲切温和的笑容。

在她的窗前通往山上的地方——房子坐落在山脚下，有个精致的花圃，那里有各种各样的鲜花，还有数不清的种类繁多的灌木在开花，芳香、茂盛而又稠密。夏天的时候，你只要打开篱笆门，芳香的气味就会扑面而来，尤其是在日落时分，喝足了水的鲜花全都散发着花香。

而春天的时候，那里就像天堂，鲜嫩的绿草细得如同绒毛。我还记得，有一种白色的小花，很像圣母马利亚的珍珠，还有一种蓝色的花，就像圣三一圣像银色法衣上缀着的蓝色念珠——圣像上面的衣饰就是这样的，透过窗户就可以看到这些圣像，它们被放在神龛上、上座上、地下室里，它们前面始终亮着灯——那是长明灯。

但是老奶奶从来没有从自己的窑洞走进花圃——她做完家务以后，一整天都坐在窗前，要么织袜子，要么把毛线缠成线团，只是偶尔朝花圃里张望张望——看看天堂，看看这些白如珍珠、蓝如念珠的鲜花。她从来没有去过花圃，只有周六的时候，她慢慢经过花圃，朝山上的大门走去，她走得那么慢，就像是在往上爬一样——她这是去我们教区的教堂做晚祷，周日上午也是沿着那条小路经过花圃去做日祷。

老奶奶没有家人，没有亲戚，她独自一人住在自己的窑洞里，可是我们有很多亲戚，然而对我们这些孩子而言，无论哪里都没有在花圃旁边的窑洞里才有的那种亲情。

我不记得，我什么时候第一次打开了这个天堂般的花圃的篱笆门，什么时候往这个窑洞的窗户里看了一眼；我只记得，每天早上，在去学校的路上，路过邻居家的时候，我都会打开花圃的篱笆门，走在天堂般的小路上，或者踏着吱吱作响、干干净净、青白色的积雪走到窑洞的窗前，而在铁栅栏的窗格上放着一个小苹果，它正等着我呢，可是窑洞里一个人都没有，只有一盏小灯在神龛前面亮着——那是长明灯。而在回来的路上，在放学回家的时候，我再次来到窗前，老奶奶坐在窗旁干着活儿，她用自己那双充满浓浓善意的明亮而又慈祥的眼睛亲切地看着我，而窗框之间的窗栅栏上又放着一个小苹果。

她根本不是我们的亲戚，却出于某种缘由爱着我们这些别人家的孩子，似乎是在窑洞里、在花圃里守候着我们的岁月。

我们无人照管地成长，有点儿像流落街头的孩子——据说，那时候谁都拿我们毫无办法，似乎我们什么都不怕，想干什么就干什么，如果没干什么事儿，只是因为害怕某个人，只是因为在这个人面前心里会感到惭愧；我们这样害怕的人别的没有，只有这位老妇人一个人……这大概是因为，只有她一个人在自己的窑洞里、一个人在花圃里等待着我们，眼含浓浓的善意，那么温柔地看着我们，是因为她在等着我们，这一点我们感觉到了，这一点我们都知道，这一点我们也看到了——每天早上铁栅栏上面都放着小苹果。

后来我中学毕业，已经不再需要任何小苹果了，但是我没有落下一个早晨，没有一个早晨不去花圃的窗前——小苹果总是放在窗户上，而每一天我回家的时候，还是要打开花圃的篱笆门——老奶奶仍旧在那里的窗前干着活儿，十分亲切地满怀浓浓的善意点点头。

可是命运发生了转折，我不得不离开家。又过了很长时间，我才有机会故地重游。于是，在过了这么多年以后，我又朝着窑洞走去。

老奶奶已经不能料理家务了，也不能坐着干活儿，她不能走路，她正躺在床上，头朝着窗户，朝着花圃。

我悄悄走了进去——在神龛前面亮着一盏长明灯，我静静地站着……老奶奶——还是很多很多年前的样子，只是不知道为什么浑身发亮。她认出了我，她的眼睛悄然现出明亮的光辉，盈满了泪水。

那一年她就去世了。她是在春天、在五月去世的，那时候窗前的花圃里，盛开着首批白如珍珠、蓝如念珠的小花。她的棺材也是从花圃旁边抬走的——我没有参加葬礼，我只是一个月后才得知老奶奶已经不在人世，已经安葬。

今天我梦见了老奶奶，她以前个子小小的、全身胖胖的，然而此时我梦见的她，还是个子小小的，瘦得只剩下一把骨头，全身枯瘦，她好像正从自己的窑洞里走出来，拄着拐杖——人们告诉我说，最后的那些岁月里，她就是一直这样拄着拐杖走路，在梦中似乎我也站在那里。她看了看我，说道：

"你怎么从不来看我？"

后来，我有机会故地重游。一大清早我收拾好行装，想起了做过的梦，便坐车去墓地。我一直想象着，我找到她的坟墓，放上一个小苹果，鞠躬到地，我还会说，在我的人生中，无论是花圃还是窑洞，我从来都没有忘记过，似乎直至我生命的最后一息，都会在心中保留全部的记忆，保存好这种光芒……浓浓的善意和爱抚的光芒。

我的对面坐着两个修女：一个是年岁极大的老人，面容消瘦得像骷髅似的，另一个是年轻人——眉毛淡淡的，脸呈三角形。与他们同行的，是坐在我旁边的一个游手好闲的浪子，看得出他的父母十分虔诚，出身于商人阶层，他与她们要去什么地方，他这是奉父母之命，还是根据自己的意愿，我不知道，而在他那俄罗斯人特有的年轻英俊的脸上，流露出痛苦的神色……

"那么我想问，"他低声说道，"人的身上有上帝的特征，有上帝的样子，或者这样说是出于安慰，为了维持秩序？有上帝的样子就更容易自作聪明和故弄玄虚！正是在这个基础之上才有了所有的戒律，以及所有的行为规范，还有为什么你要这样做，而不是那样做，什么可以做，什么不可以做。嗯，如果这只是为了维持秩序而规定的，那么所有的戒律不都白费了吗？"

"你读了太多的法利赛人①的书，想要超过爸爸呢！"长着三角脸的年轻修女挥了挥手说。

但是他继续说道：

"嗯，难道这非常可怕吗？即便没有上帝的特点，没有上帝的样子，一切都还会是老样子，将来要发生的那些事情，恰恰就是现在有的事情，现在发生的事情。"

"妖孽！"面容消瘦得像骷髅似的老修女毫不指望地责备说。

---

① 法利赛人，公元前 2 世纪至公元 2 世纪犹地亚社会宗教派别的代表，标榜保守犹太教传统，反对希腊文化影响，主张与外教人严格分离。

"事实上，难道这个样子真的得到了认可吗？谁认可了呢？"游手好闲的浪子已经有些急躁了，"我们的全部生活，我们生活的全部根源都不接受它，还有我们所有的习惯，以及我们自己的眼睛……"

修女们没有回应。

窗户敞开着。下着大雨。非常温暖充足的夏日雨水，非常甘美，就好像它是第一次洒落在大地上，已经过了伊利亚节，而由于雨水的充足和甘美，窗外生气勃勃，心里也很充实。而如同蓝天一样蔚蓝色的牌匾，用浓重饱满的金字写就，它们沐浴在充足的雨水之中，在路两旁飞驰而过。

我看着窗外，回想着过去，想象着怎样找到老奶奶的坟墓，怎样对她说话，怎样深深鞠躬来感谢她的小苹果……我的心里是如此充实，就像这充盈着雨水的空气一样，就像这些牌匾一样。

(1913 年)

小狗茹克

这不是那个茹克——妈妈等着薇拉的时候读的那本小书，这是小狗茹克，一只我们喜爱的小狗。

当薇拉说老师答应送给她一只小狗的时候，妈妈就开始担心：养它有许多操心事，要照管它，还要交一大笔税。我们的生活勉强可以糊口，我不是住在自己家里，不是生活在俄罗斯——我给自己谋到了一份工作，薪水不怎么高！——我们不是住在家里，一切你都要考虑到。可是薇拉非常向往，流着泪恳求：她一定要养一只小狗。

妈妈于是就让步了，但是事先约定好，薇拉要带它散步，要喂养它，如果它犯了什么过错，还要擦干净它弄脏的地板。小女孩全都同意了，她会很高兴为小狗做所有的事情。

于是我们家里就出现了一只小狗：身体黑黑的，爪子是棕色的，胸部白白的——这就是茹克。它是那么小，从来没有过这么小的狗——所以才给它起名叫"茹克"①。茹克来到院子里，很快就适应了，到处跑来跑去，把所有的角落都弄脏了，但是这些我们都原谅了它：它是那么小，又柔软又和我们亲昵。

———————————

① 茹克，是音译，俄语原文的意思是"甲壳虫"。

大家都说，如克一直这么小，就这么小小的，从来没有过这样的小狗，可是茹克却什么都不管，不停地长啊长啊。它长得越大，我们就越爱它，因为它和我们特别亲昵。常常是，你下班回到家，它就立刻朝着你跑过来——又是叫，又是跳，要么就是常常这样：只要一看到你，就高兴得开始在各个房间里跑来跑去——从一个房间到另一个房间，没有什么能让它停下来。

我们给茹克买了一套挽具，上面有一条小皮带，把它好好打扮了一番，可是哪能拴得住呢！——它把所有的东西全都撕扯掉了。于是茹克就开始见什么咬什么——又是咬，又是撕：把我母亲床前的长绒毛小地毯一绺绺地扯坏了，把薇拉的地毯嗑出了洞，收拾衣服的时候，它也来捣乱——咬坏了几个袖口和两个衣领，然后就消失得无影无踪了；除此之外，它还把各种罩布拖来拖去，或者爬到床上咬床单，有一次甚至把桌布从桌子上拉了下去，所有的餐具打得粉碎。

茹克变得让人无法忍受，妈妈已经精疲力竭，每天晚上我一回到家，她就向我抱怨茹克：她管不了茹克，仆人也不管。可是薇拉却一直哭泣，为自己的茹克担心——茹奇哈[1]：我们给茹克起的外号是茹奇哈。

有什么办法呢？即便没有茹克，妈妈操心的事就已经够多了，而且她身体一直不好，又可怜薇拉，可怜茹奇哈——她一直在哭泣。

我开始采用一些妙招，为了既能安慰妈妈，也不让薇拉难过，我想要让茹克安静下来。于是，每天晚上我都带着它，训导它，但还是对付不了它。

于是妈妈决定把茹克赶出去——实在拿它没有任何办法！她决定倒

---

[1] 茹奇哈在俄语里面的意思是"看家狗、黑色小狗"。

是决定了，而我看得出，她也很难过，因为她也爱着小狗：每天早晨茹克都来到她的房间，坐在她的床边，就那么安静地坐着，尾巴也一动不动，等着妈妈醒来，只有喊它的时候，只有那时候它才会扑过去，跳上床，开始兴奋地耍闹，不停地转圈，嗯，就好像一年没见面似的！怎么能不难过呢：因为她整天都是一个人——我在上班，薇拉在学校，只有茹克和她在一起——茹克学会了伸出一只爪子，它还会用后腿站立，站在小爪子上，当然，它保持不了太长时间就倒向了一边。我看得出，她也很难过，可是她不能再忍受下去了。

我们因此不得不与茹克分开，不得不把它还给老师，薇拉每周可以见到茹克两次，茹克还可以偶尔来我们家玩儿——似乎想不出更好的办法了，可是最终却不是这样的结果！

每一次薇拉都是含着眼泪从老师家回来：茹克在那里过得很不好，那里的人不喜欢茹克，不知道它是多么可爱和亲昵，我们喜爱的小狗啊！——薇拉总是泪流满面。我们心里也不愉快：家里变得空空荡荡，没有茹克，我们总觉得就少了些什么，没有了热热闹闹的声音，死气沉沉的。

我们的妈妈一直在生病，她很痛苦，茹克毕竟还能让她开开心，它是忠诚的小狗，我们喜爱的小狗——它会忘记各种委屈，我们打它几下，可是它没一会儿又过来和我们亲热，就像什么事儿都没发生过似的，它走过来，把委屈全都忘了。我们的妈妈在生病，她很痛苦。

我们犹豫来犹豫去，又把茹克带回了家。

我和薇拉满心喜悦地答应两个人一起照管茹克，侍弄它，做好所有的事情，让它不再做任何事情使妈妈难过，只是让她开心和快乐。妈妈是多么高兴啊！晚上我们家里也非常安静，妈妈甚至都笑了……我们心爱的妈妈，她的整个人受尽折磨，我和薇拉多么想为她做这样的事情，想出这样的办法，让她不是只笑一次，而是经常这样微笑！

茹克留了下来，茹克又开始和我们一起生活，住在我们家里。

最初茹克还是又撕又咬的，也还是把东西拖来拖去，到处乱扔，总是要把所有的东西都收拾起来，不让它看到——它要是拽了下来，就会滚得又皱又脏，要把东西放到更高的地方，不让末端露出来，否则它一定会扯下来，然后就不见踪影了，可是现在它不再那么顽皮了。你要是把它从小皮带上放开，让它在街上跑，你怎么喊它都不回应，你在大门口站上整整一个小时，呼唤它——用爱抚来引诱它，用威胁来吓唬它，可是它毫不理会。有一次我一直忙活到两点钟，我不想把它留在外面过夜，然而还是没有等到它，我就不等了，它就意识到了，这只机灵的狗，听到我的呼唤声就不跑过来了。你要是就这样走开，常常是这样——它跑够了，和其他狗玩累了，所有的狗都回了家，它就会在窗下哀嚎——于是你就要在三点钟、四点钟的时候穿好衣服，走到外面。白天的时候也常常是这样，它从你的手里跑开不见了，你以为它失踪了，实际上并没有——茹克会回来的，可它什么样子啊：全身污秽不堪，脏兮兮的，体无完肤，遍体鳞伤，无精打采。你放它进来，它就靠着墙，就这样紧靠着墙蜷缩成一团，直接趴在地板上。真不忍心抬手打它，它的眼神是那么悲伤……它又在想什么呢？或者是在承认自己游玩了一天是不对的——怎么能玩一天呢！可是现在已经回来了，它能回到哪儿去呢！我们可以任意生它的气，如果有必要，还可以打它几下——打得还少吗，也许，这总是必要的！——我们想要怎么打它，我们想要怎么对待它，它都无所谓，只是不要赶走它……它看起来是那么悲伤。

我们非常爱茹克，它也知道我们非常爱它。但是越往后就越不可能养它——妈妈简直忙得不可开交。于是我决定立刻结束这一切——茹克已经让我们疲惫不堪！不应该折磨任何人，带上它，带到远点儿的地方，让它找不到回家的路，它就彻底消失了。可是妈妈和薇拉简直惊惶不安：茹克那么孤单，孤单单地饿着肚子在外面游荡！我也高兴不起来，最重要的是，我愣头愣脑地做出了不该做的事。我好不容易让它安静下来——我千般许诺，还发下毒誓，永远不会把茹克送走，而是像以前一样养在家里——我让它安静下来，家里也安安静静的，有那么几天，我们温和地容忍了它所有的顽劣，纵容它，原谅它所有的行为，但是妈妈后来心绪不佳，于是再次决定与茹克分开。

我们把茹克给了当洗衣女工的邻居——在很短的时间内所有的邻居就都认识并喜爱上了这只小狗，洗衣女工是一个孤独的老妇人，她很开心茹克的到来。她的洗衣店入口临街，于是她把茹克用绳子拴在门上，让茹克这只机灵的小狗慢慢习惯。

是的，很显然，无论茹克还是我们都无法习惯。

常常是，你经过洗衣女工家，虽然你走的是道路的另一侧，可是茹克从远处看到你，急切地想要奔向你……而我们家里空空荡荡的，有些凄凉，薇拉一直想着茹克，一直哭泣——这个茹奇哈！

妈妈于是去洗衣女工家想把茹克要回来。然而老妇人不想与茹克分开：她一个人，她没有任何亲人，小狗让她感到温暖，只有它亲昵地偎依在她身旁，让她开心起来，她已经没有任何亲人——老妇人不想把茹克还给我们。

妈妈还是央求她……我们的妈妈啊，她自己那么难过，还要为我们着想，我们的妈妈啊！她回来的时候不是一个人，而是带着茹克，于是家里仿佛一切都发生了变化。我们满心喜悦地给茹克买了小垫子和新的挽具，又开始像以前一样生活。我也知道，一回到家，小狗就会朝你扑过来，在你面前不停地旋转、转圈，不停地叫……我们的茹克，我们喜爱的小狗。

我带着茹克出去散步，我们离开家，茹克急切地跑了起来，于是我后悔把它从绳子上放开——这样一来它就跑走了。我去追它——然而事与愿违，我追啊追，可是它一直离我远远的，于是我们离老妇人家越来越近，到了洗衣女工家近前。我独自跑着，感到十分害怕：万一它被拦住怎么办！而且已经非常近了。是的，事实正是如此，它跑到老妇人跟前，而老妇人一下抓住它，还用绳子把它拴上。

"我，"她说，"我不能原谅自己那时候把小狗给了你们，可是现在，就算你叫来警察，我也不会放它走，这是我的！"

她什么话都不想听，你毫无办法。于是我就回家去，然后又返回来。我是不会丢掉小狗的，想都别想。妈妈也去要小狗，却不起任何作用，老妇人就是不给，她坚持自己的立场。

我们是如此伤心，可是更加生气，生茹克的气：因为是它自己自发自愿地跑到老妇人那里的，它舍弃了我们！真是令人感伤，好吧，既然如此，我们也不需要你！可是心情并没有变得轻松。

而它，这只愚蠢的、不明事理的小狗，它一旦远远看见我们，就急切地要扑过来——就这样不停地东冲西撞，尖叫着，向身后哀求着。然而没有任何希望——除非老妇人死了！你想不出任何办法，于是走过去，不去看它，可是它就这样不停地东冲西撞……

于是它挣脱了！茹克挣脱了，自己跑回来了，甚至还带着拴着自己的绳子。于是它重新和我们在一起了。妈妈啊，我们的妈妈，茹克和我们在一起！于是我们大家一起，有我，有妈妈，还有薇拉，现在把所有的东西都放在茹克够不到的地方，好吧，无论它做什么不好的事情，我们全都能忍受，然而永远不要，一生中永远都不要与它分开。

我们的茹克变得多么聪明啊——总是要出去大小便，而且常常能忍耐很长时间，直到我们觉察出来为止，而在房间里——它从来都不大小便，也不再胡闹了。总共只有一次，而且令人十分惊奇！我们家里来了一些客人，坐得太久了，是那么无趣的一些人，而他们刚要打算回家，突然发现暖手笼不见了——没有，就是没有，到处仔细搜查，哪里都没有，往餐厅的桌子下面看了看，茹克正在那里，自己只管静静地坐着，而许多羽毛，只是羽毛散乱地摊在它周围——茹克把暖手笼咬坏了！海狗皮的暖手笼，非常好的暖手笼，现在不得不买新的了，可是茹克没有得到任何暗示，一点儿都没有——茹克这是替妈妈鸣不平呢：如果客人无聊地坐很长时间，妈妈就会心绪不佳——我们的茹克非常聪明，我们的小狗，我们喜爱的小狗非常聪明。

茹克变聪明啦——它不再让妈妈难过，对它没有什么可抱怨的！但是随着聪明和机智，它变得有些忧郁，对它来说可能是可以理解的，对我来说却不能理解，它有些忧伤：茹克变得心事重重的。

妈妈坐下来缝着东西，茹克立刻就在旁边挨着坐下，它并没有躺下，只是把爪子稍微放低，像是坐着，它坐着，闭上眼睛，昏昏欲睡——脑袋越来越低，垂得越来越低，突然战栗了一下，然后就再一次、再一次闭上眼睛。不管妈妈走到哪里，茹克都跟着她，迈着缓慢而又无精打采的步子跟着她：她坐下来，它也坐下；她站起来，它也站起来；她和仆人说话，它也在这里站着，仿佛在听。

茹克要么就会沿着墙边走，它只是走来走去，嗅遍每一个角落，什么都不碰，不扒掉东西，什么都不抓，就这么小心翼翼地走动，嗅遍所有的东西：从门帘架开始，一直到小脸儿能够碰到的地方。我们常常看到，它嗅遍所有的东西，就这样小心翼翼、专心地从门帘架开始，一直到小脸儿能够碰到的地方。我们看着这情景心里非常不舒服，你问也不能问，而它说也不能说，它要是能对我们说话该有多好啊，可是它不能，或许，就算是它说了，我们也不会理解。它走一会儿，再走一会儿，嗅遍了所有的东西，然后又到妈妈身边，它专注地看着妈妈，就像在说话，像是能够理解……它能理解什么呢？它理解自己的麻烦，也理解我们的麻烦——因为我们坚决不让它离开，我们不说话，然而它总是和我们在一起，我们也不知道，能把它送到哪儿去，怎样来摆脱它……我们的妈妈啊，给我们出主意的人，妈妈啊，我们什么都同意，只要是你……只要摆脱掉它……或者茹克知道些什么？所以它才这样看着妈妈。

我们的另外一个女邻居，是一个善良慈祥的老妇人，她打算去做客，她独自一人非常寂寞，想要茹克和她一起去——她非常喜欢茹克，茹克从她那里得到许多各种各样的小骨头，大家都知道，老人不能把骨头啃干净，所以茹克经常有很多令它开心的美味。我们让茹克与她同行，她做客的时候坐了一会儿，到了该回家的时候，可是茹克咬坏了自己的小皮带，她能怎么办呢？她给它拴上了一根绳子，用绳子牵着茹克回家，就这样茹克回来的时候没有了小皮带。

晚上我需要去小店买香烟，而妈妈让我带上茹克：它该溜达溜达了。可是我不想不拴小皮带就领它出去，我知道，它要是执拗起来，你使多大劲儿都不能把它弄回家，但是我还是带上它了，我以为，我不管怎样都能应付得了：事实上，茹克待在家里并不是因为拴着小皮带！

小店在马路对面。我往小店跑去，我呼唤着茹克，可是它玩得入迷，哪能听见我叫它呢！好吧，我想，没关系，让它在外面等着吧。我买了香烟，走到外面，它就在那里，坐在门口。我喊了它几声就往前走去，我走到马路对面的房子前，可是它还坐着不动，没有离开门。我吹了一声口哨——它还是不走。好吧，我想，它能在那里等什么呢，它会来的！确实如此，我回头一看，茹克已经迅速离开了门，它是那么快活，蹦跳着跑过来……可是突然出现一辆车。我一看到车，双腿立刻发软，我看到，茹克也明白了，它开始加劲儿跑，飞快地跳跃着……

汽车扬长而去。我站在那里迈不动步——茹克跳到了一旁，晃晃悠悠地走起来。于是我吹了一声口哨——它大概听出了我的声音，转了一个大圈，朝着呼叫声转过身来，接着就跌倒了。

聚拢来一些人，都是住在附近的，大家都认识茹克，所有人都在说话，可是我站着，什么都听不到。小店老板也走了过来，我刚刚在他那儿买的香烟，他把茹克放到一边，放到人行道前面：它已经没有了呼吸。

我回到家。

"茹克在哪儿?"

大家都明白了，大家看我的表情就明白了——茹克再也不会回到我们身边了!

我们现在还有它的小号牌，在薇拉那儿与野兔一起保存着，野兔是放在她床上和她睡在一起的，还有写给妈妈的一封信——是茹克写的，薇拉牵着它的小爪子写的:

"我们亲爱的妈妈，我们大家都非常爱你，我永远都不会让你难过，茹克也不会，妈妈，我们会保护你的。"

这封信就像是为了缅怀它而写的，用的是大写字母，由妈妈保存着——这是关于茹克的记忆。

（1913 年）

野　人

有一次在隆冬时节，在沃洛格达的电线杆上出现了一则广告：展出一只活的野生鸵鸟，它以吃石头为生，而鸵鸟蛋重达六十普特！

在沃洛格达竟然有这样的娱乐！我很高兴能有这个机会，便去大教堂参观鸵鸟和它的蛋。

我被领进一个房间——是小铺的一个闲置房间，这里就是豢养鸵鸟的地方，里面烧得很暖和。鸵鸟的老板是一个开朗机灵的人，叫菲安德拉，他的话里夹杂着许多矫揉造作之词，对自己的东西大加赞美，可是他说得一团混乱，他偶尔自己往安着大炉筒子的熊熊燃烧的铁炉子里添些木柴——外面骤然变得极其寒冷，这是沃洛格达才有的酷寒。

墙上挂着一盏小灯，在小灯下面站着的就是活的鸵鸟，而鸵鸟面前摆放着一桶水和它的饲料——散乱地放着一些我们河边的鹅卵石。鸵鸟闭着眼睛站着，缩成一团，一副病病怏怏的样子，身上的毛都褪掉了：鸵鸟睡着了——当然，也不会去饱餐一顿石头，想必它也很冷！

主人讲解鸵鸟的特点，说它贪吃石头，还非常野蛮好动。

"鸵鸟很是麻烦！"主人菲安德拉再一次说道，然后用手去握鸵鸟蛋。

在隔板里面的秸秆上放着一只蛋，是白色的——重六十普特。主人用一个指甲敲了敲坚硬的外壳，甚至试图把蛋稍稍抬起来——他把蛋抬到了自己膝盖的位置：实在太重了！

我站了一会儿，看了看鸵鸟蛋——六十普特！——便回到鸵鸟跟前，一直等着它睁开眼睛，然而鸵鸟不睁眼睛，鸟儿睡着了。

主人一直在摆弄那只蛋，用一个指甲不停地敲，再把蛋抬起到膝盖的位置，但是他却一直拒绝所有愿意在鸵鸟蛋上试试力气的人：说不定你会把它打碎的，蛋黄和蛋清就会流出来，那么你就得赔钱——然而光是敲敲蛋壳能给谁惊喜呢！

主人在用稀奇古怪的东西诱骗人们，我于是再次走到鸵鸟蛋跟前，碰了碰它——可以触摸！然后起身回了伊万诺沃街上的家。

很长时间以后，有一天我在圣彼得堡偶然看到一则广告——围墙上到处张贴着巨幅宣传画：展览野人，即吃人的巴布亚人。我回想起沃洛格达的鸵鸟和它那只重六十普特的蛋，便前往展览食人的野人的商场——去参观野人。

食人的野人有两个，据说曾经还有一个，但是他在莫斯科的时候死掉了：死于感冒。食人的野人在舞台上跳着舞蹈，蹦来蹦去，他们拉紧弓，做出朝着观众射箭的样子——两个人都头戴翎毛，身上一丝不挂，只有腰间系着一根缀满小贝壳的腰带。

室内异常闷热，就像沃洛格达大教堂后面养鸵鸟的屋子一样，可是观众要多得多，门票被争先恐后地抢购一空，而且票价极贵。

表演结束以后，我偷偷走进后台一个简陋的房间，那里更热，就像澡堂子里一样闷热。食人的野人在这间陋室里徘徊，突然他们扑到床上，肚子贴着床俯卧在那里，一动不动，就好像失去了知觉，然后又站了起来，像在笼子里一样徘徊不定。

照顾食人的野人的是一个中国小孩：中国小孩不断往炉子里面添柴

火，中国小孩还给他们食物——几根香蕉。

这两个野人的老板、我的老熟人菲安德拉告诉我，一到傍晚，刚刚到该躺下睡觉的时候——食人的野人肚子贴着床俯卧，野人在临睡前就会跪下来给中国小孩磕头，就像在膜拜自己的偶像——当然，他不仅给他们供暖，还给他们食物，给他们喝水。

开朗麻利的菲安德拉就是这样用他那一团混乱的话语给我解释的。

我不懂食人的野人的语言，他们也不懂我的语言，他们不懂任何别人的语言，只懂得自己的语言。但是不知怎么，我却开始和他们交流起来，表达的某些意思，我能明白，他们也能明白。

后来我送给他们一只爬行动物——非常大的一个玩具，是一条蛇：如果抓住它的尾巴，它就会不时地从一边到另一边轻轻晃动，样子似乎是要咬人，它是黑色的，带有白色圆圈，而嘴巴是红色的，有很多牙齿——非常可怕的一只爬行动物！

食人的野人兴高采烈地收下了这个玩具，他们用这只蛇吓唬对方，吓唬主人菲安德拉，只是不吓唬中国小孩，而我们之间已经产生了友谊。

野人也不欠人情，他们分别把自己一绺干硬的椰子色的头发送给了我——这大概算是美好的寓意——他们那么信任而又亲切地看着我！还把他们服饰上的每一个小物件给我看，解释哪种东西是干什么用的。

所有的东西都展示和讲述完以后，年纪大的野人非常温和地把自己的腰带微微抬起。

"维卡，"野人非常温和地说，"维卡！"

我非常可怜他们，心里难过——他们那么信任他人，那么童真稚气，那么天真无邪，而这些都是我们想都不敢想的。

然后另一个野人，年纪小的那个，也做了相同的事情。

接着两个野人走到了一边去，像煞有介事地翻寻着，吃了一些东西……

我独自站在这个简陋的房间里，站在野人们的巢穴之中，只有我不是野人，我沉思着，我想到了鸵鸟，想到了我的这些朋友。

是的，那时候冬天在沃洛格达鸵鸟也睡着了，我还记得，即便电线杆上写着鸵鸟是活的、鸵鸟吃石头，然而展示的仅仅是它重达六十普特的蛋。那么这些人呢？他们和菲安德拉几经辗转来到圣彼得堡——还会到什么地方去呢？里加？或者更远的地方？

鸵鸟什么都不会说，它毫不呻吟地闭上眼睛站着睡觉——鸟儿在默然地衰亡。而这些人呢？而这些腰上系着自己的"维卡"的人在舞台上蹦来蹦去，到了晚上向中国人祈祷，也是默然地跪着，给他磕头，向他祈求——他们在祈求什么呢？他们是在感谢，当然，菲安德拉是对的，他们感谢室内的温暖，感谢香蕉，嗯，可是他们还在祈祷什么呢，他们的目光为什么会是这样？这是在祈求拯救他们，放他们离开，让他们回到茂密的森林里，回到热闹的山上，回到沙漠里，在那里他们与鸟儿和野兽一起生活，信任而又温和地微笑，就像每个人抬起自己的腰带时对我温和地微笑一样，笑得那么天真无邪。

"鸵鸟吃石头，而这些野人，不是在这里，不是在圣彼得堡简陋的房间之中，而是在那里，在森林和沙漠中，他们吃过人……但是你啊，上帝，请你不要抛弃他们，请你原谅鸵鸟吃你河里的石头，吃鹅卵石，为了它的忍耐而原谅它吧——鸟儿闭着眼睛，它在默然衰亡！请你也原谅野人，食人的野人，原谅他们吃过人——他们在我面前吃的是香蕉，是中国小孩给他们的，还有昆虫……请你原谅他们吧，为了他们温柔的笑容和纯真而不要抛弃他们，而我们呢？你也不会抛弃我们吗？我们比他们，比鸵鸟和食人的野人更加不幸和无助，我们不能忍耐，也没有这样的微笑，默默容忍着他们孩童般的天真无邪，容忍着他们神圣的坚强，而我们的心已经冻僵，我们的心已经结冰。谁又能给我们温暖和光明，净化我们的灵魂，使我们的良心变得澄澈，点燃我们的内心，唤醒我们的精神，为的是忍受一切，忍耐一切，即便当你本人也要离开我们，也要容忍一切？"

我独自站在简陋的房间里，站在野人的巢穴之中，只有我一个人不是野人，我在沉思，我心里难过，有些可怜他们。

舞台上的铃声响起。中国小孩不知从什么地方跳了出来，突然十分傲慢地把野人催赶到舞台上：他们要蹦来蹦去，跳着舞蹈，还要想象在那里，在茂密的森林里、在热闹的山上、在沙漠里用弓箭射击。

（1913 年）

灾　祸

灾祸真的是无恶不作，灾祸和贫穷！它带来的痛苦把人折磨得疲惫不堪，压弯了人的脊梁，让人沮丧得喘不过气来，损害了人的尊严，使人备感压抑，因此你整个人便如同行尸走肉一般，而最后它还要嘲笑人，嘲笑个够。你要开始绞尽脑汁，下定决心考虑如何摆脱灾祸，因为它是说来就来的，它来了就开始在你耳边悄悄地把它的建议告诉你。不管是什么建议，都只不过是一些害人的勾当。你要视而不见，采取一切手段——那么美好的梦想、美丽的彩虹就会冉冉升起！你会觉得所有的一切都是那么简单，那么轻松，那么美好，而且不仅仅是你，所有人都会觉得很美好——会因为你的事业而感到美好。于是你动手搞你的事业，你开始实施这个好建议……然而你看到，经过检验，完全不是那么回事儿——这出乎意料啊！从来没有想过啊！上帝啊，这到底是怎么回事儿呢？于是遭到更难以忍受的嘲弄、更大的羞辱。需要多大的力量才能承受这一切，或者不得不乞求上帝的恩典，以此来忍受一切屈服和绝望，然后再从绝望和屈辱中奋起！

每当圣彼得堡有些人为了赚点儿小钱而出售鲜花的时候，圣彼得堡就变得热闹起来，如今一向都是如此。在大街上出现那么多新的面孔，他们是那么快活而又精神饱满——他们拿着插着鲜花的架子，缠着路人买上一枝花，他们纠缠不休，让人无法拒绝：你只要站一会儿，看了看，你就会看到这种青春、活力与自信，你就会把手伸进口袋里拿十戈比的银币。大多数都是年轻人，有大学生，有娇柔的女孩子，每个人都有自己的同伴。他们一整天在各条街道上徘徊游荡，拿着自己的鲜花，面带微笑，一直笑着，劝说路人买花，自己也别着几朵花，站在雨中，在我们这样寒冷的天气里、在湿冷的空气里走来走去，没有什么愁苦的事。

我走上涅瓦大街的时候，遇见了这些我熟识的人、这些热恋中的人，虽然我已经有了一枝花，可还是禁不住诱惑，又给自己买了一枝：那天他们卖的是粉红色鲜花和蝴蝶式领结。我当时要去卡林金桥——路很远，在涅瓦大街上一路上碰到的都是鲜花和蝴蝶式领结，路途变得愉快轻松。接着在花园街上，快活的卖花人越来越少了，而过了干草广场就完全安静下来，只有两个孩子，其中一个人拿着一只沉重的杯子，另外一个人拿着一个五颜六色的漂亮的花架，他们在海军部大楼旁边跳下电车，立即又跳上迎面开来的电车，坐车返回涅瓦大街。

我拿着花和蝴蝶式领结一边走一边思考着，思考的就是我现在所说的，我思考着粉红色鲜花和蝴蝶式领结，思考着陷入热恋的、无忧无虑的青春，它是如此有信心地使我们寒冷、严肃而又焦虑、阴森的圣彼得堡变得热闹起来。要知道，我们就像生活在碎麦米粥中一样，感到憋得慌，也没有任何信心！我知道，大家都厌倦了这些花，也厌倦了这些蝴蝶式领结，上帝保佑他们，就随他们的便吧，单单是为了他们的面孔，为了他们的青春和微笑，上帝就会保佑他们。我心里变得不安和寂寞，因为我再也没有遇到一枝花，没有遇到一个蝴蝶式领结，因为鲜花已经消失了，没有人来缠着我，也没有人那么自信地看着我的眼睛说：

“请您买一枝花吧！”

在圣母帡幪教堂旁边，就在人们等电车的地方，聚集着一小撮人，许多路人停了下来，而此时根本不是出行高峰时段。于是我心里想：

"是不是压伤人了?"我急忙赶了过去。然而我看到的完全是另一番景象——电车没有压伤任何人!

一个老妇人站在那里,拿着五颜六色的漂亮的花架,花架上放着蝴蝶式领结和粉红色鲜花,而旁边一个警察在忙活着,他打破了一个杯子:杯子原来是假的,于是警察想要把它打开。

老妇人的花架上插满了鲜花和蝴蝶式领结,有一些蝴蝶式领结别在她的胸前,别在围巾上,犹如天上的星星,因此马上映入眼帘的既不是她的贫穷,也不是她的破烂衣衫——而只是这些漂亮的蝴蝶式领结。

越来越多的人走到近前,停了下来,站在那里观看,看着老妇人。老妇人也看着大家:她是那么衰老,脸上毫无血色,满头花白,疲惫不堪,而在她身上有一些蝴蝶式领结和粉红色花朵;老妇人观望着,眼睛一眨不眨,盈满了泪水,却没有流下来。谁也没有踢她,谁也没有揍她,大家只是看看她,可是她的样子,就好像遭到毒打了似的,就像刚刚从电车底下、从沉重的车轮下面爬出来似的,如同被车轮压伤了一般。

有个人没有忍住,他一个人代替所有的人好心地说起话来,话说得也很尖锐,他心里没有办法忍受:

"哎,你呀,老奶奶!"他又说了令人特别难受的一席话,说的有谎言,也有大实话。

也许他让老妇人彻底崩溃了——老妇人的眼泪突然就消失了,烧干了,不见了,然后又盈满双眼,一次又一次烧干。

老妇人看着远处,不,她不是在看周围的人,不是在看我们——你要是放纵人们,让他们任意行动,他们一定会掐死老妇人的!老妇人望向的地方……是人们会在她不幸的时刻看到她的地方,看到她当众出丑,看到她是一个被抓住的上了年纪的骗子;她看着的地方,是她将会栖身的地方,就在圣母帡幪教堂那里,在圣母马利亚身边,圣母会接纳

430

最十恶不赦的罪人，因他所遭受的不幸而接纳他。

有一个结实的杯子是拆不开的，于是那个叫别林丘克的警察，嘴里嘟嘟囔囔地说了一句什么，说的根本不是俄语，也很不合时宜。

人们聚拢过来，走到跟前停下，站在旁边默默地观望——就这样用目光责备着被抓住的老妇人。风吹动帽子，吹透了，那是我们带来的风，那不是一丝凉风，而是寒冷的朔风。

瞧着吧，警察马上就要结束自己的工作，他会揭发伪造杯子一事，再把老妇人和她那漂亮的花架一同带回警察局。当她被推进看守所，门就会在她身后关上，到那时再没有人会这样看着她了，眼睛里不再会有那种眼神——关押在看守所里，老妇人进入不幸的人之列，这些人不应该得到怜悯，也不会受到责怪，然而此时此刻——此时她是一个骗子，真想把她投进河渠里，投进丰坦河里。

"把她扔河里去，骗子，坏蛋！"人群中有人冒冒失失地说道。

也有人怜悯地说：

"上帝啊，要是能把她隐藏起来就好了。"有人怜悯地说："她不应该看到我们，我们也不应该看到她。不应该这样折磨人！"

可是拿什么能把她隐藏起来呢——你这个好心肠的人，你听见了吗！这是无法隐藏起来的，这于事无补，不管蒙上多厚的东西你都能看见她，她也能看见所有的人。

老妇人望着远处……她面色温顺，在她身上既看不到沮丧，看不到恐惧，也看不到屈辱的神色，她悄无声息地哭泣着，悄无声息而又温顺。抑或是她的过错已经被隐藏了起来？或者圣母马利亚把她隐藏起来了，圣母会接纳所有的罪人，因为他们遭受了不幸，她会包容所有被抓住的人、盗贼和杀人犯，因为他们在他们邪恶的时刻体验到痛苦。

（1913 年）

白色的旗子

我内心非常抑郁，真想逃到海角天涯……生活如此艰难。你也知道，如果遭遇不幸之事，就意味着上帝来造访，他总是这样到来，真是可怕：根本不需要上帝本人，最好不要有什么上帝，只要能马马虎虎地生活，哪怕卑微，哪怕活得像猪一样，只要能得到安宁就好。你可知道，强加在你身上的一切，你要接受，全都要承担起来、要扛着——遭遇不幸之事，就意味着上帝来造访！你要忍耐、要温顺地扛着，这一切你都知道，你已经听了千遍万遍，也反复思量过，好吧，这一切都很好，你要是承受住了，以后都会好的，可是此时此刻，真想逃到海角天涯……

海角天涯太过遥远——去巴黎倒是可以的。

我还记得第一次来到巴黎时的情形，就像是回到了家里，一切对我来说都很亲切，仿佛一切都是自家的，都与莫斯科一样。我一直都在游览参观：我先工作一会儿，就像在家里那样坐一会儿，伏案工作，然后就去参观——我想要观看所有新奇的东西。那里汇聚的新奇的东西来自世界各地，有可看的东西！况且，就算是什么都没有，那里的人们也会自己创造出来：在他们那里，你住的最糟糕的木板房被称为房舍，把我们语言中的宫殿称为官邸，而最肮脏的客栈被称为旅馆——听上去就像是宾馆!

　　还有，我在林荫大道上看到过小巧精致的便鞋，是用最小的极乐鸟的羽毛制作的，用它最纤细的小羽毛缝制而成，摆放在橱窗里，价格七万五千法郎，按照我们的卢布计算是三万! 我读完了圣母祷词，按照他们的方式，获得了一百天的赦免。我不止一次登上教堂①，来到大钟前面，观看那里的怪兽——在我们的斯帕斯钟楼上也有这样的怪兽，只是更好看一些。而在圣雅克塔下面也有一些怪兽，那些怪兽是绿色的，就像克鲁尼修道院小院里的怪兽那样——不说上一句善意的话是不能从旁边走过去的：它们的目光那么善解人意，它们是善解人意的。

　　而当所有的一切都反复观看过、触摸过，我便开始在街道上漫步，踩一踩石头。石头里面有它自己的精神、自己的灵魂：石头已经在这里度过了数个世纪，如果说千百年来在它周围生活一直在沸腾，那么石头就会形成自己的精神，因此不要对它做任何事情，既不要烧掉它，也不要毁坏它。当你漫步街头，踩着这些石头，而那里的石头都是珍贵的——因为世界上的任何地方都没有如此近距离地在不久前经历这么多与我们密切相关的事情和一切! ——这种精神，这种灵魂，隐匿在石头中，也在你心里滋生。

　　时值五月，而五月时那里的每个傍晚的晚祷都是献给圣母马利亚的，每个傍晚我都去他们的教堂。你只要一听到钟声——在我们的诺夫哥罗德和普斯科夫就会敲响这样的钟声召集市民大会，于是心里的某个地方就会颤抖，你连茶都还没喝完，就会飞奔出旅馆——每天傍晚我都听教堂管风琴的演奏。我也记得我离开的时候，我一直在和它说再见，真不想离开，路过克鲁尼修道院的时候，我摘下帽子："再见，石兽，

_____

　　① 这里的教堂，指的是著名的巴黎圣母院。

我宝贵的石头!"我也向教堂鞠躬致意:在那里,在那些钟旁边的屋顶上,怪兽们一直在用自己的石头嗓子唱着赞歌,一个怪兽鼻子特别大,它非常狡猾,甚至用獠牙咬住兔子,它自己也跟着嘶吼。

现在一切都还是那时候的样子,这一次,塞纳河上的灯火也还是那样在闪耀,一切都是那么熟悉,我走到街上——不是我们的街道,不是我们的房子,不是我们的名称,然而却仿佛置身于塔甘卡①,一切都是那么熟悉,每一块石头都熟悉。我走在这个塔甘卡街头,心里还是有些不痛快,忧心忡忡——这是因为我心中抑郁,一切才变成了这个样子,好像一切都带有敌意——我一直走,双手紧握,警惕地仔细观察,上帝啊,真是该死,我一直走!这里也全都是黑人,黑人是如此热爱巴黎,他们是来学习的,这里全都是他们的人,黑皮肤的人,全是黑人,巴黎非常合他们的心意;也许他们是因肤色而受到排斥,他们能够觉察到,因此他们的目光哀怨而又温和。

要是懂得他们的语言,我就会和他们交谈的……在我们的旅店里住着一个黑人,在旅店门口有一个小架子:房间钥匙都挂在那里,老板娘会把收到的信件摆放在你的房间号码下面——我没忍住,我想,我哪怕知道一个黑人的姓名也好,于是我就看了看,原来他姓咕咕,他们竟然有咕咕这样的姓。就是这个咕咕成为第一个与我断绝关系的人——看来他是很敏感的!

你全身瑟缩着走在街道上,忧心忡忡,人声嘈杂,喧闹不停,车行辘辘,人们叫嚷着,大声喊叫着,叫卖声不绝于耳:"活虾!活虾!"就像我们的街头小贩那样叫卖,然而心头的忧虑越发浓重,你已经不去看这些,你只是看着不要被车压到就好。咖啡馆里演奏着音乐,以前也经

① 塔甘卡,莫斯科的一处地名,位于莫斯科河与亚乌扎河之间,包括塔甘卡广场周围地区。

常是这样，你听到以后，总是令走进去，里面卖加牛奶的咖啡，你要是点了咖啡，就会给你端上一个大大的高脚杯——是用高脚杯，而不是用茶杯装咖啡。于是你坐在那里，喝着咖啡，放松地听着音乐，而此时此刻无论什么都吸引不了你了，接着往前走，仍然继续往前走，你走过克鲁尼修道院，走过摆放着石兽的小花园，那些石兽的目光如此善解人意，你和石兽们打了招呼，然后继续往前走——但是要去哪里呢？要去天涯海角！

我很晚才抵达巴黎，五月都快结束了——剩下五月的最后几天了。刚刚过完圣灵降临节，每天傍晚做完晚祷之后，人们都拿出圣餐容器，拿着它列队绕教堂一周，在教堂里走一圈：走在前面的是一些小女孩，她们披着头纱，拿着雪白的旗子——旗子上用丝线绣着圣母马利亚，跟在她们身后的人手持蜡烛，这些人全都是男人——蜡烛非常大，就像我们那里值一卢布的蜡烛，而跟在他们后面的人则打着华盖，走在华盖之下的是一些神职人员，主持仪式的神父则双手捧着圣餐容器，圣餐容器前面的一些小男孩用高木杆挑着红灯笼。

我听见圣叙尔皮斯教堂的钟声，这让我身不由己，这钟声像是我们召集市民大会的钟声，每天晚上我听着这钟声，听着像是召集市民大会的钟声，真想沿着熟悉的街道，沿着我们塔甘卡的街头走去——就是闭着眼睛我也能找到路！

队伍走出来了，一些人弹奏着管风琴，还有一些人手持蜡烛——有很多蜡烛，很像我们读十二节福音①、过复活节时的情形。我就这样站着观看，全神贯注地观看，就是在这里，在人们弯曲的脊背之上，在他们的头顶上方，在珍贵的蜡烛上方，我看到了白色的旗子，雪白雪白的

———————————
① 指复活节前星期四彻夜祈祷时读的十二节福音。

旗子，那是圣母的白色旗子在飘荡。

我看见几个老奶奶，几个穿着黑色衣服的老妇人——她们不能手持蜡烛走在行进的队伍之中，她们挤在过道里，在装饰和打扮自己幸运的孙女，就是那些蒙着面纱的女孩子们——她们把这白色的旗子交给孙女，她们自己在最幸福的岁月里也曾经拿过旗子，她们哭着，为了孙女向圣母马利亚祈祷，为了孩子们，为那些取代她们的人，为自己伟大的人民而祈祷。

我前面站着两位女士，她们的穿着不是很好，帽子大概是法兰克式的，最初我都没注意到她们，后来我突然看见：她们在非常虔诚地祈祷——她们自己扶着椅子背，头垂得越来越低，久久地、久久地就那样站着，她们俯下身，前额贴在椅子背上，紧皱着眉头。

她们那么虔诚地祈祷什么呢？她们朝着白色的旗子转过身去，虔诚地看着，目送着白色的旗子，她们在祈求什么呢？或者是因什么事情而悲伤？

生活艰难……圣母马利亚——白色的旗子——她就在这里，她在所有人的身边，她是上帝之母，她们在请求她的帮助：生活艰难，令人忧虑。你在早晨醒来，可怕地想到，有什么事情在等着你。变幻无常的日子和时光，分分钟都变化莫测。家里总会发生一些事情，要么有人生病，要么是自己的悲伤，是自己个人的悲伤，要么是受了挫折，遭遇失败——遭遇到不幸之事，上帝就来造访——是的，是的，就是这样，确实如此，可是难以承受，她们在请求帮助，看得出已经没有了力气，她们看了看旗子，就再次低下头，扶住椅背，就那么久久地、久久地站着，仿佛没有了呼吸，不，她们在呼吸，从后背可以看出——她们打着寒战，这是显而易见的。

蜡烛熄灭了，神父把圣餐容器放在祭坛的桌子上，白色的旗子也拿走了，人们开始四散而去——所有的老奶奶都穿着黑色衣服，这些上了年纪的老太太们，我也跟在她们身后，不知为什么，我就好像是第一次来这里似的——以前，我已经看过了所有奇怪的东西，然而在这里，我看到的是活生生的人，于是我径直往前走去，既不躲藏，也不感到憋闷。

生活艰难……一个老人在卢森堡公园旁边声音嘶哑地说着什么，勉强能听见他的声音，他老得几乎说不出话来，可是他自己想必以为喊出了报纸的名字——我们交易所报纸的名字，然而就在此时有人大喊起来，就好像他们被刺伤了一样：

"证券报，证券报！"他们的喊声响彻了整条街。

老人的话根本没有人会听见。老人勉强站稳脚跟，他要去哪里呢？没有人买他的报纸，可是他有三份报纸，他能到哪里去呢，眼看就要到晚上了，夜晚很快就要到了！

生活艰难……

不，我并不是令人厌恶的人，而像是一个当地人漫步在大街上，再一次走过所有熟悉的街道，再一次走遍了巴黎。在那里，在那些汇聚着世界各地新奇之物的最漂亮最豪华的房子跟前，在那些穷人、贫民和饥肠辘辘的人们居住的偏远街区，无论在哪里，无论所到何处，都能见到如此之多的不幸，看到人们如此惊慌、如此憔悴和贫困。我沿路上行，朝蒙马特高地上的圣心教堂走去。一座座建筑紧密相连，绵延几俄里，摆放在圆柱上的花盆向外伸出，就像一只只伸直的手臂，仿佛正在祈祷。我也还记得两位年轻的女士，就是那两位在圣叙尔皮斯教堂旁边护送白旗的女士，她们的面孔非常像这些紧密相连、伸出祈祷的手臂的建筑。

(1913 年)